張夢機
張子良 選注

唐宋詞選注

雨盦

臺灣學生書局印行

凡例

一、詞籍浩翰，披閱紛繁，此選本之所由作也。有清一代，朱彝尊詞綜、張惠言詞選與夫朱彊村宋詞三百首，並爲此中佳構。惟詞綜瓣香姜張，專嗜一味；詞選張皇比興，自限門庭；至彊村所輯，率以渾成爲歸，允稱精闢，惜夫入錄者，僅趙宋一代之作耳。近世龍氏沐勛，乃廣加采錄，疏密並蓄，成唐宋名家詞選，規模視三賢爲大。故本編所選，大抵以龍著爲主，間亦獵取其他選本，庶幾遺珠之憾，或可免焉。

一、本編之作，係供大學中文系「詞選」一科教學之用。是以所錄之詞，上起盛唐，下逮南宋，都四百七十闋。凡其人之卓然自立，其詞之久經傳誦者，悉在選錄之列。各種風格，並蓄兼容，而以作者之先後爲序，詞風嬗變之跡，詞運升降之勢，均可於此覘之。

一、本編體例，首錄作者傳略，次集評，次詞選，次注釋，而以評箋爲之殿焉。作者傳略，率多節引正史，舊聞軼事，亦酌量採入，至詞籍之版本，則詳加徵引。集評與評箋二類，乃彙錄諸家評論而成，然概以精闢者爲限，俾免流於駁雜。集評列於傳略之后，以見作者風格之所在；評箋則附於詞篇之末，批導竅要，有蘊必宣，以爲初習倚聲者之一助焉耳。

一、本編注釋，或取相關故事以爲證，或采他書以爲證，要皆以明晰爲主。其有故實出處未詳者，謹守闕疑之義。又本編之注釋，宋徽宗以前，係張夢機所撰；賀鑄以后，則為張子良所撰。所媿講貫少暇，學殖日荒，疏漏舛誤，恐不能免，淹雅君子，幸教益之。

一、編末附萬樹詞律發凡、戈載詞林正韻常用字節錄、與詞牌平仄譜舉隅等三種，以供檢閱參鏡之用。

目錄

陸游

范成大

周密

附錄

李白

【傳略】

李白（七〇一——七六二）字太白。其先隋末以罪徙西域，神龍初，遁還，客巴西。白生十歲，通詩書。既長，隱岷山。喜縱橫術，擊劍爲任俠，輕財重施。更客任城，與孔巢父等居徂來山。天寶初，南入會稽。旋至長安，往見賀知章。知章見其文，歎曰：「子謫仙人也！」言於玄宗，召見金鑾殿，有詔供奉翰林，後賜金放還。安祿山反，白轉側宿松、匡廬間，永王璘辟爲府僚佐。璘起兵，逃還彭澤。璘敗，長流夜郎，會赦，還潯陽。李陽冰爲當塗令，白往依之。卒年六十餘。

菩薩蠻

平林漠漠煙如織，寒山一帶傷心碧。暝色入高樓，有人樓上愁。　玉階空佇立，宿鳥歸飛急。何處是歸程，長亭連短亭①。

【注釋】

①長亭短亭　行程憩息之所。庾信哀江南賦：「十里五里，長亭短亭。」

【評箋】

僧文瑩云：此詞不知何人寫在鼎州滄水驛樓，復不知何人所撰。魏道輔泰見而愛之。後至長沙，得古集於子宣（曾布）內翰家，乃知李白所作。（湘山野錄）

憶秦娥

簫聲咽，秦娥夢斷秦樓月①。秦樓月，年年柳色，灞陵傷別②。　樂遊原上清秋節③，咸陽古道音塵絕④。音塵絕，西風殘照，漢家陵闕。

【注釋】

①秦娥　列仙傳：「簫史者，秦穆公時人，善吹簫，穆公女弄玉好之，公妻焉，乃爲弄玉作鳳臺，一旦夫婦隨鳳飛去。」　②灞陵　即指灞橋。三輔黃圖：「灞橋在長安，跨水作橋，漢人送客至此橋，折柳贈別。」故灞陵折柳，世沿以喻送別。　③樂遊原　在長安南，漢宣帝立廟宇曲江池之南，世人稱爲樂遊原。原在京城最高處，每逢佳節，士女咸登臨祓禊。　④咸陽　今陝西咸陽縣，秦故都也。

【評箋】

黃昇云：菩薩蠻、憶秦娥二詞，爲百代詞曲之祖。（唐宋諸賢絕妙詞選）

劉熙載云：梁武帝江南弄，陶宏景寒夜怨，陸瓊飲酒樂，徐孝穆長相思，皆具詞體，而堂廡未大。至太白菩薩蠻之繁情促節，憶秦娥之長吟遠慕，遂使前此諸家悉歸環內。　太白菩薩蠻、憶秦娥兩闋，足抵少陵秋興八首。想其情境，殆作於明皇西幸後乎？（藝概）

王國維云：太白純以氣象勝。「西風殘照，漢家陵闕。」寥寥八字，遂關千古登臨之口。後世唯范文正之漁家傲，夏英公之喜遷鶯，差足繼武，然氣象已不逮矣！（人間詞話）

張志和

【傳略】

張志和字子同，婺州金華人。居江湖，自稱煙波釣徒。著玄真子，亦以爲號。每垂釣，不設餌，志不在魚也。

漁歌子

西塞山前白鷺飛①，桃花流水鱖魚肥。青箬笠，綠蓑衣，斜風細雨不須歸。

【注釋】

①西塞山前　西吳記：「湖州磁湖鎭道士磯，卽志和所謂西塞山前也。」按：湖州卽今浙江吳興縣。湖北大冶縣東亦有西塞山，其山橫截江流，旋渦沸激，舟人過之，每爲失色，見於水經注，自非漁父徜徉之境。

【評箋】

樂府紀聞云：張志和自稱煙波釣徒，嘗謁顏真卿於湖州，以舴艋敝，請更之，願爲浮家泛宅，往來苕霅間。作漁歌子詞。（歷代詩餘引）

劉熙載云：張志和漁歌子「西塞山前白鷺飛」一闋，風流千古。東坡嘗以其成句用入鷓鴣天，又用於浣溪沙。然其所足成之句，猶未若原詞之妙通造化也。　太白菩薩蠻、憶秦娥，張志和漁歌子，兩

家一憂一樂，歸趣難名。或靈均思美人、哀郢，莊叟濠上近之耳。（藝概）

韋應物

【傳略】

韋應物，京兆長安人。少任俠，曾以三衞郎事明皇。大曆十四年（七七九），自鄠縣令除櫟陽令。歷任滁州、江州、蘇州刺史。罷郡，寓於永定佛寺。應物性高潔，所在焚香掃地而坐，唯顧況、皎然輩得與唱酬。白居易嘗語元稹云：「韋蘇州歌行，才麗之外，深得諷諫之意，而五言尤爲高遠雅淡，自成一家。」其小詞不多見，唯三臺令、轉應曲流傳耳。

調嘯詞 二首、別作調笑令

胡馬，胡馬，遠放燕支山下。跑沙跑雪獨嘶，東望西望路迷。迷路，迷路，邊草無窮日暮。

河漢①，河漢，曉挂秋城漫漫。愁人起望相思，江南塞北別離。離別，離別，河漢雖同路絕。

【注釋】

①河漢　即銀河。文選古詩十九首：「皎皎河漢女」，李善注引毛萇曰：「河漢，天河也。」孟浩然詩：「微雲澹河漢。」

王建

【傳略】

王建字仲初，潁川人。大曆十年（七七五）進士。初爲渭南尉，歷秘書丞，侍御史。太和中，出爲陝州司馬，從軍塞上。後歸咸陽，卜居原上。建工樂府，與張籍齊名。黃昇曰：「王仲初以宮詞百首著名，三臺令、轉應曲，其餘技也。」

宮中調笑 二首

團扇，團扇，美人病來遮面。玉顏憔悴三年，誰復商量管絃？絃管，絃管，春草昭陽路斷①。

楊柳，楊柳，日暮白沙渡口。船頭江水茫茫，商人少婦斷腸。腸斷，腸斷，鷓鴣夜飛失伴。

【注釋】

①昭陽 殿名，三輔黃圖：「武帝後宮八區，有昭陽殿。」漢書：「皇后弟絕幸，爲昭儀，居昭陽舍。」

【評箋】

郭茂倩云：「調笑，商調曲也。」戴叔倫謂之轉應曲。（樂府詩集）

劉禹錫

【傳略】

劉禹錫（七七二——八四二）字夢得，彭城人。貞元九年（七九三）擢進士第，又登宏辭科。從事淮南節度使杜佑幕，典記室。從佑入朝，爲監察御史。貞元末，爲王叔文知獎，以宰相器待之。叔文敗，坐貶連州刺史，在道貶朗州司馬。禹錫在朗州十年，唯以文章吟詠，陶冶情性。蠻俗好巫，每淫祠鼓舞，必歌俚辭。禹錫必從事於其間，乃依騷人之作，爲新辭以教巫祝。故武陵谿洞間夷歌，率多禹錫之辭也。元和十年（八一五）自武陵召還，復出爲播州刺史，改連州，又徙夔州、和州。徵還，拜主客郎中，轉禮部郎中，集賢院學士，旋授蘇州刺史，改汝州，遷太子賓客，分司東都。禹錫晚年，與白居易友善，常唱和往來。居易集其詩而序之，以謂「其鋒森然，少敢當者。」中唐詩人，劉、白並稱。二人皆留意民間歌曲，因之在倚聲塡詞方面，亦能相互切劘，以開晚唐、五代之盛，此治唐、宋詩詞所宜特爲着眼者也。

憶江南

春去也！多謝洛城人。弱柳從風疑舉袂，叢蘭裛露似霑巾，獨笑亦含嚬。

【評箋】

郭茂倩云：憶江南一曰望江南。樂府雜錄曰：「望江南本名謝秋娘，李德裕鎭浙西，爲妾謝秋娘所製

。後改爲望江南。」（樂府詩集）

況周頤云：唐賢爲詞，往往麗而不流，與其詩不甚相遠也。劉夢得憶江南：「春去也」云云，流麗之筆，下開北宋子野、少游一派。唯其出自唐音，故能流而不靡，所謂「風流高格調」，其在斯乎？（餐櫻廡詞話）

竹　枝 三首

山桃紅花滿上頭，蜀江春水拍山流。花紅易衰似郎意，水流無限似濃愁。

巫峽蒼蒼煙雨時，清猿啼在最高枝。箇裏愁人腸自斷，由來不是此聲悲。

山上層層桃李花，雲間煙火是人家。銀釧金釵來負水，長刀短笠去燒畬。

【評箋】

王灼云：唐時古意亦未全喪，竹枝、浪淘沙、拋球樂、楊柳枝，乃詩中絕句，而定爲歌曲。（碧鷄漫志）

劉夢得云：四方之歌，異音而同樂。歲正月，余來建平，里中兒聯歌竹枝，吹短笛，擊鼓以赴節，歌者揚袂睢舞，以曲多爲賢。聆其音，中黃鐘之羽，其卒章激訐如吳聲，雖傖寧不可分，而含思宛轉，有淇濮之艷。昔屈原居沅湘間，其民迎神，詞多鄙陋，乃爲作九歌。到于今，荊楚鼓舞之。故余亦作竹枝詞九篇，俾善歌者颺之附于末，後之聆巴歈，知變風之自焉。（劉夢得文集竹枝詞引）

白居易

【傳略】

白居易（七七二——八四七）字樂天，其先太原人，徙下邽。貞元十四年（七九八），始以進士就試禮部，授秘書省校書郎，歷任盩厔縣尉，集賢校理。元和二年（八〇七），入翰林爲學士，遷左拾遺。執政惡其言事，貶江州司馬。十三年冬，量移忠州刺史。十四年冬，召還京師，拜司門員外郎，轉主客郎中，知制誥。出任杭州刺史。秩滿，除太子左庶子，分司東都。復出爲蘇州刺史。太和二年（八二八），轉刑部侍郎。三年，稱病東歸，求爲分司官，尋除太子賓客。五年，除河南尹。開成元年（八三六），除同州刺史，辭疾不拜。尋授太子少傅。晚居洛陽履道里，疏沼種樹，構石樓香山，自號醉吟先生，又稱香山居士。大中元年（八四七）卒，時年七十六。

憶江南 三首

江南好，風景舊曾諳：日出江花紅勝火，春來江水綠如藍。能不憶江南？

江南憶，最憶是杭州①：山寺月中尋桂子，郡亭枕上看潮頭。何日更重遊？

江南憶，其次憶吳宮：吳酒一杯春竹葉②，吳娃雙舞醉芙蓉。早晚復相逢。

【注釋】

①杭州　即今浙江省城及江干湖墅兩區地，本杭縣所轄。地居錢塘江下游北岸，當運河終點，南倚吳

山，西臨西湖，靈秀甲於全國。 ②竹葉 酒名，酒史酒品載楊庭秀竹葉酒詩：「唯此竹葉麴，留此千古情。」按：世稱竹葉青，亦作竹葉清，今紹興酒中尚有此名。

長相思

汴水流①。泗水流②。流到瓜洲古渡頭③。吳山點點愁④。 思悠悠，恨悠悠，恨到歸時方始休。月明人倚樓。

【注釋】

①汴水 亦曰汴渠，受黃河之水，由河南之鄭州、開封、歸德北境，經江蘇徐州，合泗入淮。 ②泗水 源出山東泗水縣陪尾山，自泗水縣歷曲阜、滋陽、濟寧、鄒州、沛縣、徐州、邳縣，至清河縣入淮。 ③瓜洲 在今江蘇江都縣南江濱，長江北岸，當運河之口，與鎮江斜對，爲南北水道交通要處。 ④吳山 在浙江杭縣，春秋時爲吳國南界，故名。惟此處泛指江南一帶之諸山，江南，古吳地也。

溫庭筠

【傳略】

溫庭筠，太原人。本名岐，字飛卿。大中初（約八五〇），應進士。苦心硯席，尤長於詩賦。初至京師，人士翕然推重。然士行塵雜，不脩邊幅，能逐絃吹之音，爲側艷之詞。屢年不第。徐商鎮襄陽，署爲巡官。商知政事，用爲國子助教。商罷相，貶方城尉，再遷隋縣尉，卒。庭筠才思艷麗，每入試，押官韻作賦，凡八叉手而八韻成，時號溫八叉。詩與李商隱齊名，世稱「溫李」。更出其餘力，依新興曲調作歌詞，遂開五代、宋詞之盛，與韋莊並稱「溫韋」。溫詞金荃集，今已不傳。諸家選本，以花間集收六十六首爲最多，全唐詩附詞收五十九首，金奩集收六十二首。江山劉毓盤輯金荃詞一卷，共得七十六首。

【集評】

王士禎云：弇州謂蘇、黃、稼軒爲詞之變體，是也；謂溫、韋爲詞之變體，非也。夫溫、韋視晏、李、秦、周，譬賦有高唐、神女而後有長門、洛神，詩有古詩、錄別而後有建安、黃初、三唐也；謂之正始則可，謂之變體則不可。又「蟬鬢美人愁絕」，果是妙語。飛卿更漏子、河瀆神，凡兩見之。李空同所謂「自家物終久還來」耶？溫、李齊名，然溫實不及李；李不作詞而溫爲花間鼻祖，豈亦同能不如獨勝之意耶？（花草蒙拾）

王拯云：唐之中葉，李白沿襲樂府遺音，爲菩薩蠻、憶秦娥之闋，王建、韓偓、溫庭筠諸人復推衍之，而詞之體以立。其文窈深幽約，善達賢人君子愷惻怨悱不能自言之情，論者以庭筠爲獨至。（龍壁山房文集懺盦詞序）

周濟云：詞有高下之別、有輕重之別。飛卿下語鎮紙，端己揭響入雲，可謂極兩者之能事。　皋文曰：「飛卿之詞，深美閎約。」信然。飛卿醞釀最深，故其言不怒不懾，備剛柔之氣。　鍼縷之密

，南宋人始露痕迹，花間極有渾厚氣象。如飛卿則神理超越，不復可以迹象求矣。然細繹之，正字字有脈絡。（介存齋論詞雜著）

劉熙載云：溫飛卿詞，精妙絕人，然類不出乎綺怨。（藝概）

王國維云：張皋文謂：「飛卿之詞，深美閎約。」余謂此四字唯馮正中足以當之。劉融齋謂：「飛卿精豔絕人。」差近之耳。「畫屏金鷓鴣。」飛卿語也，其詞品似之。　溫飛卿之詞，句秀也。（人間詞話）

南歌子

鬟墮低梳髻①，連娟細掃眉②。終日兩相思。為君憔悴盡，百花時。

【注釋】

①鬟墮　亦作倭墮，下垂之髻也。　②連娟　眉細長貌。

【評箋】

譚獻云：盡頭語，單調中重筆，五代後絕響。（第一首）「百花時」三字加倍法，亦重筆也。（第二首）（譚評詞辨）

夢江南　二首

千萬恨，恨極在天涯。山月不知心裏事，水風空落眼前花，搖曳碧雲斜。

梳洗罷，獨倚望江樓。過盡千帆皆不是，斜暉脈脈水悠悠，腸斷白蘋洲！

【評箋】

譚獻云：猶是盛唐絕句。（譚評詞辨）

菩薩蠻 六首

小山重疊金明滅①，鬢雲欲度香腮雪。懶起畫蛾眉②，弄妝梳洗遲。　照花前後鏡，花面交相映。新帖繡羅襦，雙雙金鷓鴣。

水精簾裏頗黎枕③，暖香惹夢鴛鴦錦。江上柳如煙，雁飛殘月天。　藕絲秋色淺，人勝參差剪。雙鬢隔香紅，玉釵頭上風。

杏花含露團香雪，綠楊陌上多離別。燈在月朧明，覺來聞曉鶯。　玉鉤褰翠幙，粧淺舊眉薄。春夢正關情，鏡中蟬鬢輕。

玉樓明月長相憶，柳絲裊娜春無力。門外草萋萋，送君聞馬嘶。　畫羅金翡翠④，香燭銷成淚。花落子規啼，綠窗殘夢迷。

寶函鈿雀金鸂鶒⑤，沉香閣上吳山碧⑥。楊柳又如絲，驛橋春雨時。　畫樓音信斷，芳草江南岸。鸞鏡與花枝⑦，此情誰得知？

南園滿地堆輕絮，愁聞一霎清明雨。雨後卻斜陽，杏華零落香。　無言勻睡臉，枕上屏山掩。時節欲黃昏，無憀獨倚門。

【注釋】

①小山　為小屏山之簡稱，亦即屏山，古代屏與牀榻相連，屏上多畫金碧山水，亦有逕作山字形者。

②蛾眉　本作娥眉。詩衛風碩人：「螓首蛾眉」，疏：「言如螓首蛾眉，指其體之所似也。」陳奐詩毛氏傳疏引詩小學云：「蛾眉古作娥眉，王逸注離騷云：『娥，眉好貌。』顏師古注漢書，始有形若蠶蛾之說，夫蠶蛾之眉，與首異物，類乎鳥之有毛角者，人眉似蠶角，其醜甚矣，安得云美哉，此千年之誤也。娥者，美好輕揚之意，方言：『娥，好也，秦晉之間好而輕者謂之娥』，大招：『娥眉曼只』，枚乘七發：『皓齒娥眉』云云。」按據此則蛾為娥之借字，後遂用蛾眉為美人之稱。　③頗黎　即玻璃，亦作玻瓈，又名水玉。本草綱目李時珍曰：「出南番，有酒色、紫色、白色，瑩澈與水精相似。」　④金翡翠　言羅帳上所繪之金色翡翠也。翡翠，動物名，屬鳥類鳴禽類。本草綱目李時珍曰：「爾雅謂之鷸，出交、廣、南越諸地云云，或云前身翡，後身翠；或云雄為翡，其色多赤，雌為翠，其色多青。」　⑤金鸂鶒　為金屬所製鸂鶒形之香鑪也。鸂鶒，鳥名，文選左思吳都賦：「鸂鶒鷛鸘」，劉注：「鸂鶒，水鳥也。」此鳥形大於鴛鴦而色多紫，故有紫鴛鴦之稱，見本草綱目。　⑥沉香閣　開天遺事：楊國忠用沉香為閣，檀香為闌。按：閣如今世櫃、架之屬，所以貯物者也。　⑦鸞鏡　李商隱李衛公詩：「鸞鏡佳人舊會稀」，又陳後宮詩：「侵夜鸞開鏡」，馮浩注引范泰鸞鳥詩序：「罽賓王獲彩鸞鳥，欲其鳴而不能致，夫人曰：『嘗聞鳥見其類而後鳴，可懸鏡以映之』，王從其言，鸞睹影而悲鳴，哀響中宵，一奮而絕。」

【評箋】

孫光憲云：宣宗愛唱菩薩蠻詞。令狐相國（綯）假其（溫庭筠）新撰密進之，戒令勿泄，而遽言於人，由是疎之。溫亦有言曰：「中書堂內坐將軍。」譏相國無學也。（北夢瑣言）

更漏子　三首

柳絲長，春雨細，花外漏聲迢遞①。驚塞鴈②，起城烏③，畫屏金鷓鴣④。　香霧薄，透簾幕，惆悵謝家池閣⑤。紅燭背，繡簾垂，夢長君不知。

星斗稀，鐘鼓歇，簾外曉鶯殘月。蘭露重，柳風斜，滿庭堆落花。　虛閣上，倚闌望，還似去年惆悵。春欲暮，思無窮，舊歡如夢中。

玉鑪香，紅蠟淚，偏照畫堂秋思⑥。眉翠薄⑦，鬢雲殘⑧，夜長衾枕寒。　梧桐樹，三更雨，不道離情正苦⑨。一葉葉，一聲聲，空階滴到明。

【注釋】

①迢遞　同迢遙；緜邈長遠貌。　②塞鴈　塞上之雁。庾信燕歌行：「塞雁嗈嗈度遼水，桑葉紛紛落薊門。」杜甫詩：「檣烏相背發，塞雁一行鳴。」　③城烏　左襄十八年：「晉侯伐齊，齊師夜遁，叔向告晉侯曰：『城上有烏，齊師其遁？』」杜甫詩：「城烏啼眇眇，野宿鷺娟娟。」　④金鷓鴣　謂畫屏上所繪之金色鷓鴣也。其菩薩蠻云：「新帖繡羅襦，雙雙金鷓鴣」，則非繪而繡也。　⑤謝家　唐李德裕鎮浙日，悼亡妓謝秋娘，用隋煬帝所作望江南詞，撰謝秋娘曲，見唐音癸籤，其後詞人遂以謝娘、謝家諸稱爲妓女妓館之別名。　⑥畫堂　堂以彩畫爲飾，因稱曰畫堂。漢書元后傳：「生成帝於

甲館畫堂，為世嫡皇孫。」後汎稱堂舍為畫堂。許渾詩：「莫醉笙歌掩畫堂。」⑦眉翠薄　眉翠，畫眉用青黑色之黛。黛，代也，古人畫眉之先，剃去其眉毛，以此代之也。此言翠，一言黛，蓋別言之也。薄，不厚也，微少也。⑧鬢雲殘　即蓬鬆如雲之鬢髮，經時太久，未加梳掠，而呈粧殘髮亂之狀。⑨不道　猶言不料也。杜甫詩：「不道諸公無表來，茫茫庶事遣人猜。」

【評箋】

胡仔云：庭筠工於造語，極為綺靡，花間集可見矣。更漏子（玉爐香）一首尤佳。（苕溪漁隱叢話後集）

譚獻云：「梧桐樹」以下，似直下語，正從「夜長」逗出，亦書家「無垂不縮」之法。（譚評詞辨）

皇甫松

【傳略】

皇甫松，一作嵩，字子奇，睦州人。工部侍郎湜之子。花間集稱為「皇甫先輩」，錄其詞十二首。

夢江南　二首

蘭燼落，屏上暗紅蕉。閑夢江南梅熟日①，夜船吹笛雨蕭蕭，人語驛邊橋。

樓上寢，殘月下簾旌。夢見秣陵惆悵事②，桃花柳絮滿江城，雙髻坐吹笙。

【注釋】

①江南梅熟兩句　梅熟之候，東南濱海地區，因季候風方向由西北改爲東南，水蒸氣多而地面尚冷，故常潤濕多雨，謂之梅雨。白居易詩：「黃梅時節家家雨。」　②秣陵　古地名，約爲今南京市地。始置於秦，歷漢、晉以迄南朝宋，俱仍之，隋以後廢。

浪淘沙 二首

灘頭細草接疎林，浪惡罾船半欲沈。宿鷺眠鷗非舊浦，去年沙觜是江心①！

蠻歌豆蔻北人愁②，蒲雨杉風野艇秋。浪起鵁鶄眠不得③，寒沙細細入江流。

【注釋】

①沙觜　地文學名詞。河水搬運泥沙，至河口附近海中，爲有定向之風或海流之力所阻，泥沙下沉，堆積成帶狀，一端尖銳，一端與大陸相連，是爲沙觜。　②豆蔻　植物名，南人取其未大開者，謂之含胎花，言尚小如姙身也。故以喻處女，杜牧詩：「娉娉嫋嫋十三餘，荳蔻梢頭二月初」是也。③鵁鶄　水鳥，大如鳧，高脚長喙，頭有紅毛冠，翠鬣青脛，甚有文彩，俗稱茭鷄。

【評箋】

湯顯祖云：桑田滄海，一語破盡。紅顏變白髮，美少年化爲雞皮老翁，感慨系之矣！

韋莊

【傳略】

17　韋莊

韋莊（八三六——九一〇）字端己，京兆杜陵人。僖宗廣明元年（八八〇），應舉入長安。時值黃巢兵至，莊陷重圍，又爲病困。中和三年（八八三）三月，在洛陽，著秦婦吟一篇，內一聯云：「內庫燒爲錦繡灰，天街踏盡公卿骨。」爾後公卿亦多垂訝，莊乃諱之，時人號「秦婦吟秀才」。旋復南游，携家至越，弟妹散居各郡，時已年過五十矣。其游蹤所至，自金陵、蘇州、揚州、浙西、湖北、湖南、江西、安徽，皆有題詠，至昭宗景福二年（八九三），始還京師。次年（乾寧元年，八九四），第進士，授職爲校書郎。

乾寧四年，兩川宣諭和協使李詢辟爲判官，奉使入蜀見王建，不久返京。昭宗天復元年（九〇一），再入蜀，王建辟爲掌書記。莊時年六十六歲。尋以起居舍人召，建表留之。二年，於浣花溪尋得杜工部草堂遺址。雖蕪沒已久，而砥柱猶存。因命弟靄，芟夷結茅爲一室，遂定居焉。三年，靄爲編次歷年所作詩，題曰浣花集。宣宗天祐四年（九〇七），唐亡，王建稱帝，一切開國制度，多出莊手。拜左散騎常侍，判中書門下事。屢官至吏部侍郎，兼平章事。蜀高祖武成三年（九一〇）八月，卒於成都花林坊，諡文靖。韋詞收入花間集者四十七首，收入金奩集者四十八首，收入全唐詩附詞者五十二首。劉毓盤輯爲浣花詞一卷，共得五十五首，刋入唐五代宋遼金元詞六十種中。

【集評】

張炎云：「詞之難於令曲，如詩之難於絕句。不過十數句，一句一字閒不得。末句最當留意，有有餘不盡之意始佳。當以唐花間集中韋莊、溫飛卿爲則。」（詞源）

周濟云：「端己詞清豔絕倫。初日芙蓉春月柳，使人想見風度。」（介存齋論詞雜著）

劉熙載云：「韋端己、馮正中諸家詞，留連光景，惆悵自憐，蓋亦易飄颺於風雨者。若第論其吐屬之美，又何加焉！」（藝概）

況周頤云：韋端己浣溪沙云：「咫尺畫堂深似海，憶來唯把舊書看。」謁金門云：「新睡覺來無力，不忍把君書跡。」一意化兩，並皆佳妙。（餐櫻廡詞話）

韋文靖詞，與溫方城齊名，熏香掬豔，眩目醉心，尤能運密入疎，寓濃於淡，花間羣賢，殆勘其匹。（歷代詞人考略）

王國維云：「絃上黃鶯語」，端己語也；其詞品亦似之。又云：「韋端己之詞，骨秀也。」（人間詞話）

天仙子

蟾彩霜華夜不分①，天外鴻聲枕上聞，繡衾香冷嬾重薰。人寂寂，葉紛紛，纔睡依前夢見君。

【注釋】

①蟾彩　俗傳月中有三足蟾，故稱月光曰蟾光，或蟾彩。

女冠子　二首

四月十七，正是去年今日，別君時。忍淚佯低面，含羞半斂眉。　不知魂已斷，空有夢相隨。除卻天邊月，沒人知。

昨夜夜半，枕上分明夢見，語多時。依舊桃花面，頻低柳葉眉。　半羞還半喜，欲去又依依。覺來知是夢，不勝悲！

【評箋】

鄭騫云：飛卿託物寄情，端己直抒胸臆；此爲溫韋最大異點，韋詞如菩薩蠻、謁金門、荷葉杯、浣溪沙諸作，其中有人，呼之欲出。右兩詞明著年月，當然更非泛指。然若求某人某事以實之，則不可能，且無此必要。端己「一生風月，到處煙花。」文獻無徵，何從捉摸。楊湜古今詞話造爲王建奪妾之說，爲一切附會之根源，其不足信，近人夏承燾撰端己年譜，辨之甚詳，楊書至爲謬妄，所記詞人幾無一條可信，學者愼勿爲所誤也。（詞選）

歸國遙

金翡翠，為我南飛傳我意。罷畫橋邊春水，幾年花下醉？　別後只知相愧，淚珠難遠寄。羅幕繡幃鴛被，舊歡如夢裏。

【評箋】

吳梅云：端己菩薩蠻四章，惓惓故國之思，最耐尋味。而此詞南飛傳意，別後知愧，其意更爲明顯。（詞學通論）

菩薩蠻 五首

紅樓別夜堪惆悵，香燈半捲流蘇帳①。殘月出門時，美人和淚辭。　琵琶金翠羽②，絃上黃鶯語。勸我早歸家，綠窗人似花。

【注釋】

①流蘇　決疑要錄：「流蘇者，緝鳥尾垂之，若旒然。凡旌旗帳幕及馬飾之類，皆飾之以爲美觀。」按：今多緝絲線爲之。南方仍有流蘇之稱；北方則謂之穗子，以其類禾稻之穗也。　②金翠羽　琵琶之飾也。在捍撥上，今日本藏古樂器可證。

【評箋】

張惠言云：此詞蓋留蜀後寄意之作。一章言奉使之志，本欲速歸。（詞選）

許昂霄云：語意自然，無刻劃之痕。（詞綜偶評）

譚獻云：亦塡詞中古詩十九首，卽以讀十九首心眼讀之。（譚評詞辨）

人人盡說江南好，遊人只合江南老。春水碧於天，畫船聽雨眠。　鑪邊人似月①，皓腕凝雙雪。未老莫還鄉，還鄉須斷腸。

【注釋】

①鑪　盛酒用器，卽今之酒缸。

【評箋】

張惠言云：此章述蜀人勸留之辭，卽下章云：「滿樓紅袖招」也。江南卽指蜀。中原沸亂，故曰「還鄉須斷腸」。（詞選）

許昂霄云：或云江南好處，如斯而已耶？然此景此情，生長雍冀者，實未曾夢見也。（詞綜偶評）

譚獻云：強顏作愉快語，怕腸斷，腸亦斷矣。（譚評詞辨）

如今却憶江南樂，當時年少春衫薄。騎馬倚斜橋，滿樓紅袖招。　翠屏金屈曲①，醉入花叢宿。此度見花枝，白頭誓不歸。

【注釋】

①屈曲　亦作屈戌，窗戶或屏風上之環紐，供開闔摺疊之用者。

【評箋】

張惠言云：「未老莫還鄉」，猶冀老而還鄉也。其後朱溫篡成，中原愈亂，遂決勸進之志。故曰：「如今却憶江南樂」，又曰：「白頭誓不歸」，則此詞之作，其在相蜀時乎？（詞選）

勸君今夜須沈醉，罇前莫話明朝事。珍重主人心，酒深情亦深。　須愁春漏短，莫訴金盃滿。遇酒且呵呵，人生能幾何！

【評箋】

湯顯祖云：一起一結，直寓曠達之思，與郭璞遊仙、阮籍詠懷，將無同調？

洛陽城裏春光好，洛陽才子他鄉老。柳暗魏王堤①，此時心轉迷。　桃花春水淥，水上

鴛鴦浴。凝恨對殘暉，憶君君不知。

【注釋】

①魏王堤　河南通志：魏王池在洛陽縣南。洛水溢爲池，爲唐都城之勝，貞觀中以賜魏王泰故名。魏王堤卽在池上。白居易有魏王堤詩：「花寒嬾發鳥慵啼。信馬閒行到日西。何處未春先有思。柳條無力魏王堤。」

【評箋】

張惠言云：此章致思唐之意。（詞選）

陳廷焯云：端己菩薩蠻四章，惓惓故國之思，而意婉詞直，一變飛卿面目，然消息正自相通，余嘗謂後主之視飛卿，合而離者也。端己之視飛卿，離而合者也。端己菩薩蠻云：「未老莫還鄉，還鄉須斷腸」，又云「凝恨對斜暉，憶君君不知」，歸國遙云「別後只知相愧，淚珠難遠寄」，應天長云「夜夜綠窗風雨，斷腸君信否。」皆留蜀後思君之辭，時中原鼎沸，欲歸不能，端己人品未爲高，然亦情可哀矣。　又云：詞有貌不深而意深者，韋端己菩薩蠻、馮正中蝶戀花是也。　又云：韋端己菩薩蠻四章、辛稼軒水調歌頭、鷓鴣天等闋，間有樸實處，而伊鬱卽寓其中，淺率粗鄙者不得藉口。（白雨齋詞話）

譚獻云：項莊舞劍，怨而不怒之義。（譚評詞辨）

薛昭蘊

【傳略】

薛昭蘊，唐末官侍郎。孫光憲云：薛澄州昭緯，卽保遜之子也。恃才傲物，亦有父風。每入朝省，弄笏而行，旁若無人。好唱浣溪紗詞。知舉後，有一門生辭歸鄉里，臨歧，獻規曰：「侍郎重德，某乃受恩。爾後請不弄笏與唱浣溪紗，卽某幸也。」時人謂之至言。花間集錄薛詞十九首，全唐詩同。

浣溪沙

傾國傾城恨有餘①，幾多紅淚泣姑蘇②，倚風凝睇雪肌膚。　吳主山河空落日，越王宮殿半平蕪，藕花菱蔓滿重湖。

【注釋】

①傾國傾城　謂美人也。詩：「哲夫成城，哲婦傾城。」言暱近女色，足以傾覆人之邦國也。漢李延年歌：「北方有佳人，絕世而獨立，一顧傾人城，再顧傾人國，寧不知傾城與傾國，佳人難再得。」李白詩：「名花傾國兩相歡」。按李延年稱美女弟，李白頌揚貴妃，似不當以傾覆國家為言。所云傾城傾國，與漢書之一坐盡傾用意同。若史記之天下辨士其居傾國，則與詩之哲婦傾城同義耳。　②姑蘇　山名，在江蘇吳縣西南，姑蘇臺在其上，吳王夫差所造。隋因山名州，故稱吳縣治曰姑蘇。

牛嶠

【傳略】

牛嶠字松卿，一字延峯，隴西人，唐相僧孺之後，乾符五年（八七八），登進士第，歷官拾遺、補闕、校書郎。王建鎭西川，辟爲判官。及開國，拜給事中。花間集載嶠詞三十一首，全唐詩附詞載二十七首。

【集評】

況周頤云：昔人情語豔語，大都靡曼爲工。牛松卿西溪子云：「畫堂前，人不語，絃解語。彈到昭君怨處，翠蛾愁，不擡頭。」望江怨云：「惜別花時手頻執，羅幃愁獨入。馬嘶殘雨春蕪濕。倚門立，寄語薄情郎：粉香和淚泣。」繁絃促柱間有勁氣暗轉，愈轉愈深。此等佳處，南宋名作中閒一見之。北宋人雖緜博如柳屯田，顧未克辦。（餐櫻廡詞話）

菩薩蠻

舞裙香暖金泥鳳，畫梁語燕驚殘夢。門外柳花飛，玉郎猶未歸。　愁匀紅粉淚，眉剪春山翠。何處是遼陽①，錦屏春晝長。

【注釋】

①遼陽　舊縣名，漢置，東漢仍之，晉廢，其故址久湮，以漢志及水經注考之，當在今遼寧省遼陽縣

西北。

【評箋】

張惠言云：「驚殘夢」一點，以下純是夢境，章法似西洲曲。（詞選）

牛希濟

【傳略】

牛希濟，後主時，累官翰林學士，御史中丞。蜀亡，入洛，拜雍州節度副使。花間集錄希濟詞十一首，全唐詩錄十二首。

生查子

春山煙欲收，天澹稀星小。殘月臉邊明，別淚臨清曉。　語已多，情未了，迴首猶重道：記得綠羅裙，處處憐芳草！

歐陽炯

【傳略】

歐陽炯，益州華陽人。少事王衍，爲中書舍人。後唐同光中，蜀平，隨衍至洛陽。孟知祥鎮成都，炯復入蜀。知祥僭號，累遷門下侍郎，兼戶部尚書平章事。後從孟昶歸宋，爲散騎常侍。以開寶四年（九七一）卒，年七十六。炯性坦率，無檢操，善長笛。曾爲趙崇祚叙花間集。每言：「愁苦之音易好，懽愉之語難工。」其詞大抵婉約輕和，不欲強作愁思者也。花間集收炯詞十七首，尊前集收三十一首，全唐詩收四十八首。

【集評】

況周頤云：歐陽炯詞，艷而質，質而愈艷，行間句裏，卻有清氣往來。大概詞家如炯，求之晚唐五代，亦不多覯。其定風波云：「暖日閑窗映碧紗，小池春水浸晴霞。數樹海棠紅欲盡，爭忍，玉閨深掩過年華？　獨凭繡牀方寸亂，腸斷，淚珠穿破臉邊花。鄰舍女郎相借問，音信，教人羞道未還家。」此等詞如淡妝西子，肌骨傾城。（歷代詞人考略）

南鄉子　三首

畫舸停橈，槿花籬外竹橫橋。水上遊人沙上女。迴顧，笑指芭蕉林裏住。

岸遠沙平，日斜歸路晚霞明。孔雀自憐金翠尾，臨水，認得行人驚不起。

路入南中，桄榔葉暗蓼花紅。兩岸人家微雨後，收紅豆，樹底纖纖擡素手。

【評箋】

湯顯祖云：短詞之難，難於起得不自然，結得不悠遠。諸起句無一重複，而結語皆有餘思，允稱合作。

江城子

晚日金陵岸草平①，落霞明，水無情。六代繁華②，暗逐逝波聲。空有姑蘇臺上月，如西子鏡照江城③。

【注釋】

①金陵　古地名，卽今南京市及江寧縣地。　②六代　卽六朝。吳、東晉、宋、齊、梁、陳，相繼都建康（故城在今南京市南），是爲六朝。　③西子　卽西施，孟子離婁：「西子蒙不潔，則人皆掩鼻而過之。」注：「西子，古之好女西施也。」

顧敻

【傳略】

顧敻，前蜀通正時，以小臣給事內庭，會禿鶖鳥翔摩訶池上，敻作詩刺之，禍幾不測。久之，擢刺史。已而復事高祖（孟知祥），累官至太尉。敻善小詞，有醉公子曲，爲一時艷稱。花間集收敻詞五十五首，全唐詩同。

【集評】

況周頤云：顧敻豔詞，多質樸語，妙在分際恰合。孫光憲便涉俗。　顧太尉，五代豔詞上駟也。工緻麗密，時復清疎。以豔之神與骨爲濟，其豔乃益入神入骨。其體格如宋院畫工筆折枝小幀，非元人設色所及。（餐櫻廡詞話）

訴衷情

永夜抛人何處去？絕來音。香閣掩，眉斂，月將沈，爭忍不相尋？怨孤衾。換我心，為你心，始知相憶深。

【評箋】

王士禎云：顧太尉：「換我心，爲你心，始知相憶深。」自是透骨情語。徐山民：「妾心移得在君心，方知人恨深。」全襲此，然已爲柳七一派濫觴。（花草蒙拾）

醉公子

漠漠秋雲澹，紅藕香侵檻。枕倚小山屏，金鋪①向晚扃②。 睡起橫波慢，獨望情何限！衰柳數聲蟬，魂銷似去年。

【注釋】

①金鋪　金屬所製之鋪首也。鋪首卽門上貫鎖用之環紐，多作獸頭形，口中銜環。 ②扃　外閉之關也，見說文。按扃，卽門扇上鐶紐，禮曲禮：「入戶奉扃」。又，門戶也，文選孔稚珪北山移文：「雖情投於魏闕，或假步於山扃。」

【評箋】

鄭評：極古拙，亦極高淡，非五代不能有是詞境。

河傳

棹舉，舟去，波光渺渺，不知何處？岸花汀草共依依，雨微，鷓鴣相逐飛。　天涯離恨江聲咽，啼猿切，此意向誰說？倚蘭橈，獨無憀，魂銷，小鑪香欲焦。

【評箋】

況周頤云：孫光憲之「兩槳不知消息，遠汀時起鸂鶒。」確是檃括顧詞。兩家並饒簡勁之趣，顧尤毫不著力，自然清遠。（餐櫻廡詞話）

虞美人

深閨春色勞思想，恨共春蕪長。黃鸝嬌囀泥芳妍，杏枝如畫倚輕煙，鏁窗前。　凭欄愁立雙蛾細，柳影斜搖砌。玉郎還是不還家①，教人魂夢逐楊花，繞天涯。

【注釋】

①玉郎　婦謂夫也，李嶠詩：「門外雪花飛，玉郎猶未歸。」亦以稱其所歡。上庠錄載裴思謙贈妓詩：「銀釭斜背解鳴鐺，小語低聲喚玉郎。」

【評箋】

楊慎云：俗謂柔言索物曰泥，乃計切，諺所謂軟纏也。字又作泥。花間集顧夐辭：「黃鶯嬌囀泥芳妍，」又「記得泥人微斂黛。」字又作妮。王通叟辭：「十三妮子綠窗中。」今山東人目婢曰小妮子，其語亦古矣。（詞品）

鹿虔扆

【傳略】

鹿虔扆，孟蜀時登進士第，累官爲學士。廣政間（約九三八——九五〇），出爲永泰軍節度使，進檢校太尉，加太保。虔扆與歐陽炯、韓琮、閻選、毛文錫等俱以工小詞，供奉後主，時人忌之者，號曰五鬼。虔扆思越人詞有「雙帶繡窠盤錦薦，淚侵花暗香消」之句，詞家推爲絕唱。國亡，不仕。詞多感慨之音。花間集收虔扆詞六首，全唐詩同。

【集評】

倪瓚云：鹿公高節，偶爾寄情倚聲，而曲折盡變，有無限感慨淋漓處。（歷代詩餘引）

臨江仙

金鏁重門荒苑靜，綺窗愁對秋空。翠華一去寂無蹤①。玉樓歌吹②，聲斷已隨風。　煙月不知人事改，夜闌還照深宮。藕花相向野塘中。暗傷亡國，清露泣殘紅。

【注釋】

①翠華　以翠羽爲旗飾也。漢書司馬相如傳：「建翠華之旗。」注：「以翠羽爲旗上葆也。」按柳惲和武帝登景陽樓詩：「翠華承漢遠，彫輦逐風游。」杜甫詩：「憶昔巡幸新豐宮，翠華拂天來向東。」並指天子之旗而言。②玉樓　樓之美稱，韋莊詩：「金勒馬嘶芳草地，玉樓人醉杏花天。」

【評箋】

許昂霄云：曰「不知」、曰「暗傷」，無情有恨，各極其妙。（詞綜偶評）

李珣

【傳略】

李珣字德潤，先世本波斯人，家於梓州。珣有詩名，以秀才豫賓貢，事蜀主衍。國亡，不仕。有瓊瑤集，多感慨之音。花間集錄珣詞三十七首，全唐詩錄五十四首。

【集評】

況周頤云：李德潤臨江仙云：「彊整嬌子臨賓鏡，小池一朵芙蓉。」是人是花，一而二，二而一。句中絕無曲折，却極形容之妙。昔人名作，此等佳處，讀者每易忽之。（蕙風詞話） 李秀才詞，清疎之筆，下開北宋人體格。五代人詞，大都奇豔如古蕃錦；惟李德潤詞，有以清勝者。如酒泉子云：「秋雨連緜，聲散敗荷叢裏。那堪深夜枕前聽，酒初醒。」前調云：「秋月嬋娟，皎潔碧紗窗外。照花穿竹冷沈沈，印池心。」浣溪沙云：「翠疊畫屏山隱隱，冷鋪文簟水潾潾，斷魂何處一蟬新。」所云下開北宋體格者也。有以質勝者，西溪子云：「歸去想嬌嬈，暗魂消。」中興樂云：「忍孤前約，教人花貌，虛老風光。」宋人唯吳夢窗能爲此等質句，愈質愈厚，蓋五代詞已開其先矣。（歷代詞人考略）

南鄉子 三首

蘭棹舉①，水紋開，競携藤籠採蓮來。迴塘深處遙相見，邀同宴，淥酒一巵紅上面。

傾綠蟻②，泛紅螺，閑邀女伴簇笙歌③。避暑信船輕浪裏，閑遊戲，夾岸荔枝紅蘸水④。

相見處，晚晴天，刺桐花下越臺前。暗裏迴眸深屬意，遺雙翠，騎象背人先過水。

【注釋】

①蘭棹　即蘭舟也。木蘭高丈餘，晚春開花，其木可爲舟楫。　②綠蟻　酒也。文選謝朓在郡臥病呈沈尚書詩：「綠蟻方獨持。」注：「釋名曰：『酒有汎齊，浮蟻在上汎汎然。』」白居易問劉十九詩：「綠蟻新醅酒，紅泥小火爐。」　③簇　攢聚也。韋莊詩：「蜂簇野花吟細韻。」貢奎詩：「小市人家簇。」　④蘸　以物沒水也，見說文。按玉篇云：「蘸，以物內水中」，今謂以物沾水或沾取他物曰蘸，並引申之義。

【評箋】

況周頤云：周草窗云：「李珣、歐陽炯輩俱蜀人，各製南鄉子數首，以誌風土，亦竹枝體也。」珣所作南鄉子十七闋。首闋云：「思鄉處，潮退水平春色暮。」似乎誌風土之作矣。乃後闋句云：「釆真珠處水風多。」又云：「夾岸荔枝紅蘸水。」又云：「越南雲樹望中微。」又云：「愁聽猩猩啼瘴雨。」又云：「越王臺下春風暖。」又云：「刺桐花下越臺前。」又云：「騎象背人先過水。」又云：「出向桄榔樹下立。」又云：「拾翠採珠能幾許。」又云：「孔雀雙雙迎日舞。」又云：「謝娘家接越王臺，一曲鄉歌齊撫掌。」又云：「椰子酒傾鸚鵡醆」又云：「慣隨潮水采珠來。」珣，蜀人，顧所詠皆東粵景物，何耶？其巫山一段雲云：「啼猿何必近孤舟，行客自多愁。」河傳云：「依舊十二峯前，猿聲到客船。」則誠蜀人之言矣。（餐櫻廡詞話）

漁歌子

荻花秋，瀟湘夜①，橘洲佳景如屏畫②。碧煙中，明月下，小艇垂綸初罷③。　水為鄉，蓬作舍，魚羹稻飯常飡也。酒盈杯，書滿架，名利不將心挂。

【注釋】

①瀟湘　湖南省境之湘水，在零陵縣西合瀟水，世稱瀟湘爲三湘之一。山海經中山經：「禮沅之風，交瀟湘之淵」。②橘洲　洲名，在湖南省長沙縣西湘江中。水經注：「湘水之北，逕南津城西，西對橘洲。」方輿勝覽：「湘江中有四洲，曰橘洲、直洲、誓洲、白水洲、夏月水泛，惟此不沒，土多美橘，故名。」　③垂綸　綸，釣絲也。垂綸卽垂釣之義。溫庭筠詩：「終日垂綸還有意，尺書都在錦鱗中。」

孫光憲

【傳略】

孫光憲字孟文，貴平人。家世業農，至光憲，獨讀書好學。唐時爲陵州判官，有聲。天成初（約九二六），避地江陵。武信王（高季興）奄有荆土，招致四方之士，用梁震薦，入掌書記。光憲事南平三世，皆處幕中，累官荆南節度副使、檢校秘書少監。後教高繼冲悉獻三州之地，宋太祖嘉其功，授光憲黃州刺史。乾德末年卒。性嗜經籍，聚書凡數千卷。或手自鈔寫，孜孜校讎，老而不廢。自號葆光子。所著有北夢瑣言。孫詞見花間集者六十首，見前集者二十三首，見全唐詩者八十首。劉毓盤於其內戚費文恪公家，見所藏宋元殘本，有荆臺傭稿一冊，因錄副，刋入所輯唐五代宋遼金元名家詞集六十種中，共存詞八十四首。

思帝鄉

如何。遣情情更多，永日水精簾下斂羞蛾。六幅羅裙窣地①，微行曳碧波。看盡滿地疎雨打團荷。

【注釋】

①窣　音粹，裙長拖地也。

酒泉子

空磧無邊，萬里陽關道路①。馬蕭蕭，人去去，隴雲愁②。　香貂舊製戎衣窄，胡霜千里白。綺羅心，魂夢隔，上高樓。

【注釋】

①陽關　古關名。當在今甘肅省敦煌縣西南，自古與玉門關同爲出塞必經之地。王維詩：「勸君更進

一杯酒，西出陽關無故人。」②隴　甘肅省之簡稱。甘肅在我國中部西境，位黃河流域之上游，地當隴山之西，故別稱曰隴西，又稱隴右，或簡稱隴。

【評箋】

湯顯祖云：三疊文之出塞曲，而長短句之弔古戰場文也。再讀不禁酸鼻。

浣溪沙

蓼岸風多橘柚香①，江邊一望楚天長，片帆煙際閃孤光。　目送征鴻飛杳杳②，思隨流水去茫茫，蘭紅波碧憶蕭湘。

【注釋】

①蓼　一年生草本，多生水邊，高三四尺，夏秋時開紅白色穗狀小花。②杳杳　猶窈窈也。深冥貌。楚辭九章懷沙：「眴兮杳杳，孔靜幽默。」

謁金門

留不得，留得也應無益。白紵春衫如雪色①，揚州初去日②。　輕別離，甘拋擲，江上滿帆風疾。却羨綵鴛三十六，孤鸞還一隻。

【注釋】

①白紵　紵同苧，卽苧痲。②揚州　亦稱廣陵，卽今江蘇省揚州市。李白送孟浩然之廣陵詩：「故人西辭黃鶴樓，煙花三月下揚州。」

【評箋】

湯顯祖云：「滿帆風，吹不上離人小船。」今南調中，最膾炙人口。只此數語，已足該括之矣。

漁歌子

泛流螢，明又滅。夜涼水冷東灣闊。風浩浩，笛寥寥，萬頃金波澄澈。杜若洲①，香郁烈。一聲宿雁霜時節。經霅水②，過松江③，盡屬儂家日月。

【注釋】

①杜若　植物名，鴨跖草科，多年生草本，生林陰野地，莖高一二尺，味辛香，夏日抽花軸開小花。

②霅水　即霅溪，亦曰霅川。在浙江省吳興縣南。　③松江　吳淞江之別稱。在江蘇省境，古稱笠澤，俗名蘇州河，源出太湖，流經青浦、嘉定等縣，至上海合黃浦江入海。

【評箋】

湯顯祖云：竟奪了張志和、張季鷹坐位，忒覺狠些。

馮延巳

【傳略】

馮延巳（九〇四——九六〇）字正中，廣陵人。有辭學，多伎藝。烈祖李昪以爲秘書郎，使與元宗（李璟）遊處。累遷駕部郎中，元帥府掌書記。保大四年（九四六），自中書侍郎拜平章事，出鎮撫州。

及再入相，元宗悉以庶政委之。罷爲宮傅，卒，年五十七。著樂章百餘闋。延巳在五代爲一大作家，與溫、韋分鼎三足，影響北宋諸家者尤鉅。南唐歌詞種子，向江西發展，轍迹可尋，馮氏實其中心人物也。

【集評】

劉熙載云：馮延巳詞，晏同叔得其俊，歐陽永叔得其深。（藝概）

馮煦云：詞雖導源李唐，然太白、樂天興到之作，非其顓詣。逮於季葉，茲事始暢。溫韋崛興，專精令體。南唐起於江左，祖尙聲律，二主倡於上，翁（延巳）和於下，遂爲詞家淵藪。翁俯仰身世，所懷萬端，繆悠其辭，若顯若晦，揆之六義，比興爲多。若三臺令、歸國謠、蝶戀花諸作，其旨隱，其詞微，類勞人、思婦、羈臣、屏子鬱伊愴怳之所爲，翁何致而然耶。周師南侵，國勢岌岌。中主既昧本圖，汶闇不自強，強鄰又鷹瞵而鶚睨之，而務高拱，溺浮采，芒乎芴乎，不知其將及也。翁負其才略，不能有所匡救，危苦煩亂之中，鬱不自達者，一於詞發之。其憂生念亂，意內而言外，迹之唐、五季之交，韓致堯之於詩，翁之於詞，其義一也。世亶以靡曼目之，誣已。（四印齋刻陽春集序）

又云：吾家正中翁，鼓吹南唐，上翼二主，下啓歐晏，實正變之樞紐，短長之流別。（成肇麐唐五代詞選敍）

況周頤云：陽春一集，爲臨川、珠玉所宗，愈瓌麗，愈醇樸。南渡名家，霑丐膏馥，輒臻上乘。馮詞如古蕃錦，如周、秦寶鼎彝，琳瑯滿目，美不勝收。詞之境詣至此，不易學，並不易知，未容漫加選

擇，與後主詞實異曲同工也。（歷代詞人考略）

王國維云：馮正中詞，雖不失五代風格，而堂廡特大，開北宋一代風氣。　正中詞除鵲踏枝、菩薩蠻十數闋最煊赫外，如醉花間之「高樹鵲啣巢，斜月明寒草。」余謂韋蘇州之「流螢度高閣」，孟襄陽之「疎雨滴梧桐，」不能過也。　正中詞品，若欲於其詞句中求之，則「和淚試嚴妝，」殆近之歟？（人間詞話）

長命女

春日宴，綠酒一杯歌一遍，再拜陳三願：一願郎君千歲，二願妾身常健，三願如同梁上燕，歲歲長相見。

采桑子

笙歌放散人歸去，獨宿江樓，月上雲收，一半珠簾挂玉鉤。　起來點檢經由地，處處新愁。憑仗東流，將取離心過橘洲。

華前失却遊春侶，獨自尋芳，滿目悲涼，縱有笙歌亦斷腸。　林間戲蝶簾間燕，各自雙雙。忍更思量。綠樹青苔半夕陽。

謁金門

風乍起，吹縐一池春水。閑引鴛鴦香徑裏，手挼紅杏蕊①。　鬬鴨闌干獨倚②，碧玉搔頭斜墜③。終日望君君不至，擧頭聞鵲喜④。

【注釋】

①挼　同捼，兩手切摩也。晉書劉毅傳：「東府聚摴蒱大擲，劉裕挼五木久之，卽成盧焉。」②鬪鴨　說郛引三國志孫權傳注：「魏文帝遣使求鬪鴨，羣臣奏宜無與，權曰：『彼居諒闇中，所求若此，豈可與言禮哉？』具以與之。」又新唐書：「齊王祐善養鬪鴨，方未反時，狸咋鴨四十餘，絕其頭去，及敗，牽連誅死者四十餘人。」是鬪鴨自古有之，殆與鬪鷄相似，供豪家之娛樂者。③搔頭　簪之別名。西京雜記：「武帝過李夫人，就取玉簪搔頭，自此後，宮人搔頭皆用玉。」④鵲喜　禽經：「靈鵲兆喜」，注：「鵲噪則喜生」，宋之問詩：「破顏看鵲喜」，世俗因以鵲噪爲報喜。

【評箋】

馬令云：元宗樂府辭云：「小樓吹徹玉笙寒，」延巳有「風乍起，吹皺一池春水」之句，皆爲警冊。元宗嘗戲延巳曰：「吹皺一池春水，干卿何事？」延巳曰：「未如陛下：『小樓吹徹玉笙寒』。」元宗悅。（南唐書）

清平樂

雨晴煙晚，綠水新池滿。雙燕飛來垂柳院，小閣畫簾高捲。　黃昏獨倚朱闌，西南新月眉彎。砌下落華風起，羅衣特地春寒①。

【注釋】

①特地　猶云特別也。又猶云特爲或特意也。朱熹過蓋竹詩：「二月春風特地寒，江樓獨自倚闌干。」

此作特別解。楊萬里過五里逕詩：「溪光遠隔深深竹，特地穿簾入轎來。」此作特意或特爲解。

鵲踏枝

誰道閑情抛擲久，每到春來，惆悵還依舊。日日華前常病酒，不辭鏡裏朱顏瘦。河畔青蕪堤上柳。為問新愁，何事年年有。獨立小橋風滿袖，平林新月人歸後。

幾日行雲何處去，忘了歸來，不道春將暮。百草千華寒食路，香車繫在誰家樹。淚眼倚樓頻獨語：雙燕飛來，陌上相逢否。撩亂春愁如柳絮，悠悠夢裏無尋處。

六曲闌干偎碧樹。楊柳風輕，展盡黃金縷。誰把鈿箏移玉柱。穿簾海燕雙飛去。滿眼游絲兼落絮。紅杏開時，一霎清明雨。濃睡覺來鶯亂語，驚殘好夢無尋處。

【評箋】

譚獻云：金碧山水，一片空濛。此正周氏所謂：「有寄託入，無寄託出」也。（譚評詞辨）

陳廷焯云：馮正中蝶戀花云可謂沈著痛快之極，然却是從沈鬱頓挫來，淺人何足知之。（白雨齋詞話）

李璟

【傳略】

李璟字伯玉，初名景通，烈祖元子也。美容止，器宇高邁，性寬仁，有文學。甫十歲，吟新竹詩云：「棲鳳枝梢猶軟弱，化龍形狀已依稀。」人皆奇之。烈祖受禪，封吳王。累遷太尉、中書令、諸道元帥、錄尚書事，改封齊王。嗣位，改元保大。在位十九年，以宋建隆二年（九六一）六月，殂於南都（南昌），年四十六。廟號元宗。今所傳萬曆間虞山呂遠刊本南唐二主詞，首錄中主詞四闋，尚仍陳本之舊，而後主詞多斷缺，其後搗練子一闋，且注：「出升菴詞林萬選」，則亦明所輯，二主詞殆久無完本矣。

浣溪沙

菡萏香銷翠葉殘①，西風愁起綠波間。還與韶光共憔悴，不堪看。　細雨夢迴雞塞遠②，小樓吹徹玉笙寒。多少淚珠何限恨，倚闌干。

手捲真珠上玉鉤，依前春恨鎖重樓。風裏落花誰是主，思悠悠。　青鳥不傳雲外信③，丁香空結雨中愁。迴首綠波春色暮，接天流。

【注釋】

①菡萏　卽荷花。爾雅：「荷芙蕖，其花菡萏。」　②雞塞　卽雞鹿塞。水經注：「自窳渾縣西北出雞鹿塞。」窳渾，在蒙古鄂爾多斯右翼，黃河西北岸。由此再出西北，卽抵外蒙古賽音諾顏境。雞塞，蓋當內外蒙古之界。　③青鳥　漢武故事：「七月七日，忽有青鳥，飛集殿前，東方朔曰：『此西王母欲來』，有頃，天母至，三青鳥夾侍王母旁。」按後人因借稱使者曰青鳥。

【評箋】

馬令云：王感化善謳歌，聲韻悠揚，清振林木，繫樂部爲「歌板色」。元宗嗣位，宴樂擊鞠不輟。嘗乘醉命感化奏水調詞。感化唯歌「南朝天子愛風流」一句，如是者數四。元宗輒悟，覆杯歎曰：「使孫、陳二主得此一句，不當有銜璧之辱也。」感化由是有寵。元宗嘗作浣溪沙二闋，手寫賜感化。後主卽位，感化以其詞札上之。後主感動，賞賜感化甚優。（南唐書徐諧傳）

胡仔云：荆公問山谷：「作小詞，曾看李後主詞否？」云：「曾看。」荆公云：「何處最好？」山谷以「一江春水向東流」爲對。荆公云：「未若『細雨夢回雞塞遠，小樓吹徹玉笙寒，』最好。」　案：「細雨」二句爲中主詞，荆公亦誤記。可見唐、五代人詞常多相混，殊不足怪耳。（苕溪漁隱叢話）

王國維云：南唐中主詞：「菡萏香銷翠葉殘，西風愁起綠波間。」大有「衆芳蕪穢，美人遲暮」之感。乃古今獨賞其「細雨夢回雞塞遠，小樓吹徹玉笙寒。」故知解人正不易得。（人間詞話）

李煜

【傳略】

李煜，字重光，元宗第六子，初名從嘉。文獻太子卒，以尚書令知政事，居東宮。元宗十九年，立爲太子。元宗南巡，太子留金陵監國。建隆二年（九六一）嗣位，在位十五年。開寶八年（九七五），宋將曹彬攻破金陵，煜出降。明年，至京師，封違命侯。太平興國三年（九七八）七月七夕殂，年四十二。

煜嗣位初，專以愛民爲急，蠲賦息役，以裕民力。尊事中原，不憚卑屈。境內賴以少安者，十有五年。殂問至江南，父老有巷哭者。然酷好浮屠，崇塔廟，度僧尼不可勝算。罷朝，輒造佛屋，易服膜拜，頗廢政事。故雖仁愛足感遺民，而卒不能保社稷。煜后周氏，善歌舞，尤工琵琶，故唐盛時，霓裳羽衣，最爲大曲。亂離之後，絕不復傳，后得殘譜，以琵琶奏之，於是開元、天寶遺音，復傳於世。煜以后好音律，因亦耽嗜。煜對歌詞之成就，於家庭父子夫婦間，與當時風氣，皆有絕大影響，尤以周昭惠后精通樂律，從旁贊助之力爲多焉。虞山呂遠墨華齋刋南唐二主詞本，存後主詞三十三首，中多殘缺，亦有他人之作混入其中，蓋皆後人輯錄而成者。清康熙二十八年（一六八九）侯文燦刻十名家詞集本二主詞，與呂刻本殆出一源，惟無最末搗練子「雲鬢亂」一首。全唐詩載後主詞三十四闋，未悉所據何本。此外有劉繼曾校箋本、王國維校記本，可供參證。

【集評】

余懷曰：李重光風流才子，誤作人主，至有入宋牽機之恨。其所作之詞，一字一珠，非他家所能及也。（玉琴齋詞序）

納蘭性德曰：花間之詞，如古玉器，貴重而不適用。宋詞適用而少質重。李後主兼有其美，兼饒煙水迷離之致。（淥水亭雜識）

周濟曰：李後主詞，如生馬駒，不受控捉。　王嬙、西施，天下美婦人也。嚴妝佳，淡妝亦佳，粗服亂頭，不掩國色。飛卿，嚴妝也；端己，淡妝也；後主則粗服亂頭矣。（介存齋論詞雜著）

王鵬運曰：蓮峯居士（煜別號）詞，超逸絕倫，虛靈在骨。芝蘭空谷，未足比其芳華；笙鶴瑤天，詎能方茲清怨？後起之秀，格調氣韻之間，或月日至，得十一於千百。若小晏，若徽廟，其殆庶幾。斷

代南渡，嗣音闃然。蓋閒氣所鍾，以謂詞中之帝，當之無媿色矣。（半塘老人遺稿）

王國維曰：李重光之詞，神秀也。　詞人者，不失其赤子之心者也。故生於深宮之中，長於婦人之手，是後主爲人君所短處，亦卽爲詞人所長處。客觀之詩人，不可不多閱世，閱世愈深，則材料愈豐富，愈變化，水滸傳、紅樓夢之作者是也。主觀之詩人，不必多閱世，閱世愈淺，則性情愈真，李後主是也。（人間詞話）

虞美人

春花秋月何時了，往事知多少，小樓昨夜又東風，故國不堪回首月明中①。　雕闌玉砌應猶在②，只是朱顏改③。問君能有幾多愁，恰似一江春水向東流。

【注釋】

①故國句　西清詩話：「南唐李後主歸朝後，每懷故國，且念嬪妾散落，鬱鬱不自聊。」　②雕闌玉砌　喻舊宮之富麗。　③朱顏　卽紅顏，喻美人。楚辭：「美人既醉，朱顏酡些。」

【評箋】

王銍云：徐鉉歸朝，爲左散騎常侍，遷給事中。太宗一日問：「曾見李煜否？」鉉對以「臣宜敢私見之。」上曰：「卿第往，但言朕令卿往相見可矣。」鉉遂徑往其居，望門下馬。但一老卒守門。徐言：「願見太尉。」卒言：「有旨，不得與人接，豈可見也。」鉉曰：「我乃奉旨來見。」老卒往報。徐入，立庭下久之。老卒遂入，取舊椅子相對。鉉遙望見，謂卒曰：「但正衙一椅足矣。」頃間，李主紗帽道服而出。鉉方拜，而李主遽下階，引其手以上。鉉告辭賓主之禮。主曰：「今日豈有此禮？」徐引椅少偏，乃敢坐。後主相持大笑，默不言，忽長吁歎曰：「當時悔殺了潘佑、李平。」鉉去，乃有旨再對，詢：「後主何言？」鉉不敢隱，遂有秦王賜牽機藥之事。——牽機藥者，服之，前却數十回，頭足相就，如牽機狀也。——又後主在賜第，因七夕，命故妓作樂，聲聞於外。太宗聞之，大怒。又傳「小樓昨夜又東風」及「一江春水向東流」之句，併坐之，遂被禍云。又云：韓玉汝家有李國主歸朝後與金陵舊宮人書云：「此中日夕，只以眼淚洗面。」（默記）

譚獻云：二詞（謂此闋及「風廻小院」闋）終當以神品目之。後主之詞，足當太白詩篇，高奇無匹。（譚評詞辨）

清平樂

別來春半，觸目愁腸斷。砌下落梅如雪亂，拂了一身還滿。　雁來音信無憑，路遙歸夢難成。離恨恰如春草，更行更遠還生。

【評箋】

沈際飛云：是恨如芳草剗盡還生藁子。（草堂詩餘正集）

譚獻云：「淚眼問花花不語，亂紅飛過秋千去，」與此同妙。（譚評詞辨）

相見歡

林花謝了春紅，太忽忽，無奈朝來寒雨晚來風。　胭脂淚，相留醉，幾時重。自是人生

長恨水長東。

【評箋】

譚獻云：濡染大筆。（譚評詞辨）

王國維云：詞至李後主而眼界始大，感慨遂深，遂變伶工之詞而爲士大夫之詞，周介存置諸溫韋之下，可謂顛倒黑白矣。「自是人生長恨水長東」、「流水落花春去也，天上人間」，金荃浣花能有此氣象耶。（人間詞話）

相見歡

無言獨上西樓，月如鉤。寂寞梧桐深院鎖清秋。　剪不斷，理還亂，是離愁，別是一般滋味在心頭①。

【注釋】

①一般　猶言一種。邵雍詩：「一般清意味，料得少人知。」

【評箋】

黃昇云：此詞最悽惋，所謂「亡國之音哀以思」。（唐宋諸賢絕妙詞選）

沈際飛云：七情所至，淺嘗者說破，深嘗者說不破，破之淺，不破之深，別是句妙。（草堂詩餘正集）

王壬秋云：詞之妙處亦別是一般滋味。（湘綺樓詞選）

浪淘沙

簾外雨潺潺①，春意闌珊②。羅衾不耐五更寒。夢裏不知身是客，一晌貪歡③。獨自莫凭闌，無限江山，別時容易見時難。流水落花春去也，天上人間。

【注釋】

①潺潺　水流貌。　②闌珊　猶衰落。　③一晌　猶言片刻。白居易詩：「一晌愁消真萬金。」

【評箋】

西清詩話云：南唐李後主歸朝後，每懷江國，且念嬪妾散落，鬱鬱不自聊，嘗作長短句云：「簾外雨潺潺」云云，含思悽惋，未幾下世。（苕溪漁隱叢話引）

復齋漫錄云：顏氏家訓云：「別易會難，古今所重。江南餞送，下泣言離。北間風俗，不屑此事，歧路言離，懽笑分首。」李後主蓋用此語耳。故長短句云：「別時容易見時難。」（苕溪漁隱叢話引）

浪淘沙

往事只堪哀，對景難排。秋風庭院蘚侵堦。一桁珠簾閒不捲，終日誰來。　金鎖已沉埋①，壯氣蒿萊②。晚凉天靜月華開。想得玉樓瑤殿影，空照秦淮③。

【注釋】

①金鎖　金質之鎖鑰也。此處疑指金鎖甲。杜甫重過何氏山林詩：「雨抛金鎖甲，苔臥綠沉槍。」仇兆鰲杜詩詳注引薛蒼舒之言曰：「車頻『秦書』：苻堅使熊邈造金銀細鎧，金爲綫以縲之，今謂甲之精細者爲鎖子甲，言相銜之密也。」　②蒿萊　兩種植物，常生長於久無人居之屋廬中。此處與壯氣

一詞合用，應作消沉解。③秦淮　即南京秦淮河，當時屬南唐。河中有畫舫遊艇，河岸有歌樓舞館，係金陵（南京）勝地。

【評箋】

沈際飛云：此在汴京念秣陵事，讀不忍竟。又云：「終日誰來」四字慘。（草堂詩餘正集）

臨江仙

櫻桃落盡春歸去，蝶翻輕粉雙飛。子規啼月小樓西①。玉鉤羅幕②，惆悵暮煙垂。別巷寂寥人散後，望殘煙草低迷。鑪香閒裊鳳凰兒③。空持羅帶④，回首恨依依。

【注釋】

①子規　鳥名，禽經：「江左曰子規，蜀右曰杜宇，甌越曰怨鳥，一名杜鵑。」李白詩：「蜀國曾聞子規啼。」②羅幕　絲織之帷幕。岑參白雪歌：「散入珠簾濕羅幕，狐裘不暖錦衾薄。」③鑪香句　鑪同爐。鳳凰，鑪之圖案作鳳凰形也。兒，詞尾，如花兒、月兒之類。④羅帶　絲織之帶。李德林夏日詩：「微風動羅帶，薄汗染紅粧。」

【評箋】

詩話總龜云：自古文人，雖在艱危困黯之中，亦不忘於製述，蓋性之所嗜，雖鼎鑊在前不恤也，況下於此者乎？李後主在圍城中，可謂危矣，猶作長短句，所謂櫻桃落盡春歸去云云，文未就而城破，蔡約之嘗見其遺稿。

陳鵠西塘集耆舊續聞云：蔡絛作西清詩話，載江南李後主臨江仙，云：「圍城中書，其尾不全。」以予考之，殆不然。余家藏李後主七佛戒經及雜書二本，皆作梵葉。中有臨江仙，塗注數字，未嘗不全。其後則書李太白詩數章，似平日學書也。本江南中書舍人王克正家物，後歸陳魏公之孫世功君懋。余，陳氏壻也。其詞云：「櫻桃落盡」云云。後有蘇子由題云：「淒涼怨慕，真亡國之音也。」

望江南

多少恨，昨夜夢魂中。還似舊時遊上苑①，車如流水馬如龍②。花月正春風。

【注釋】

①上苑　即上林苑，秦始皇所築，漢武帝更增廣之。周袤三百里，離宮七十所。在今陝西西安縣西，及盩厔鄠縣界。　②車如流水馬如龍　言車馬之盛。後漢書馬后紀：「濯龍門外家問起居者，車如流水，馬如游龍。」按馬皇后，明帝后也。

破陣子

四十年來家國①，三千里地山河②。鳳閣龍樓連霄漢③，瓊枝玉樹作煙蘿④，幾曾識干戈！
一旦歸為臣虜，沈腰潘鬢銷磨⑤。最是蒼惶辭廟日，教坊猶奏別離歌⑥，揮淚對宮娥⑦。

【注釋】

①四十年來家國　南唐自先主李昪昪元元年（九三七）即位開國，迄宋太祖開寶八年（九七五）後主出降，凡三十八年。　②三千里地山河　據馬令南唐書建國譜，南唐「共三十五州之地，號爲大國。」

③鳳閣龍樓　指帝王所居之樓閣也。④煙蘿　謂草樹茂密，煙聚蘿纏也。⑤沈腰潘鬢　謂腰瘦而鬢斑也。南史沈約傳：「（約）與徐勉素善，遂以書陳情於勉，言已老病，百日數旬，革帶常應移孔，以手握臂，率計月小半分，欲謝事求歸老之秩。」潘岳秋興賦：「斑鬢髮以承弁兮。」⑥教坊　唐初設置於宮禁中，掌理伎樂，唐玄宗開元二年，復置內教坊於蓬萊宮側，京都（長安）置左右教坊。⑦宮娥　卽宮女，隋遺錄：「（煬）帝嘗幸昭明文選樓，車駕未至，先命宮娥數十人陞樓迎侍。」

【評箋】

蘇軾云：後主既爲樊若水所賣，舉國與人，故當慟哭於九廟之外，謝其民而後行，顧乃揮淚宮娥，聽教坊離曲。（東坡志林）

菩薩蠻

花明月黯飛輕霧，今宵好向郎邊去。剗韈步香階①，手提金縷鞋。　畫堂南畔見，一向偎人顫②。奴為出來難，教君恣意憐。

【注釋】

①剗韈　剗，本有削平之意。此處「剗韈」一詞，解作以韈貼地也。　②一向　向通餉，一餉，片時也。草堂詩餘注：「一餉謂一食之頃。」

【評箋】

古今詞話云：按此詞及銅簧韵脆一首，爲繼立周后作也。周后卽昭惠后之妹，昭惠感疾，周后常留禁中，故有來便諧衷素。教君恣意憐之語，聲傳外庭，至再立后，成禮而已。

徐士俊云：花明月黯一語，珠聲玉價。

許昂霄云：情真景真，與空中語自別。（詞綜偶評）

潘游龍云：結語極俚極真。

搗練子令

深院靜，小庭空，斷續寒砧斷續風①。無奈夜長人不寐，數聲和月到簾櫳②。

【注釋】

①寒砧　砧，擣衣石也；寒砧，指秋夜之砧聲，往時詩人，多以喻淒咽之景況，杜甫秋興詩：「寒衣處處催刀尺，白帝城高急暮砧。」　②櫳　窗牖也。趙嘏聞笛詩：「清和冷月到簾櫳。」

一斛珠

曉粧初過，沉檀輕注些兒箇①。向人微露丁香顆②，一曲清歌，暫引櫻桃破③。羅袖裛殘殷色可，盃深旋被香醪涴。繡牀斜凭嬌無那④，爛嚼紅茸⑤，笑向檀郎唾⑥。

【注釋】

①沉檀　卽沉香、檀香，可注於口取香。沉香又名沉水香、蜜香，爲常綠亞喬木，木材爲著名之薰香料。些兒個，爲當時俗語，卽今所謂些子，個字亦趁韻耳。　②丁香　本常綠喬木，一名雞舌香，恒用喻美人香舌。　③櫻桃　喻美人口唇也。昔白居易有侍姬二，曰樊素，曰小蠻，樊素唇美，小蠻腰

細，嘗有詩曰：「櫻桃樊素口，楊柳小蠻腰。」櫻桃破，謂美人開口也。④無那　卽無奈，唐人多以無奈爲無那。存悔齋集杜詩話：「飛騰無那故人何。」⑤紅茸　紅絨線也。嚼紅絨線，一種幼稚之遺習，益以見其嬌態也。⑥檀郎　李賀詩：「檀郎謝女眠何處。」注：「潘安，小字檀奴，故婦人呼所歡爲檀郎。」又堅瓠集：「詩詞中多用檀郎字，檀喻其香也。」

玉樓春

晚妝初了明肌雪，春殿嬪娥魚貫列。鳳簫吹斷水雲間①，重按霓裳歌遍徹②。臨風誰更飄香屑③，醉拍闌干情味切。歸時休放燭花紅，待踏馬蹄清夜月。

【注釋】

①鳳簫句　鳳簫，古之雲簫，編小竹管爲之。應劭風俗通：「舜作簫，其形參差，以象鳳翼。」吹斷，吹歇也。水雲間，水雲形容其地之遠離塵俗也。蘇軾詩：「高情猶愛水雲鄉。」②霓裳　舞曲也，卽霓裳羽衣曲，起於唐玄宗時。郭茂倩樂府詩集：唐逸史曰：「羅公遠多秘術，嘗與玄宗至月宮，仙女數百，皆素練霓衣，舞於廣庭，問其曲，曰霓裳羽衣，帝默記其音調而還。明日召樂工，依其音調，作霓裳羽衣曲。」③飄香屑　香屑卽沉檀香之屑末，臨風撒之，蓋酒酣無意識之一種玩耍也。

【評箋】

李于鱗云：上敍鳳輦出遊之樂，下敍鸞輿歸來之樂。（草堂詩餘雋）

王世貞云：「歸時休放燭花紅，待踏馬蹄清夜月。」致語也。「問君能有幾多愁，恰似一江春水向東

流。」情語也，後主真是詞手。（藝苑卮言）

漁父

一櫂春風一葉舟①，一綸繭縷一輕鉤②。花滿渚③，酒滿甌④，萬頃波中得自由。

【注釋】

①櫂　楫也。漢劉熙釋船：「在旁撥水曰櫂。」字或作棹。　②繭縷　蠶絲也。此謂釣絲。　③渚　小洲也。　④甌　酒盂也。

烏夜啼

昨夜風兼雨，簾幃颯颯秋聲。燭殘漏斷頻敧枕①，起坐不能平②。　世事漫隨流水，算來夢裏浮生。醉鄉路穩宜頻到③，此外不堪行。

【注釋】

①敧　斜也。頻敧枕，蓋展轉不寐使枕頻敧也。　②不能平　謂心潮起伏不能平息也。　③醉鄉　王績有醉鄉記。蘇軾詩：「醉有真鄉我可侯。」

望江南　二首

閒夢遠，南國正芳春。船上管絃江面綠，滿城飛絮混輕塵。忙殺看花人。

閒夢遠，南國正清秋。千里江山寒色遠，蘆花深處泊孤舟。笛在月明樓。

【評箋】

唐圭璋云：此二首皆後主居汴追懷故國之作，故曰閒夢遠南國云云，寫景愈美，寄恨愈深矣。（評注南唐二主詞）

子夜歌

人生愁恨何能免，銷魂獨我情何限。故國夢重歸，覺來雙淚垂。　高樓誰與上①，長記秋晴望。往事已成空，還如一夢中。

【注釋】

①誰與上　猶言與誰上也。

【評箋】

馬令云：後主樂府詞云：「故國夢初歸，覺來雙淚垂。」又云：「小樓昨夜又東風，故國不堪回首月明中。」皆思故國也。（南唐書）

范仲淹

【傳略】

范仲淹（九八九——一〇五二）字希文，其先邠人，後徙蘇州吳縣。大中祥符八年（一〇一五）進士，仕至樞密副使，參知政事。以資政殿學士爲陝西四路宣撫使，知邠州。仲淹守邊數年，羌人親愛，呼爲「龍圖老子」。爲將號令明白，愛撫士卒。諸羌來者，推心接之不疑，故賊亦不敢輒犯其境。以疾，請鄧州，尋徙荊南、杭州、青州。卒，年六十四，謚文正。仲淹詞傳作甚少，彊邨叢書所刻范文正公詩餘，只得六首，而憶王孫一首爲李重元作，見唐宋諸賢絕妙詞選卷七，不知何以竟行輯入也。

蘇幕遮

碧雲天，黃葉地。秋色連波，波上寒煙翠。山映斜陽天接水。芳草無情，更在斜陽外。

黯鄉魂①，追旅思。夜夜除非，好夢留人睡。明月樓高休獨倚。酒入愁腸，化作相思淚。

【注釋】

①黯鄉魂　言思念家鄉黯然銷魂也。江淹別賦：「黯然銷魂者，惟別而已矣。」黯然，心神頹喪貌。

【評箋】

彭孫遹云：范希文蘇幕遮一調，前段多入麗語，後段純寫柔情，遂成絕唱。（金粟詞話）

譚獻云：大筆振迅。（譚評詞辨）

漁家傲

塞下秋來風景異，衡陽雁去無留意①。四面邊聲連角起②。千嶂裏，長煙落日孤城閉。

濁酒一杯家萬里，燕然未勒歸無計③，羌管悠悠霜滿地。人不寐，將軍白髮征夫淚。

【注釋】

①衡陽雁　湖南衡陽縣南衡山七十二峯之首曰廻雁峯，相傳雁飛至此不過，遇春而回。②邊聲連角起　古軍樂有畫角，製出羌胡，所以應胡笳之聲者。形如竹筒，本細末大；始僅直吹，後用以橫吹。

發聲嗚嗚然，哀厲高亢。古時軍中用之，以警昏曉。此詠邊塞，凡戍兵樂聲，均稱邊聲。③燕然未勒　後漢書竇憲傳載班固燕然山銘：「惟永元元年，秋七月，有漢元舅車騎將軍竇憲，治兵于朔方。踰涿邪，跨安侯，乘燕然；躡冒頓之區落，焚老上之龍庭。封山刊石，昭銘盛德。」

【評箋】

魏泰云：范文正公守邊日，作漁家傲樂數闋，皆以「塞下秋來」爲首句，頗述邊鎭之勞苦。歐陽公嘗呼爲窮塞主之詞。及王尙書素出守平涼，文忠亦作漁家傲一詞以送之，其斷章曰：「戰勝歸來飛捷奏，傾賀酒，玉階遙獻南山壽，」顧謂王曰：「此真元帥之事也。」（東軒筆錄）

譚獻云：沈雄似張巡五言。（譚評詞辨）

御街行

紛紛墜葉飄香砌。夜寂靜，寒聲碎。真珠簾捲玉樓空①，天淡銀河垂地②。年年今夜，月華如練③，長是人千里。　愁腸已斷無由醉。酒未到，先成淚。殘燈明滅枕頭攲，諳盡孤眠滋味。都來此事④，眉間心上，無計相迴避。

【注釋】

①玉樓　十洲記：「崑崙山之一角，有金臺五所，玉樓十二所。」世因稱華美之樓曰玉樓。　②銀河　卽雲漢。晴夜天空，見有灰白色之帶，微光閃閃，彎環如河者，亦名天河；一名天杭；一名銀潢。③練　素綢也。　④都來　算來也。

【評箋】

李于鱗云：月光如晝，淚深于酒，情景兩到。（草堂詩餘雋）

陳亦峯云：淋漓沈著，西廂長亭襲之，骨力遠遜，且少味外味，此北宋所以爲高。小山、永叔後，此調不復彈。（白雨齋詞話）

沈天羽云：天淡句空靈。（草堂詩餘正集）

沈謙云：范希文「真珠簾捲玉樓空，天淡銀河垂地。」及「芳草無情，又在斜陽外。」雖是賦景，情已躍然。（塡詞雜說）

張先

【傳略】

張先（九九〇——一〇七八）字子野，烏程人（浙江吳興）。仁宗天聖八年（一〇三〇）進士。晏殊尹京兆，辟爲通判，歷官都官郎中。詩格清新，尤長於樂府。晚歲優遊鄉里，常泛扁舟，垂釣爲樂。卒年八十九，葬弁山多寶寺之右。李公擇守吳興，招先及蘇軾、陳舜俞、楊繪、劉述雅集郡圃，爲六客之會。王安石有寄張先郎中詩，梅聖俞有送張子野屯田知渝州詩，又有送張子野知虢州先歸湖州詩，可略見子野宦游蹤跡。蘇軾題其詞集云：「子野詩筆老妙，歌詞乃其餘波耳。」又王明淸云：「本朝有兩張先，皆字子野。一則樞密副使遜之孫，與歐陽文忠同在洛陽幕府，其後文忠爲作墓誌，稱其『志守端方，臨事敢決』者。一乃與東坡先生遊，東坡推爲前輩，詩中所謂：『詩人老去鶯鶯在，公子歸來燕燕忙，』能爲樂府，號『張三影』者。」　張詞傳世者，有康熙侯氏亦園刻本，乾隆時葛鳥陽刻本，並題安陸集。葛本前有詩八首，皆掇輯而來者。彊邨叢書本題張子野詞。鮑廷博曾得綠斐軒鈔本，凡百有六闋，區分宮調，猶屬宋時編次。又輯補遺二卷，合得一百八十四闋，刻入知不足齋叢書中。彊邨本卽從鮑本出。

【集評】

周濟云：子野清出處、生脆處，味極雋永。只是偏才，無大起落。（宋四家詞選序論）

夏敬觀云：子野詞，凝重古拙，有唐、五代之遺音。慢詞亦多用小令作法。在北宋諸家中，可云獨樹一幟。比之於書，乃鍾繇之體也。（手批張子野詞）

醉垂鞭

雙蝶繡羅裙。東池宴，初相見。朱粉不深勻，閒花淡淡春。　細看諸處好，人人道：柳腰身。昨日亂山昏，來時衣上雲①。

【注釋】

①衣上雲　李白清平調：「雲想衣裳花想容。」

【評箋】

周止庵云：橫絕。（宋四家詞選）

一叢花令

傷高懷遠幾時窮，無物似情濃。離愁正引千絲亂，更東陌飛絮濛濛。嘶騎漸遙，征塵不斷，何處認郎蹤。 雙鴛池沼水溶溶，南陌小橈通①。梯橫畫閣黃昏後，又還是斜月簾櫳。沈恨細思，不如桃杏，猶解嫁東風。

【注釋】

①小橈 楫謂之橈，見小爾雅廣器。淮南子主術：「夫七尺之橈而制船之左右者，以水爲資。」

【評箋】

賀黃公云：唐李益詩曰：「嫁得瞿塘賈，朝朝誤妾期，早知潮有信，嫁與弄潮兒。」子野一叢花末句云：「沈恨細思，不如桃杏，猶解嫁東風。」此皆無理而妙，吾亦不敢定爲所見略同，然較之「寒鴉數點」，則略無痕跡矣。（皺水軒詞筌）

黃嬭餘話云：「欲見『雲破月來花弄影』郎中，」此宋子京語也。范公稱過庭錄記張子野一叢花詞云：「不如桃杏，猶解嫁東風。」歐陽永叔尤愛之。子野謁永叔，永叔倒屣迎之，曰：「此乃『桃杏嫁東風』郎中。」歐公標目，又與小宋不同。世但知子野以「三影」自誇，否則稱爲「張三中」而已。（歷代詞人考略引）

天仙子 時為嘉禾小倅①，以病眠，不赴府會。

水調數聲持酒聽②，午醉醒來愁未醒。送春春去幾時回？臨晚鏡，傷流景③，往事後期空記省。沙上並禽池上暝，雲破月來花弄影。重重簾幕密遮燈，風不定，人初靜，明日落紅應滿徑。

【注釋】

①嘉禾　今浙江省嘉興縣。倅，副也。凡州縣佐貳之官皆可稱倅。②水調　曲調名。海錄碎事：「隋煬帝開汴河，自造水調。」唐音癸籤：「明皇幸蜀，聽水調歌，有『山川滿目淚沾衣』之辭，爲李嶠所作。」後演爲詞調。③流景　言似水年華也。

【評箋】

古今詩話云：有客謂子野曰：「人皆謂公張三中，卽心中事、眼中淚、意中人也。」子野曰：「何不目之爲張三影？」客不曉。公曰：「『雲破月來花弄影』；『嬌柔嬾起，簾壓捲花影』；『柳徑無人，墮風絮無影』。此余生平所得意也。」（苕溪漁隱叢話引）

遯齋閒覽云：張子野郎中，以樂章擅名一時。宋子京尙書奇其才，先往見之，遣將命者謂曰：「尙書欲見『雲破月來花弄影』郎中。」子野屛後呼曰：「得非『紅杏枝頭春意鬧』尙書耶？」遂出，置酒，甚歡。蓋二人所舉，皆其警策也。（苕溪漁隱叢話引）

千秋歲

數聲鶗鴂①，又報芳菲歇。惜春更把殘紅折。雨輕風色暴，梅子青時節。永豐柳②，無人盡日花飛雪。　莫把么絃撥③，怨極絃能說。天不老，情難絕。心似雙絲網，中有千千結。夜過也，東方未白凝殘月。

【注釋】

①鶗鴂　亦作鶗鴃，或云卽杜鵑，或云是二物。　②永豐　卽指永豐坊，在唐洛陽，白居易居其地。居易有楊柳枝詞云：「一樹春風千萬枝。嫩於金色軟於絲。永豐西角荒園裏。盡日無人屬阿誰。」　③么絃　楚人以小爲么，羽（五音之一）絃最小，故聲之繁急者，謂之么絃側調。見燕樂考原。

木蘭花　乙卯吳興寒食①

龍頭舴艋吳兒競②，筍柱秋千游女竝。芳洲拾翠暮忘歸③，秀野踏青來不定。　行雲去後遙山暝，已放笙歌池院靜④。中庭月色正清明，無數楊花過無影。

【注釋】

①吳興　卽今浙江吳興縣，子野故鄉也。乙卯爲神宗熙寧八年，時子野八十六歲。　②舴艋　廣雅：「舴艋，小舟也。」　③拾翠　古時婦女春遊，採集百草曰之。　④放　停止。

【評箋】

朱彝尊云：張子野吳興寒食詞：「中庭月色正清明，無數楊花過無影。」余嘗歎其工絕，在世所傳「三影」之上。（靜志居詩話）

李雨村云：張三影已勝稱人口矣。尚有一詞云：「無數楊花過無影。」合之應名四影。（雨村詞話）

青門引

乍暖還輕冷，風雨晚來方定。庭軒寂寞近清明，殘花中酒①，又是去年病。　樓頭畫角風吹醒，入夜重門靜。那堪更被明月，隔牆送過鞦韆影。

【注釋】

①中酒　中讀去聲。中酒，喝酒過量也。漢書樊噲傳：「項羽既饗，軍士中酒。」

【評箋】

沈天羽云：懷則自觸，觸則愈懷，未有觸之至此極者。（草堂詩餘正集）

黃蓼園云：落寞情懷，寫來幽焦無匹，不得志于時者，往往借閨情以寫其幽思。角聲而曰風吹醒，醒字極尖刻，末句那堪送影，真是描神之筆，極希微窅渺之致。（蓼園詞選）

菩薩蠻　箏

哀箏一弄湘江曲，聲聲寫盡江波綠。纖指十三絃①，細將幽恨傳。　當筵秋水慢，玉柱斜飛雁②。彈到斷腸時，春山眉黛低。

【注釋】

①十三絃　箏有十三絃，十二擬十二月，其一擬閏。　②玉柱斜飛雁　玉柱謂箏瑟上所附玉質之柱。江淹別賦：「掩金觴而誰御，橫玉柱而沾軾。」箏瑟之柱亦稱雁柱，以弦柱斜列，差如雁飛也。楊維楨艷體詩：「銀甲辟絃斜雁柱。」

【評箋】

沈天羽云：斷腸二句俊極，與「一一春鶯語」比美。（草堂詩餘正集）

黃蓼園云：寫箏耶？寄託耶？意致卻極悽惋。末句意濃而韻遠，妙在蘊藉。（蓼園詞選）

晏殊

【傳略】

晏殊（九九一——一〇五五）字同叔，撫州臨川人。七歲能屬文。張知白安撫江南，以神童薦。帝（真宗）召殊，與進士千餘人並試廷中。殊神氣不懾，援筆立成。帝嘉賞，賜同進士出身。慶曆（仁宗年號）中，拜集賢殿學士，同平章事，兼樞密使。殊平居好賢，當世知名之士，如范仲淹、孔道輔，皆出其門。及爲相，益務進賢材，而仲淹與韓琦、富弼皆進用。後降工部尚書，知潁州、陳州、許州。稍復至戶部尚書，以觀文殿大學士知永興軍，徙河南府。以疾請歸京師，踰年卒，謚元憲。殊性剛簡，文章贍麗，應用不窮，尤工詩，閑雅有情思。殊詞承南唐系統，爲北宋初期一大家。所傳珠玉詞，有明毛氏汲古閣刊宋六十家詞本。清咸豐二年（一八五二）晏端書刻珠玉詞鈔，則從歷代詩餘中錄出，復以毛本多出三十七首爲補遺云。

【集評】

王灼曰：晏元獻公長短句，風流縕藉，一時莫及，而溫潤秀潔，亦無其比。（碧雞漫志）

馮煦曰：晏同叔去五代未遠，馨烈所扇，得之最先。故左宮右徵，和婉而明麗，爲北宋倚聲家初祖。（宋六十一家詞選例言）

浣溪沙

一曲新詞酒一杯，去年天氣舊亭臺，夕陽西下幾時迴。 無可奈何花落去，似曾相識燕歸來，小園香徑獨徘徊。

【評箋】

晁无咎云：晏元獻赴杭州，道過維揚，憩大明寺，瞑目徐行，使侍史讀壁間詩板，戒其勿言爵里姓氏，終篇者無幾。又俾誦一詩云：「水調隋宮曲，當年亦九成。哀音已亡國，廢沼尙留春。儀鳳終陳迹，鳴蛙秪沸聲。淒涼不可問，落日下蕪城。」徐問之，江都尉王琪詩也。召至，同飯，飯已，又同步池上。時春晚，已有落花。晏云：「每得句，書牆壁間，或彌年未嘗強對。且如『無可奈何花落去，』至今未能對也。」王應聲曰：「似曾相識燕歸來。」自此辟置館職，遂躋侍從矣。（漁隱叢話後集引復齋漫錄）

王士禎云：或問：詩詞、詞曲分界。予曰：「無可奈何花落去，似曾相識燕歸來，」定非香奩詩。「良辰美景奈何天，賞心樂事誰家院。」（牡丹亭還魂記）定非草堂詞也。（花草蒙拾）

張宗橚云：元獻尙有示張寺丞、王校勘七律一首：「上巳清明假未開，小園幽徑獨徘徊。春寒不定斑斑雨，宿醉難禁灧灧杯。無可奈何花落去，似曾相識燕歸來。梁園賦客多風味，莫惜青錢萬選才。」

中三句與此詞同，只易一字。細玩「無可奈何」一聯，情致纏綿，音調諧婉，的是倚聲家語。若作七律，未免軟弱矣。（詞林紀事）

訴衷情

芙蓉金菊鬬馨香①，天氣欲重陽②。遠村秋色如畫，紅樹間疎黃。　流水淡，碧天長，路茫茫。憑高目斷，鴻雁來時，無限思量。

【注釋】

①芙蓉句　芙蓉有兩種。其一卽荷花；其一爲木芙蓉，屬灌木類，高數尺，秋季開花，色淡紅或白。金菊，草本叢生，秋季開花甚盛，色黃，形如錢，故又稱金錢菊。②重陽　舊以陰曆九月初九日爲重陽，又曰重九。魏文帝與鍾繇書云：「歲往月來，忽復九月九日，九爲陽數，而日月並應，故曰重陽。」

採桑子

時光只解催人老，不信多情，長恨離亭，淚滴春衫酒易醒。　梧桐昨夜西風急，淡月朧明，好夢頻驚，何處高樓雁一聲。

清平樂　二首

金風細細①，葉葉梧桐墜。綠酒初嘗人易醉，一枕小窗濃睡。　紫薇朱槿花殘②，斜陽却照闌干。雙燕欲歸時節，銀屏昨夜微寒。

【注釋】

①金風　秋風也。昭明太子夷則七月啓：「金風曉振，偏傷征客之心。」　②紫薇句　紫薇樹高丈餘，樹皮滑澤，撫之則枝葉動搖。花紫紅色，偶有白色者；自夏日開花，接續至八九月，故又名百日紅。槿，亦稱木槿，高五六尺，花大，有紅紫白等色，朝開夕萎，人家多植以爲籬。

【評箋】

先著云：情景相副，宛轉關生，不求工而自合，宋初所以不可及也。（詞潔）

紅牋小字，說盡平生意。鴻雁在雲魚在水，惆悵此情難寄。　斜陽獨倚西樓，遙山恰對簾鉤。人面不知何處①，綠波依舊東流。

【注釋】

①人面不知何處　崔護，唐博陵人，字殷功，姿質甚美，而孤潔寡合。清明日，獨遊都城南，見莊居桃花繞宅，乃叩門求飲，有女子啓開，問姓名，以杯水至，其人姿色穠艷，情意甚殷，來歲清明，復往尋之，則門已扃鎖，因題詩左扉曰：「去年今日此門中，人面桃花相映紅，人面不知何處去，桃花依舊笑春風。」事詳孟棨本事詩。

玉樓春　二首

燕鴻過後鶯歸去，細算浮生千萬緒。長於春夢幾多時，散似秋雲無覓處。　聞琴解佩神仙侶①，挽斷羅衣留不住。勸君莫作獨醒人②，爛醉花間應有數。

【注釋】

①聞琴句　聞琴用卓文君聞琴私奔司馬相如事，見漢書相如傳。解佩事則見於列仙傳，列仙傳云：「鄭交甫將適南楚，遵彼漢皐台下，遇二女，佩兩珠，大如雞卵。交甫曰，欲子之佩，二女解以與之。交甫既行，顧不見二女，佩亦失之。」②獨醒　楚辭漁父：「舉世皆濁我獨清，眾人皆醉我獨醒。」

池塘水綠風微暖，記得玉真初見面。重頭歌韻響錚琮①，入破舞腰紅亂旋②。　玉鉤闌下香階畔，醉後不知斜日晚。當時共我賞花人，點檢如今無一半③。

【注釋】

①重頭　胡適詞選注：「大曲中慢曲有大頭曲、疊頭曲，重頭當即是疊頭。」　②入破　陳暘樂書：「大曲前緩疊不舞，至入破則羯鼓、襄鼓、大鼓，與絲竹合作，句拍益急。舞者入場，投節制容，故有催拍歇拍，姿制俯仰，變態百出。」　③點檢　檢查也。

【評箋】

劉攽云：晏元獻尤喜江南馮延巳歌詞，其所自作，亦不減延巳。樂府木蘭花皆七言詩，有云：「重頭歌韻響錚琮，入破舞腰紅亂旋。」「重頭」、「入破」，皆絃管家語也。（貢父詩話）

張宗橚云：東坡詩「尊前點檢幾人非」，與此詞結句同意。往事關心，人生如夢，每讀一過，不禁惘然。（詞林紀事）

踏莎行 四首

細草愁煙，幽花怯露，凭欄總是銷魂處。日高深院靜無人，時時海燕雙飛去。帶緩羅衣①，香殘蕙炷②，天長不禁迢迢路。垂楊只解惹春風，何曾繫得行人住。

【注釋】

①帶緩羅衣　古詩十九首：「相去日已遠，衣帶日已緩。」方廷珪曰：「當別離之始，猶欲君之留已；若日遠則日疏，憂能傷人，衣帶遂日見其緩。」　②蕙炷　以蘭蕙之根燒炭，供薰鑪之用。

祖席離歌①，長亭別宴，香塵已隔猶迴面②。居人匹馬映林嘶，行人去棹依波轉。畫閣魂消，高樓目斷，斜陽只送平波遠。無窮無盡是離愁，天涯地角尋思徧。

【注釋】

①祖席　猶言祖帳，謂餞別也。餞別時有帷帳等之陳設，故曰祖帳。王維齊州送祖三詩：「祖帳已傷離。」　②香塵　地下落花甚多，塵土都帶香氣，因稱香塵。

【評箋】

王元美云：「『斜陽只送平波遠』，又『春來依舊生芳草』，談語之有致者也。（藝苑卮言）

碧海無波，瑤臺有路①，思量便合雙飛去。當時輕別意中人，山長水遠知何處？綺席凝塵，香閨掩霧，紅牋小字憑誰附。高樓目盡欲黃昏，梧桐葉上蕭蕭雨。

【注釋】

①瑤臺　神仙所居。王轂夢仙謠：「瑤臺絳節遊皆徧。」

小徑紅稀，芳郊綠徧①，高臺樹色陰陰見②。春風不解禁楊花，濛濛亂撲行人面③。翠葉藏鶯，朱簾隔燕，鑪香靜逐游絲轉。一場愁夢酒醒時，斜陽却照深深院。

【注釋】

①紅稀綠徧　謂花少葉盛也。　②陰陰見　暗暗顯露。　③濛濛　微雨貌。此處形容亂撲之楊花。

【評箋】

譚獻云：刺詞。「樹色陰陰」句，正與「斜陽」相映。（譚評詞辨）

沈天羽云：結深深妙，着不得實字。（草堂詩餘正集）

黃蓼園云：首三句言花稀葉盛，喻君子少小人多也。高臺指帝閽。「東風」二句，言小人如楊花輕薄，易動搖君心也。「翠葉」二句喻事多阻隔。「爐香」句，喻己心鬱紆也。斜陽照深深院，言不明之日，難照此淵也。（蓼園詞選）

山亭柳　贈歌者

家住西秦，賭薄藝隨身。花柳上，鬬尖新。偶學念奴聲調①，有時高遏行雲②。蜀錦纏頭無數③，不負辛勤。　數年來往咸京道④，殘盃冷炙謾消魂⑤。衷腸事，託何人？若有知音見採，不辭徧唱陽春⑥。一曲當筵落淚，重掩羅巾。

【注釋】

①念奴　元稹連昌詞自注：念奴，天寶中名倡也，善歌。②高遏行雲　列子湯問篇：秦青撫節悲歌，聲振林木，響遏行雲。③纏頭　古者舞時以錦纏首，舞罷常以錦緞贈舞者，後遂以纏頭爲對歌伎舞女賞賜之稱。④咸京　咸陽。⑤殘杯冷炙　杜甫上韋左丞詩：「殘杯與冷炙，到處潛悲辛。」⑥陽春　宋玉對楚王問：「客有歌於郢中者，其始曰下里巴人，國中屬而和者數千人；其爲陽阿薤露，國中屬而和者數百人；其爲陽春白雪，國中屬而和者，不過數十人；引商刻羽，雜以流徵，國中屬而和者，不過數人而已；是其曲彌高，其和彌寡。」

宋祁

【傳略】

宋祁（九九八——一〇六一）字子京，安州安陸人，後徙開封之雍邱。與兄庠同時舉進士，人呼曰二宋，以大小別之。歷官翰林學士，史館修撰。主修唐書。唐書成，進工部尚書，逾月，拜翰林學士承旨。卒，諡景文。近人趙萬里輯宋景文公長短句一卷，得詞六首，刊入校輯宋金元人詞中。

【集評】

劉熙載曰：宋子京詞，是宋初體。張子野始創瘦硬之體，雖互相稱美，其實趣尚不同。（藝概）

玉樓春

東城漸覺風光好，縠皺波紋迎客棹①。綠楊煙外曉寒輕，紅杏枝頭春意鬧。　浮生長恨歡娛少，肯愛千金輕一笑？為君持酒勸斜陽，且向花間留晚照。

【注釋】

①縠皺　即縐紗，喻水之波紋。

【評箋】

王士禎云：「紅杏枝頭春意鬧尚書」，當時傳爲美談。吾友公㦷極歎之，以爲卓絕千古。然實本花間：「暖覺杏梢紅」，特有「青藍」、「冰水」之妙耳。（花草蒙拾）

王國維云：「紅杏枝頭春意鬧，」著一「鬧」字而境界全出。「雲破月來花弄影，」著一「弄」字而境界全出矣。（人間詞話）

歐陽修

【傳略】

歐陽修（一〇〇七——一〇七二）字永叔，盧陵人。四歲而孤，母鄭，親誨之學。家貧，至以荻畫地學書。幼敏悟過人。得唐韓愈遺稿於廢書簏中，讀而心慕焉，苦志探賾，至忘寢食，必欲並轡絕馳而追與之並。舉進士，試南宮第一，擢甲科，調西京推官。始從尹洙游，爲古文，議論當世事，迭相師友；與梅堯臣游，爲詩歌相唱和；遂以文章名冠天下。入朝爲館閣校勘，累遷龍圖閣直學士，知制誥，歷知滁州、揚州、潁州。以翰林學士修唐書。唐書成，拜禮部侍郎，兼翰林侍讀學士。遷刑部尚書，知亳州。改兵部尙書，知青州、蔡州。熙寧四年（一〇七一）以太子少師致仕，五年卒，諡文忠。

修始在滁州，號醉翁，晚更號六一居士。天資剛勁，見義勇爲，雖機穽在前，觸發之不顧。放逐流離，至於再三，志氣自若也。蘇軾敍其文曰：「論大道似韓愈，論事似陸贄，記事似司馬遷，詩賦似李白。」識者以爲知言。歐詞傳世者，有毛氏汲古閣六十家詞本六一詞，吳氏雙照樓影宋刊本歐陽文忠公近體樂府及醉翁琴趣外篇。

【集評】

劉熙載曰：馮延巳詞，晏同叔得其俊，歐陽永叔得其深。（藝概）

馮煦曰：宋初大臣之爲詞者，寇萊公、晏元獻、宋景文、范蜀公與歐陽文忠，並有聲藝林。然數公或一時興到之作，未爲專詣。獨文忠與元獻，學之旣至，爲之亦勤，翔雙鵠於交衢，馭二龍於天路。且文忠家廬陵而元獻家臨川，詞家遂有西江一派。其詞與元獻同出南唐，而深致則過之。宋至文忠，文始復古，天下翕然師尊之，風尙爲之一變。卽以詞言，亦疏雋開子瞻，深婉開少游。本傳云：「超然獨騖，衆莫能及，」獨其文乎哉？獨其文乎哉？（宋六十家詞選例言）

採桑子 二首　西湖念語

昔者王子猷之愛竹，造門不問於主人。陶淵明之臥輿，遇酒便留於道上。況西湖之勝概，擅東潁之佳名。雖美景良辰，固多於高會；而清風明月，幸屬於閑人。並遊或結於良朋，乘輿有時而獨往。鳴蛙暫聽，安問屬官而屬私？曲水臨流，自可一觴而一詠。至歡然而會意，亦傍若於無人。乃知偶來常勝於特來，前言可信；所有雖非於己有，其得已多。因翻舊闋之辭，寫以新聲之調。敢陳薄伎，聊佐清歡。

羣芳過後西湖好①，狼籍殘紅②，飛絮濛濛，垂柳闌干盡日風。　笙歌散盡遊人去，始覺春空。垂下簾櫳③，雙燕歸來細雨中。

【注釋】

①西湖　此穎州西湖也。穎州，今安徽阜陽。名勝志：「穎州西二里有湖，長十里，廣二里，翳然林木，爲一邦之勝。」清一統志云：「湖爲穎河合諸水滙流處。」　②狼籍殘紅　狼起臥遊戲多藉草，穢亂不堪，後因謂雜亂之意爲狼藉。狼藉殘紅，落花散亂貌。　③簾櫳　窗簾也。

春深雨過西湖好，百卉爭妍，蝶亂蜂喧，晴日催花暖欲然。　蘭橈畫舸悠悠去，疑是神仙。返照波間，水闊風高颺管絃。

【評箋】

夏敬觀云：此穎州西湖詞。公昔知穎，此晚居穎州所作也。十詞無一重複之意。（評六一詞）

踏莎行

候館梅殘①，溪橋柳細，草薰風暖搖征轡②。離愁漸遠漸無窮，迢迢不斷如春水。　寸寸柔腸，盈盈粉淚，樓高莫近危闌倚。平蕪盡處是春山，行人更在春山外。

【注釋】

①候館　樓可以觀望者也。周禮地官：「五十里有市，市有候館。」　②草薰風暖搖征轡　薰，香氣。江淹別賦：「閨中風暖，陌上草薰。」轡，馬韁，卽以代表馬。

【評箋】

卓人月云：「芳草更在斜陽外」、「行人更在春山外」兩句，不厭百回讀。（詞統）

李于鱗云：春水寫愁，春山騁望，極切極婉。（草堂詩餘雋）

王元美云：「平蕪盡處是春山，行人更在春山外。」又「郴江幸自繞郴山，爲誰流下瀟湘去。」此淡語之有情者也。（藝苑卮言）

生查子

去年元夜時①，花市燈如晝。月上柳梢頭，人約黃昏後。　今年元夜時，月與燈依舊。不見去年人，淚滿春衫袖。

【注釋】

①元夜　上元之夜曰元夜，亦稱元宵，舊俗是夜張燈爲戲，故亦謂之燈節。東京夢華錄：「正月十五日元宵，大內前絞縛山棚，游人集御街兩廊下，歌舞百戲，鱗鱗相切，樂聲嘈雜十餘里。」

蝶戀花

庭院深深深幾許?楊柳堆煙，簾幕無重數。玉勒雕鞍遊冶處①，樓高不見章臺路②。雨橫風狂三月暮，門掩黃昏，無計留春住。淚眼問花花不語，亂紅飛過鞦韆去。

【注釋】

①遊冶　謂恣情聲色之事也。李白詩：「岸上誰家遊冶郎，三三五五映垂楊。」　②章臺　漢書張敞傳：「時罷朝會，走馬章臺街，自以便面拊馬。」本形容張之風流自賞，後世遂以走馬章臺爲冶遊之意。章臺街在長安城內。

【評箋】

沈際飛云：末句參之點點飛紅雨句，一若關情，一若不關情，而情思舉蕩漾無邊。（草堂詩餘正集）

孫月坡云：如「淚眼問花花不語，亂紅飛過鞦韆去。」「江上柳如煙，雁飛殘月天。」「西風殘照，漢家陵闕。」皆以渾厚見長者也。詞至渾，功候十分矣。（詞逕）

譚獻云：宋刻玉甑，雙層浮起，筆墨至此，能事幾盡。（譚評詞辨）

毛先舒云：詞家意欲層深，語欲渾成。作詞者大抵意層深者，語便刻畫；語渾成者，意便膚淺，兩難兼也。或欲舉其似，偶拈永叔詞：「淚眼問花花不語，亂紅飛過鞦韆去。」此可謂層深而渾成。何也？因花而有淚，此一層意也；因淚而問花，此一層意也；花竟不語，此一層意也；不但不語，且又亂落，飛過鞦韆，此一層意也。人愈傷心，花愈惱人，語愈淺而意愈入，又絕無刻畫費力之跡；謂非層深而渾成耶？然作者初非措意，直如化工生物，笋未出而苞節已具，非寸寸爲之也。若先措意，便刻畫愈深，愈墮惡境矣。此等一經拈出後，便當掃去。（古今詞論引）

南歌子

鳳髻金泥帶，龍紋玉掌梳。去來窗下笑相扶。愛道畫眉深淺入時無①。　弄筆偎人久，描花試手初。等閒妨了繡功夫②。笑問鴛鴦兩字怎生書③。

【注釋】

①畫眉句　以黛飾眉也。漢書張敞傳：「敞無威儀，爲婦畫眉，有司以奏，上問之，敞曰：『臣聞閨房之私，有甚於畫眉者。』」朱慶餘近試上張水部詩云：「洞房昨夜停紅燭，待曉堂前拜舅姑。妝罷低聲問夫婿，畫眉深淺入時無。」　②等閒　輕易，隨便。　③怎生　怎樣。

玉樓春

尊前擬把歸期說，未語春容先慘咽①。人生自是有情癡，此恨不關風與月。　離歌且莫翻新闋，一曲能教腸寸結。直須看盡洛城花，始共春風容易別。

【注釋】

①慘咽　傷悲咽噎也。

【評箋】

王國維云：永叔：「人間自是有情癡，此恨不關風與月。」「直須看盡洛城花，始與東風容易別。」於豪放之中，有沉著之致，所以尤高。（人間詞話）

玉樓春

別後不知君遠近，觸目淒涼多少悶。漸行漸遠漸無書，水闊魚沉何處問①。　夜深風竹敲秋韻，萬葉千聲皆是恨。故攲單枕夢中尋，夢又不成燈又燼。

【注釋】

①水闊魚沉　魚謂魚書，書札也。瑯嬛記：「試鶯以朝鮮厚繭紙作鯉魚函，兩面俱畫鱗甲，腹下令可以藏書，此古人尺素結魚之遺制也。」

臨江仙

柳外輕雷池上雨，雨聲滴碎荷聲。小樓西角斷虹明①。闌干倚處，待得月華生②。　燕子飛來窺畫棟，玉鉤垂下簾旌。涼波不動簟紋平。水精雙枕，傍有墮釵橫。

【注釋】

①斷虹　即殘虹。雨後所見。　②月華　謂秋月之光華。月令廣義：「月之有華，常出於中秋，或十三至十八夜，其狀如錦雲捧珠，五色鮮熒磊落，匝月如刺錦。」

【評箋】

蔣一葵云：歐陽永叔任河南推官，親一妓。時錢文僖爲西京留守，梅聖俞、尹師魯同在幕下。一日，宴於後園，客集而歐與妓俱不至。移時方來。錢責妓云：「未至，何也。」妓云：「中暑，往涼堂睡覺，失金釵，猶未見。」錢曰：「若得歐推官一詞，當爲償汝。」歐即席云：「柳外輕雷池上雨」云云。坐皆擊節，命妓滿斟送歐，而令公庫償釵。（堯山堂外紀）

梅堯臣

【傳略】

梅堯臣（一〇〇二——一〇六〇）字聖俞，宣州宣城人。工為詩，以深遠古淡為意，間出奇巧。用詢蔭為河南主簿。錢惟演留守西京，特嗟賞之。堯臣嘗語人曰：「凡詩，意新語工，得前人所未道者，斯為善矣。必能狀難寫之景，如在目前；含不盡之意，見於言外，然後為至也。」世以為知言。歷德興縣令，知建德、襄城縣。召試，賜進士出身，累遷尚書都官員外郎。預修唐書，成，未奏而卒。有宛陵集四十卷。

蘇幕遮　草

露隄平，煙墅杳，亂碧萋萋，雨後江天曉。獨有庾郎年最少。窣地春袍①，嫩色宜相照。接長亭，迷遠道。堪怨王孫②，不記歸期早。落盡梨花春又了。滿地殘陽，翠色和煙老。

【注釋】

①窣地　拂地也。孫光憲詞：「六幅羅裙，窣地微行曳碧波。」　②王孫　貴族之後裔，猶言貴公子也。史記淮陰侯傳：「吾哀王孫而進食。」集解：「王孫如言公子也。」索隱曰：「秦末多失國，言王孫公子，尊之也。」楚辭淮南小山招隱士：「王孫遊兮不歸，春草生兮萋萋。」

【評箋】

吳曾云：梅聖俞在歐陽公座，有以林逋草詞：「金谷年年，亂生青草誰爲主」爲美者。聖俞因別爲蘇幕遮一闋，云：「露隄平」云云，歐公擊節賞之。（能改齋漫錄）

韓縝

【傳略】

韓縝（一〇一九——一〇九七）字玉汝，開封雍丘人。登進士第，累官兩浙淮南轉運使，移河北。朝廷方責夏人不修職責，欲擇人詰其使。神宗命縝至驛問罪，使者引服。改使陝西，歷知秦州、嬴州。熙寧七年（一〇七四），遼使蕭禧來議代北地界，召縝館客，遂報聘，令持圖牒致遼主，不克見而還。知開封府。禧再至，復館之。詔乘驛詣河東，與禧分畫，以分水嶺爲界。哲宗立，拜尚書右僕射，以太子太保致仕。紹聖四年（一〇九七）卒，年七十九，謚莊敏。

鳳簫吟

鎖離愁，連綿無際，來時陌上初熏。繡幃人念遠，暗垂珠露，泣送征輪①。長行長在眼，更重重遠水孤雲。但望極、樓高盡日，目斷王孫。　消魂！池塘別後，曾行處、綠妒輕裙。恁時攜素手，亂花飛絮裏，緩步香茵。朱顏空自改，向年年芳意長新。遍綠野、嬉游醉眼，莫負青春。

【注釋】

①征輪　行旅之車輪也。王維觀別者詩：「揮淚逐前侶，含悽動征輪。」

【評箋】

樂府紀聞云：韓縝有愛姬，能詞。韓奉使時，姬作蝶戀花送之云：「香作風光濃著露。正恁雙棲，又遣分飛去。密訴東君應不許，淚波一灑奴衷素。」神宗知之，遣使送行。劉貢父贈以詩：「卷耳幸容留婉孌，皇華何啻有光輝。」莫測中旨何自而出。後乃知姬人別曲傳入內庭也。韓亦有詞云云。此鳳簫吟咏芳草以留別，與蘭陵王咏柳以敍別同意。後人竟以芳草爲調名，則失鳳簫吟原唱意矣。（歷代詩餘引）

柳永

【傳略】

柳永字耆卿，初名三變，崇安（福建縣名）人。景祐元年（一〇三四）進士。永爲舉子時，多游狹邪，善爲歌辭。教坊樂工，每得新腔，必求永爲辭，始行於世。柳詞骫骳從俗，天下詠之，遂傳禁中。仁宗頗好其詞，每對宴，必使侍從歌之再三，三變聞之，作宮詞號「醉蓬萊」，因內官達後宮，且求其助，仁宗聞而覺之，自是不復歌其詞矣。嘗有鶴冲天詞云：「忍把浮名，換了淺斟低唱？」及臨軒放榜，特落之，曰：「此人風前月下，好去淺斟低唱，何要浮名？且塡詞去。」三變由此自稱「奉旨塡詞」。後改名永，方得磨勘轉官。歷餘杭令、鹽場大使。永亦善爲他文辭，而偶先以是得名，始悔爲己累。一西夏歸明官云：「凡有井水飲處，卽能歌柳詞。」言其傳之廣也。永終屯田員外郎，死，旅殯潤州僧寺。王和甫爲守時，求其後，不得，乃爲出錢葬之。徐度嘗記柳事云：「耆卿以歌詞顯名于仁宗朝，官爲屯田員外郎，故世號柳屯田。其詞雖極工緻，然多雜以鄙語，故流俗人尤喜道之。其後歐、蘇諸公繼出，文格一變，至爲歌詞，體製高雅。柳氏之作，殆不復稱於文士之口，然流俗好之自若也。劉季高侍郎，宣和間，嘗飯于相國寺之智海院，因談歌詞，力詆柳氏，旁若無人者。有老宦者聞之，默然而起，徐取紙筆，跪於季高之前，請曰：『子以柳詞爲不佳者，盍自爲一篇示我乎？』劉默然無以應。」（卻掃編）柳作樂章集，有毛氏汲古閣宋六十家詞本，吳氏石蓮庵刻山左人詞本，朱氏彊邨叢書本，朱本晚出，最善。

【集評】

陳振孫云：柳詞格固不高，而音律諧婉，語意妥帖，承平氣象，形容曲盡，尤工於羈旅行役。（直齋書錄解題）

張炎云：康（與之）柳詞亦自批風抹月中來。風月二字，在我發揮，二公則爲風月所使耳。（詞源卷下）

彭孫遹云：柳七亦自有唐人妙境。今人但從淺俚處求之，遂使金荃、蘭畹之音，流入掛枝、黃鶯之調，此學柳之過也。（金粟詞話）

宋翔鳳云：柳詞曲折委婉，而中具渾淪之氣，雖多俚語，而高處足冠羣流，倚聲家當尸而祝之。如竹

垞（詞綜）所錄，皆精金粹玉。以屯田一生精力在是，不似東坡輩以餘事爲之也。（樂府餘論）

周濟云：柳詞總以平叙見長，或發端，或結尾，或換頭，以一二語鉤勒提掇，有千鈞之力。（宋四家詞選）

又云：耆卿爲世訾謷久矣！然其鋪叙委婉，言近意遠，森秀幽淡之趣在骨。　耆卿樂府多，故惡濫可笑者多。使能珍重下筆，則北宋高手也。（介存齋論詞雜著）

劉熙載云：柳耆卿詞，昔人比之杜詩，爲其實說無表德也。余謂此論其體則然；若論其旨，少陵恐不許之。耆卿詞，細密而妥溜，明白而家常，善於叙事，有過前人。惟綺羅香澤之態，所在多有，故覺風期未上耳。（藝概）

馮煦云：耆卿詞，曲處能直，密處能疏，奡處能平，狀難狀之景，達難達之情，而出之以自然，自是北宋巨手。然好爲俳體，詞多媟黷，有不僅如提要所云：「以俗爲病」者。避暑錄話謂：「凡有井水飲處，卽能歌柳詞。」三變之爲世詬病，亦未嘗不由於此。蓋與其千夫競聲，毋寧白雪之寡和也。（宋六十一家詞選例言）

鄭文焯云：屯田，北宋專家，其高渾處不減清真。長調尤能以沈雄之魄，清勁之氣，寫奇麗之情，作揮綽之聲。私輯柳詞之深美者，精選三十餘解，更冥探其一詞之命意所注，確有層折，如畫龍點睛，神觀飛越，只在一二筆，便爾破壁飛去也。蓋能見耆卿之骨，始可通清真之神。不獨聲律之空積忽微，以歲世緜邈而求之至難，卽文字之託於音，切於情，發而中節，亦非深於文章，貫串百家，不能識其流別。（與人論詞遺札）　又云：冥探其一詞之命意所注，確有層折，如畫龍點睛，其神觀飛越，只在一二筆，便爾破壁飛去也。（大鶴山人論詞）

夏敬觀云：耆卿詞，當分雅、俚二類。雅詞用六朝小品文賦作法，層層鋪敘，情景兼融，一筆到底，始終不懈。俚詞襲五代淫詖之風氣，開金、元曲子之先聲，比於里巷歌謠，亦復自成一格。　耆卿寫景無不工，造句不事雕琢，清真效之。故學清真詞者，不可不讀柳詞。耆卿多平鋪直敘。清真特變其法，一篇之中，迴環往復，一唱三歎。故慢詞始盛於耆卿，大成於清真。（手評樂章集）

曲玉管

隴首雲飛，江邊日晚，煙波滿目凭闌久。立望關河，蕭索千里清秋，忍凝眸？　杳杳神京①，盈盈仙子，別來錦字終難偶②。斷鴈無憑，冉冉飛下汀洲，思悠悠。　暗想當初，有多少、幽歡佳會，豈知聚散難期，翻成雨恨雲愁！阻追遊。每登山臨水，惹起平生心事，一場消黯，永日無言，却下層樓。

【注釋】

①神京　京師，指宋都汴京。（今河南開封市）　②錦字　謂婦之書信也。劉允濟怨情詩：「玉關芳信斷，蘭閨錦字新。」李白秋浦寄內詩：「開魚得錦字，歸問我何如。」

【評箋】

鄭騫云：此調幽咽可誦，而作者極少。萬樹詞律分作兩段，前段至思悠悠止；今從葉氏（申薌）天籟

軒詞譜，所謂雙拽頭也。首段句法與第二段完全相同，萬氏於蕭索索字斷句，非是。（詞選）

雨霖鈴

寒蟬凄切，對長亭晚，驟雨初歇。都門帳飲無緒①，留戀處、蘭舟催發②。執手相看淚眼，竟無語凝噎③。念去去、千里煙波，暮靄沈沈楚天闊④。 多情自古傷離別，更那堪、冷落清秋節。今宵酒醒何處？楊柳岸、曉風殘月。此去經年，應是良辰好景虛設。便縱有、千種風情，更與何人說！

【注釋】

①帳飲　於道旁設棚帳，備酒食以送行者也。漢疏廣爲太傅，乞歸。公卿大夫，故人邑子，設祖道供帳東都門外，送者車數百輛。見漢書疏廣傳。　②留戀處，一本作「方留戀處」。蘭舟，即木蘭舟。木蘭高丈餘，晚春開花，其木可爲舟楫。述異記：「木蘭洲在潯陽江中，多木蘭樹，有魯班所刻木蘭舟。」　③凝噎　徐聲引調曰凝，氣塞音瘖曰噎；凝噎，謂聲音似斷若續也。　④楚天　即楚地，今兩湖一帶均屬之。

【評箋】

俞文豹云：東坡在玉堂日，有幕士善歌，因問：「我詞何如柳七？」對曰：「柳郎中詞，只合十七八女郎，執紅牙板，歌『楊柳岸、曉風殘月』。學士詞，須關西大漢、銅琵琶、鐵綽板，唱『大江東去』。」東坡爲之絕倒。（歷代詩餘引吹劍錄）

劉熙載云：詞有點、有染。柳耆卿雨淋鈴云：「多情自古傷離別，更那堪冷落清秋節！今宵酒醒何處？楊柳岸曉風殘月。」上二句點出離別冷落，「今宵」二句，乃就上二句意染之。點染之間，不得有他語相隔，隔則警句亦成死灰矣。（藝概）

黃蓼園云：送別詞，清和朗暢，語不求奇而意致綿密，自爾穩愜。（蓼園詞選）

賀黃公云：柳屯田「今宵酒醒何處？楊柳岸、曉風殘月。」自是古今俊句。或譏爲梢公登溷詩，此輕薄兒語，不足聽也。（皺水軒詞筌）

李于鱗云：「千里烟波」惜別之情已騁，「千種風情」，相期之願又賒，真所謂善傳神者。（草堂詩餘雋）

王世貞云：「今宵酒醒何處？楊柳岸、曉風殘月」與秦少游「酒醒處、殘陽亂鴉」，同一景事，而柳尤勝。（藝苑卮言）

周止庵云：清真詞多從耆卿奪胎，思力沈摯處，往往出藍，然耆卿秀淡幽豔，是不可及，後人摭其樂章，訾爲俗筆，真瞽說也。（宋四家詞選）

謝枚如云：微妙則耐思，而景中有情，「寒鴉數點，流水遶孤村。」「楊柳岸、曉風殘月。」所以膾炙人口也。（賭棋山莊詞話）

夜半樂

凍雲黯淡天氣，扁舟一葉，乘興離江渚。渡萬壑千巖，越溪深處，怒濤漸息，樵風乍起

，更聞商旅相呼。片帆高舉，泛畫鷁、翩翩過南浦①。　望中酒旆閃閃，一簇煙村，數行霜樹，殘日下、漁人鳴榔歸去②。敗荷零落，衰楊掩映，岸邊兩兩三三，浣紗遊女，避行客、含羞笑相語。　到此因念：繡閣輕拋，浪萍難駐③。歎後約丁寧竟何據。慘離懷、空恨歲晚歸期阻，凝淚眼、杳杳神京路，斷鴻聲遠長天暮。

【注釋】

①畫鷁　鷁，水鳥名，古者畫其象於船頭，謂之鷁首，後遂以鷁爲船之代稱；但必加形容字，如文鷁、畫鷁之類。　②鳴榔　榔本作根。潘岳西征賦：「鳴根厲響。」注云：「根，高木也。以長木叩船爲聲，所以驚魚令入網也。」　③浪萍難駐　喻流浪生活。

【評箋】

陳銳云：柳詞夜半樂云：「怒濤漸息，樵風乍起。更聞商旅相呼，片帆高舉，泛畫鷁翩翩過南浦。」此種長調，不能不有此大開大闔之筆。後吳夢窗鶯啼序云：「長波妒盼，遙山羞默，漁鐙分影春江宿，記當時短楫桃根渡。」三四段均用此法。（褒碧齋詞話）

許蒿廬云：第一疊言道途所經，第二疊言目中所見，第三疊乃言去國懷鄉之感。（詞綜偶評）

玉胡蝶

望處雨收雲斷，凭闌悄悄，目送秋光。晚景蕭疏，堪動宋玉悲涼①。水風輕、蘋花漸老，月露冷、梧葉飄黃。遣情傷，故人何在？煙水茫茫。　難忘：文期酒會，幾孤風月，屢變星霜②。海闊山遙，未知何處是瀟湘③？念雙燕、難憑遠信，指暮天、空識歸航。黯相望，斷鴻聲裏，立盡斜陽。

【注釋】

①宋玉悲涼　楚辭宋玉九辯：「悲哉秋之為氣也，蕭瑟兮草木搖落而變衰。」　②星霜　星一年一周天，霜每年而降，因稱一年為一星霜。　③瀟湘　湖南省境之湘水，在零陵縣西合瀟水，世稱瀟湘為三湘之一。山海經中山經：「澧沅之風，交瀟湘之淵。」

【評箋】

許蒿廬云：與雪梅香、八聲甘州數首，蹊徑彷彿。（詞綜偶評）

八聲甘州

對瀟瀟暮雨灑江天，一番洗清秋。漸霜風淒緊，關河冷落①，殘照當樓。是處紅衰翠減②，苒苒物華休。惟有長江水，無語東流。　不忍登高臨遠，望故鄉渺邈，歸思難收。歎年來蹤迹，何事苦淹留？想佳人妝樓顒望③，誤幾回天際識歸舟④？爭知我、倚闌干處，正恁凝愁⑤！

【注釋】

①關河　山河。關，關山之地。　②是處紅衰翠減　喻到處花木凋零。李商隱贈荷花：「此荷此葉常相映，翠減紅衰愁煞人。」　③顒　廣韻：「顒，仰也。」　④天際識歸舟　謝朓之宣城郡詩：「天

際識歸舟，雲中辨江樹。」 ⑤凝愁 愁結不解也。

【評箋】

趙令畤云：東坡云：世言柳耆卿曲俗，非也。如八聲甘州云：「霜風淒緊，關河冷落，殘照當樓。」此語於詩句不減唐人高處。（侯鯖錄）

劉體仁云：詞有與古詩同妙者：「問甚時同賦，三十六陂秋色？」（姜夔惜紅衣）卽灞岸（王粲七哀詩）之興也。「關河冷落，殘照當樓。」卽勅勒之歌也。（七頌堂詞繹）

梁啓超云：飛卿詞：「照花前後鏡，花面交相映。」此詞境頗似之。（藝蘅館詞選）

戚氏

晚秋天，一霎微雨灑庭軒。檻菊蕭疏，井梧零亂，惹殘煙。淒然，望江關，飛雲黯淡夕陽間。當時宋玉悲感①，向此臨水與登山。遠道迢遞，行人淒楚，倦聽隴水潺湲②。正蟬吟敗葉，蛩響衰草，相應喧喧。　孤館，度日如年，風露漸變，悄悄至更闌。長天淨，絳河清淺③，皓月嬋娟。思緜緜。夜永對景，那堪屈指，暗想從前。未名未祿，綺陌紅樓，往往經歲遷延。　帝里風光好，當年少日，暮宴朝歡。況有狂朋怪侶，遇當歌對酒競留連。別來迅景如梭，舊遊似夢，煙水程何限！念利名憔悴長縈絆，追往事、空慘愁顏。漏箭移、稍覺輕寒。漸嗚咽畫角數聲殘④。對閒窗畔，停燈向曉，抱影無眠。

【注釋】

①宋玉悲感　見柳永玉胡蝶（望處雨收雲斷）注。　②倦聽隴水潺湲　三秦記隴頭歌：「隴頭流水，鳴聲幽咽。遙望秦川，肝腸斷絕。」又蔡琰胡笳曲：「夜聞隴水兮聲嗚咽。」潺湲，水流貌。　③絳河清淺　絳河，卽銀河。蠡海集：「天之色蒼蒼然也，而前輩曰丹霄曰絳霄。河漢曰銀河可也，而曰絳河，蓋觀天者以北極爲標準，所仰視而見者，皆在於北極之南，故稱之曰丹曰絳，借南之色以爲喻也。」古詩十九首：「河漢清且淺，相去復幾許。盈盈一水間，脈脈不得語。」　④畫角　古軍樂，或云始於黃帝，或云出自羌胡。始僅直吹，後漸用之橫吹，有長鳴（雙角）中鳴（其製類膽瓶）之別，長鳴曼聲激昂，中鳴尤更悲切，昔時軍中及鹵簿皆用之，以司昏曉而爲軍容也。高適送渾將軍詩：「城頭畫角三四聲，匣裏寶刀晝夜鳴。」

【評箋】

李于鱗云：首敍悲秋情緒，次敍永夜幽思，末勘破名利關頭，更透。（草堂詩餘雋）

沈天羽云：插字之妥，撰句之雋，耆卿所長。末名未祿一段，寫我輩落魄時，悵悵靡託，借一個紅粉佳人作知己，將白日消磨，哭不得，笑不得，如是如是。（草堂詩餘正集）

竹馬子

登孤壘荒涼，危亭曠望，靜臨煙渚。對雌霓挂雨①，雄風拂檻②，微收煩暑。漸覺一葉驚秋，殘蟬噪，素商時序③。覽景想前歡，指神京非霧非煙深處。　向此成追感，新愁易積，故人難聚。憑高盡日凝佇，贏得消魂無語。極目霽靄霏微④，暝鴉零亂，蕭索江城暮南樓畫角，又送殘陽去。

【注釋】

①雌霓　虹之內環為虹，外環為霓。爾雅釋天疏：虹雙出，色鮮盛者為雄，雄曰虹；闇者為雌，雌曰霓。②雄風　雄俊之風。宋玉風賦：「此所謂大王之雄風也。」③素商　秋日。秋色尚白，音屬商，見禮記月令。④霽靄　晴烟。

迷神引

一葉扁舟輕帆卷，暫泊楚江南岸。孤城暮角，引胡笳怨。水茫茫，平沙鴈，旋驚散。煙斂寒林簇，畫屏展。天際遙山小，黛眉淺①。　舊賞輕拋，到此成遊宦。覺客程勞，年光晚。異鄉風物，忍蕭索，當愁眼。帝城賒②，秦樓阻，旅魂亂。芳草連空闊，殘照滿。佳人無消息，斷雲遠。

【注釋】

①黛眉淺　形容遙山。②賒　遠也。

安公子

遠岸收殘雨，雨殘稍覺江天暮。拾翠汀洲人寂靜，立雙雙鷗鷺。望幾點、漁燈隱映蒹葭浦。停畫橈、兩兩舟人語，道：去程今夜，遙指前村煙樹。　遊宦成羈旅，短檣吟倚閒凝竚。萬水千山迷遠近，想鄉關何處。自別後、風亭月榭孤歡聚。剛斷腸、惹得離情苦。聽杜宇聲聲，勸人不如歸去。

【評箋】

周濟云：後闋音節態度，絕類拜星月慢。清真「夜色催更」一闋，全從此脫化出來，特更較跌宕耳。

（宋四家詞選）

定風波

自春來、慘綠愁紅，芳心是事可可①。日上花梢，鶯穿柳帶，猶壓香衾臥。暖酥消②，膩雲嚲③，終日厭厭倦梳裹。無那④！恨薄情一去，音書無箇。　早知恁麼⑤，悔當初、不把雕鞍鎖。向雞窗⑥、只與蠻牋象管⑦，拘束教吟課。鎮相隨⑧，莫拋躲，針綫閒拈伴伊坐，和我，免使年少光陰虛過。

【注釋】

①是事可可　言凡事皆不在意，任其含糊過去。　②暖酥　指皮膚。　③膩雲嚲　膩雲，指頭髮。嚲，下垂貌。　④無那　無奈也。　⑤恁麼　如此。　⑥雞窗　即書窗。藝文類聚鳥部引幽冥錄：「晉兗州刺史沛國宋處宗嘗買得一長鳴雞，愛養甚至，恒籠著窗間。雞遂作人語，與處宗談論極有言智，終日不輟。處宗因此言巧大進。」　⑦蠻牋象管　言紙筆。蠻牋，古蜀地所產彩色箋紙。韓浦詩：「十樣蠻箋出益州，寄來新制浣溪頭。」象管，乃象牙製成之筆管。　⑧鎮　鎮日，整天。

【評箋】

張舜民云：柳三變既以詞忤仁廟，吏部不放改官。三變不能堪，詣政府。晏公曰：「賢俊作曲子麼？」三變曰：「祇如相公亦作曲子。」公曰：「殊雖作曲子，不曾道『綵線慵拈伴伊坐』。」柳遂退。（畫墁錄）

蝶戀花

竚倚危樓風細細。望極春愁，黯黯生天際。草色煙光殘照裏，無言誰會凭闌意。　擬把疏狂圖一醉。對酒當歌①，強樂還無味②，衣帶漸寬終不悔③，為伊消得人憔悴④。

【注釋】

①對酒當歌　曹操短歌行：「對酒當歌，人生幾何？」　②強樂　勉強尋歡作樂也。　③衣帶漸寬　喻人逐漸消瘦。古詩：「相去日已遠，衣帶日已緩。」　④消得　值得。

【評箋】

賀黃公云：小詞以含蓄爲佳，亦有作決絕語而妙者，如韋莊「誰家年少足風流，妾擬將身嫁與一生休，縱被無情棄，不能羞」之類是也。牛嶠「須作一生拚，盡君今日歡」抑亦其次。柳耆卿「衣帶漸寬終不悔，爲伊消得人憔悴。」亦卽韋意而氣加婉矣。

少年遊

長安古道馬遲遲，高柳亂蟬嘶。夕陽島外，秋風原上，目斷四天垂。　歸雲一去無蹤迹，何處是前期，狎興生疏①，酒徒蕭索，不似去年時。

【注釋】

①狎興　冶遊之興。

望海潮

東南形勝，江吳都會①，錢塘自古繁華。煙柳畫橋，風簾翠幕，參差十萬人家。雲樹繞隄沙。怒濤卷霜雪②，天塹無涯③。市列珠璣，戶盈羅綺，競豪奢。　重湖疊巘清嘉④。有三秋桂子，十里荷花。羌管弄晴，菱歌泛夜，嬉嬉釣叟蓮娃。千騎擁高牙⑤。乘醉聽簫鼓，吟賞煙霞。異日圖將好景，歸去鳳池誇⑥。

【注釋】

①江吳　指錢塘（今浙江杭州），位錢塘江北岸，舊屬吳國，故曰江吳。　②霜雪　喻白色之浪花也。　③天塹　即天然之城溝。史稱長江爲天塹，本文乃指錢塘江。　④重湖　北宋時西湖已有外湖裏湖之別，故稱重湖。　⑤高牙　軍前大旗。借指高級官吏。　⑥鳳池　即鳳凰池之省稱，指中書省。按通典職官典云：「中書省地在樞近，多承寵任，是以人固其位，謂之鳳凰池也。」賈至早朝詩：「共沐恩波鳳池上，朝朝染翰侍君王。」

【評箋】

羅大經云：孫何帥錢塘，柳耆卿作望海潮詞贈之云：「東南形勝」云云。此詞流播，金主亮聞歌，欣然有慕於「三秋桂子，十里荷花。」遂起投鞭渡江之志。近時謝處厚詩云：「誰把杭州曲子謳?荷花十里桂三秋。那知卉木無情物，牽動長江萬里愁！」余謂此詞雖牽動長江之愁，然卒爲金主送死之媒，未足恨也。至於荷豔桂香，粧點湖山之清麗，使士夫流連於歌舞嬉遊之樂，遂忘中原，是則深可恨耳！（鶴林玉露）

吳自牧云：柳永詠錢塘詞曰：「參差十萬人家，」此元豐前語也。自高廟車駕自建康幸杭駐蹕，幾近二百餘年，戶口蕃息，近百萬餘家。杭城之外城，南西東北，各數十里，人煙生聚，民物阜蕃，市井坊陌，鋪席駢盛，數日經行不盡，各可比外路一州郡，足見杭城繁盛耳。（夢粱錄）

傾杯

鶩落霜洲，雁橫煙渚，分明畫出秋色。暮雨乍歇。小檝夜泊①，宿葦村山驛。何人月下臨風處，起一聲羌笛？離愁萬緒，聞岸草、切切蛩吟如織。　為憶芳容別後，水遙山遠，何計憑鱗翼②？想繡閣深沈，爭知憔悴損、天涯行客？楚峽雲歸③，高陽人散④，寂寞狂蹤跡。望京國，空目斷、遠峯凝碧。

【注釋】

①小檝　小船。檝同楫。槳板也。　②鱗翼　指魚鳥。古有鯉魚、雁足傳書之說。　③楚峽雲歸　喻所愛者離去。宋玉高唐賦：「妾在巫山之陽，高丘之阻。旦爲朝雲，暮爲行雨，朝朝暮暮，陽臺之下。」楚峽卽巫山之代稱。　④高陽人散　喻友朋離去。史記朱建傳記酈生求見高祖時曰：「吾高陽酒徒也，非儒人也。」

【評箋】

譚獻云：耆卿正鋒，以當杜詩。「何人」二句，扶質立幹。「想繡閣深沈」二句，忠厚悱惻，不媿大家。「楚峽雲歸」三句，寬處坦夷，正見家數。（譚評詞辨）

滿江紅

暮雨初收，長川靜、征帆夜落。臨島嶼、蓼煙疏淡，葦風蕭索。幾許漁人飛短艇，盡載燈火歸村落。遣行客當此念回程，傷漂泊。　桐江好①，煙漠漠，波似染，山如削。繞嚴陵灘畔②，鷺飛魚躍。遊宦區區成底事？平生況有雲泉約。歸去來、一曲仲宣吟，從軍樂。

【注釋】

①桐江　浙江在桐廬縣南合桐溪，亦稱桐江。　②嚴陵灘　即嚴陵瀨，在浙江省桐廬縣南浙江之濱，爲嚴光垂釣處，因名。按嚴光、東漢餘姚人，字子陵。少與光武同遊學，及光武卽位，光變姓名，隱居不見。帝思其賢，物色得之，除諫議大夫，不就，歸隱富春山，耕釣以終，後人名其釣處曰嚴陵瀨。

【評箋】

僧文瑩云：范文正公謫睦州，過嚴陵祠下。會吳俗歲祀，里巫迎神，但歌滿江紅，有「桐江好，煙漠漠，波似染，山如削。遶嚴陵灘畔，鷺飛魚躍」之句。公曰：「吾不善音律，撰一絕送神，」曰：「漢包六合網英豪，一箇冥鴻惜羽毛。世祖功臣三十六，雲臺爭似釣臺高？」吳俗至今歌之。（湘山野錄）

卜算子

江楓漸老，汀蕙半凋，滿目敗紅衰翠。楚客登臨，正是暮秋天氣。引疏碪、斷續殘陽裏。對晚景、傷懷念遠，新愁舊恨相繼。　脈脈人千里。念兩處風情，萬重煙水。雨歇天高，望斷翠峯十二①。儘無言、誰會憑高意。縱寫得、離腸萬種，奈歸雲誰寄。

【注釋】

①翠峯十二　謂巫山十二峯也。蘇轍巫山賦云：「峯連屬以十二，其九可見而三不知。」方輿勝覽載十二峯之名，曰望霞、翠屏、朝雲、松巒、集仙、聚鶴、淨壇、上昇、起雲、飛鳳、登龍、聚泉。

【評箋】

周濟云：後闋一氣轉注，聯翩而下，清真最得此妙。（宋四家詞選）

雪梅香

景蕭索，危樓獨立面晴空。動悲秋情緒①，當時宋玉應同。漁市孤烟裊寒碧，水村殘葉舞愁紅。楚天闊，浪浸斜陽，千里溶溶。　臨風想佳麗，別後愁顏，鎮歛眉峯。可惜當年，頓乖雨跡雲蹤②。雅態妍姿正歡洽③，落花流水忽西東。無聊恨，相思意，盡分付征鴻。

【注釋】

①動悲秋情緒　見柳永玉胡蝶（望處雨收雲斷）注。　②乖　乖違也。　③雅態妍姿　言美而脫俗之姿儀也。

王安石

【傳略】

王安石（一〇二一——一〇八六）字介甫，撫州臨川人。少好讀書，一過目，終身不忘，其屬文動筆如飛，初若不經意，既成，見者皆服其精妙。友生曾鞏攜以示歐陽修，修爲之延譽，擢進士上第。安石議論高奇，能以辨博濟其說，果於自用，慨然有矯世變俗之志，於是上萬言書。俄直集賢院，知制誥。神宗立，命知江寧府。數月，召爲翰林學士，兼侍講。熙寧二年（一〇六九），拜參知政事，始行新法。三年，拜同中書門下平章事。七年，罷。八年復相，屢謝病，出判江寧府。元豐二年（一〇七九），復拜左僕射，封舒國公，改封荆。哲宗立，加司空。元祐元年（一〇八六）卒，年六十六，謚曰文。安石晚居金陵，自號半山老人，工詩、文，並爲北宋大家，有臨川集行世。其論塡詞云：「古之歌者，皆先有詞，後有聲。故曰：『詩言志，歌永言，聲依永，律和聲。』如今先撰腔子，後塡詞，却是永依聲也」。安石不常作詞，宋紹興重刊臨川集附有歌曲十八首，近人朱孝臧錄出爲臨川先生歌曲一卷，又雜採諸家選本、筆記，得六首，爲補遺，刻入彊邨叢書中。

【集評】

王灼云：王荆公長短句不多合繩墨處，自雍容奇特。（碧鷄漫志）

劉熙載云：王半山詞瘦削雅素，一洗五代舊習，惟未能涉樂必笑，言哀已歎，故深情之士，不無閒然

。（藝概）

桂枝香 金陵懷古①

登臨送目，正故國晚秋，天氣初肅。千里澄江似練②，翠峯如簇。征帆去棹殘陽裏，背西風、酒旗斜矗。綵舟雲淡，星河鷺起③，畫圖難足。　念往昔、繁華競逐，嘆門外樓頭④，悲恨相續。千古憑高對此，謾嗟榮辱⑤。六朝舊事隨流水，但寒煙芳草凝綠。至今商女⑥，時時猶唱，後庭遺曲⑦。

【注釋】

①金陵　即今南京。輿地紀勝金陵圖經云：「昔楚威王見此有王氣，埋金以鎭之，故曰金陵。」

②澄江似練　練，白綢。謝朓晚登三山還望京邑詩：「餘霞散成綺，澄江靜如練。」　③星河鷺起　星河即天河，此用以代替河流。又李白登金陵鳳凰台詩：「三山半落青天外，二水中分白鷺洲。」

④門外樓頭　杜牧臺城曲：「門外韓擒虎，樓頭張麗華。」　⑤謾嗟　空歎也。　⑥商女　即妓女。杜牧詩：「商女不知亡國恨，隔江猶唱後庭花。」　⑦後庭　詞曲名。南史：「陳後主每引賓客對張貴妃等遊宴，使諸貴人及學士，與狎客共賦新詩相贈答，采其尤麗者爲曲調。其曲有玉樹後庭花。」

【評箋】

楊湜云：金陵懷古，諸公寄調桂枝香者三十餘家，惟王介甫爲絕唱。東坡見之，歎曰：「此老乃野狐精也！」（景定建康志引古今詞話）

張炎云：詞以意爲主，不要蹈襲前人語意。如東坡中秋水調歌、夏夜洞仙歌，王荆公金陵桂枝香，姜白石暗香賦梅，此數詞，皆清空中有意趣，無筆力者未易到。（詞源）

藝蘅館詞選乙卷：梁啓超云：李易安謂：「介甫文章似西漢，然以作歌詞，則人必絕倒。」但此作却頡頏清真、稼軒，未可謾詆也。（藝蘅館詞選）

千秋歲引

別館寒砧，孤城畫角，一派秋聲入寥廓。東歸燕從海上去。南來雁向沙頭落。楚臺風①，庾樓月②，宛如昨。　無奈被些名利縛，無奈被他情擔閣，可惜風流總閒卻。當初漫留華表語③，而今誤我秦樓約。夢闌時，酒醒後，思量著。

【注釋】

①楚臺風　宋玉傳：「楚王遊於蘭臺，有風颯至，王乃披襟以當之，曰：快哉此風。」　②庾樓月　世說：「晉庾亮在武昌與諸佐吏殷浩之徒，乘夜月共上南樓，據胡床詠謔。」　③華表　續搜神記：遼東城門有華表柱，有白鶴集其上，言曰：「有鳥有鳥丁令威，去家千年今來歸。城中如故人民非，何不學仙冢纍纍。」

【評箋】

楊升庵云：荆公此詞，大有感慨，大有見道語，既勘破乃爾，何執拗新法，鏟滅正人哉。（詞品）

李于鱗云：不着一愁語，而寂寂景色，隱隱在目，洵一幅秋光圖，最堪把玩。（草堂詩餘雋）

沈天羽云：媚出於老，流動出於整齊，其筆墨自不可議。（草堂詩餘正集）

黃蓼園云：意致清迥，翛然有出塵之致。（蓼園詞選）

晏幾道

【傳略】

晏幾道，字叔原，殊第七子。監穎昌府許田鎮，手寫自作長短句，上府帥韓少師（維），少師報曰：「得新詞盈卷，蓋才有餘而德不足者。願郎君捐有餘之才，補不足之德，不勝門下老吏之望」云。年未至乞身，退居京城賜第，不踐諸貴之門。蔡京重九，冬至日，遣客求長短句，欣然兩爲作鷓鴣天，竟無一語及蔡者。黃庭堅序其小山詞云：晏叔原，臨淄公之暮子也。磊隗權奇，疏於顧忌，文章翰墨，自立規摹，常欲軒輊人，而不受世之輕重。諸公雖稱愛之，而又以小謹望之，遂陸沈於下位。平生潛心六藝，玩思百家，持論甚高，未嘗以沽世。余嘗怪而問焉。曰：「我槃跚勃窣，猶獲罪於諸公，憤而吐之，是唾人面也。」乃獨嬉弄於樂府之餘，而寓以詩人之句法，清壯頓挫，能動搖人心。士大夫傳之，以爲有臨淄之風耳，罕能味其言也。余嘗論：叔原、固人英也，其癡亦自絕人。愛叔原者，皆慍而問其目。曰：「仕宦連蹇，而不能一傍貴人之門，是一癡也。論文自有體，不肯一作新進士語，此又一癡也。費資千百萬，家人寒饑，而面有孺子之色，此又一癡也。人百負之而不恨，己信人，終不疑其欺己，此又一癡也。」乃共以爲然。雖若此，至其樂府，可謂狎邪之大雅，豪士之鼓吹，其合者高唐、洛神之流，其下者豈減桃葉、團扇哉？幾道自序其小山詞云：補亡一編，補樂府之亡也。叔原往者浮沈酒中，病世之歌詞，不足以析酲解慍，試續南部諸賢緒餘，作五、七字語，期以自娛。不獨敍其所懷，兼寫一時杯酒間聞見所同游者意中事。嘗思感物之情，古今不易。竊以謂篇中之意，昔人所不遺，第於今無傳爾。故今所製，通以補亡名之。始時沈十二廉叔、陳十君龍家，有蓮鴻、蘋雲，品清謳娛客。每得一解，卽以草授諸兒。吾三人持酒聽之，爲一笑樂而已。而君龍疾廢臥家，廉叔下世。昔之狂篇醉句，遂與兩家歌兒酒使，俱流轉於人間。自爾郵傳滋多，積有竄易。七月己巳，爲高平公綴緝成編。追惟往昔過從飲酒之人，或壠木已長，或病不偶。考其篇中所記悲歡、合離之事，如幻如電、如昨夢前塵，但能掩卷憮然，感光陰之易遷，歎境緣之無實也！觀庭堅及幾道自序所言，於小山詞之風格、蘄嚮，可窺見一斑矣。小山詞傳世者，有毛氏汲古閣宋六十家詞本，晏端書刻二晏詞鈔本，朱氏彊邨叢書本。

【集評】

王灼曰：叔原如金陵王、謝子弟，秀氣勝韻，得之天然，將不可學。（碧鷄漫志）

王銍曰：賀方回遍讀唐人遺集，取其意以爲詩詞。然所得在善取唐人遺意也。不如晏叔原，盡見昇平氣象，所得者人情物態。叔原妙在得于婦人，方回妙在得詞人遺意。（默記）

陳振孫曰：叔原詞在諸名勝中，獨可追逼花間，高處或過之。（直齋書錄解題）

毛晉曰：諸名勝詞集，刪選相半，獨小山集直逼花間，字字娉娉嫋嫋，如攬嬙、施之袂，恨不能起蓮

鴻、蘋雲，按紅牙板唱和一過。晏氏父子，具足追配李氏父子云。（汲古閣本小山詞跋）

周濟曰：晏氏父子，仍步溫、韋，小晏精力尤勝。（介存齋論詞雜著）

馮煦曰：淮海、小山、古之傷心人也。其淡語皆有味，淺語皆有致。求之兩宋詞人，實罕其匹。子晉欲以晏氏父子，追配李氏父子，誠爲知言。（宋六十一家詞選例言）

況周頤曰：小山詞從珠玉出，而成就不同，體貌各具。珠玉比花中之牡丹，小山其文杏乎。（蕙風詞話未刊稿）

夏敬觀曰：晏氏父子，嗣響南唐二主，才力相敵，蓋不特詞勝，尤有過人之情。叔原以貴人暮子，落拓一生，華屋山邱，身親經歷，哀絲豪竹，寓其微痛纖悲，宜其造詣又過於父。山谷謂爲「狎邪之大雅，豪士之鼓吹。」未足以盡之也。（夏評小山詞跋尾）

臨江仙

夢後樓臺高鎖，酒醒簾幕低垂。去年春恨卻來時。落花人獨立，微雨燕雙飛。　記得小蘋初見，兩重心字羅衣①。琵琶絃上說相思。當時明月在，曾照彩雲歸。

【注釋】

①心字　衣領屈曲如心字。見沈雄古今詞話。

【評箋】

范成大云：番禺人作心字香，用素馨、末利半開著淨器，薄劈沈香，層層相間封，日一易，不待花萎

，花過香成。蔣捷詞：「銀字笙調，心字香燒。」晏小山詞：「記得年時初見，兩重心字羅衣。」（驂鸞錄）

楊萬里云：近世詞人，閒情之靡，如伯有所賦，趙武所不得聞者，有過之無不及焉，是得爲好色而不淫乎？惟晏叔原云：「落花人獨立，微雨燕雙飛」，可謂好色而不淫矣。（誠齋詩話）

張宗橚云：按小山詞跋：「始時沈十二廉叔、陳十君寵家有蓮鴻、蘋雲，品清謳娛客，每得一解，即以草授諸兒，吾三人持酒聽之，爲一笑樂。已而君寵疾廢臥家，廉叔下世，昔之狂篇醉句，遂與兩家歌兒酒使，俱流轉人間」云云。此詞當是追憶蘋雲而作。又按小山詞尚有「玉樓春」兩闋，一云：「小蘋若解愁春暮」，一云：「小蓮未解論心素」，其人之娟姿豔態，一座皆傾，可想見矣。（詞林紀事）

譚獻云：「落花」兩句，名句千古，不能有二。末二句正以見其柔厚。（譚評詞辨）

陳廷焯云：小山詞如：「去年春恨却來時，落花人獨立，微雨燕雙飛。」又：「當時明月在，曾照彩雲歸。」既閒婉，又沈着，當時更無敵手。（白雨齋詞話）

蝶戀花

夢入江南煙水路，行盡江南，不與離人遇。睡裏消魂無說處，覺來惆悵消魂誤。　欲盡此情書尺素①，浮雁沈魚，終了無憑據。卻倚緩絃歌別緒，斷腸移破秦箏柱②。

【注釋】

①尺素　書簡。素，絹也。古人爲書，多書于絹，故稱書簡爲尺素。　②秦箏　樂器名，秦人之箏。

謝靈運燕歌行：「闢窗開幌弄秦箏，調弦促柱多哀聲。」

蝶戀花

醉別西樓醒不記，春夢秋雲①，聚散真容易！斜月半窗還少睡，畫屏閒展吳山翠。　衣上酒痕詩裏字，點點行行，總是淒涼意。紅燭自憐無好計，夜寒空替人垂淚②。

【注釋】

①春夢秋雲　白居易詩：「來如春夢不多時，去似秋雲無覓處。」　②紅燭　杜牧詩：「蠟炬有心還惜別，替人垂淚到天明。」

鷓鴣天

彩袖殷勤捧玉鍾①，當年拚卻醉顏紅②。舞低楊柳樓心月，歌盡桃花扇底風。　從別後，憶相逢，幾回魂夢與君同。今宵賸把銀釭照③，猶恐相逢是夢中。

【注釋】

①玉鍾　鍾，酒器也。列子楊朱：「公孫朝聚酒千鍾。」按今俗謂酒巵曰酒鍾。玉鍾，言酒器之美也。　②拚　割捨之辭，亦甘願之辭。周邦彥解連環詞：「拚今生對花對酒，爲伊淚落。」　③今宵賸把銀釭照　賸把，儘把。銀釭，謂燈也。

【評箋】

晁補之云：晏元獻不蹈襲人語，風度閒雅，自是一家。如「舞低楊柳樓心月，歌盡桃花扇底風」，知

此人必不生於三家村中者。（侯鯖錄）

雪浪齋日記云：晏叔原工於小詞，「舞低楊柳樓心月，歌盡桃花扇底風」，不愧六朝宮掖體。無咎評樂章，乃以爲元獻，誤也。（苕溪漁隱叢話引）

胡仔云：詞情婉麗。（苕溪漁隱叢話）

王楙云：晏叔原：「今宵剩把銀釭照，猶恐相逢是夢中」，蓋出於老杜「夜闌更秉燭，相對如夢寐。」戴叔倫「還作江南會，翻疑夢裏逢。」司空曙「乍見翻疑夢，相悲各問年」之意。（野客叢書）

劉體仁云：「夜闌更秉燭，相對如夢寐」，叔原則云：「今宵剩把銀釭照，猶恐相逢是夢中。」此詩與詞之分疆也。（七頌堂詞繹）

沈際飛云：末二句驚喜儼然。（草堂詩餘正集）

陳廷焯云：下半闋曲折深婉，自有豔詞，更不得不讓伊獨步。（白雨齋詞話）

黃蓼園云：「舞低」二句，比白香山「笙歌歸院落，燈火下樓臺」，更覺濃至。（蓼園詞選）

木蘭花

鞦韆院落重簾暮，彩筆閒來題繡戶。牆頭丹杏雨餘花，門外綠楊風後絮。　朝雲信斷知何處？應作襄王春夢去①。紫騮認得舊游蹤，嘶過畫橋東畔路。

【注釋】

①襄王春夢　楚襄王遊高唐，夢神女薦枕，臨去，有「旦爲行雲，暮爲行雨」語，見宋玉高唐賦序。

【評箋】

沈謙云：塡詞結句，或以動蕩見奇，或以迷離稱勝，著一實語敗矣。康伯可「正是銷魂時候也，撩亂花飛。」晏叔原「紫騮認得舊遊蹤，嘶過畫橋東畔路。」秦少游「放花無語對斜暉，此恨誰知。」深得此法。（塡詞雜說）

沈際飛云：雨餘花、風後絮，入江雲、黏地絮，如出一手。（草堂詩餘正集）

黃蓼園云：首二句別後，想其院宇深沈，門闌緊閉。接言牆內之人，如雨餘之花；門外行蹤，如風後之絮。後段起二句言此後杳無音信，末二句言重經其地，馬尚有情，況於人乎？（蓼園詞選）

阮郎歸

舊香殘粉似當初，人情恨不如。一春猶有數行書，秋來書更疏。　衾鳳冷，枕鴛孤①，愁腸待酒舒。夢魂縱有也成虛，那堪和夢無。

【注釋】

①衾鳳枕鴛　卽鳳衾鴛枕也。

阮郎歸

天邊金掌露成霜①，雲隨雁字長。綠杯紅袖趁重陽，人情似故鄉。　蘭佩紫，菊簪黃，殷勤理舊狂。欲將沈醉換悲涼，清歌莫斷腸。

【注釋】

①金掌　漢武帝作柏梁臺，上建銅柱，有仙人掌擎盤承露。漢書郊祀志：「武帝作柏梁、銅柱、承露、僊人掌之屬。」注引三輔故事云：「建章宮承露盤高二十丈，大七圍，以銅爲之，上有僊人掌，承露和玉屑飲之。」

【評箋】

況周頤云：「綠杯」二句，意已厚矣。「殷勤理舊狂」五字三層意：狂者，所謂一肚皮不合時宜，發見於外者也。狂已舊矣，而理之，而殷勤理之，其狂若有甚不得已者。「欲將沈醉換悲涼」是上句注脚。「清歌莫斷腸」，仍含不盡之意。此詞沈着厚重，得此結句，便覺竟體空靈。小晏神仙中人，重以名父之貽，賢師友相與沆瀣，其獨造處豈凡夫肉眼所能見及。「夢魂慣得無拘管，又逐楊花過謝橋」，以是爲至，烏足以論小山詞耶！（蕙風詞話）

留春令

畫屏天畔，夢回依約，十洲雲水①。手撚紅箋寄人書，寫無限傷春事。　別浦高樓曾漫倚，對江南千里。樓下分流水聲中，有當日憑高淚。

【注釋】

①十洲　神仙之所居，在八方巨海之中。漢東方朔有十洲記，謂：祖洲、瀛洲、玄洲、炎洲、長洲、元洲、流洲、生洲、鳳麟洲、聚窟洲。

【評箋】

楊慎云：晁元忠詩：「安得龍湖潮，駕回安河水。水從樓前來，中有美人淚。人生高唐觀，有情何能已。」晏小山「留春令」全用其語。（詞品）

鄭文焯云：晏小山「留春令」：「樓下分流水聲中，有當日憑高淚」二語，亦馮延巳「三臺令」：「流水、流水，中有傷心雙淚。」宋人所承如是，但乏質茂氣耳。（評小山詞）

鷓鴣天

醉拍春衫惜舊香，天將離恨惱疏狂。年年陌上生春草，日日樓中到夕陽。　雲渺渺，水茫茫，征人歸路許多長。相思本是無憑語，莫向花牋費淚行。

鷓鴣天

小令尊前見玉簫①，銀燈一曲太妖嬈②。歌中醉倒誰能恨？唱罷歸來酒未消。　春悄悄，夜迢迢，碧雲天共楚宮遙。夢魂慣得無拘檢，又踏楊花過謝橋。

【注釋】

①小令句　王驥德曲律：「所謂小令，市井所唱小曲也。」玉簫，人名。唐韋臯少遊江夏，館姜氏，有小青衣曰玉簫，常令祇侍，因有情，玉簫歿後，再世仍爲韋侍妾。事見雲溪友議。　②妖嬈　妍媚貌。曹植感甄賦：「顧有懷兮妖嬈。」

【評箋】

邵氏聞見後錄：程叔微云：伊川聞誦晏叔原：「夢魂慣得無拘檢，又踏楊花過謝橋」長短句，笑曰：

「鬼語也。」意亦賞之。

蘇軾

【傳略】

蘇軾（一〇三六——一一〇一）字子瞻，眉州眉山人。父洵，遊學四方。母程式，親授以書。聞古今成敗，輒能語其要。比冠，博通經史，屬文日數千言。好賈誼、陸贄書。既而讀莊子，歎曰：「吾昔有見，口未能言，今見是書，得吾心矣。」　嘉祐元年（一〇五六）試禮部，主司歐陽修語梅聖俞曰：「吾當避此人出一頭地。」聞者始譁不厭，久乃信服。歷通判杭州，知密州、徐州、湖州。御史李定、舒亶、何正言，媒蘗所爲詩，以爲訕謗，逮赴臺獄，欲寘之死，鍛鍊久之不決。神宗獨憐之，以黃州團練副使置。軾與田父、野老相從溪山間，築室於東坡，自號東坡居士。旋移汝州。　哲宗立，復朝奉郎，知登州。累遷翰林學士，知杭州。召爲吏部尙書，改翰林承旨，出知潁州。紹聖初，御史論軾掌內外制日所作詞命，以譏斥先朝，貶寧遠軍節度副使，惠州安置。居三年，泊然無所蔕芥。又貶瓊州別駕，居昌化。初僦官屋以居，有司猶謂不可，軾遂買地築室，儋人運甓畚土以助之。獨與幼子過處，讀書以爲樂。徽宗立，移廉州。更三大赦，還，提舉玉局觀。建中靖國元年（一一〇一），卒于常州，年六十六。　軾嘗自謂：「作文如行雲流水，初無定質，但常行於所當行，止於所不可不止，雖嬉笑怒罵之辭，皆可書而誦之。」其體渾涵光芒，雄視百代，有文章以來，蓋亦鮮矣。一時文人如黃庭堅、晁補之、秦觀、張耒、陳師道，舉世未之識，軾待之如朋儕，未嘗以師資自予也。軾工詩，與黃庭堅合稱「蘇黃」。詞更別開風氣，爲後世所宗仰。　毛氏汲古閣宋六十家詞內有東坡詞，王氏四印齋所刻詞有影元延祐本東坡樂府，朱氏彊邨叢書復據以編年，爲東坡樂府三卷。龍沐勛得傅幹注坡詞殘本，更依朱本編年，別作箋注，爲東坡樂府箋，頗便檢閱。

【集評】

晁无咎云：居士詞人謂多不諧音律，然橫放傑出，自是曲子中縛不住者。（復齋漫錄引）

陳无己云：子瞻以詩爲詞，如教坊雷大使之舞，雖極天下之工，要非本色。（後山詩話）

王直方云：東坡嘗以所作小詞示无咎、文潛曰：「何如少游。」二人皆對曰：「少游詩似詞，先生詞似詩。」（王直方詩話）

陸務觀云：世言東坡不能歌，故所作樂府辭多不協。（渭南文集）

晁以道云：紹聖初，與東坡別于汴上，東坡酒酣，自歌「古陽關」，則公非不能歌，但豪放不喜裁剪以就聲律耳。試取東坡諸詞歌之，曲終，覺天風海雨逼人。（歷代詩餘引）

周煇云：居士詞豈無去國懷鄉之感，殊覺哀而不傷。（清波雜志）

胡仔云：東坡詞皆絕去筆墨畦徑間，直造古人不到處，真可使人一唱而三歎。（苕溪漁隱叢話）

彭乘云：子瞻嘗自言平生有三不如人，謂著棋、喫酒、唱曲也。然三者亦何用如人。子瞻之詞雖工，而不入腔，正以不能唱曲耳。（墨客揮犀）

胡寅云：眉山蘇氏一洗綺羅香澤之態，擺脫綢繆宛轉之度，使人登高望遠，舉首高歌，而逸懷浩氣，超乎塵垢之外，於是花間爲皂隸，而耆卿爲輿臺矣。（酒邊詞序）

張炎云：詞須要出新意，能如東坡清麗舒徐，出人意表，不求新而自新，爲周秦諸人所不能到。」（詞源）

王若虛云：晁無咎云：「眉山公之詞短於情，蓋不更此境耳。」陳後山曰：「宋玉不識巫山神女而能賦之，豈待更而後知。是直以公爲不及情也。嗚呼！風韻如東坡，而謂不及于情，可乎！彼高人逸士，正當如是，其溢爲小詞，而閒及于脂粉之間，所謂滑稽玩戲，聊復爾爾者也。若乃纖豔淫媟，入人骨髓，如田中行、柳耆卿輩，豈公之雅趣也哉！」又云：「公雄文大手，樂府乃其游戲，顧豈與絕俗爭勝哉！蓋其天資不凡，辭氣邁往，故落筆皆絕塵耳。」（滹南詩話）

王灼云：東坡先生以文章餘事作詩，溢而作詞曲，高處出神入天，平處當臨鏡笑春，不顧儕輩。又云：「長短句雖至本朝而盛，然前人自立與真情衰矣。東坡先生非心醉於音律者，偶爾作歌，指出向上一路，新天下耳目，弄筆者始知自振。」（碧鷄漫志）

俞文豹云：東坡在玉堂日，有幕士善歌，因問：「我詞何如耆卿」。對曰：「郎中詞只好十七八女子，執紅牙板，歌楊柳岸、曉風殘月。學士詞，須關西大漢，綽鐵板，唱大江東去。」爲之絕倒。（吹劍錄）

王漁洋云：「山谷云：東坡書挾海上風濤之氣，讀坡詞當作如是觀。瑣瑣與柳七較錙銖，無乃爲髯公

所笑。」(花草蒙拾)

樓敬思云:東坡老人故自靈氣仙才,所作小詞,衝口而出,無窮清新,不獨寓以詩人句法,能一洗綺羅香澤之態也。(詞林紀事引)

俞仲茅云:子瞻詞無一語著人間煙火,此大羅天上一種,不必與少游易安輩較量體裁也。其豪放亦止大江東去一詞,何物袁綯,妄加品隲!後代奉爲美談,似欲以概子瞻生平,不知萬頃波濤,來自萬里,吞天浴月。古豪傑英爽都在,使屯田此際操觚,果可以楊柳外曉風殘月命句否?且柳詞亦只此佳句,餘皆未稱,而亦有本,祖魏承班漁歌子「窗外曉鶯殘月」,第改二字增一字耳。(爰園詞話)

許蒿廬云:子瞻自評其文如萬斛泉源,不擇地皆可出,唯詞亦然。(詞綜偶評)

四庫全書提要云:詞自晚唐、五代以來,以清切婉麗爲宗,至柳永而一變,如詩家之有白居易;至軾而又一變,如詩家之有韓愈,遂開南宋辛棄疾等一派。尋源溯流,不能不謂之別格,然謂之不工則不可。故今日尙與花間一派並行,而不能偏廢。(東坡詞提要)

周濟云:人賞東坡粗豪,吾賞東坡韶秀,韶秀是東坡佳處,粗豪則病也。又云:東坡每事俱不十分用力,古文書畫皆爾,詞亦爾。(介存齋論詞雜著)

吳衡照云:王從之著有滹南詩話,間及詩餘,亦往往中肯。云:「陳後山謂坡公以詩爲詞,大是妄論。蓋詞與詩只一理,自世之末作,習爲纖豔柔脆,以投流俗之好,高人勝士或亦以是相矜,日趨於委靡,遂謂其體當然,而不知其弊至於此也。顧或謂先生慮其不幸而溺焉,故援而止之,特寓以詩之法，斯又不然。公以文章餘事作詩，又溢而作詞，其揮霍遊戲所及，何矜心作意於其間哉。要其天資高，落筆自超凡耳」。此條論坡公詞極透澈，髯翁樂府之妙，得滹南而論定也。（蓮子居詞話）

劉融齋云：東坡詞頗似老杜詩，以其無意不可入，無事不可言也。若其豪放之致，則時與太白爲近。

又云：東坡詞具神仙之姿，方外白玉蟾諸家，惜未詣此。（藝概）

陳亦峯云：「太白之詩，東坡之詞，皆是異樣出色，只是人不能學，烏得議其非正聲。」（白雨齋詞話）

馮煦云：詞家之有南、北宋，以世言也。曰秦、柳，曰姜、張，以人言也。若東坡之於北宋，稼軒之於南宋，並獨樹一幟，不域於世，亦與他家絕殊，世第以豪放目之，非知蘇辛者也。（六十一家詞選例言）

王鵬運云：北宋人詞如潘逍遙之超逸，宋子京之華貴，歐陽文忠公之騷雅，柳屯田之廣博，晏小山之疏俊，秦太虛之婉約，張子野之流麗，黃文節之雋上，賀方回之醇肆，皆可撫擬得其彷彿，惟蘇文忠之清雄，敻乎軼塵絕迹，令人無從步趨。蓋宵壤相懸，寧止才華而已！其性情，其學問，其襟抱，舉非恒流所能夢見，詞家蘇辛並稱，其實辛猶人境也，蘇其殆仙乎。（半塘老人遺稿）

少年遊 潤州作，代人寄遠①

去年相送，餘杭門外②，飛雪似楊花。今年春盡，楊花似雪，猶不見還家。　對酒捲簾邀明月③，風露透窗紗。恰似姮娥憐雙燕④，分明照，畫梁斜⑤。

【注釋】

①潤州　隋唐州名，今江蘇鎮江。②餘杭　隋置杭州，大業三年改曰餘杭郡，宋仍曰杭州餘杭郡。③邀明月　李白月下獨酌詩：「舉杯邀明月，對影成三人。」④姮娥　淮南子：「羿請不死之藥於西王母，姮娥竊之，奔月宮。」⑤照畫梁　宋玉神女賦：「月初出，照屋梁。」

蝶戀花　密州上元①

燈火錢塘三五夜，明月如霜，照見人如畫。帳底吹笙香吐麝②，更無一點塵隨馬。　寂寞山城人老也！擊鼓吹簫③，却入農桑社。火冷燈稀霜露下，昏昏雪意雲垂野。

【注釋】

①密州　今山東諸城縣。②香吐麝　說文：「麝如小麋，臍有香，一名射父。」劉遵詩：「腕動香飄麝。」③擊鼓二句　謂社祭也。周禮：「以靈鼓致社祭。」

水調歌頭　丙辰中秋，歡飲達旦，作此篇，兼懷子由。

明月幾時有？把酒問青天①。不知天上宮闕，今夕是何年？我欲乘風歸去②，惟恐瓊樓玉宇③，高處不勝寒④。起舞弄清影，何似在人間？　轉朱閣，低綺戶，照無眠。不應有恨，何事長向別時圓？人有悲歡離合，月有陰晴圓缺，此事古難全。但願人長久，千里共嬋娟⑤。

【注釋】

①明月二句　李白詩：「青天有月來幾時，我今停杯一問之。」　②乘風　列子：「隨風東西，猶木葉幹殼，竟不知我乘風耶，風乘我耶。」　③瓊樓玉宇　段成式云：「翟天師嘗於江上望月，或曰：『此中竟何有，』翟笑曰：『可隨吾指觀之，』忽見月規半天，瓊樓金闕滿焉，頃刻不復見。」又雲笈七籤：「太微之所館，天帝之玉宇也。」　④高處不勝寒　明皇雜錄：「八月十五夜，葉靜能邀上遊月宮，將行，請上衣裘而往，及至月宮，寒凜特異，上不能禁，靜能出丹二粒進，上服之，乃止」。⑤千里共嬋娟　嬋娟，色態美好也。孟郊嬋娟篇：「花嬋娟，冷春泉；竹嬋娟，籠曉煙；妓嬋娟，不長妍；月嬋娟，真可憐。」又謝莊月賦：「美人邁兮音塵絕，隔千里兮共明月。」

【評箋】

楊湜云：神宗讀至「瓊樓玉宇，高處不勝寒」，乃歎曰：「蘇軾終是愛君」，卽量移汝州。（歲時廣記引古今詞話）

蔡絛云：歌者袁綯，乃天寶之李龜年也。宣政間，供奉九重。嘗爲吾言：東坡公者與客游金山，適中秋夕，天宇四垂，一碧無際，如江流澒湧。俄月色如晝，遂共登金山山頂之妙高臺，命綯歌其「水調歌頭」曰：「明月幾時有，把酒問青天。」歌罷，坡爲起舞，而顧問曰：「此便是神仙矣，吾輩文章人物，誠千載一時，後世安所得乎？」（鐵圍山叢談）

胡仔云：中秋詞自東坡水調歌頭一出，餘詞盡廢。又云：先君嘗云：「坡詞『低綺戶』當云『窺綺戶』」。二字既改，其詞愈佳。（苕溪漁隱叢話）

卓人月云：「明月幾時有」一詞，畫家大斧皴，書家劈窠體也。（詞統）

劉體仁云：「瓊樓玉宇」，天問之遺也。（七頌堂詞繹）

沈偶僧云：「水調歌頭」間有藏韻者，東坡明月詞：「我欲乘風歸去，惟恐瓊樓玉宇。」後段：「人有悲歡離合，月有陰晴圓缺」，謂之偶然暗合則可，若以多者證之，則問之箋體家，未曾立法於嚴也。（古今詞話）

董子遠云：忠愛之言，惻然動人。神宗讀「瓊樓玉宇，高處不勝寒」之句，以爲終是愛君，宜矣。（續詞選）

先遷甫云：風興象高，卽不爲字面礙。此詞前半自是天仙化人之筆，惟後半悲歡離合，陰晴圓缺等字，苟求者未免指此爲累。然再三讀去，摶捖運動，何損其佳。少陵詠懷古跡詩云：「支離東北風塵際，漂泊西南天地間。」未嘗以風塵天地、西南東北等字空塞，有傷是詩之妙。詩家最上一乘，固有以神仙者矣，於詞何獨不然？（詞潔）

劉融齋云：詞以不犯本位爲高，東坡「滿庭芳」：「老去君恩未報，空回首，彈鋏悲歌。」語誠慷慨，然不若水調歌頭：「我欲乘風歸去，惟恐瓊樓玉宇，高處不勝寒。」尤覺空靈蘊藉。（藝概）

黃蓼園云：按通首只是詠月耳，前闋是見月思君，言天上宮闕，高不勝寒，但彷彿神魂歸去，幾不知身在人間也。次闋言月何不照人歡洽，何事有恨，偏於人離索之時而圓乎？復又自解，人有離合，月有圓缺，皆是常事，惟望長久共嬋娟耳。纏緜惋惻之思，愈轉愈曲，愈曲愈深，忠愛之思，令人玩味

不盡。（蓼園詞選）

鄭文焯云：發端從太白仙心脫化，頓成奇逸之筆。湘綺誦此詞，以爲此全字韻可當三語掾，自來未經人道。（手批東坡樂府）

王壬秋云：人有三句，大開大合之筆，他人所不能。（湘綺樓詞選）

繼蓮畦云：此老不特興會高騫，直覺有仙氣縹緲於毫端。（左庵詞話）

張德瀛云：蘇子瞻「水調歌頭」前闋云：「我欲乘風歸去，又恐瓊樓玉宇。」後闋云：「月有陰晴圓缺，人有悲歡離合。」宇、去、缺、合，均叶短韻，人皆以爲偶合。然檢韓无咎賦此詞云：「放目蒼崖萬仞，雲護曉霜城陣」仞、陣是韻。後闋云：「落日平原西望，鼓角秋聲悲壯。」望、壯是韻。蔡伯堅詞賦此調云：「燈火春城咫尺，曉夢梅花消息。」尺、息是韻。後闋云：「翠竹江村月上，但要綸巾鶴氅。」上、氅是韻。廼知「水調歌頭」實有此一體也。（詞徵）

永遇樂

孫巨源以八月十五日離海州，坐別於景疏樓上。既而與余會於潤州，至楚州，乃別。余以十一月十五日至海州，與太守會於景疏樓上，作此詞以寄巨源。

長憶別時，景疏樓上①，明月如水。美酒清歌，留連不住，月隨人千里。別來三度，孤光又滿，冷落共誰同醉？捲珠簾、淒然顧影，共伊到明無寐。　今朝有客，來從濉上，能道使君深意。憑仗清淮，分明到海，中有相思淚。而今何在？西垣清禁②，夜永露華侵被。此時看，回廊曉月，也應暗記。

【注釋】

①景疏樓　景疏樓在海州治東北，石刻云：宋葉祖洽慕二疏之賢而建。疏廣、疏受，皆東海人也。東坡次韻孫巨源詩：「高才歲晚終難進，勇退當年正急流。不獨二疏爲可慕，他時當有景孫樓。」自注：「巨源近離東海，郡有景疏樓。」②西垣　中書省謂之西掖。劉楨贈徐幹詩：「誰謂相去遠，隔此西掖垣。枸限清切禁，中情無由宣。」

水龍吟　次韻章質夫楊花詞①

似花還似非花②，也無人惜從教墜。拋家傍路，思量却是，無情有思。縈損柔腸，困酣嬌眼，欲開還閉。夢隨風萬里，尋郎去處，又還被、鶯呼起③。　不恨此花飛盡，恨西園、落紅難綴。曉來雨過，遺蹤何在，一池萍碎④。春色三分，二分塵土⑤，一分流水。細看來不是楊花，點點是離人淚。

【注釋】

①章質夫　名楶，浦城人，仕至樞密院事。楊花詞云：「燕忙鶯嬾花殘，正隄上柳花飄墜。輕飛點畫青林，誰道全無才思。閒趁游絲，靜臨深院，日長門閉。傍珠簾散漫，垂垂欲下，依前被風扶起。蘭帳玉人睡覺，怪春衣、雪霑瓊綴。繡牀漸滿，香毬無數，才圓却碎。時見蜂兒，仰黏輕粉，魚吞池水。望章臺路杳，金鞍遊蕩，有盈盈淚。」②非花　白居易詞：「花非花，霧非霧。夜半來，天明

去。來如春夢不多時，去似朝雲無覓處。」 ③鶯呼 金昌緒詩：「打起黃鶯兒，莫教枝上啼。啼時驚妾夢，不得到遼西。」 ④萍碎 東坡舊注云：「楊花落水爲浮萍，驗之信然。」 ⑤塵土 陸龜蒙惜花詩：「人壽期滿百，花開惟一春。其間風雨至，旦夕旋爲塵。」

【評箋】

沈義父云：近世作詞者不曉音律，乃故爲豪放不羈之語，遂借東坡、稼軒諸賢自諉。諸賢之詞，固豪放矣，不放處未嘗不叶律也。如東坡之「哨遍」、楊花「水龍吟」，稼軒之「摸魚兒」之類，則知諸賢非不能也。（樂府指迷）

姚寬云：楊柳二種，楊樹葉短，柳樹葉長，花初發時，黃蕊子爲飛絮，今絮中有小青子，著水泥沙灘上即生小青芽，乃柳之苗也。東坡謂絮化爲浮萍，誤矣。（西溪叢話）

朱弁云：章質夫楊花詞，命意用事，瀟灑可喜。東坡和之，若豪放不入律呂。徐而視之，聲韻諧婉，反覺章詞有織繡工夫。（曲洧舊聞）

魏慶之云：章質夫詠楊花詞，東坡和之，晁叔用以爲：「東坡如王嬙西施，淨洗却面，與天下婦人鬭好，質夫豈可比哉？」是則然矣。余以爲質夫詞中所謂「傍珠簾散漫，垂垂欲下，依前被風扶起。」亦可謂曲盡楊花妙處，東坡所和雖高，恐未能及，詩人議論不公如此。（詩人玉屑）

張叔夏云：後段愈出愈奇，真是壓倒今古。（詞源）

曾季貍云：東坡和章質夫楊花詞云：「思量却是，無情有思。」用老杜「落絮遊絲亦有情」也。「夢隨萬里，尋郎去處，依前被鶯呼起。」卽唐人詩云：「打起黃鶯兒，莫教枝上啼。幾回驚妾夢，不得到遼西。」「細看來不是楊花，點點是離人淚。」卽唐人詩云：「時人有酒送張八，惟我無酒送張八。君看陌上梅花紅，盡是離人眼中血。」皆奪胎換骨手。（艇齋詩話）

沈東江云：東坡「似花還似非花」一篇，幽怨纏綿，直是言情，非復賦物。（塡詞雜說）

李于鱗云：如虢國夫人，不施粉黛，而一段天姿，自是傾城。（草堂詩餘雋）

沈天羽云：隨風萬里尋郎，悉楊花神魂。又云：讀他文字精靈，尚在文字裏面，此老只見精靈，不見文字。（草堂詩餘正集）

許蒿廬云：與原作均是絕唱，不容妄爲軒輊。（詞綜偶評）

王靜安云：東坡「水龍吟」詠楊花和均而似原唱，章質夫詞原唱而似和均，才之不可強也如是。（人間詞話）

先遷甫云：「水龍吟」末後十三字，多作五四四，此作七六，有何不可。近見論譜者於「細看來不是」及「楊花點點」下分句，以就立四四之印板死格，遂令坡公絕妙好詞，不成文理。又云：起句入魔，非花矣，而又似，不成句也。「抛家傍路」四字，欠雅，綴字趁韻不穩，曉來以下，真是化工神品。（詞潔）

劉融齋云：東坡「水龍吟」起句云：「似花還似非花」，此句可作全詞評語，蓋不離不卽也。（藝概）

鄭叔問云：煞拍畫龍點睛，此亦詞中一格。（手批東坡樂府）

繼蓮畦云：東坡詞：「春色三分，二分塵土，一分流水。」葉清臣詞：「三分春色二分愁，更一分風雨。」蒙亦有句云：「十分春色，欣賞三分，二分懊惱，五分抛擲。」用意不同而同。（左庵詞話）

念奴嬌　赤壁懷古①

大江東去，浪淘盡②、千古風流人物。故壘西邊，人道是、三國周郎赤壁③。亂石崩雲，驚濤裂岸，捲起千堆雪。江山如畫，一時多少豪傑。　遙想公瑾當年，小喬初嫁了④，雄姿英發⑤。羽扇綸巾，談笑間、強虜灰飛煙滅⑥。故國神游⑦，多情應笑我，早生華髮。人間如夢，一尊還酹江月。

【注釋】

①赤壁　山名，有四，皆在今湖北省境：㈠在嘉魚縣東北，長江南岸，岡巒綿亙如垣，上鐫赤壁二字。三國時吳周瑜破曹操，赤壁燒兵，即此。㈡在黃岡縣城外，亦名赤鼻磯。蘇軾遊此，作前後赤壁賦，誤以爲曹操兵敗之赤壁。清一統志引明胡珪赤壁考：「蘇子瞻所遊乃黃州城外赤鼻磯，當時誤以爲周郎赤壁耳。」黃岡縣即舊黃州府治。㈢在武昌縣東南，又名赤磯，或稱赤圻。㈣在漢陽縣沌口之臨嶂山，有峯曰烏林，俗亦稱爲赤壁。　②浪淘　白居易浪淘沙詞：「白浪茫茫與海連，平沙浩浩四無邊。暮去朝來淘不住，遂令東海變桑田。」　③周郎　吳志：周瑜字公瑾，廬江舒人。長壯有姿貌，孫策與瑜同年，獨相友善。策衆已數萬，親自迎瑜，授建威中郎將，瑜時年二十四，吳中皆呼爲周郎。　④小喬　吳志：策欲取荊州，以瑜爲中護軍，領江表太守，從攻皖，拔之，時得橋公兩女，皆

國色也。策自納大橋，瑜納小橋。江表傳：策從容戲瑜曰：「橋公二女雖流離，得吾二人作壻，亦足爲歡。」⑤英發　吳志：孫權與陸遜論周瑜、魯肅及（呂）蒙曰：「子明（呂蒙字）少時，孤謂不辭劇易，果敢有膽而已。及身長大，學問開益，籌略奇至，可以次於公瑾，但言議英發，不及之耳。」⑥灰飛煙滅　聞見後錄云：「東坡赤壁詞『灰飛煙滅』之句，圓覺經中佛語也。」李白赤壁歌：「二龍爭鬬決雌雄，赤壁樓船掃地空。烈火初張燕雲海，周瑜於此破曹公。」⑦神游　列子：化人曰：「吾與王神遊，形奚動哉？」

【評箋】

俞文豹云：大江東去詞，三江、三人、二國、二生、二故、二如、二千字，以東坡則可，他人固不可，然語意到處，他字不可代，雖重無害也。今人看人文字，未論其大體如何，先且指點重字。（吹劍錄）

胡仔云：語意高妙，真古今絕唱。（苕溪漁隱叢話）

王元美云：學士此詞，感慨雄壯，果令銅將軍于大江奏之，必能使江波鼎沸。

李于鱗云：有翩翩羽化之概，毫不染人間煙火之氣，坡仙之名，殊非虛附。（草堂詩餘雋）

沈天羽云：語意高妙閒冷，初不以英氣凌人。（草堂詩餘正集）

徐虹亭云：蘇東坡大江東去，有銅將軍鐵綽板之譏。柳七曉風殘月，謂可令十七八女郎，按紅牙檀板歌之，此袁綯語也，後人遂奉爲美談。然僕謂東坡詞，自有橫槊氣概，固是英雄本色，柳纖豔處，亦麗以淫耳。況楊柳外句，又本魏承班漁歌子：「窗外曉鶯殘月」，只改二字、增一字焉，得獨擅千古。

黃蓼園云：大江二句，是自己與周郎俱在內也。故壘至灰飛煙滅句，俱就赤壁寫周郎之事。故國三句，是就周郎結到自己。人生似夢二句，總結以應起二句。總而言之，題是赤壁，心實爲己而發，周郎是賓，自己是主，借賓定主，寓主於賓，是主是賓，離奇變幻，細思方得其主意處。（蓼園詞選）

王壬秋云：豪語。（綺湘樓詞選）

繼蓮畦云：淋漓悲壯，擊碎唾壺，洵爲千古絕唱。（左庵詞話）

永遇樂 彭城夜宿燕子樓，夢盼盼，因作此詞①。

明月如霜，好風如水，清景無限。曲港跳魚，圓荷瀉露，寂寞無人見。紞如三鼓②，鏗然一葉③，黯黯夢雲驚斷。夜茫茫，重尋無處，覺來小園行徧。　天涯倦客，山中歸路，望斷故園心眼④。燕子樓空，佳人何在，空鎖樓中燕。古今如夢，何曾夢覺，但有舊歡新怨。異時對，黃樓夜景⑤，為余浩歎。

【注釋】

①彭城夜宿燕子樓夢盼盼　徐州彭城縣，以彭祖而得名。按寰宇記：殷之賢臣彭祖，顓頊之元孫，至殷末，壽七百六十七歲，今墓猶存，故邑號大彭。又白居易燕子樓詩序云：「徐州故尚書（張建封）有愛妓曰盼盼，善歌舞，雅多風態。尚書既沒，彭城有舊第，第中有小樓名燕子，盼盼念舊愛而不嫁，居是樓十餘年。」　②紞如三鼓　晉書鄧攸傳：「紞如打五鼓，雞鳴天欲曙。」紞，擊鼓聲。③鏗然一葉　鏗，金石聲，此指葉聲。韓愈詩：「空階一片下，錚若摧琅玕。」　④故園心眼　心眼

，佛家語，謂觀念之心也。觀無量壽佛經：「有五色光從佛口出，一一光照頻婆娑羅王頂，爾時大王雖在幽閉，心眼無障，遙見世尊。」按頻婆娑羅王一心觀世尊，能於幽閉之中而遙見之，故謂之心眼。又杜甫詩：「天畔登樓眼，隨春入故園。」⑤黃樓 東坡守徐州時，河決澶淵，徐當水衝，而城幾壞。水既去，東坡請增築徐城，於是爲大樓於城東門之上，堊以黃土，曰、土實勝水，因名之黃樓。

【評箋】

王文誥云：戊午十月，夢登燕子樓，翌日往尋其地作。（蘇詩總案）

曾敏行云：東坡守徐州，作燕子樓樂章，方具藁，人未知之，一日忽鬨傳於城中。東坡訝焉，詰其所從來，乃謂發端於邏卒。東坡召而問之，對曰：「某稍知音律，嘗夜宿建封廟，聞有歌聲，細聽乃此詞也。記而傳之，初不知何謂。」東坡笑而遣之。（獨醒雜志）

先遷甫云：野雲孤飛，去留無迹，石帚之詞也。此詞亦當不愧此品目。僅歎賞「燕子樓空」十三字者，猶屬附會淺夫。（詞潔）

藝苑雌黃云：東坡問少游別作何詞，秦擧「小樓連苑橫空，下窺繡轂彫鞍驟。」坡云：「十三個字，只說得一個人騎馬樓前過。」秦問先生近著，坡云：「亦有一詞說樓上事。」乃擧「燕子樓空，佳人何在，空鎖樓中燕。」晁無咎在座云：「三句說盡張建封燕子樓一段事，奇哉！」

劉體仁云：「燕子樓空，佳人何在，空鎖樓中燕。」平生少年之篇也。（七頌堂詞繹）

鄭叔問云：公「燕子樓空」三句語淮海，殆以示詠古之超宕，貴神情不貴迹象也。（手批東坡樂府）

水龍吟

閭丘大夫孝終公顯，嘗守黃州①，作棲霞樓，為郡中絕勝。元豐五年，余謫居黃。正月十七日，夢扁舟渡江，中流回望，樓中歌樂雜作，舟中人言：「公顯方會客也。」覺而異之，乃作此曲，蓋越調鼓笛慢②。公顯時已致仕，在蘇州。

小舟橫截春江，臥看翠壁紅樓起。雲間笑語，使君高會，佳人半醉。危柱哀絃③，艷歌餘響，繞雲縈水④。念故人老大，風流未減，空回首，煙波裏。　推枕惘然不見，但空江、月明千里。五湖聞道，扁舟歸去，仍攜西子⑤。雲夢南州，武昌東岸，昔遊應記。料多情夢裏，端來見我，也參差是。

【注釋】

①閭丘大夫　閭丘孝終字公顯，吳郡人，嘗守黃州。既挂冠，與諸名人耆艾爲九老會，東坡經從，必訪孝終，賦詩爲樂。事見吳郡志。　②鼓笛慢　康熙欽定詞譜：「水龍吟，姜夔詞注無射商，俗名越調。吳渭老詞名鼓笛慢。」　③危柱哀絃　宋史樂志：「八音之中，革爲燥溼所薄，絲有絃柱，緩急不齊，故二者其聲難定。」魏文帝詩：「哀絃微妙，清氣含芳。」杜甫詩：「哀絃繞白雪，未與俗人操。」　④繞雲　列子：「薛譚學謳於秦青，未窮青之技，自謂盡之，遂辭歸。秦青弗止，餞於郊衢，撫節悲歌，聲振林木，響遏行雲，薛譚乃謝求反，終身不敢言歸。」　⑤五湖三句　世說新語：「范蠡相越，平吳之後，因取西子，遂乘扁舟，泛五湖而去。」杜牧杜秋娘詩：「西子下姑蘇，一舸逐鴟

夷。」

洞仙歌

余七歲時，見眉州老尼，姓朱，忘其名，年九十歲。自言嘗隨其師入蜀主孟昶宮中①，一日，大熱，蜀主與花蕊夫人夜納涼摩訶池上②，作一詞，朱具能記之。今四十年，朱已死久矣，人無知此詞者，但記其首兩句。暇日尋味，豈「洞仙歌令」乎？乃為足之云。

冰肌玉骨，自清涼無汗。水殿風來暗香滿。繡簾開，一點明月窺人，人未寢，敧枕釵橫鬢亂。　起來攜素手，庭戶無聲，時見疏星度河漢。試問夜如何？夜已三更，金波淡③，玉繩低轉④。但屈指、西風幾時來？又不道流年、暗中偷換⑤。

【注釋】

①孟昶　十國春秋：「後蜀主孟昶，好學，爲文皆本於理。居恒謂李昊徐光溥曰：『王衍浮薄，而好輕艷之詞，朕不爲也。』然昶亦工聲曲，有相見歡詞。」　②花蕊夫人　能改齋漫錄云：「徐匡璋納女於孟昶，拜貴妃，別號花蕊夫人，意花不足擬其色，似花蕊翾輕也。」　③金波　月光。漢書禮樂志郊祀歌：「月穆穆以金波。」　④玉繩　星名。文選西京賦：「正睹瑤光與玉繩。」李善注以爲玉衡北兩星爲玉繩。　⑤不道　不覺。

【評箋】

漫叟詩話云：楊元素作本事曲，記「洞仙歌」云云。錢塘有老尼，能誦後主詩首章兩句，後人爲足其意，以塡其詞。予嘗見一士人誦全篇云：「冰肌玉骨清無汗，水殿風來暗香暖。簾開明月獨窺人，欹枕釵橫雲鬢亂。起來瓊戶悄無聲，時見疎星度河漢。屈指西風幾時來，只恐流年暗中換。」漁隱曰：漫叟所載本事曲云：「錢塘老尼能誦後主詩首兩句」，與東坡「洞仙歌」序全然不同，當以序爲正也。（苕溪漁隱叢話）

趙聞禮云：宜春潘明叔云：「蜀主與花蕊夫人避暑摩訶池上，賦『洞仙歌』，詞不見於世。東坡得老尼口誦兩句，遂足之。蜀帥謝元明因開摩訶池，得古石刻，遂見全篇。詞曰：『冰肌玉骨，自清涼無汗。貝闕琳宮恨初遠。玉闌干倚遍，怯盡朝寒。回首處、何必留連穆滿。芙蓉開過也，樓閣香融，千片紅英泛波面。洞房深深鎖。莫放輕舟，瑤臺去，甘與塵寰路斷。更莫遣流紅到人間，怕一似當時誤他劉阮。」（陽春白雪）

張邦基云：「洞仙歌」腔出近世，五代及國初皆未之有也。（墨莊漫錄）

田藝蘅云：杜工部「關山同一點。」岑嘉州「嚴灘一點舟中月。」又赤驃馬歌「草頭一點疾如飛。」又「西看一點是關樓。」朱灣白鳥翔翠微詩：「淨中雲一點。」花蕊夫人云：「冰肌玉骨清無汗，水殿風來暗香滿。繡簾一點月窺人，欹枕釵橫雲鬢亂。起來庭戶悄無聲，時見疎星渡河漢。屈指西風幾時來，不道流年暗中換。」宋張安國詞：「洞庭青草，近中秋，更無一點風色。玉界瓊田三萬頃，著我扁舟一葉。」夫月、雲、風也，馬也，樓也，皆謂之一點，甚奇。（留青日札）

沈天羽云：清越之音，解煩滌苛。（草堂詩餘正集）

朱竹垞云：蜀主孟昶夜起避暑摩訶池上，作「玉樓春」云云。按蘇子瞻「洞仙歌」本隱栝此詞，未免反有點金之憾。（詞綜）

鄭叔問云：坡老改添此詞數字，誠覺意象萬千，其聲亦如空山鳴皐，琴筑並奏。（手批東坡樂府）

卜算子 黃州定惠院寓居作①

缺月挂疏桐②，漏斷人初靜③。惟見幽人獨往來④，縹渺孤鴻影⑤。 驚起卻回頭，有恨無人省。揀盡寒枝不肯棲，寂寞沙洲冷。

【注釋】

①定惠院 在黃岡縣東南。 ②缺月 即殘月，或初絃之月。 ③漏斷 謂漏盡也。唐書百官志：「宮門局，宮門郎二人，掌宮門管籥。凡夜漏盡，擊漏鼓而開。夜漏上水一刻，擊漏鼓而閉。 ④幽人 隱居之人，即隱士。孟浩然詩：「采艾值幽人。」 ⑤縹渺 恍惚有無之意。白居易詩：「忽聞海上有仙山，山在虛無縹緲間。」

【評箋】

吳曾云：東坡謫居黃州，作「卜算子」詞云云，其託意蓋自有在，讀者不能解。張右史文潛繼貶黃州，訪潘邠老，嘗得其詳，題詩以誌之云：「空江月明魚龍眠，月中孤鴻影翩翩。有人清吟立江邊，葛巾藜杖眼窺天。夜冷月墮秋蟲泣，鴻影翹沙衣露濕。仙人采詩作步虛，玉皇飲之碧琳腴。」（能改齋漫錄）

胡仔云：「揀盡寒枝不肯棲」之句，或云鴻雁未嘗棲宿樹枝，唯在田野葦叢間，此亦語病也。此詞本詠夜景，至換頭但只說鴻。正如「賀新郎」詞：「乳燕飛華屋」，本詠夏景，至換頭但只說榴花。蓋其文章之妙，語意到處卽爲之，不可限以繩墨也。（苕溪漁隱叢話）

王楙云：東坡「卜算子」詞，漁隱謂：「或云鴻雁未嘗棲宿樹枝，唯在田葦間。『揀盡寒枝不肯棲』，此語亦病。」僕謂人讀書不多，不可妄議前輩詞句。觀隋李元操鳴雁行：「夕宿寒枝上，朝飛空井傍。」坡語豈無自耶。（野客叢話）

王若虛云：東坡雁詞云：「揀盡寒枝不肯棲」，以其不棲木，故云爾。蓋激詭之致，詞人正貴其如此。而或者以爲語病，是尙可與言哉！近日張吉甫復以「鴻漸于木」爲辯，而怪昔人之寡聞，此益可笑。易象之言，不當援引爲證也，其實雁何嘗棲木哉。（滹南詩話）

龍輔女紅餘志云：惠州溫氏女超超，年及笄，不肯字人，聞東坡至，喜曰：「我壻也。」日徘徊窗外，聽公吟詠，覺則亟去。東坡知之，乃曰：「吾將呼王郎與子爲姻。」及東坡渡海歸，超超已卒，葬於沙際。公因作「卜算子」詞，有「揀盡寒枝不肯棲」之句。按詞爲詠雁，當別有寄託，何得以俗情傅會也。（歷代詩餘引古今詞話）

梅墩詞話云：超超旣鍾情於公，余哀其能具隻眼，知公之爲擧世無雙。知公之堪爲吾壻，是以不得親近，寧死不願居人間世也。卽呼王郎爲姻，彼且必死，彼知有坡公也。（沈雄古今詞話引）

黃山谷云：語意高妙，似非喫烟火食人語。非胸中有數萬卷書，筆下無一點塵俗氣，孰能至此。（山

谷題跋）

陳鵠云：「揀盡寒枝不肯棲」，取興鳥擇木之意，所以山谷謂之高妙。（耆舊續聞）

王漁洋云：坡孤鴻詞，山谷以爲非喫烟火食人句，良然。鮦陽居士云：「缺月，刺明微也。漏斷，暗時也。幽人，不得志也。獨往來，無助也。驚鴻，賢人不安也。此與考槃相似」云云。村夫子強作解事，令人欲嘔。韋蘇州滁州西澗詩，疊山亦以爲小人在朝，賢人在野之象，令韋郎有知，豈不叫屈。

僕嘗戲謂坡公命宮磨蝎，湖州詩案，生前爲王珪、舒亶輩所苦，身後又硬受此差排耶？（花草蒙拾）

譚復堂云：以考槃爲比，其言非河漢也。此亦鄙人所謂作者未必然，讀者何必不然。（譚評詞辨）

黃蓼園云：此東坡自寫在黃州之寂寞耳，初從人說起，言如孤鴻之冷落；下專就鴻說，語語雙關，格奇而語雋，斯爲超詣神品。（蓼園詞選）

謝枚如云：鮦陽居士所釋字箋句解，果誰語而誰知之？雖作者未必無此意，而作者亦未必定有此意，可神會而不可言傳。斷章取義，則是刻舟求劍，則大非矣。（賭棋山莊詞話）

鄭叔問云：此亦有所感觸，不必附會溫都監女故事，自成馨逸。（手批東坡樂府）

青玉案 送伯固歸吳中①

三年枕上吳中路，遣黃犬②，隨君去。若到松江呼小渡，莫驚鴛鷺，四橋盡是③，老子經行處。　輞川圖上看春暮④，常記高人右丞句⑤。作箇歸期天已許，春衫猶是，小蠻針線，曾溼西湖雨。

【注釋】

①伯固　蘇堅，字伯固，蘇軾與講宗盟。此時蘇堅從蘇軾于杭州，三年未歸。②黃犬　陸機有犬名黃耳，機在洛時，曾以竹筒盛書而繫其頸，致松江家中，得報還洛，其後因以爲常。事見晉書陸機傳。③四橋　姑蘇有四橋，長爲絕景。④輞川圖　王維官尚書右丞，有別墅在輞川，維於藍田清涼寺壁上嘗畫輞川圖。⑤高人　唐書文藝傳：「王維工草隸，善畫，名盛於開元天寶間。篤志奉佛，食不葷，衣不文綵，喪妻不娶，孤居三十年，母亡，表輞川第爲寺，終葬其西。」杜甫詩：「不見高人王右丞，藍田邱壑蔓寒藤。」

【評箋】

況蘷笙云：「曾溼西湖雨」是清語，非豔語。與上三句相連屬，遂成奇豔絕豔，令人愛不忍釋。坡公天仙化人，此等詞猶爲非其至者，後學已未易摹仿其萬一。（蕙風詞話）

臨江仙

夜飲東坡醒復醉，歸來彷彿三更。家童鼻息已雷鳴①。敲門都不應，倚仗聽江聲。　長恨此身非我有②，何時忘卻營營③。夜闌風靜縠紋平④。小舟從此逝，江海寄餘生。

【注釋】

①鼻息雷鳴　韓愈石鼎聯句序：「衡山道士軒轅彌明，與進士劉師服、校書郎侯喜，聯石鼎詩已畢，道士曰：『此皆不足與語，吾閉口矣。』即倚牆睡，鼻息如雷鳴，二子怛然失色。」②身非我有　莊

子：「舜問乎丞曰：『道可得而有乎？』曰：『汝身非汝有也，女何得有夫道？』舜曰：『吾身非吾有也，孰有之哉？』曰：『是天地之委形也。』」③營營　莊子：「無使汝思慮營營。」營營，紛亂意。④縠紋　謂風息浪平，水紋如縠也。選詩：「風浪吹紋縠。」劉禹錫竹枝詞：「江上春來新雨晴，瀼西春水縠紋生。」

【評箋】

王文誥云：壬戌九月，雪堂夜醉歸臨皋作。（蘇詩總案）

葉夢得云：子瞻在黃州病赤眼，踰月不愈，或疑有他疾，過客遂傳以爲死矣。有語范景文於許昌者，景文絕不寘疑，卽舉袂大慟，召子弟景仁當遣人賙其家。子弟徐言：「此傳聞未審得實否？若果其安否得實，弔之未晚。」乃走僕以往，子瞻譁然大笑。故後量移汝州謝表有云：「疾病連年，人皆相傳爲已死。」未幾，復與客飲江上，夜歸，江面際天，風露浩然，有當其意，乃作歌詞，所謂「夜闌風靜縠紋平，小舟從此逝，江海寄餘生」者，與客大歌數過而散。翌日喧傳子瞻夜作此詞，挂冠服江邊，拏舟長嘯去矣。郡守徐君猷聞之，驚且懼，以爲州失罪人，急命駕往謁，則子瞻鼻鼾如雷猶未興。然此語卒傳至京師，雖裕陵亦聞而疑之。（避暑錄話）

定風波

三月三日沙湖道中遇雨，雨具先去，同行皆狼狽，余不覺。已而遂晴，故作此。

莫聽穿林打葉聲，何妨吟嘯且徐行①。竹杖芒鞋輕勝馬②，誰怕？一蓑煙雨任平生③。

料峭春風吹酒醒④，微冷，山頭斜照卻相迎。回首向來蕭瑟處，歸去，也無風雨也無晴。

【注釋】

①吟嘯　晉書阮籍傳：「登山臨水，嘯詠自若。」　②竹杖芒鞋　无則詩：「騰騰兀兀恣閑行，竹杖芒鞋稱野情」芒鞋，草鞋也。　③一蓑煙雨　鄭谷詩：「來往煙波非定居，生涯蓑笠外無餘。」魏野詩：「何日扁舟去，江上負煙蓑。」　④料峭　風寒貌。

【評箋】

王文誥云：壬戌相田至沙湖道中遇雨作。（蘇詩總案）

鄭叔問云：此足徵是翁坦蕩之懷，任天而動。琢句亦瘦逸，能道眼前景，以曲筆直寫胸臆，倚聲能事盡之矣。（手批東坡樂府）

江城子　乙卯正月二十日夜記夢

十年生死兩茫茫！不思量，自難忘。千里孤墳，無處話淒涼。縱使相逢應不識，塵滿面，鬢如霜。　夜來幽夢忽還鄉。小軒窗，正梳妝。相顧無言，惟有淚千行。料得年年腸斷處，明月夜，短松岡。

【評箋】

王文誥云：詞注謂公悼亡之作，考通義君卒於治平二年乙巳，至是熙寧八年乙卯，正十年也。（蘇詩總案）

本集亡妻王氏墓志銘：「治平二年五月丁亥，趙郡蘇軾之妻卒於京師。其明年六月壬子，葬於眉之東北彭山縣安鎮鄉可龍里先君夫人墓之西北。」

江城子 密州出獵

老夫聊發少年狂。左牽黃，右擎蒼①。錦帽貂裘②，千騎卷平岡。為報傾城隨太守，親射虎，看孫郎③。　酒酣胸膽尚開張。鬢微霜，又何妨。持節雲中，何日遣馮唐④。會挽雕弓如滿月，西北望，射天狼⑤。

【注釋】

①牽黃擎蒼　黃，黃狗也。蒼，蒼鷹也。梁書張克傳：「克字延符，吳郡人，父緒，有名前代。克少時不持操行，好逸游，緒嘗請假還吳，始入西郭，值克出獵，左手臂鷹，右手牽狗，遇緒船至，便放紲脫韝，拜於水次。緒曰：『一身兩役，無乃勞乎。』克跪對曰：『克聞三十而立，今二十九矣，請至來歲而敬易之。』」　②錦帽貂裘　錦帽，錦蒙帽也。貂裘，貂鼠裘也。李白詩：「繡衣貂裘明白雪。」古者諸侯千乘，今太守，古諸侯也，故出擁千騎。　③孫郎　三國吳志：「二十三年十月，權將如吳，親乘馬射虎於庱亭，馬為虎所傷，權投以雙戟，虎卻廢，常從張世擊以戈獲之。」　④馮唐　漢書馮唐傳：唐事文帝，帝曰：「公何以言吾不能用頗牧也？」唐對曰：「今臣竊聞魏尚為雲中守，軍市租盡以給士卒，出私養錢，五日壹殺牛，以饗賓客軍吏舍人，是以匈奴遠避，不近雲中之塞。虜嘗一入，尚帥車騎擊之，所構甚眾。夫士卒盡家人子，起田中從軍，安知尺籍伍符，終日力戰，斬首捕虜，上功莫府，一言不相應，文吏以法繩之。其賞不行，吏奉法必用。愚以為陛下法太明，賞太

輕，罰太重。且雲中守尚坐上功首虜差六級，陛下下之吏，削其爵，罰作之，繇此言之，陛下雖得李牧，不能用也。臣誠愚，觸忌諱，死罪。」文帝說，是日令唐持節赦魏尚，復以爲雲中守，而拜唐爲車騎都尉。　⑤天狼　楚辭九歌東君：「舉長矢兮射天狼」，王逸注：「天狼，星名，以喻貪殘。」晉書天文志：「狼一星在東井南，爲野將，主侵掠。」

賀新郎

乳燕飛華屋①。悄無人、桐陰轉午，晚涼新浴。手弄生綃白團扇②，扇手一時似玉③。漸困倚、孤眠清熟。簾外誰來推繡戶？枉教人夢斷瑤臺曲。又卻是，風敲竹④。　石榴半吐紅巾蹙⑤。待浮花浪蕊都盡⑥，伴君幽獨。穠豔一枝細看取，芳意千重似束。又恐被、西風驚綠⑦。若待得君來向此，花前對酒不忍觸。共粉淚，兩簌簌。

【注釋】

①乳燕飛華屋　杜甫詩：「落絮遊絲白日靜，鳴鳩乳燕青春深。」曹植詩：「生存華屋處，零落歸山邱。」　②白團扇　晉書樂志：團扇歌者，中書令王珉，與嫂婢有情，愛好甚篤。嫂捶撻婢過苦，婢素善歌，而珉好捉白團扇，故製此歌。樂府團扇郎歌：「白團扇，憔悴非昔容，羞與郎相見。」

③扇手一時似玉　世說新語：「王夷甫容貌整麗，妙於談玄，恒捉白玉柄麈尾，與手都無分別。」

④風敲竹　李益詩：「開門風動竹，疑是故人來。」　⑤紅巾蹙　白居易詩：「山榴花似結紅巾。」

⑥浮花浪蕊　韓愈詩：「浮花浪蕊鎭長有。」傅榦注：「石榴繁盛時，百花零落盡矣。」　⑦西風驚

綠 皮日休石榴詩：「石榴香老愁寒霜。」

【評箋】

曾季貍云：東坡「賀新郎」在杭州萬頃寺作，寺有榴花樹，故詞中云石榴。又是日有歌者晝寢，故詞中云：「漸困倚、孤眠清熟。」其真本云：「乳燕棲華屋」，今本作飛字，非是。（艇齋詩話）

吳師道云：東坡「賀新郎」詞「乳燕華屋」云云，後段「石榴半吐紅巾蹙」以下，皆詠榴。「卜算子」「缺月挂疏桐」云云，「飄渺孤鴻影」以下，皆說鴻，別一格也。（吳禮部詩話）

沈天羽云：換頭單說榴花。高手作文，語意到處卽爲之，不當限以繩墨。又云：榴花開，榴花謝，以芳心共粉淚想像，詠物妙境。又云：凡作事或具深衷，或卽時事，工與不工，則作手之本色，自莫可掩。「賀新郎」一解，苕溪正之誠然，而爲秀蘭非爲秀蘭，不必論也。兩家紛然，子瞻在泉，不笑其多事耶？（草堂詩餘正集）

黃蓼園云：末四句是花是人，婉曲纏綿，耐人尋味不盡。（蓼園詞選）

譚復堂云：頗欲與少陵佳人一篇互證。後半闋別開異境，南宋惟稼軒有之，變而近正。（譚評詞辨）

楊湜云：蘇子瞻守錢塘，有官妓秀蘭，天性黠慧，善於應對。一日，湖中有宴會，羣妓畢集，唯秀蘭不至，督之良久方來。問其故，對以沐浴倦睡，忽聞叩門甚急，起而問之，乃樂營將催督也。子瞻已恕之，坐中一倅怒其晚至，詰之不已。時榴花盛開，秀蘭折一枝藉手告倅，倅愈怒，子瞻因作「賀新涼」令歌以送酒，倅怒頓止。（苕溪漁隱叢話引古今詞話）

陳鵠云：曩見陸辰州，語余以「賀新郎」詞用榴花事，乃妾名也。退而書其語，今十年矣，亦未嘗深考。近觀顧景藩續注，因悟東坡詞中用白團扇、瑤臺曲，皆侍妾故事。按晉中書令王珉好執白團扇，婢作白團扇歌以贈珉。又唐逸史許檀暴卒復寤，作詩云：「曉入瑤臺露氣清，坐中惟見許飛瓊。塵心未盡俗緣重，十里下山空月明。」復寢，驚起，改第二句云：「昨日夢到瑤池，飛瓊令改之，云：不欲世間知我也。」按漢武帝內傳所載董雙成、飛瓊，皆西王母侍兒，東坡用此事，迺知陸辰州得榴花之事於晁氏爲不妄也。至本事詞載榴花事極鄙俚，誠爲妄誕。（耆舊續聞）

胡仔云：東坡此詞，冠絕古今，託意高遠，寧爲一妓而發耶。「簾外」三句用古詩：「捲簾風動竹，疑是故人來」之意。「石榴半吐」五句，蓋初夏之時，千花事退，榴花獨芳，因以寫幽閨之情也。野哉楊湜之言，真可入笑林矣。（苕溪漁隱叢話）

墨莊漫錄云：東坡在杭州，一日遊西湖，坐孤山竹閣前臨亭上。時二客皆有服，預焉。久之湖心有一綵舟，漸近亭前，靚妝數人，中有一人尤麗，方鼓箏，年且三十餘，風韻閒雅，綽有態度。二客競目送之，曲未終，翩然而逝。公戲作長短句云：「鳳凰山下雨初晴，水風清，晚霞明。一朵芙蓉，開過尚盈盈。何處飛來雙白鷺，如有意，慕娉婷。　忽聞江上弄哀箏。苦含情，遣誰聽。煙斂雲收，依約是湘靈。欲待曲終尋問取，人不見，數峯青。」

黃庭堅

【傳略】

黃庭堅（一〇四五——一一〇五）字魯直，洪州分寧人。舉進士，調葉縣尉。熙寧初，教授北京國子監。蘇軾嘗見其詩文，以爲「超軼絕塵，獨立萬物之表，世久無此作。」由是聲名始震。知太和縣。哲宗立，召爲校書郎，累擢起居舍人、國史編修官。紹聖初，出知宣州，改鄂州。旋貶涪州別駕，移戎州。庭堅泊然不以遷謫介意，蜀士慕從之游，講學不倦。徽宗即位，起監鄂州稅，知舒州，以吏部員外郎召，皆辭不行。丐郡，得知太平州。至之九日，罷，主管玉龍觀。復除名，編管宜州。三年，徙永州，未聞命而卒，年六十一。　　庭堅與張耒、晁補之、秦觀俱遊蘇軾門，天下稱爲四學士，而庭堅於文章尤長於詩，蜀、江西君子以庭堅配軾，故稱「蘇黃」。軾爲侍從時，舉庭堅自代，其詞有「環偉之文，妙絕當世；孝友之行，追記古人」之語，其重之也如此！初游灊皖山谷寺石牛洞，樂其林泉之勝，因自號山谷道人云。庭堅詞行世者，有毛氏汲古閣宋六十家詞本山谷詞，朱氏彊邨叢書本山谷琴趣外篇。商務印書館四部叢刊影宋本山谷琴趣外篇，爲彊邨本所從出。

【集評】

陳師道曰：今代詞手，惟秦七、黃九耳，唐諸人不逮也。（漁隱叢話後集）

劉熙載曰：黃山谷詞，用意深至，自非小才所能辦。惟故以生字、俚語侮弄世俗，若爲金、元曲家濫

觴。（藝概）

馮煦曰：后山以秦七、黃九並稱，其實黃非秦匹也。若以比柳，差爲得之。蓋其得也，則柳詞明媚，黃詞疏宕，而褻諢之作，所失亦均。（宋六十一家詞選例言）

夏敬觀曰：后山稱：「今代號手，惟秦七、黃九。」少游清麗，山谷重拙，自是一時敵手。至用諺語作俳體，時移世易，語言變遷，後之閱者漸不能明，此亦自然之勢。試檢揚子雲絕代語，有能一一釋其義者乎？以市井語入詞，始於柳耆卿；少游、山谷各有數篇，山谷特甚之又甚，至不可句讀，若此類者，學者可不必步趨耳。曩疑山谷詞太生硬，今細讀，悟其不然。「超軼絕塵，獨立萬物之表；馭風騎氣，以與造物者游。」東坡譽山谷之語也。吾於其詞亦云。（手批山谷詞）

鷓鴣天 坐中有眉山隱客史應之，和前韻，即席答之。

黃菊枝頭生曉寒，人生莫放酒杯乾。風前橫笛斜吹雨，醉裏簪花倒著冠①。 身健在②，且加餐，舞裙歌板盡清歡。黃花白髮相牽挽，付與時人冷眼看。

【注釋】

①醉裏簪花倒著冠 續神仙傳曰：「許碏插花滿頭，把花作舞，上酒家樓醉歌。」杜牧九日齊山登高詩：「菊花須插滿頭歸。」又晉書孟嘉傳：「嘉爲桓溫參軍，九月九日溫遊龍山，參僚畢集，有風至吹嘉帽，墮落不覺。」杜甫九日藍田崔氏莊：「羞將短髮還吹帽，笑倩旁人爲正冠。」 ②身健在 杜甫九日崔氏莊：「明年此會知誰健，醉把茱萸仔細看。」此反其意而用之。

【評箋】

潘游龍云：橫笛簪花句，可謂仙品。

沈東江云：東坡「破帽多情卻戀頭」，翻龍山事，特新。山谷「風前橫笛斜吹雨，醉裏簪花倒著冠。」尤用得幻。（東江集鈔）

黃蓼園云：菊稱其耐寒則有之，曰破寒更寫得精神出。曰「斜吹雨」、「倒著冠」，則有傲兀不平氣在。末二句尤見牢騷，然自清迥獨出，骨力不凡。（蓼園詞選）

念奴嬌　八月十七日，同諸甥待月。有客孫彥立者，善吹笛，有名酒酌之。

斷虹霽雨，淨秋空、山染修眉新綠。桂影扶疏，誰便道、今夕清輝不足①？萬里青天，姮娥何處？駕此一輪玉。寒光零亂，為誰偏照酃淥②？　年少從我追游，晚涼幽徑，遶張園森木③。共倒金荷，家萬里、難得尊前相屬。老子平生，江南江北，最愛臨風曲。孫郎微笑，坐來聲噴霜竹④。

【注釋】

①桂影扶疏三句　杜甫詩：「砍卻月中桂，清光應更多。」此反用其意。　②酃淥　酒名。清一統志：「酃湖，在衡陽縣東，水可釀酒，名酃淥酒。」按荊州記豫章康樂縣之淥水，取以爲酒，極甘美，與湘東酃湖世稱酃淥酒，與清一統志之說不同，又按酃淥亦作醽淥，或作醽醁。　③張園　謂張寬夫園。漁隱叢話後集：「山谷云：『八月十七日，與諸生步自永安城，入張寬夫園，待月。以金荷葉酌

客，客有孫叔敏，善長笛，連作數曲。』」 ④霜竹　謂笛也。續通考樂考：「笛，以竹爲之。」搜神記：「蔡邕嘗至柯亭，以竹爲椽，邕仰盼之曰：『良竹也。』取以爲笛，發聲嘹亮。」

水調歌頭

瑤草一何碧①？春入武陵溪。溪上桃花無數，花上有黃鸝。我欲穿花尋路，直入白雲深處，浩氣展虹蜺②。祗恐花深裏，紅露濕人衣。　坐玉石，欹玉枕，拂金徽③。謫仙何處④？無人伴我白螺杯⑤。我為靈芝仙草，不為朱脣丹臉，長嘯亦何為？醉舞下山去，明月逐人歸。

【注釋】

①瑤草　香草也。瑤亦作䔄，山海經中山經：「姑媱之山，帝女死焉，其名曰女尸，化爲䔄草，其葉胥成，其花黃，其實如菟丘，服之媚于人。」 ②虹蜺　與虹霓同。爾雅釋天：「螮蝀虹也。」疏：「虹雙出，色鮮盛者爲雄，雄曰虹；闇者爲雌，雌曰蜺。」 ③金徽　謂琴。國史補：「蜀中雷氏斲琴，常自品第。第一者以玉徽，次者以瑟瑟徽，又次者以金徽，又次者螺蚌之徽。」 ④謫仙　極譽其人之清超拔俗，如謫降塵世之仙人也。唐書李白傳：「白至長安，往見賀知章，知章見其文，歎曰：『子，謫仙人也。』」 ⑤白螺杯　以螺殼作酒杯，其色有紅、白之別。清異錄：「以螺爲杯，巖穴極彎曲，則可以藏酒，有一螺能貯三盞許者，號爲九曲螺杯。」張籍流杯渠詩：「淥酒白螺杯，隨流去復回。」陸游詩：「紅螺杯小傾花露，紫玉池深貯麝煤。」

清平樂

春歸何處？寂寞無行路。若有人知春去處，喚取歸來同住。　春無蹤跡誰知？除非問取黃鸝。百囀無人能解①，因風飛過薔薇②。

【注釋】

①囀　鳥聲多宛轉者，因謂鳥鳴曰囀。庾信春賦：「新年鳥聲千種囀。」　②薔薇　落葉灌木，高四五尺，莖上多刺，葉爲羽狀複葉，有托葉。初夏枝梢開花，五瓣，其色有紅、白、黃、淡紅、淡黃等類。

【評箋】

復齋漫錄云：王逐客送鮑浩然之浙東長短句：「水是眼波橫，山是眉峰聚。欲問行人去那邊？眉眼盈盈處。　纔始送春歸，又送君歸去。若到江南趕上春，千萬和春住。」韓子蒼在海陵送葛亞卿，用其意以爲詩，斷章云：「明日一杯愁送春，後日一杯愁送君。君應萬里隨春去，若到桃源記歸路。」

苕溪漁隱曰：山谷詞：「春歸何處？寂寞無行路。若有人知春去處，喚取歸來同住。」王逐客云：「若到江南趕上春，千萬和春住。」體山谷語也。（漁隱叢話後集）

望江東

江水西頭隔煙樹，望不見江東路。思量只有夢來去，更不怕江闌住。　燈前寫了書無數，算沒箇人傳與。直饒尋得雁分付①，又還是秋將暮。

【注釋】

①直饒　直，與就使、卽使之就字、卽字相當，假定之辭。饒，猶任也、儘也，亦假定之辭。凡文筆作開合之勢者，往往用直字饒字以墊起，特饒字緩而直字勁耳。有以饒連用者，則假定之義更顯，曲筆之力量亦愈足。歐陽修鼓笛慢詞：「便直饒更有丹青妙手，應難寫，天然態。」

秦觀

【傳略】

秦觀（一〇四九——一一〇〇）字少游，一字太虛，揚州高郵人。少豪雋，慷慨溢於文詞。舉進士，不中。強志盛氣，好大而見奇，讀兵家書，與己意合。見蘇軾於徐，爲賦黃樓，軾以爲有屈、宋才。又介其詩於王安石，安石亦謂清新似鮑、謝。軾勉以應舉爲親養，始登第，調定海主簿、蔡州教授。　元祐初，軾薦於朝，除太學博士，兼國史院編修官。紹聖初，坐黨籍，出通判杭州，貶監處州酒稅。削秩，徙郴州，繼編管橫州，又徙雷州。　徽宗立，復宣德郎，放還，至藤州，出游華光亭，爲客道夢中長短句，索水欲飲，水至，笑視之而卒。先自作挽詞，其語哀甚，讀者悲傷之。年五十三。觀長於議論，文麗而思深。及死，軾聞之，歎曰：「少游不幸死道路，哀哉！世豈復有斯人乎？」　秦詞有毛氏汲古閣宋六十家詞本淮海詞，朱氏彊邨叢書本淮海居士長短句。近人葉恭綽復取宋刊本二種，影印行世，最稱善本。

【集評】

蔡伯世云：子瞻辭勝乎情，耆卿情勝乎詞；辭情相稱者，唯少游一人而已。（沈雄古今詞話引）

葉夢得云：少游樂府語工而入律，知樂者謂之作家。蘇子瞻于四學士中，最善少游，故他文未嘗不極口稱善，豈特樂府？然猶以氣格爲病，故嘗戲云：「山抹微雲秦學士，露花倒影柳屯田。」「露花倒影」，柳永「破陣樂」語也。（避暑錄話）

釋覺範云：東坡初未識少游，少游聞其將過維揚，作坡筆語題壁於一山寺中，東坡果不能辨，大驚。及見孫莘老，出少游數十篇讀之，乃歎曰：「向書壁者，定此郎也。」又云：少游既謫歸常，于夢中作好事近，有云：「醉臥古藤陰下，了不知南北。」果至藤州，方醉起，以玉盂汲泉，笑逝而化。（冷齋夜話）

胡仔云：少游詞雖婉美，然極力失之弱。（苕溪漁隱叢話）

李易安云：秦詞專主情致，而少故實，譬如貧家美女，雖極姸麗豐逸，而終乏富貴態。（苕溪漁隱叢話引）

蘇籀云：秦校理詞，落盡畦畛，天心月脅，逼格超絕，妙中之妙；議者謂前無倫而後無繼。（詞林紀事引）

張叔夏云：秦少游詞體制淡雅，氣骨不衰，清麗中不斷意脈，咀嚼無滓，久而知味。（詞源）

釋覺範云：少游小詞奇麗，詠歌之，想見神情在絳闕道山之間。（冷齋夜話）

張綖云：少游多婉約，子瞻多豪放，當以婉約爲主。（張刻淮海集）

賀裳云：少游能爲曼聲以合律，寫景極凄惋動人，然形容處，殊無刻肌入骨之言，去韋莊歐陽烱諸家，尙隔一塵。（皺水軒詞筌）

彭羨門云：詞家每以秦七黃九並稱，其實黃不及秦甚遠，猶高之視史，劉之視辛，雖名一時，而優劣自不可掩。（金粟詞話）

張皋文云：詞以結興爲上，風神次之，北宋人惟淮海無遺憾。（詞選）

樓敬思云：淮海詞風骨自高，如紅梅作花，能以韻勝，覺清真亦無此氣味也。（詞林紀事引）

四庫提要云：觀詩格不及蘇黃，而詞則情韻兼勝，在蘇黃之上；流傳雖少，要爲倚聲家一作手。（淮海詞提要）

晉卿曰：少游正以平易近人，故用力者終不能到。（介存齋論詞雜著引）

良卿曰：少游詞如花含苞，故不甚見其力量，其實後來作手，無不胚胎於此。（介存齋論詞雜著引）

周止庵云：少游最和婉醇正，稍遜清真者，辣耳！又云：少游意在含蓄，如花初胎，故少重筆。（宋四家詞選序論）

劉融齋云：少游詞有小晏之妍，其幽趣則過之。又云：秦少游詞得花間、尊前遺韻，却能自得清新。（藝概）

馮煦云：少游以絕塵之才，早與勝流，不可一世；而一謫南荒，遽喪靈寶。故所爲詞寄慨身世，閒雅有情思，酒邊花下，一往而深；而怨悱不亂，悄乎得小雅之遺，後主而後，一人而已。昔張天如論相如之賦云：「他人之賦，賦才也；長卿、賦心也。」予於少游之詞亦云：他人之詞，詞才也；少游、詞心也。得之於內，不可以傳，雖子瞻之明雋，耆卿之幽秀，猶若有瞠乎後者，況其下耶！（宋六十一家詞選例言）

況夔笙云：有宋熙豐間，詞學稱極盛，蘇長公提倡風雅，爲一代斗山。黃山谷、秦少游、晁无咎，皆長公之客也。山谷、无咎皆工倚聲，體格於長公爲近；唯少游自闢蹊徑，卓然名家，蓋其天分高，故能抽祕騁姸於尋常濡染之外，而其所以契合長公者獨深。張文潛贈李德載詩有云：「秦文倩麗舒桃李。」所謂文，固指一切文字而言；若以其詞論，直是初日芙蓉，曉風楊柳，倩麗之桃李，猶當之有愧色焉。（蕙風詞話）

陳亦峯云：秦少游自是作手，近開美成，導其先路；遠祖溫韋，取其神，不襲其貌，詞至是乃一變焉。然變而不其失正，遂令議者不病其變，而轉覺有不得不變者。（白雨齋詞話）

望海潮

梅英疏淡，冰澌溶洩，東風暗換年華。金谷俊游，銅駝巷陌①，新晴細履平沙。長記誤隨車。正絮翻蝶舞，芳思交加。柳下桃蹊，亂分春色到人家。　西園夜飲鳴笳②。有華燈礙月，飛蓋妨花。蘭苑未空，行人漸老，重來是事堪嗟。煙暝酒旗斜。但倚樓極目，時見棲鴉。無奈歸心，暗隨流水到天涯。

【注釋】

①金谷銅駝　金谷，洛陽園名。晉石崇構園於此，世稱金谷園。園有清凉臺，卽崇姬綠珠墜樓自盡處。銅駝，洛陽街名。駱賓王詩：「金谷園中花幾色，銅駝路上柳千條。」　②西園　曹植詩：「清夜游西園，飛蓋相追隨。」

【評箋】

周止庵云：兩兩相形，以整見勁，以兩到字作眼，點出換字精神。（宋四家詞選）

譚復堂云：「長記誤隨車」句，頓宕。「柳下桃谿」二句，旋斷仍連。後半闋若陳、隋小賦縮本，塡詞家不以唐人爲止境也。（譚評詞辨）

陳亦峯云：少游詞最深厚、最沈着。如「柳下桃谿，亂分春色到人家。」思路幽絕，其妙令人不能思議。（白雨齋詞話）

八六子

倚危亭，恨如芳草①，萋萋剗盡還生。念柳外青驄別後，水邊紅袂分時，愴然暗驚。無端天與娉婷②，夜月一簾幽夢，春風十里柔情。怎奈向③、歡娛漸隨流水，素絃聲斷，翠綃香減，那堪片片飛花弄晚，濛濛殘雨籠晴。正消凝，黃鸝又啼數聲④。

【注釋】

①恨如芳草二句　李煜詞：「離恨恰如芳草，漸行漸遠還生。」　②娉婷　美好貌，卽以指美人。陳

無已詩：「當年不嫁惜娉婷。」③怎奈向　向，語助辭，專用於「怎奈」、「如何」一類之語，加強其語氣而爲其語尾。如晏殊殢人嬌詞：「羅巾掩淚，任粉痕霑污，爭奈向千留萬留不住。」周邦彥拜星月慢詞：「怎奈向一縷相思，隔溪山不斷。」義均與怎向、奈向同，猶云怎奈，或無奈也。④黃鸝又啼數聲　杜牧「八六子」末句：「正銷魂、梧桐又移翠陰。」秦詞全用杜格，見洪邁容齋四筆。

【評箋】

洪邁云：秦少游「八六子」詞云：「片片飛花弄晚，濛濛殘雨籠晴。正銷凝，黃鸝又啼數聲。」語句清峭，爲名流推激。予家舊有建本蘭畹曲，集載杜牧之一詞，但記其末句云：「正銷魂，梧桐又移翠陰。」秦公蓋效之，似差不及也。（容齋四筆）

陳霆云：少游「八六子」尾闋云：「正銷凝，黃鸝又啼數聲。」唐杜牧之一詞，其末云：「正銷魂，梧桐又移翠陰。」秦詞全用杜格，然秦首句云：「倚危亭，恨如芳草，萋萋剗盡還生」二語妙甚，故非杜可及也。（渚山堂詞話）

沈天羽云：恨如剗草還生，愁如春絮相接；言愁、愁不可斷，言恨、恨不可已。又云：長短句偏入四六，「何滿子」之外，復見此。（草堂詩餘正集）

李于鱗云：全篇句句寫個怨字，句句未曾露個怨字，正合詩可以怨。（草堂詩餘雋）

先遷甫云：周美成詞：「愁如春後絮來相接。」與「恨如芳草，剗盡還生」，可謂極善形容。（詞潔）

周止庵云：起處神來之筆。（宋四家詞選）

黃蓼園云：寄託耶？懷人耶？詞旨纏綿，音調凄婉如此。（蓼園詞選）

滿庭芳

山抹微雲，天黏衰草，畫角聲斷譙門①。暫停征棹，聊共引離尊。多少蓬萊舊事②，空回首、煙靄紛紛。斜陽外，寒鴉萬點，流水繞孤邨。　消魂！當此際，香囊暗解，羅帶輕分。漫贏得青樓，薄倖名存③。此去何時見也？襟袖上、空惹啼痕。傷情處，高城望斷，燈火已黃昏。

【注釋】

①譙門　城門上爲高樓以望曰譙門。陳孚詩：「譙門鼓角曉連營。」　②蓬萊　指會稽之蓬萊閣。藝苑雌黃：「程公闢守會稽，少游客焉，館之蓬萊閣。一日席上有所悅，自爾眷眷不能忘情，因賦長短句。」　③薄倖　負心也。全唐詩話：「杜牧不拘細行，故詩有『十年一覺揚州夢，贏得青樓薄倖名。』」

【評箋】

曾季貍云：少游詞「高城望斷，燈火已黃昏。」用歐陽詹詩云：「高城已不見，況復城中人？」（艇齋詩話）

藝苑雌黃云：程公闢守會稽，少游客焉，館之蓬萊閣；一日，席上有所悅，自爾眷眷不能忘情，因賦長短句。所謂「多少蓬萊舊事，空回首、烟靄紛紛」也。極爲東坡所稱道，取其首句，呼之爲「山抹微雲」。中間有「寒鴉數點，流水遶孤村。」之句，人皆以爲少游自造此語，殊不知亦有所本。予在臨安，見平江梅知錄隋煬帝詩云：「寒鴉千萬點，流水遶孤村。」少游用此語也。（苕溪漁隱叢話引）

蔡絛云：范仲溫字元實，嘗預貴人家會，有侍兒喜歌秦少游長短句，坐中累不顧及。酒酣懽洽，侍兒始問此郎何人，仲溫遽起，叉手而對曰：「某乃山抹微雲女壻也。」聞者爲之絕倒。（鐵圍山叢談）

葉夢得云：秦少游亦善爲樂府，語工而入律，知樂者謂之作家歌，元豐間盛行於淮楚。「寒鴉萬點，流水遶孤村」，本隋煬帝詩也，少游取以爲「滿庭芳」辭，而首言：「山抹微雲，天黏衰草。」尤爲當時所傳。蘇子瞻於四學士中，最善少游，故他文嘗不極口稱賞，豈特樂府？然猶以氣格爲病，故嘗戲云：「山抹微雲秦學士，露花倒影柳屯田。」「露花倒影」，柳永「破陣子」語也。（避暑錄話）

黃昇云：秦少游自會稽入京，見東坡，坡曰：「久別當作文甚勝，都下盛倡公『山抹微雲』之詞。」秦遜謝。坡遽云：「不意別後，公却學柳七作詞。」秦答曰：「某雖無識，亦不至是，先生之言，無乃過乎！」坡云：「『銷魂當此際』，非柳詞句法乎？」秦慚服，然已流傳，不復可改矣。（花庵詞選）

吳曾云：杭之西湖有一倅，閒唱少游「滿庭芳」，偶然誤舉一韻云：「畫角聲斷斜陽。」妓琴操在側云：「『山抹微雲，天連衰草，畫角聲斷譙門。』非『斜陽』也。」倅因戲曰：「爾可改韻否？」琴卽改作陽字韻云：「山抹微雲，天連衰草，畫角聲斷斜陽。暫停征轡，聊共飲離觴。多少蓬萊舊侶，空回首、烟靄茫茫。孤村裏，寒鴉萬點，流水遶空牆。魂傷，當此際，輕分羅帶，暗解香囊。謾贏得秦樓薄倖名狂。此去何時見也？襟袖上空有餘香。傷情處，高城望斷，燈火已昏黃。」（能改齋漫錄）

晁无咎云：少游如寒景詞云：「斜陽外，寒鴉數點，流水遶孤村。」雖不識字人，亦知是天生好言語。

苕溪漁隱曰：「其褒之如此，蓋不曾見煬帝詩耳。」（苕溪漁隱叢話引評復齋漫錄）

鈕玉樵云：少游詞「山抹微雲，天黏衰草」，其用意在「抹」字、「黏」字；況庾闡賦：「浪勢黏天。」張祐詩：「草色黏天鶗鴂恨。」俱有來歷；俗以「黏」作「連」，益信其謬。（詞林紀事引）

王世貞云：「寒鴉千萬點，流水遶孤村。」隋煬帝詩也。「寒鴉數點，流水遶孤村。」少游詞也。語雖蹈襲，然入詞尤是當家。（藝苑卮言）

沈天羽云：「黏」字工，且有出處，趙文鼎「玉關芳草黏天碧」，劉叔安「暮烟細草黏天遠」，葉夢得「浪黏天滿桃漲綠」，皆用之。又云：人之情，至少游而極，結句已字，情波幾疊。（草堂詩餘正集）

周止庵云：將身世之感，打并入豔情，又是一法。（宋四家詞選）

譚復堂云：淮海在北宋，如唐之劉文房。下闋不假雕琢，水到渠成，非平鈍所能藉口。（譚評詞辨）

滿庭芳

曉色雲開，春隨人意，驟雨纔過還晴。古臺芳榭，飛燕蹴紅英①。舞困榆錢自落②，鞦韆外、綠水橋平。東風裏，朱門映柳，低按小秦箏。

多情，行樂處，珠鈿翠蓋，玉轡紅

纓③。漸酒空金榼，花困蓬瀛④。豆蔻梢頭舊恨⑤，十年夢、屈指堪驚。憑闌久，疏煙淡日，寂寞下蕪城⑥。

【注釋】

①飛燕蹴紅英　蹴，躡也。紅英猶紅花。蘇軾詩：「燕蹴飛花落舞筵。」②榆錢　榆莢也。本草綱目：「榆未生葉時，枝間先生榆莢，形似錢，色白，俗呼榆錢。」庾信詩：「榆莢新開巧似錢。」孔平仲詩：「春盡榆錢堆狹路。」③玉轡紅纓　轡，馬韁也。纓，馬鞅也。④蓬瀛　蓬萊、瀛洲，皆仙山也。拾遺記：「崑崙之山，有垂白之叟，宛若少童，貌若冰雪，膚實腸輕，歷蓬瀛而超北海。」⑤豆蔻梢頭舊恨　杜牧詩：「娉娉嫋嫋十三餘，豆蔻梢頭二月初。春風十里揚州路，捲上珠簾總不如。」楊慎丹鉛總錄云：「牧之詩詠娼女，言美而少，如豆蔻花之未開。」⑥蕪城　指廣陵故城也。戰國時楚懷王城廣陵，自漢魏以迄劉宋，其名相沿。隋置揚州，又改曰江都郡，清稱揚州府，卽今之江蘇江都也。南朝宋竟陵王劉誕據廣陵反，沈慶之討平之。昔日繁華富庶之區，自經亂後，一片荒蕪，鮑照作蕪城賦傷之，遂名蕪城。李商隱詩：「紫城宮殿鎖煙霞，欲取蕪城作帝家。」

【評箋】

李于鱗云：就暗中描出春色，林巒清欲滴；就遠處描出春情，城郭隱如無。（草堂詩餘雋）

許蒿廬云：「晚色雲開」三句，天氣；「高臺芳樹」四句，景物；「東風裏」三句，漸說到人事；「珠鈿翠蓋」二句，會合；「漸酒空」四句，離別；「疏烟淡日」二句，與起處反照作收。（詞綜偶評）

黃蓼園云：「雨過還晴」，承恩未久也。「燕蹴紅英」，小人讒構也。「榆錢」，自喻也。「綠水橋平」，隨所適也。「朱門秦箏」，彼得意者自得意也。前段敘事，後段則事後追憶之詞。「行樂」三句，追從前也。「酒空」二句，言被謫也。「豆蔻」三句，言爲日已久也。「憑闌」二句結。通首黯然自傷也，章法極綿密。（蓼園詞選）

陳亦峯云：少游「滿庭芳」諸闋，大半被放後作，戀戀故國，不勝熱中；其用心不逮東坡之忠厚，而寄情之遠，措語之工，則各有千古。（白雨齋詞話）

踏莎行

霧失樓臺，月迷津渡，桃源望斷無尋處。可堪孤館閉春寒，杜鵑聲裏斜陽暮。

驛寄梅花，魚傳尺素，砌成此恨無重數。郴江幸自遶郴山①，為誰流下瀟湘去？

【注釋】

①郴江　亦曰郴水，一名黃水，源出湖南省郴縣東黃岑山，北流至郴口入耒水。

【評箋】

釋覺範云：東坡絕愛其尾兩句，自書於扇曰：「少游已矣，雖萬人何贖。」（冷齋夜話）

清波雜誌引山谷語云：語意極似劉夢得楚蜀間語。

詩眼云：山谷曰：「此詞高絕，但既云『斜陽』，又云『暮』，則重出。」欲改「斜陽」作「簾櫳」。余曰「既言『孤館閉春寒』，似無簾櫳。」公曰：「亭傳雖未必有簾櫳，有亦無害。」余曰：「此詞本描寫牢落之狀，若曰簾櫳，恐損初意。」公曰：「極難得好字，當徐思之。」然因此曉句法不當重疊。

西清詩話云：詩眼載前輩有病少游「杜鵑聲裏斜陽暮」之句，謂「斜陽暮」似覺意重。余謂不然，此句讀之於理無礙，謝莊詩曰：「夕天際晚氣，輕霞澄暮陰。」一聯之中，三見晚意，尤爲重疊。梁元帝詩「斜景落高春。」既言「斜景」，復言「高春」，豈不爲贅？古人爲詩正不必如是之泥。觀當時米元章所書此詞，乃是「杜鵑聲裏斜陽曙」，非「暮」字也，得非避宿諱而改爲暮乎？

拙軒集云：前輩論王羲之「修禊序」，不合用絲竹管絃；黃太史謂秦少游「踏莎行」末句「杜鵑聲裏斜陽暮」，不合用斜陽又用暮，此固點檢曲盡。孟氏亦有「鷄豚狗彘」之語，既云「豚」，又云「彘」，未免一物兩用。

沈天羽云：黃山谷以此詞「斜陽暮」爲重出，欲改「斜陽」作「簾櫳」。余以斜屬日，暮屬時，未爲重複。坡公云：「回首斜陽暮。」周美成云：「雁背斜陽紅欲暮」可證。（苕溪漁隱叢話）

俞仲茅云：少游「斜陽暮」，後人妄肆譏評，山谷淮海集辨之詳矣。又有人親在郴州見石刻是「斜陽樹」，樹字甚佳，猶未若暮字。

徐虹亭云：秦少游「踏莎行」，東坡絕愛尾二句。余謂不如「杜鵑聲裏斜陽暮」，尤堪腸斷。

趙雲崧陔餘叢考云：秦少游南遷，有妓生平酷愛秦學士詞，至是知其爲少游，請於母，願託以終身，少游贈詞，所謂「郴州幸自繞郴州，爲誰流下瀟湘去」者也。念時事嚴切，不敢偕往貶所。及少游卒於藤，喪還將上長沙，妓前一夕得諸夢，卽逆於途，祭畢，歸而自縊。

宋于廷云：苕溪漁隱叢話云：「余謂『斜陽』屬日，『暮』屬時，不爲累，何必改，東坡『回首斜陽暮』，美成『雁背斜陽紅欲暮』可法也。」接引東坡美成語是也，分屬日時，則尚欠明晰。說文「莫，日且冥也，從日在草中。」是斜陽爲日斜時，暮爲日入時，言自日昃至日暮，杜鵑之聲亦云苦矣。山谷未解莫字，遂生轇轕。

黃蓼園云：按少游坐黨籍，安置郴州，首一闋是寫在郴望想玉堂天上，如桃源不可尋，而自己意緒無聊也。次闋言書難達意，自己同郴水，自遶郴山，不能下瀟湘以向北流也。（蓼園詞選）

王靜安云：少游詞最爲淒惋，至「可堪孤館閉春寒，杜鵑聲裏斜陽暮。」則變而淒厲矣。東坡賞其後二語，猶爲皮相。又云：「風雨如晦，鷄鳴不已。」「山峻高以蔽日兮，下幽晦以多雨。霰雪紛其無垠兮，雲霏霏而承宇。」「樹樹皆秋色，山山盡落暉。」「可堪孤館閉春寒，杜鵑聲裏斜陽暮。」氣象皆相似。又云：有有我之境，有無我之境。「淚眼問花花不語，亂紅飛過秋千去。」「可堪孤館閉春寒，杜鵑聲裏斜陽暮。」有我之境也。「采菊東籬下，悠然見南山。」「寒波澹澹起，白鳥悠悠下。」無我之境也。（人間詞話）

鷓鴣天

枝上流鶯和淚聞，新啼痕間舊啼痕。一春魚雁無消息①，千里關山勞夢魂。　無一語，對芳尊。安排腸斷到黃昏。甫能炙得燈兒了，雨打梨花深閉門。

【注釋】

①魚雁　謂書札也。宋无次友人春別詩：「波流雲散碧天空，魚雁沉沉信不通。」

【評箋】

楊曼倩云：此詞形容愁怨之意最工。如後疊「甫能炙得燈兒了，雨打梨花深閉門。」頗有言外之意。

（古今詞話）

減字木蘭花

天涯舊恨，獨自淒涼不問。欲見回腸，斷盡金鑪小篆香①。　黛蛾長斂②，任是春風吹不展。困倚危樓，過盡飛鴻字字愁。

【注釋】

①篆香　將香做成篆文，準十二辰，凡一百刻，可燃一晝夜。見香譜。　②黛蛾　指眉，漢宮人掃青黛蛾眉，見藝文類聚。

浣溪沙

漠漠輕寒上小樓，曉陰無賴似窮秋，淡煙流水畫屏幽。　自在飛花輕似夢，無邊絲雨細如愁，寶簾閒挂小銀鉤①。

【注釋】

①銀鉤　簾鉤也。宋史樂志：「翠簾人靜月光浮，但半捲銀鉤。」

【評箋】

卓人月云：自在二語，奪南唐席。（詞統）

梁任公云：奇語。（藝蘅館詞選）

江城子

西城楊柳弄春柔。動離憂，淚難收。猶記多情曾為繫歸舟。碧野朱橋當日事，人不見，水空流。　韶華不為少年留。恨悠悠，幾時休？飛絮落花時候一登樓。便作春江都是淚，流不盡，許多愁。

鵲橋仙

纖雲弄巧，飛星傳恨，銀漢迢迢暗度。金風玉露一相逢①，便勝却人間無數。　柔情似水，佳期如夢，忍顧鵲橋歸路②。兩情若是久長時，又豈在朝朝暮暮？

【注釋】

①金風玉露　稱秋天景況。昭明太子七月啓：「金風曉振，偏傷征客之心。玉露夜凝，真泫仙人之掌。」唐太宗秋日詩：「菊散金風起，荷疏玉露圓。」　②鵲橋　風俗記：「七夕織女當渡河，使鵲爲橋。」何景明詩：「鵲橋崔嵬河宛轉，織女牽牛夜相見。」

好事近　夢中作

春路雨添花，花動一山春色。行到小溪深處，有黃鸝千百。　飛雲當面化龍蛇，夭矯轉空碧①。醉臥古藤陰下，了不知南北。

【注釋】

①夭矯　與夭撟同。文選郭璞江賦：「吸翠霞而夭矯。」李善注：「夭矯，自得之貌。」按夭矯卽夭撟，矯撟通用；夭撟，頻伸也。人倦時，頻伸則感快適，故善注訓爲自得。又人頻伸時體必屈曲，如白居易詩：「船頭龍夭矯。」老學庵筆記：「海檜夭矯。」皆取屈曲之意。

【評箋】

七修類稿云：秦觀與蘇黃齊名，嘗於夢中作好事近云：「春路雨添花，花動一山春色。行到小橋深處，有黃鸝千百。飛雲當面化龍蛇，夭矯轉空碧，醉臥古藤陰下，了不知南北。」其後以事謫藤州，竟死於藤，此詞其讖乎？少游同時有賀鑄，嘗作青玉案悼之云云。山谷有詩云：「少游醉臥古藤下，誰與愁眉唱一杯。解道江南腸斷句，祇今惟有賀方回。」秦詞世人少知，余嘗親見其墨跡，後有近代劉菊莊題云：「名並蘇黃學更優，一詞遺墨至今留。無人喚醒藤川夢，淮水淮山總是愁。」亦不勝其感慨。

宋徽宗

【傳略】

帝名佶，神宗第十一子。建元建中靖國、崇寧、大觀、政和、重和、宣和，在位二十五年，內禪皇太子，尊帝爲教主道君皇帝。靖康二年北狩，紹興五年崩於五國城（今吉林寧安縣附近）廟號徽宗。平生於詩文書畫之外，尤工長短句，近彊村叢書輯有徽宗詞一卷。

宴山亭　北行見杏花

裁翦冰綃①，輕疊數重，淡著燕脂勻注。新樣靚妝②，艷溢香融，羞殺蕊珠宮女③。易得凋零，更多少、無情風雨。愁苦，問院落淒涼，幾番春暮。　憑寄離恨重重，者雙燕何曾，會人言語？天遙地遠，萬水千山，知他故宮何處？怎不思量？除夢裏有時曾去。無據，和夢也新來不做。

【注釋】

①冰綃　綃似縑而疏者。冰綃，潔白之縑。王勃七夕賦：「引鴛杼兮割冰綃。」　②靚妝　粉黛妝飾也。司馬相如上林賦：「靚妝刻飾。」　③蕊珠　道家謂天上宮闕。十洲記：「玉晨大道君治蕊珠貝闕。」

【評箋】

吳虎臣云：徽宗賠龍謠、臨江仙、燕山亭等篇皆清麗悽惋。

沈際飛云：猿鳴三聲，征馬踟躕，寒鳥不飛。（草堂詩餘正集）

賀裳云：南唐主浪淘沙曰：「夢裏不知身是客，一晌貪歡。」至宣和帝「燕山亭」則曰：「無據，和夢也有時不做。」其情更慘矣。嗚呼，此猶麥秀之復有黍離耶？（皺水軒詞筌）

徐軌云：哀情哽咽，髣髴南唐李主，令人不忍多聽。（詞苑叢談）

梁啓超云：昔人言宋徽宗爲李後主後身，此詞感均頑艷，亦不減「簾外雨潺潺」諸作。（藝蘅館詞選）

王國維云：尼采謂一切文學，余愛以血書者。後主之詞，真所謂以血書者也；宋道君皇帝「燕山亭」詞略似之。（人間詞話）

賀鑄

【傳略】

賀鑄（一〇五二——一一二五），字方回，衞州（今河南汲縣。其先世居浙江山陰，故每自稱越人或山陰人）人。長七尺，面鐵色，眉目聳拔。喜談當世事，可否不少假借。雖貴要權傾一時，少不中意，極口詆之無遺辭。人以爲近俠。博學強記，工語言，深婉麗密，如次組繡。尤長於度曲，掇拾人所棄遺，少加檃括，皆爲新奇。嘗言：「吾筆端驅使李商隱、溫庭筠，常奔命不暇。」　爲孝惠皇后族孫，初娶宗女，隸籍右選，監太原工作。　同時江淮間有米芾，以魁岸奇譎知名。鑄以氣俠雄爽，適相先後。二人每相遇，瞋目抵掌，論辯鋒起，終日各不能屈，談者爭傳爲口實。哲宗元祐中，李清臣執政，奏換通直郎，通判泗州，又倅太平州。竟以尙氣使酒，不得美官，悒悒不得志，食宮祠祿，退居吳下，稍務引遠世故，亦無復軒輊如平日。家藏書萬餘卷，手自校讎，無一字誤。其所與交終始厚者，惟信安程俱。鑄自裒歌詞，名東山樂府，俱爲序之。嘗自言唐諫議大夫知章之後，居越之湖澤所謂鏡湖者，本慶湖也，故鑄自號慶湖遺老。仁宗皇佑四年生，徽宗宣和七年二月甲寅，卒于常州之僧舍，年七十四。陸游云：方回狀貌奇醜，謂之「賀鬼頭」。喜校書，朱黃未嘗去手。詩文皆高，不獨工長短句也。潘邠老贈方回詩云：「詩束牛腰藏舊稿，書訛馬尾辨新讎。」有二子曰房，曰廩；房從方，廩從回，蓋寓父字於二子名也。（見老學庵筆記）東山詞行世者，有侯文燦名家詞集本，王鵬運四印齋所刻本，陶湘涉園景宋金元明本詞續刊本，朱氏彊邨叢書本。朱本晚出，較他本爲佳。

【集評】

張耒云：方回詞，是所謂滿心而發，肆口而成，雖欲已焉而不得者。若其粉澤之工，則其才之所至，亦不自知也。夫其盛麗如游金、張之堂，而妖冶如攬嬙、施之袪，幽潔如屈、宋，悲壯如蘇、李，覽者自知之，蓋有不可勝言者矣。（東山詞序）

王灼云：賀方回語意精新，用心甚苦，集中如「青玉案」者甚眾，大抵卓然自立，不肯浪下筆。（碧鷄漫志）

張炎云：詞中一箇生硬字用不得，須是深加煆煉，字字敲打得響，歌誦妥溜，方爲本色語。如賀方回、吳夢窗，皆善於煉字面，多於溫庭筠、李長吉詩中來。（詞源）

李清照云：賀詞苦少典重。（詞論）

蔣一葵云：方回少爲武弁，以定力寺絕句見奇於舒王，知名當世。詩文咸高古可法，不特工於長短句。（堯山堂外紀）

劉體仁云：惟片言而居要，乃一篇之警策；詞有警句，則全首俱動。若賀方回非不楚楚，總拾人牙慧，何足比數！（七頌堂詞繹）

先著云：方回長調便有美成意，殊勝晏、張。（詞潔）

周濟云：耆卿鎔情入景故淡遠，方回鎔景入情故穠麗。（四家詞選序論）

陳廷焯云：方回詞，胸中眼中另有一種傷心說不出處，全得力於楚騷，而運以變化，允推神品。又云：方回詞極沈鬱，而筆勢却又飛舞，變化無端，不可方物，吾烏乎測其所至。（白雨齋詞話）

王國維云：北宋名家，以方回爲最次，其詞如歷下、新城之詩，非不華瞻，惜少真味。（人間詞話）

夏敬觀云：王直方詩話謂方回言：學詩於前輩，得八句云：「平淡不涉於流俗，奇古不鄰於怪僻，題詠不窘於物義，敍事不病於聲律，比興深者通物理，用事工者如己出，格見於成篇渾然不可鐫，氣出於言外浩然不可屈。」此八語，余謂亦方回作詞之訣也。　又云：小令喜用前人成句，其造句亦恆類晚唐人詩。慢詞命辭遣意，多自唐賢詩篇得來，不施破碎藻采，可謂無假脂粉，自然穠麗。張叔夏謂：「與吳夢窗皆善於鍊字面者，多於李長吉、溫庭筠詩中來。」大謬不然。方回詞取材於長吉、飛卿者不多，所以整而不碎也。（手批東山詞）

況周頤云：按塡詞以厚爲要恉。蘇、辛詞皆極厚，然不易學，或不能得其萬一，而轉滋流弊，如粗率、叫囂、瀾浪之類。東山詞亦極厚，學之却無流弊。信能得其神似，進而闚蘇、辛堂奧，何難矣！厚之一字，關係性情。「解道江南斷腸句，」方回之深於情也。企鴻軒蓄書萬卷，得力於醞釀者又可知

。張叔夏作詞源，於方回但許其善鍊字面，詎深知方回者耶？（歷代詞人考略）

青玉案

凌波不過橫塘路①，但目送、芳塵去。錦瑟華年誰與度②？月橋花院，瑣窗朱戶③，只有春知處。　碧雲冉冉蘅皋暮④，彩筆新題斷腸句⑤。試問閒愁都幾許？一川煙草，滿城風絮，梅子黃時雨⑥。

【注釋】

①凌波句　凌波，喻美人輕盈之步履。曹植洛神賦：「凌波微步，羅襪生塵。」橫塘，中吳紀聞：賀方回本山陰人，徙姑蘇之醋坊橋；有小築在盤門之南十餘里，地名橫塘，方回往來其間，嘗作青玉案詞云云。　②錦瑟華年　喻青春年華。周禮樂器圖：「雅瑟二十三絃，頌瑟二十五絃，飾以寶玉者曰寶瑟，繪文如錦曰錦瑟。」李商隱詩：「錦瑟無端五十絃，一絃一柱思華年。」馮浩注：「言瑟而言錦瑟、寶瑟，猶言琴而曰玉琴，瑤琴，亦泛例也。」　③瑣窗　雕飾環形花紋之窗門，亦稱「綺窗」。後漢書梁冀傳：「窗牖皆有綺疏青瑣。」李賢注：「青瑣，謂刻爲瑣文，而以青飾之也。」朱戶，猶朱門，謂富貴之家，朱塗其門者。漢書王莽傳：「朱戶納陛。」　④碧雲句　古詩：「日暮碧雲合，佳人殊未來。」冉冉，緩動貌。蘅，杜蘅，香草名。皋，澤岸也。曹植洛神賦：「爾迺稅駕乎蘅皋，秣駟乎芝田。」　⑤彩筆　南史江淹傳：「淹少以文章顯，晚節才思微盡。……嘗宿於冶亭，夢一丈夫，自稱郭璞，謂淹曰：吾有筆在卿處多年，可以見還！淹乃探懷中，得五色筆一以授之，爾後爲詩

，絕無美句，時人謂之才盡。」斷腸句，杜牧詩：「芳草復芳草，斷腸還斷腸。」蓋傷春之作也。

⑥梅子黃時雨　宋陳肖岩庚溪詩話：「江南五月梅熟時，霖雨連旬，謂之黃梅雨。」宋周紫芝竹坡詩話：「賀方回嘗作『青玉案』詞，有『梅子黃時雨』之句，人皆服其工，士大夫謂之『賀梅子』。」黃庭堅詩：「解道當年腸斷句，只今惟有賀方回。」

【評箋】

周紫芝云：賀方回嘗作「青玉案」詞，有「梅子黃時雨」之句，人皆服其工，士大夫謂之「賀梅子」。郭功父有示耿天隲一詩，王荆公嘗爲之書其尾云：「廟前古木藏馴狐，豪氣英風亦何有？」方回晚倅姑孰，與功父游，甚歡。方回寡髮，功父指其髻謂曰：「此真『賀梅子』也。」方回乃捋其鬚曰：「君可謂『郭馴狐』。」功父髯而鬍，故有此語。（竹坡詩話）

羅大經云：詩家有以山喩愁者，杜少陵云：「憂端如山來，澒洞不可掇。」趙嘏云：「夕陽樓上山重疊，未抵閒愁一倍多。」是也。有以水喩愁者，李頎云：「請量東海水，看取淺深愁。」李後主云：「問君能有幾多愁？恰似一江春水向東流。」秦少游云：「落紅萬點愁如海。」是也。賀方回云：「試問閒愁都幾許？一川烟草，滿城風絮，梅子黃時雨。」蓋以三者比愁之多也，尤爲新奇；兼興中有比，意味更長。（鶴林玉露）

沈謙云：「一川烟草，滿城風絮，梅子黃時雨。」不特善于喩愁，正以瑣碎爲妙。（塡詞雜說）

先著云：方回「青玉案」詞，工妙之至，無跡可尋，語句思路亦在目前，而千人萬人不能湊拍。（詞

潔）

沈際飛云：疊寫三句閒愁，真絕唱！（草堂詩餘正集）

劉熙載云：賀方回「青玉案」詞收四句云：「試問閒愁都幾許？一川烟草，滿城風絮，梅子黃時雨。」其末句好處全在「試問」句呼起，及與上「一川」二句並用耳。或以方回有「賀梅子」之稱，專賞此句誤矣。且此句原本寇萊公「梅子黃時雨如霧」詩句，然則何不目萊公爲「寇梅子」耶？（藝概詞概）

黃蓼園云：所居橫塘，斷無宓妃到，然波光清幽，亦常目送芳塵；第孤寂自守，無與爲歡，惟有春風相慰藉而已。後段言幽居腸斷，不盡窮愁，惟見烟草風絮，梅雨如霧，共此旦晚，無非寫其境之鬱勃岑寂耳。（蓼園詞選）

夏敬觀云：稼軒穠麗之處，從此脫胎。細讀東山詞，知其爲稼軒所師也。世但言蘇、辛爲一派，不知方回，亦不知稼軒。（手批東山詩）

小梅花

縛虎手，懸河口①，車如雞棲馬如狗②。白綸巾，撲黃塵，不知我輩可是蓬蒿人③。衰蘭送客咸陽道，天若有情天亦老④。作雷顛⑤，不論錢，誰問旗亭美酒斗十千⑥。　酌大斗，更為壽⑦，青鬢常青古無有。笑嫣然，舞翩然，當壚秦女十五語如絃⑧。遺音能記秋風曲⑨，事去千年猶恨促。攬流光，繫扶桑⑩，爭奈愁來一日卻為長。

【注釋】

①懸河口　晉書郭象傳：「象語如懸河瀉水，注而不竭。」　②車如句　喻車如鷄窩之低窄，馬如狗之瘦小也。見後漢書陳蕃傳。　③蓬蒿人　喻荒村田舍之人也。高士傳：「（張仲蔚）常居窮素，所處蓬蒿沒人。」李白南陵敘別詩：「仰天大笑出門去，我輩豈是蓬蒿人？」　④衰蘭二句　用李賀金銅仙人辭漢歌原句。意謂咸陽道但有枯蘭送客，淒涼冷落，天若有情，天亦會老，何況人乎？　⑤雷顛　本指宋名舞人教坊雷大使，舞急時每近於顛狂，故稱雷顛，此借喻顛狂不羈也。　⑥美酒斗十千　李白行路難詩：「金樽清酒斗十千，玉盤珍羞值萬錢。」斗，有柄之酌酒器。此言美酒一斗值十千錢也。　⑦壽　進酒以祝也。漢書高帝紀：「奉玉卮爲太上皇壽。」　⑧當壚句　樂府羽林郎：「胡姬年十五，春日獨當壚。」壚，砌土以置酒罎處。　⑨秋風曲　卽漢武帝秋風辭，辭中有「歡樂極兮哀情多，少壯幾時兮奈老何？」之句。　⑩扶桑　東海中神木，以其兩樹相扶故名，樹生處，古人以爲日出之所。文選左思吳都賦注：「扶桑暘谷，皆日出之所。」

【評箋】

夏敬觀云：稼軒豪邁之處，從此脫胎。豪而不放，稼軒所不能學也。（手批東山詞）

望湘人

厭鶯聲到枕，花氣動簾，醉魂愁夢相半。被惜餘薰，帶驚賸眼①，幾許傷春春晚。淚竹痕鮮②，佩蘭香老，湘天濃暖。記小江風月佳時，屢約非烟游伴③。　須信鸞絃易斷④，奈雲和再鼓⑤，曲中人遠。認羅襪無蹤，舊處弄波清淺。青翰棹艤⑥，白蘋洲畔，儘目臨皋飛觀。不解寄、一字相思，幸有歸來雙燕。

【注釋】

①帶驚賸眼　意謂腰圍瘦減也。南史沈約傳：「約與徐勉書，言己老病，百日數旬，革帶常應移孔。」　②淚竹痕鮮　沭異記：湘水，去岸三十里許，有相思宮，望帝臺，昔舜南巡而葬於蒼梧之野，堯之二女娥皇、女英追之不及，相與協哭，淚下沾竹，竹文上爲之斑斑然。　③非烟　唐武公業之妾，姓步氏，與比鄰趙象有私，事見唐皇甫枚非烟傳。　④鸞絃　漢武外傳：「西海獻鸞膠，武帝絃斷，以膠續之，絃二頭遂相着，終月射，不斷，帝大悅。」後世乃稱續娶爲「續膠」或「續絃」。　⑤雲和　本山名，其地產製琴瑟之材。見周禮春官注。此借指琴瑟而言。　⑥青翰　指船。古人刻鳥于船，塗以青色，故名。說苑：「鄂君子晳之泛舟於新波之中也，乘青翰之舟。」

【評箋】

沈際飛云：鶯自聲而到枕，花何氣而動簾，可稱葩藻。「厭」字嶙峋。又云：曲意不斷，折中有折。

又云：厭鶯而幸燕，文人無賴。（草堂詩餘正集）

李攀龍云：詞雖婉麗，意實展轉不盡；誦之，隱隱如奏清廟朱絃，一唱三歎。（草堂詩餘雋）

黃蓼園云：意致濃腴，得騷、辯之遺韻。張文潛稱其樂府妙絕一世，幽索如屈、宋，悲壯如蘇、辛，斷推此種。（蓼園詞選）

天香

煙絡橫林，山沈遠照，迤邐黃昏鐘鼓①。燭映簾櫳②，蛩催機杼③，共苦清秋風露。不眠思婦，齊應和、幾聲砧杵④。驚動天涯倦宦，駸駸歲華行暮⑤。　當年酒狂自負，謂東君⑥、以春相付。流浪征驂北道⑦，客檣南浦⑧，幽恨無人晤語。賴明月、曾知舊游處，好伴雲來，還將夢去。

【注釋】

①迤邐　讀如已里，蜿蜒不絕貌。　②簾櫳　窗牖曰櫳。　③蛩催機杼　蛩，即蟋蟀，又名促織。機杼，古代婦女織具；機以轉軸，杼以持緯。俚語云：「促織鳴，懶婦驚。」此用其意。　④砧杵　砧爲板，杵爲棍棒，皆古婦女擣衣之具。　⑤駸駸　駸，音侵，駸駸，馬奔馳貌，此喻時光迅速。　⑥東君　本指日，楚辭九歌有東君之篇。日出於東方，東屬木，故後世以爲司春之神。成彥雄柳枝詞：「東君愛惜與先春。」　⑦征驂　猶征騎、征轡。　⑧客檣　猶客船、客棹。

【評箋】

朱孝臧云：橫空盤硬語。（手批東山樂府）

生查子

西津海鶻舟①，徑度滄江雨。雙艣本無情②，鴉軋如人語③。　揮金陌上郎，化石山頭婦④。何物繫君心，三歲扶牀女⑤。

【注釋】

①海鶻舟　鶻，讀虎，鳥名，其棲於海邊者曰海鶻。海鶻又爲船名，其形頭低尾高，前大後小，舷上左右置浮板，如鶻張翼之形，雖風濤怒漲，無慮傾覆。事物異名錄：「越人水戰，有舟名海鶻，急流浴浪不沒。」②艣　同櫓，搖船之具。③鴉軋　搖艣聲。軋，音鴨。④化石山頭婦　所謂「望夫山」、「望夫石」，歷來傳述頗多。寰宇記：「昔有人往楚，其妻登此山望之，久乃化爲石。」⑤扶牀女　喻幼小女兒也。古樂府焦仲卿妻：「新婦初來時，小姑始扶牀；今日被驅遣，小姑如我長。」

浣溪沙

樓角初消一縷霞，淡黃楊柳暗棲鴉，玉人和月摘梅花。　笑撚粉香歸洞戶①，更垂簾幙護窗紗，東風寒似夜來些②。

【注釋】

①撚　讀年上聲，以手指搓取也。洞戶，深邃之室，此指閨房。②些　讀如縮，語末助詞。夔峽、湘湖人禁咒句尾皆稱「些」，如今釋家念「娑婆訶」之合聲。見沈括夢溪筆談。

【評箋】

胡仔云：詞句欲全篇皆好，極爲難得，如賀方回「淡黃楊柳暗棲鴉」之句，寫景可謂造微入妙。若其全篇，皆不逮此矣。（苕溪漁隱叢話）

楊慎云：此詞句句綺麗，當時賞之，以爲花間、蘭畹不及，信然。（詞品）

沈際飛云：與秦處度「藕葉清香勝花氣」，寫景詠物，造微入妙。（草堂詩餘正集）

徐釚云：起句作「鶩外紅消一縷霞」，本王子安滕王閣賦，此子可云善盜。（詞苑叢談）

鷓鴣天

重過閶門萬事非①，同來何事不同歸？梧桐半死清霜後，頭白鴛鴦失伴飛。　原上草，露初晞②，舊棲新壠兩依依③。空牀臥聽南窗雨，誰復挑燈夜補衣④？

【注釋】

①閶門　江蘇吳縣城之西北門。吳縣，宋屬平江府，古爲吳都，故亦稱吳門。吳越春秋：「闔閭欲西破楚，楚在西北，故立閶門以通天氣，因復名之破楚門。」　②晞　乾也。詩秦風蒹葭：「蒹葭淒淒，白露未晞。」　③壠　亦作壟，土丘也，此指墳墓。方言：「冢，秦晉之間謂之墳，或謂之壟。」　④挑燈　古者焚膏照明，須不時撥剔燈心使續光亮，謂之挑燈。白居易夏夜宿直詩：「寂寞挑燈坐，沈吟蹋月行。」長恨歌：「孤燈挑盡未成眠。」

感皇恩①

蘭芷滿芳洲②，游絲橫路。羅襪塵生步③，迎顧。整鬟顰黛，脈脈兩情難語。細風吹柳絮，人南渡。　回首舊游，山無重數。花底深朱戶④，何處？半黃梅子，向晚一簾疏雨。斷魂分付與，春將去。

【注釋】

①鄭騫詞選：此詞句法與常格異，爲感皇恩之又一體，萬氏詞律失收。②芷　香草名，生於洲澤中，其芬芳與蘭同德，故詩人每以蘭芷連詠。③羅襪句　曹植洛神賦：「凌波微步，羅襪生塵。」

④朱戶　見一六三青玉案詞注。

薄倖

豔真多態①，更的的、頻回眄睞②。便認得琴心相許③，欲綰合歡雙帶④。記畫堂、斜月朦朧，輕顰微笑嬌無柰。便翡翠屏開，芙蓉帳掩，與把香羅偷解。　自過了收燈後⑤，都不見、蹋青挑菜⑥。幾回憑雙燕，丁寧深意，往來翻恨重簾礙。約何時再？正春濃酒暖，人間晝永無聊賴。厭厭睡起⑦，猶有花梢日在。

【注釋】

①豔真　一本作「淡妝」。　②的的　明媚貌。　③琴心　謂琴音中所托之情意也，用卓文君事。卓文君新寡，司馬相如以琴心挑之，文君夜奔相如。見史記司馬相如傳。　④綰　音晚，繫合也。

⑤收燈　舊俗於上元夜張燈以祈豐稔。前一日爲試燈，當日爲放燈，後一日爲收燈，亦稱殘燈。

⑥蹋青挑菜　古以農曆二月二日爲挑菜節。見乾淳歲時記。　⑦厭厭　讀平聲。詩小雅湛露：「厭厭夜飲，不醉不歸。」

【評箋】

沈際飛云：「無奈」是嬌之神。一派閒情，閒裏着忙。（草堂詩餘正集）

李攀龍云：凡閨情之詞，淡而不厭，哀而不傷，此作當之。（草堂詩餘雋）

石州引

薄雨收寒，斜照弄晴，春意空闊。長亭柳蓓纔黃①，倚馬何人先折？煙橫水漫，映帶幾點歸鴻，平沙銷盡龍荒雪②。猶記出關來，恰如今時節。　將發。畫樓芳酒，紅淚清歌，頓成輕別。回首經年，杳杳音塵都絕③。欲知方寸④，共有幾許新愁？芭蕉不展丁香結⑤。憔悴一天涯，兩厭厭風月⑥。

【注釋】

①柳蓓　一本作柳色。蓓，音倍，花蘂未綻者。　②龍荒　卽龍沙。漢時本指西域之白龍堆沙漠，後借爲塞外之稱。其地荒寒不毛，故曰龍荒。　③音塵　謂音信征塵也。李白憶秦娥詞：「咸陽古道音塵絕。」　④方寸　謂心也。三國志諸葛亮傳：「徐庶辭先主（劉備）而指其心曰：本欲與將軍圖王霸之業者，以此方寸之地也；今已失老母，方寸亂矣。」　⑤芭蕉句　李商隱代贈詩：「芭蕉不展丁香結，同向春風各自愁。」　⑥厭厭　猶懨懨，煩愁貌。讀平聲。

【評箋】

王灼云：賀方回石州慢，予舊見其藁。「風色收寒，雲影弄晴。」改作「薄雨收寒，斜照弄晴。」又「冰垂玉筋，向午滴瀝簷楹，泥融消盡牆陰雪。」改作「煙橫水際，映帶幾點歸鴻，東風消盡龍沙雪

。」（碧鷄漫志）

吳曾云：方回眷一姝，別久，姝寄詩云：「獨倚危闌淚滿襟，小園春色懶追尋；深恩縱似丁香結，難展芭蕉一寸心。」賀因賦此詞，先敍分別景色，後用所寄語，有「芭蕉不解丁香結」之句。（能改齋漫錄）

蝶戀花

幾許傷春春復暮，楊柳清陰，偏礙游絲度。天際小山桃葉步①，白蘋花滿湔裙處②。竟日微吟長短句，簾影燈昏，心寄胡琴語。數點雨聲風約住，朦朧淡月雲來去。

【注釋】

①桃葉　山名，在今江蘇省六合縣南，隋晉王廣伐陳，嘗屯兵於此。見讀史方輿紀要。　②湔裙　沾濕袴裙也。琅琊代醉編：「北齊寶泰母有娠，朞而不產，大懼，有巫嫗曰：渡河湔裙，產子必易，從之生泰。」湔，音箋。

擣練子

砧面瑩，杵聲齊①，擣就征衣淚墨題。寄到玉關應萬里②，戍人猶在玉關西。

【注釋】

①砧、杵　皆擣衣具，見一六八天香詞注。　②玉關　即玉門關，在今甘肅敦煌之西，陽關之西北，爲古通西域之邊關要道。

【評箋】

夏敬觀云：七言二句，爲唐人絕句作法。（手批東山詞）

天門謠　登采石蛾眉亭

牛渚天門險①，限南北、七雄豪占。清霧斂，與閒人登覽。　待月上潮平波灩灩②，塞管輕吹新阿濫③。風滿檻，歷歷數、西州更點④。

【注釋】

①牛渚　輿地紀勝：采石山北臨江有磯，曰采石，曰牛渚，上有蛾眉亭。安徽通志：蛾眉亭在當塗縣北二十里，據牛渚絕壁，前直二梁山，夾江對峙如蛾眉然，故名。　②灩灩　月光與水波相映貌。張若虛春江花月夜詩：「灩灩隨波千萬里，何處春江無月明。」　③阿濫　即阿濫堆，曲名。驪山有鳥名阿濫堆，唐玄宗以其聲翻爲曲，人競效吹。見中朝故事。　④西州　城名，故址在今南京城西，東晉時，爲揚州刺史治所。以其在臺城之西，故名。

踏莎行

楊柳回塘①，鴛鴦別浦②，綠萍漲斷蓮舟路③。斷無蜂蝶慕幽香，紅衣脫盡芳心苦④。返照迎潮，行雲帶雨，依依似與騷人語⑤。當年不肯嫁春風⑥，無端却被秋風誤！

【注釋】

①回塘　亦作迴塘，曲折迂回之水塘。溫庭筠商山早行詩：「因思杜陵夢，鳧雁滿回塘。」　②別浦

卽水流叉道。③蓮舟　採蓮之舟。蕭子範東亭極望詩：「水鳥銜魚上，蓮舟拂芰歸。」④紅衣　謂荷花。一名蓮。羊士諤郡中卽事詩：「紅衣落盡暗香殘，葉上秋光白露寒。」⑤騷人　謂愁人，亦指詩人。正字通：「屈原作離騷，言遭憂人也；今謂詩人爲騷人。」⑥嫁春風　張先一叢花令詞：「沈恨細思，不如桃杏，猶解嫁春風。」張詞「春風」，一作「東風」。

李之儀

【傳略】

李之儀，字端叔，自號姑溪居士，滄州無棣（今山東無棣縣）人。神宗元豐中，舉進士。哲宗元祐初，爲樞密院編修官，從蘇軾於定州幕府。徽宗朝，提舉河東常平，坐爲范純仁遺表作行狀，編管太平州，入黨籍，年八十而卒。有姑溪詞，見汲古閣宋六十名家詞本。

【集評】

四庫全書總目提要：之儀以尺牘擅名，而其詞亦工，小令尤清婉峭蒨，殆不減秦觀。（姑溪詞提要）

馮煦云：姑溪詞，長調近柳，短調近秦，而均有未至。（宋六十一家詞選例言）

卜算子

我住長江頭，君住長江尾。日日思君不見君，共飲長江水。　此水幾時休，此恨何時已①。只願君心似我心，定不負相思意②。

【注釋】

①已　猶止也，了也。　②負　謂情義上之虧欠也。此句六字，與東坡同調之「寂寞沙洲冷」作五字者不同。

【評箋】

毛晉云：姑溪詞多次韻，小令更長於淡語、景語、情語。如「鴛衾半擁空床月」，又如「步嬾恰尋牀，臥看游絲到地長」，又如「時時浸手心頭慰，受盡無人知處涼」，卽置之片玉、漱玉集中，莫能伯仲。至若「我住長江頭」云云，直是古樂府俊語矣。（姑溪詞跋）

晁補之

【傳略】

晁補之（一○五三——一一一○），字無咎，濟州鉅野（今山東鉅野縣）人。年十七，從父端友宰杭州之新城，著錢塘七述，受知蘇軾。舉進士，試開封及禮部別院，皆第一。哲宗元祐中，為著作郎，出知齊州。紹聖末，謫監信州酒稅。徽宗大觀末，出黨籍，起知泗州，卒。無咎為蘇門四學之一，才氣飄逸，嗜學不知倦，詩文溫潤典縟，凌麗奇卓，出於天成，有雞肋集行世。詞集名無咎詞，有毛氏汲古閣宋六十名家詞本。又名琴趣外篇，有吳昌綬雙照樓覆刻宋詞本。

【集評】

陳振孫云：无咎嘗云：「今代詞手，唯秦七、黃九。他人不能及也。」然兩公之詞，亦自有不同者。若无咎佳者，固未多遜也。（直齋書錄解題）

毛晉云：无咎雖游戲小詞，不作綺豔語。殆因法秀禪師諄諄戒山谷老人，不敢以筆墨勸淫耶？（琴趣外篇跋）

馮煦云：晁无咎爲蘇門四士之一，所爲詩餘，無子瞻之高華，而沈咽則過之。（宋六十一家詞選例言）

劉熙載云：東坡詞，在當時鮮與同調，不獨秦七、黃九別成兩派也。晁無咎坦易之懷，磊落之氣，差堪驂靳，然懸崖撒手處，無咎莫能追躡矣。（藝概詞概）

張爾田云：學東坡者，必自無咎始，再降則爲葉石林（夢得），此北宋正軌也。（忍寒詞序）

摸魚兒　東皋寓居①

買陂塘②、旋栽楊柳，依稀淮岸江浦。東皋嘉雨新痕漲，沙觜鷺來鷗聚。堪愛處，最好是、一川夜月光流渚。無人獨舞。任翠幄張天，柔茵藉地，酒盡未能去。　青綾被③，莫憶金閨故步④，儒冠曾把身誤⑤。弓刀千騎成何事⑥？荒了邵平瓜圃⑦。君試覷，滿青鏡、星星鬢影今如許！功名浪語。便似得班超，封侯萬里，歸計恐遲暮⑧。

【注釋】

①東皋寓居　陳鵠耆舊續聞：晁無咎閒居濟州金鄉，葺東皋歸去來園，樓觀堂亭，位置極蕭灑，盡用陶語名目之，自畫爲大圖，書記其上。　②陂塘　卽堤塘。　③青綾被　尚書郎夜值臺省所用之被。

漢官典職儀式選用：「尚書郎入直臺中，官供新青縑、白綾，或錦被。」無咎於哲宗元祐中嘗爲著作郎，故云。④金閨　漢武帝時，嘗令學士待詔宮中之金馬門，省稱金門，亦曰金閨。後世因借指翰林院、秘書省等文學侍從之官署。⑤儒冠曾把身誤　杜甫奉贈韋左丞丈二十二韻詩：「紈袴不餓死，儒冠多誤身。」⑥弓刀千騎　喻太守侍從之盛也。無咎嘗歷知齊、湖、密、果諸州，故云。

⑦邵平瓜圃　邵平，秦時人，封東陵侯。秦亡，隱居種瓜於長安城東，瓜美，有五色，世稱東陵瓜，亦曰青門瓜。見史記蕭相國世家。⑧便似得班超三句　東漢班超少有大志，嘗投筆嘆曰：「大丈夫無他志略，猶當效傅介子、張騫立功異域，以取封侯，安能久事筆硯間乎？」遂立志從戎，終平西域，封定遠侯。在外三十餘載，年逾七十始乞代得歸，旋卒。見後漢書本傳。

【評箋】

劉熙載云：无咎詞，堂廡頗大。人知辛稼軒摸魚兒「更能消幾番風雨」一闋，爲後來名家所競效。其實辛詞所本，卽无咎摸魚兒「買陂塘旋栽楊柳」之波瀾也。（藝概詞概）

迷神引　貶玉溪，對江山作。

黯黯青山紅日暮，浩浩大江東注。餘霞散綺，回向煙波路。使人愁，長安遠，在何處？幾點漁燈小，迷近塢①。一片客帆低，傍前浦。　暗想平生，自悔儒冠誤②。覺阮途窮③，歸心阻。斷魂縈目④，一千里，傷平楚。怪竹枝歌⑤，聲聲怨，為誰苦？猿鳥一時啼，驚島嶼。燭暗不成眠，聽津鼓⑥。

【注釋】

①塢　河堤也，土障也。②儒冠誤　見前摸魚兒注⑤。③覺阮途窮　用阮籍事。阮籍常率意命駕出游，途窮輒痛哭而返。見三國志魏志阮籍傳。④縈目　一本作「素月」。⑤竹枝　古巴渝（今四川重慶一帶）民歌，後泛指歌詠風土瑣事之詩歌曰竹枝詞，其體皆七言四句。⑥津鼓　津渡之鼓聲。

憶少年　別歷下①

無窮官柳②，無情畫舸③，無根行客。南山尚相送，只高城人隔。　罨畫園林溪紺碧④，算重來、盡成陳迹。劉郎鬢如此⑤，況桃花顏色！

【注釋】

①歷下　今山東歷城縣。②官柳　謂官道上所種柳也。見通俗編。③畫舸　猶畫船。④罨畫句　罨，音淹，畫家謂雜彩色之畫爲罨畫。紺音幹，紅青色。⑤劉郎　劉禹錫再遊玄都觀詩：「玄都觀裏桃千樹，盡是劉郎去後栽。」又：「種桃道士歸何處，前度劉郎今又來。」

【評箋】

沈雄云：結句如水龍吟之「作霜天曉」、「繫斜陽纜」亦是一法，如憶少年之「況桃花顏色」，好事近之「放真珠簾隔」。緊要處，前結如奔馬收韁，須勒得住，又似住而未住；後結如泉流歸海，要收得盡，又似盡而不盡者。（古今詞話）

卓人月云：謝逸柳梢青「無限離情，無窮江水」類此。（詞統）

先著云：「花無人戴，酒無人勸，醉也無人管。」與此詞起處同一警絕。唐以後特地有詞，正以有如許妙語，詩家收拾不盡耳。（詞潔）

水龍吟 次韻林聖予惜春

問春何苦悤悤，帶風伴雨如馳驟？幽葩細蕚，小園低檻，壅培未就。吹盡繁紅，占春長久，不如垂柳。算春長不老，人愁春老，愁只是、人間有。　春恨十常八九，忍輕辜、芳醪經口①。那知自是，桃花結子，不因春瘦。世上功名，老來風味，春歸時候。最多情猶有，尊前青眼②，相逢依舊。

【注釋】

①芳醪　謂美酒。醪，音勞，醇酒也。　②青眼　謂人喜悅時，正目而視，眼多青處也。晉書阮籍傳：「籍又能爲青白眼。見禮俗之士，以白眼對之。及嵇喜來弔，籍作白眼，喜不懌而退。喜弟康聞之，乃齎酒挾琴造焉，籍大悅，乃見青眼。」

洞仙歌 泗州中秋作

青煙冪處①，碧海飛金鏡。永夜閒階臥桂影。露涼時，零亂多少寒螿②。神京遠，惟有藍橋路近③。　水晶簾不下，雲母屏開，冷浸佳人淡脂粉。待都將許多明，付與金尊，報曉共流霞傾盡④。更攜取胡牀上南樓⑤，看玉做人間，素秋千頃。

【注釋】

①冪　音密，以巾覆物也。②寒螿　即寒蟬，謂秋寒之鳴蟬也。③藍橋　在陝西藍田縣東南藍水上。世傳其地有仙窟，即唐裴航遇雲英處。④流霞　仙酒名，見抱朴子。⑤南樓　晉書庾亮傳：亮在武昌，諸佐吏殷浩之徒，乘秋夜往共登南樓，俄而不覺亮至，諸人將起避之，亮徐曰：「諸君少住，老子於此處興復不淺。」便據胡牀與浩等談詠竟坐。

【評箋】

胡仔云：凡作詩詞，要如常山之蛇，救首救尾，不可偏也。如晁無咎作中秋洞仙歌，其首云「青煙冪處」三句，固已佳矣。其後闋「待都將」至末，若此，可謂善救首尾者矣。（苕溪漁隱叢話）

毛晉云：無咎，（徽宗）大觀四年卒于泗州官舍。自畫山水留春堂大屏上，題云：「胸中正可吞雲夢，盞底何妨對聖賢；有意清秋入衡霍，爲君無盡寫江天。」又詠洞仙歌一闋，遂絕筆。（琴趣外編跋）

李攀龍云：此詞前後照應，如織錦然，真天孫手也。（草堂詩餘雋）

黃蓼園云：前段從無月看到有月，後段從有月看到月滿，層次井井，而詞致奇傑。各段俱有新警語，自覺冰魂玉魄，氣象萬千，興乃不淺。（蓼園詞選）

毛滂

【傳略】

毛滂，字澤民，衢州江山（今浙江江山縣）人。生於仁宗至和間，哲宗元符二年知武康縣。東坡嘗以文章典麗可備著述科薦之。徽宗政和中守嘉禾，爲杭州法曹。宣和二年（一一二〇）卒。有東堂樂府二卷，見陳振孫直齋書錄解題。今行世者改題東堂詞，有汲古閣宋六十家詞本、朱氏彊村叢書本。

【集評】

蔡絛云：昔我先人魯公，遭逢聖主，立政建事，以致康泰，每區區其間。有毛滂澤民者，有時名，上十詞，甚偉麗，而驟得進用。（鐵圍山叢談）

四庫全書提要云：滂詞情韻特勝，陳振孫謂滂他詞雖工，終無及蘇軾所賞一首者，亦隨人之見，非篤論也。（東堂詞提要）

薛礪若云：澤民詞作風瀟灑明潤，與賀方回適得其反。賀氏濃豔，毛則以清疏見長；賀詞沈鬱，毛則以空靈自適。（宋詞通論）

惜分飛　富陽僧舍作別語贈妓瓊芳

淚溼闌干花著露①，愁到眉峯碧聚②。此恨平分取，更無言語空相覷③。　斷雨殘雲無意緒④，寂寞朝朝暮暮。今夜山深處，斷魂分付潮回去⑤。

【注釋】

①闌干　眼淚縱橫貌，白居易長恨歌：「玉容寂寞淚闌干，梨花一枝春帶雨。」　②眉峯　古人恒以翠峯喻眉，故稱眉峯。陳師道詩：「眉聳三峯秀。」蘇軾卜算子詞：「水是眼波橫，山是眉峯聚。」

③覷　音去，窺視也。　④意緒　卽思緒、心緒。王融琵琶詩：「絲中傳意緒，花裏寄春情。」

⑤斷魂　猶言銷魂。宋之問詩「望水知柔性，看山欲斷魂。」

【評箋】

樓敬思云：東堂集「淚溼闌干」詞，花庵詞客採入唐宋絕妙詞。其詞話云：「元祐中，東坡守錢塘，澤民爲法曹掾，秩滿辭去。是夕宴客，有妓歌此詞，坡問誰所作？妓以毛法曹對。坡語坐客曰：『郡寮有詞人不及知，某之罪也。』翌日，折柬追還，留連數日。澤民因此得名。」余謂黃昇宋人，其援據不應若是之疎也。按蘇公詩集有次韻毛滂法曹感雨詩：「公子豈我徒，衣鉢傳一簞。定非郊與島，筆勢江湖寬。悲吟古寺中，穿帷雪漫漫。他年記此味，芋火對懶殘。」所謂古寺，度卽富陽之寺也。公以郊、島目滂，以韓自況，衣鉢云云，傾倒者至矣。然則蘇公知滂不在「惜分飛」詞，而滂之受知於蘇公，又豈待「惜分飛」哉！（詞林紀事引）

沈際飛云：第一個相別情態，一筆描來，不可思議。（草堂詩餘正集）

周煇云：語盡而意不盡，意盡而情不盡，何酷似乎少游也！（清波雜志）

臨江仙 都城元夕

聞道長安燈夜好，雕輪寶馬如雲。蓬萊清淺對觚稜①，玉皇開碧落②，銀界失黃昏。　誰見江南憔悴客，端憂懶步芳塵③。小屏風畔冷香凝，酒濃春入夢，窗破月尋人。

【注釋】

①觚稜　本作柧稜，殿堂最高轉角處之瓦脊也。杜牧杜秋娘詩：「觚稜佛斗極，回首尚遲遲。」

②碧落　謂天空。羊士諤江亭遊宴詩：「碧落風如洗，清光鏡不分。」　③端憂　文選謝莊月賦：「陳王初喪應劉，端憂多暇。」注：「翰曰：端然憂愁，以多閑暇。」

趙令時

【傳略】

趙令時，初字景貺，蘇軾爲改字德麟，自號聊復翁，太祖次子燕王德昭玄孫。哲宗元祐六年簽書潁州公事，坐與蘇軾交通，罰金。高宗紹興初，襲封安定郡王，遷寧遠軍承宣使，同知行在大宗正事。薨，贈開府儀同三司。世傳有侯鯖錄，內載蝶戀花鼓子詞十二首，詠元稹「會真記」事。今人趙萬里從諸選本輯得其詞三十六首，題曰聊復集一卷，刊入校輯宋金元人詞中。

【集評】

王灼云：趙德麟、李方叔（廌），皆東坡客，其氣味殊不近；趙婉而李俊，各有所長。晚年皆荒醉汝

、潁、京、洛間，時出滑稽語。（碧鷄漫志）

先著云：趙令時，賀方回之亞；毛澤民，亦三影郎中之次也。清超絕俗，詞中固自難。（詞潔）

清平樂

春風依舊，著意隋隄柳①。搓得鵝兒黃欲就，天氣清明時候。　去年紫陌青門②，今宵雨魄雲魂③。斷送一生憔悴，只消幾箇黃昏？

【注釋】

①隋隄　即汴河隄。隋煬帝開汴河，夾岸築隄植柳，後人習稱隋隄。　②紫陌　謂京師之道路。青門，本指漢長安之灞城門，以其門色青，故名。此蓋借喻都城之門也。　③雨魄雲魂　謂人事如雨雲之消散也。

【評箋】

卓人月云：韋莊云：「春雨足，染就一溪新綠。」合作可作一聯：「新雨染成溪水綠，舊風搓得柳條黃。」（詞統）

李攀龍云：對景傷春，至「斷送一生」語，最爲悲切。（草堂詩餘雋）

王世貞云：「斷送一生憔悴，能消幾個黃昏？」此恒語之有情者也。（藝苑卮言）

万俟詠

【傳略】

万俟詠，字雅言，自號詞隱。徽宗崇寧中，充大晟府製撰，與晁次膺按月律進詞。有大聲集五卷，周邦彥爲之序，黃庭堅稱之爲一代詞人。是書久不傳，今人趙萬里輯得其詞二十七首，刋入校輯宋金元人詞中。

【集評】

黃昇云：雅言之詞，詞之聖者也。發妙音於律呂之中，運巧思於斧鑿之外，平而工，和而雅，比諸刻琢句意而求精麗者，遠矣！（花庵詞選）

長相思　雨

一聲聲，一更更。窗外芭蕉窗裏燈，此時無限情。　夢難成，恨難平。不道愁人不喜聽①，空階滴到明②。

【注釋】

①不道　猶言不管也，不顧也。　②空階滴到明　溫庭筠更漏子詞：「梧桐樹，三更雨，不道離情正苦。一葉葉，一聲聲，空階滴到明。」

昭君怨

春到南樓雪盡，驚動燈期花信①。小雨一番寒，倚闌干。　莫把闌干頻倚，一望幾重煙水。何處是京華②？暮雲遮。

【注釋】

①燈期　謂上元放燈之節期也。花信，花開之信息也。說鈴：「花信風者，風應花期，其來有信也。」

②京華　謂京師。以其爲全國人文薈萃之地，故曰京華。駱賓王帝京篇：「倡家桃李自芳菲，京華游俠事輕肥。」

訴衷情　送春

一鞭清曉喜還家，宿醉困流霞。夜來小雨新霽，雙燕舞風斜①。　山不盡，水無涯，望中賒②。送春滋味，念遠情懷，分付楊花。

【注釋】

①雙燕舞風斜　杜甫詩水檻遣心二首之一：「細雨魚兒出，微風燕子斜。」　②賒　猶言遠也。王勃詩：「江山蜀道賒。」又，大公遇文王贊：「城闕雖近，風雲尚賒。」

周邦彥

【傳略】

周邦彥（一〇五七——一一二一），字美成，自號清真居士，錢塘（今浙江杭縣）人。疎雋少檢，不爲州里推重，而博涉百家之書。元豐初，游京師，獻汴都賦萬餘言，多古文奇字，神宗異之，命侍臣讀於邇英閣，召赴政事堂，自太學諸生一命爲正。居五歲不遷，益盡力於辭章。出教授廬州，知溧水縣。還爲國子主簿。哲宗召對，使誦前賦，除秘書省正字，歷校書郎、考功員外郎、衞尉宗正少卿，兼議禮局檢討，以直龍圖閣知河中府。徽宗欲使畢禮書，復留之。踰年，乃知隆德府，徙明州。入拜秘書監，進徽猷閣待制，提舉大晟府。未幾，知順昌府，徙處州，卒，年六十六。　邦彥好音樂，能自度曲，製樂府長短句，詞韻清蔚，傳於世。詞集名清真集，又名片玉集，傳本甚多，要者有汲古閣宋六十家詞本，西泠詞萃本，四印齋所刻詞本，鄭文焯校刊本。又陳元龍注片玉集，有武進陶氏涉園景宋金元明本詞續本，朱氏彊邨叢書本。

【集評】

陳振孫云：清真詞多用唐人詩語，隱括入律，渾然天成；長調尤善鋪敍，富豔精工，詞人之甲乙也。（直齋書錄解題）

陳郁云：美成號清真，二百年來，以樂府獨步。貴人、學士、市儇、妓女，皆知美成詞爲可愛。（藏一話腴）

劉肅云：周美成以旁搜遠紹之才，寄情長短句，縝密典麗，流風可仰。其徵辭引類，推古誇今，或借字用意，言言皆有來歷，真足冠冕詞林，歡筵歌席，率知崇愛。（陳元龍集注本片玉集序）

張炎云：古之樂章、樂府、樂歌、樂曲，皆出於雅正。粵自隋、唐以來，聲詩閒爲長短句，至唐人則有尊前、花間集。迄於崇寧，立大晟府，命周美成諸人討論古音，審定古調。淪落之後，少得存者，由此八十四調之聲稍傳。而美成諸人又復增演慢曲、引、近，或移宮換羽，為三犯、四犯之曲，按月律為之，其曲遂繁。美成負一代詞名，所作之詞，渾厚和雅，善於融化詩句，而於音譜且閒有未諧，可見其難矣。（詞源）

沈義父云：凡作詞當以清真為主。蓋清真最為知音，且無一點市井氣，下字運意，皆有法度，往往自唐、宋諸賢詩句中來，而不用經、史中生硬字面，此所以為冠絕也。（樂府指迷）

彭孫遹云：美成詞如十三女子，玉豔珠鮮，政未可以其輭媚而少之也。（金粟詞話）

四庫全書提要云：邦彥妙解聲律，為詞家之冠。所製諸調，非獨音之平仄宜遵，即仄字中上、去、入三音，亦不容相混。所謂分刌節度，深契微芒，故千里和詞，字字奉為標準。（片玉詞提要）

周濟云：美成思力，獨絕千古，如顏平原書，雖未臻兩晉，而唐初之法，至此大備。後有作者，莫能出其範圍矣。讀得清真詞多，覺他人所作，都不十分經意。鉤勒之妙，無如清真。他人一鉤勒便薄，清真愈鉤勒愈渾厚。（介存齋論詞雜著）

戈載云：清真之詞，其意淡遠，其氣渾厚，其章節又復清妍淡雅，最為詞家正宗。（七家詞選）

劉熙載云：周美成詞，或稱其無美不備。余謂論詞莫先於品。美成詞信富豔精工，只是當不得一個貞字。是以士大夫不肯學之，學之，則不知終日意縈何處矣。周美成律最精審，史邦卿句最警鍊；然未得為君子之詞者，周旨蕩而史意貪也。（藝概詞概）

陳廷焯云：詞至美成，乃爲大宗。前收蘇、秦之終，後開姜、史之始；自有詞人以來，不得不推爲巨擘，後之爲詞者，亦難出其範圍。然其妙處，亦不外沉鬱頓挫。頓挫則有姿態，沉鬱則極深厚，既有姿態，又極深厚，詞中三昧亦盡於此矣。（白雨齋詞話）

馮煦云：陳氏子龍曰：「以沈摯之思，而出之必淺近，使讀之者驟遇之如在耳目之前，久誦之而得雋永之趣，則用意難也。以儇利之詞，而製之必工鍊，使篇無累句，句無累字，圓潤明密，言如貫珠，則鑄詞難也。其爲體也纖弱，明珠翠羽，猶嫌其重，何況龍鸞？必有鮮妍之姿，而不藉粉澤，則設色難也。其爲境也婉媚，雖以驚露取妍，實貴含蓄不盡，時在低回唱歎之餘，則命篇難也。」張氏綱孫曰：「結構天成，而中有豔語、雋語、奇語、豪語、苦語、癡語、沒要緊語，如巧匠運斤，毫無痕迹。」毛氏先舒曰：「北宋詞之盛也，其妙處不在豪快，而在高健；不在豔冶，而在幽咽。豪快可以氣取，豔冶可以言工，高健幽咽，則關乎神理，難可強也。」又曰：「言欲層深，語欲渾成。」諸家所論，未嘗專屬一人，而求之兩宋，惟片玉、梅溪，足以備之。周之勝史，則又在渾之一字，詞至於渾而無可復進矣。（宋六十一家詞選例言）

陳洵云：清真格調天成，離合順逆，自然中度。夢窗神力獨運，飛沉起伏，實處皆空。夢窗可謂大，清真則幾於化矣。（海綃翁說詞）

王國維云：美成深遠之致，不及歐、秦，唯言情體物，窮極工巧，故不失爲第一流之作者。但惟創調之才多，創意之才少耳。　　詞之雅、鄭，在神不在貌。永叔、少游，雖作豔語，終有品格，方之美成，便有淑女與倡伎之別。（人間詞話） 又云：以宋詞比唐詩，則東坡似太白，歐、秦似摩詰，耆卿似樂天，方回、叔原則大歷十子之流，南宋惟一稼軒可比昌黎，而詞中老杜，非先生不可。讀先生之詞，於文字之外，須更味其音律。今其聲雖亡，讀其詞者，猶覺拗怒之中，自饒和婉，曼聲促節，繁會相宣，清濁抑揚，轆轤交往，兩宋之間，一人而已。（清真先生遺事）

瑞龍吟①

章臺路②，還見褪粉梅梢，試花桃樹③。愔愔坊陌人家④，定巢燕子，歸來舊處。 黯凝佇，因記箇人癡小⑤，乍窺門戶。侵晨淺約宮黃⑥，障風映袖，盈盈笑語。 前度劉郎重到⑦，訪鄰尋里，同時歌舞。唯有舊家秋娘⑧，聲價如故。吟牋賦筆，猶記燕臺句⑨。知誰伴、名園露飲，東城閒步⑩？事與孤鴻去⑪！探春盡是，傷離意緒，官柳低金縷⑫。歸騎晚、纖纖池塘飛雨。斷腸院落，一簾風絮。

【注釋】

①本調唐宋諸賢絕妙詞選卷七云：此詞自「章臺路」至「歸來舊處」是第一段，自「黯凝佇」至「盈盈笑語」是第二段，此謂之「雙拽頭」，屬正平調。自「前度劉郎」以下，即犯大石，係第三段。至「歸騎晚」以下四句，再歸正平。今諸本皆於「吟牋賦筆」處分段者，非也。 ②章臺路　漢長安街名，在章臺下，爲歌樓妓舘聚集之所。漢書張敞傳：「時罷朝會，走馬章臺街，自以便面拊馬。」後世遂以章臺路爲歌樓妓舘之代稱，走馬章臺爲冶遊之意。 ③試花　花始開之謂。 ④愔愔　愔，讀

音。深靜安和貌。坊陌，又作坊曲，妓女所居也。⑤箇人癡小　箇人，猶伊人，對所歡之暱稱。癡小，謂癡情少女也。白居易井底引銀瓶詩：「寄言癡小人家女，慎勿將身輕許人。」⑥宮黃　古代宮中女子化粧，有點黃粉於面頰者。李賀同沈駙馬賦得御溝水詩：「入苑白泱泱，宮人正靨黃。」⑦前度劉郎　劉禹錫再遊玄都觀詩：「種桃道士歸何處，前度劉郎今又來。」此詞前曰「試花桃樹」，故借劉郎以自喻。⑧秋娘　唐代歌妓多以秋爲名，如杜牧有杜秋娘詩，李德裕有悼謝秋娘詞（即憶江南）。此借指所尋女子。⑨燕臺句　李商隱有燕臺詩春夏秋冬四首，有「長吟遠下燕臺句，惟有花香染未消」之句，時洛中里娘柳枝，年十七，見而甚喜之。見詩集柳枝詩序。⑩名園二句　用杜牧與歌妓張好好事。杜牧張好好詩序：「牧大和（唐文宗）三年佐故吏部沈公江西幕，好好年十三，始以善歌舞來樂籍中。……又二歲，余於洛陽東城重覩好好，感舊傷懷。」⑪事與孤鴻去　喻往事成空也。杜牧詩：「恨如春草多，事逐孤鴻去。」⑫金縷　謂柳條嫩黃如金線也。

【評箋】

沈義父云：結句須要放開，合有餘不盡之意，以景烘情最好。如清真之「斷腸院落，一簾風絮。」又「掩重關、徧城鐘鼓」之類是也。（樂府指迷）

周濟云：「事與孤鴻去」一句，化去町畦。不過「人面桃花」舊曲翻新耳。看其由無情入、結歸無情、層層脫換、筆筆往復處。（宋四家詞選）

夏敬觀云：詞中對偶句，最忌堆砌板重。如此詞「褪粉」二句，「名園」二句，皆極流動，所以妙也

。「愔愔」、「侵晨」挺接。末段挺接處尤妙，用潛氣內轉之筆行之。（評清真集）

陳洵云：第一段地，「還見」逆入，「舊處」平出。第二段人，「因記」逆入，「重到」平出，作第三段換頭。以下撫今追昔，「訪鄰尋里」，今；「同時歌舞」，昔；「惟有舊家秋娘，身價如故」，今猶昔。而秋娘已去，却不說出，乃吾所謂留字訣者。於是吟箋、賦筆、露飲、閒步與窺戶、約黃、障袖、笑語皆如在目前矣，又吾所謂能留，則離合順逆皆可隨意指揮也。「事與孤鴻去」咽住，「探春盡是，傷離意緒」轉出。「官柳」以下，風景依稀，與梅梢桃樹映照，詞境渾融，大而化矣。（海綃翁說詞）

蘭陵王

柳陰直，煙裏絲絲弄碧①。隋隄上②、曾見幾番，拂水飄綿送行色。登臨望故國③，誰識、京華倦客④？長亭路、年去歲來，應折柔條過千尺。

閒尋舊蹤跡。又酒趁哀絃，燈照離席，梨花榆火催寒食⑤。愁一箭風快⑥，半篙波暖⑦，回頭迢遞便數驛，望人在天北。

悽惻，恨堆積！漸別浦縈迴⑧，津堠岑寂⑨。斜陽冉冉春無極⑩。念月榭攜手，露橋聞笛。沈思前事，似夢裏、淚暗滴。

【注釋】

①煙裏　汲古閣宋六十家詞本作「煙縷」。②隋隄　即汴河隄。隋煬帝開汴河，築隄植柳，後人因稱隋隄。③故國　謂故園也。杜甫詩：「取醉他鄉客，相逢故國人。」④京華倦客　京華，京師

之美稱，北宋建都汴梁，卽今河南開封市。邦彥久宦京師，故云京華倦客。⑤梨花榆火催寒食　榆火，卽榆柳火。周禮春官：「四時變國火，清明取榆柳之火。」寒食在清明節前二日，古有禁火之俗，節後另取新火。雲笈七籤：「清明一日，取榆柳作薪煮食，名曰換薪火，以取一年之利。」此句謂離別時正當梨花盛開，國火將變之寒食節前。⑥一箭風快　歐陽詢詩：「急風吹緩箭，弱水取強弓。」⑦半篙　篙，撐船用之竹竿。蘇軾和鮮于子駿鄆州新堂月夜詩：「池中半篙水，池上千尺柳。」⑧別浦　水叉道也。風土記：「大水有小口別通曰浦。」⑨津堠　水邊土堡可以瞭望者。古者水行堠以記程，五里隻堠，十里雙堠。見正字通。⑩冉冉　緩動貌。

【評箋】

毛幷云：紹興初，都下盛行周淸真詠柳蘭陵王慢，西樓南瓦皆歌之，謂之「渭城三疊」。以周詞凡三換頭，至末段，聲尤激越，惟教坊老笛師能倚之以節歌者。其譜傳自趙忠簡家。忠簡於建炎丁未九日南渡，泊舟儀真江口，遇宣和大晟樂府協律郎某，叩獲九重故譜，因令家伎習之，遂流傳於外。（樵隱筆錄）

張端義云：道君幸李師師家，偶周邦彥先在焉，知道君至，遂匿牀下。道君自携新橙一顆，云江南初進來，遂與師師謔語，邦彥悉聞之，隱括成「少年游」云：「幷刀如水，吳鹽勝雪，纖指破新橙。錦幄初溫，獸香不斷，相對坐調笙。低聲問，向誰行宿？城上已三更。馬滑霜濃，不如休去，直是少人行。」師師因歌此詞，道君問：「誰作？」師師奏云：「周邦彥詞。」道君大怒，宣諭蔡京：「周邦彥職事廢弛，可日下押出國外。」隔一二日，道君復幸李師師家，不見師師，問其家，知送周監稅；坐久，至更初，李始歸，愁眉淚睫，憔悴可掬；道君大怒云：「爾往那裏去？」李奏：「臣妾萬死，知周邦彥得罪，押出國外，累致一杯相別，不知官家來。」道君問：「曾有詞否？」李奏云：「有『蘭陵王』詞。」卽「柳陰直」者是也。道君云：「唱一遍看。」李奏云：「容臣妾奉一杯，歌此詞爲官家壽。」曲終，道君大喜，復召爲大晟樂正。（貴耳錄）

沈際飛云：閒尋舊跡以下，不沾題而宣寫別懷，無抑塞。（草堂詩餘正集）

周濟云：客中送客，一「愁」字代行者設想；以下不辨是情是景，但覺煙靄蒼茫。「望」字、「念」字尤幻。（宋四家詞選）

陳廷焯云：美成詞極其感慨，而無處不鬱，令人不能遽窺其旨。如「蘭陵王」云：「登臨望故國，誰識京華倦客？」二語是一篇之主，上有「隋隄上，曾見幾番，拂水飄綿送行色」之句，暗伏倦客之根，是其法密處。故下文接云：「長亭路，年去歲來、應折柔條過千尺。」久客淹留之感，和盤托出，他手至此，以下便直抒憤懣矣。美成則不然，「閒尋舊蹤跡」二疊，無一語不吞吐，只就眼前景物，約略點綴，更不寫淹留之故，却無處非淹留之苦；直至收筆云：「沈思前事，似夢裏，淚暗滴。」遙遙挽合，妙在纔欲說破，便自咽住，其味正自無窮。（白雨齋詞話）

譚獻云：已是磨杵成針手段，用筆欲落不落，「愁一箭風快」等句之噴醒，非玉田所知。「斜陽冉冉春無極」七字，微吟千百遍，當入三昧，出三昧。（譚評詞辨）

梁啓超云：「斜陽」七字，綺麗中帶悲壯，全首精神振起。（藝蘅館詞選）

陳洵云：託柳起興，非詠柳也。「弄碧」一留，却出「隋堤」；「行色」一留，却出「故國」；「長亭路」應「隋堤上」，「年去歲來」應「拂水飄綿」，全爲「京華倦客」四字出力。第二段「舊蹤」，往事，一留；「離席」今情，一留；於是以「梨花榆火催寒食」一句脫開。「愁一箭」至「數驛」三句逆提，然後以「望人在天北」合上「離席」作歇拍。第三段「漸別浦」至「岑寂」，乃證上「愁一箭」至「波暖」二句；蓋有此「漸」，乃有此「愁」也。「愁」是逆提，「漸」是順應，「春無極」正應上「催寒食」。「催寒食」是脫，「春無極」是複。「月榭攜手、露橋聞笛」是離席前事。「似夢裏淚暗滴」，仍用逆挽。周止庵謂複處無脫不縮，故脫處如望海上神山。詞境至此，謂之不神，不可也。（海綃翁說詞）

少年遊

并刀如水①，吳鹽勝雪②，纖指破新橙。錦幄初溫，獸香不斷③，相對坐調笙④。　低聲問：向誰行宿？城上已三更。馬滑霜濃，不如休去，直是少人行⑤！

【注釋】

①并刀　并州快剪刀。并州即今山西太原，所產剪刀以鋒刃銳利出名。杜甫戲題王宰畫山水圖歌：「焉得并州快剪刀，剪取吳松半江水。」詞中固不必專指剪刀而言。②吳鹽　即淮鹽，以精細潔白稱，故云勝雪。李白梁園吟：「玉盤楊梅爲君設，吳鹽如花皎如雪。」③獸香　古時香爐多作獸形，焚

香爐中，煙自獸口逸出，故云。④調笙　一作吹笙。笙，古以瓠爲之，共十三管，排列瓠中，施簧管底，吹以發聲。詩小雅鹿鳴：「鼓瑟吹笙。」⑤直是　猶言總是。

【評箋】

周濟云：此亦本色佳製也。本色至此便足，再過一分，便入山谷惡道矣。（宋四家詞選）

譚獻云：麗極而清，清極而婉，然不可忽過「馬滑霜濃」四字。（譚評詞辨）

鄭騫云：此不過尋常狎邪之詞，貴耳集乃云在李師師家作，詠徽宗與師師情事，且造出一大段故實（見前蘭陵王評箋引），殊爲誕妄；王國維清真先生遺事辨之甚詳。（詞選第三編）

蘇幕遮

燎沉香①，消溽暑。鳥雀呼晴，侵曉窺簷語。葉上初陽乾宿雨。水面清圓，一一風荷舉。

故鄉遙，何日去？家住吳門②，久作長安旅③。五月漁郎相憶否？小檝輕舟④，夢入芙蓉浦⑤。

【注釋】

①燎沉香　燎，音料，延燒也。沉香，瑞香科植物，爲香料中最著者。色黑質堅，置水則沉，故名。

②吳門　今江蘇吳縣一帶之別稱。邦彥爲錢塘（今浙江杭縣）人，錢塘、吳縣，古屬吳國，並爲三吳之地，故云。③長安　爲京師之代稱，北宋都在汴梁，不在長安，此與錢塘人而曰「家住吳門」同一用例。④檝　同楫，行舟之槳。⑤芙蓉　荷也。爾雅釋草：「荷，芙渠」，注：「別名芙蓉。」

【評箋】

王國維云：美成青玉案（案當作蘇幕遮）詞：「葉上初陽乾宿雨。水面清圓，一一風荷舉。」此真能得荷之神理者。覺白石念奴嬌、惜紅衣二詞，猶有隔霧看花之恨。（人間詞話）

玉樓春

桃溪不作從容住，秋藕絕來無續處。當時相候赤闌橋①，今日獨尋黃葉路②。　煙中列岫青無數③，雁背夕陽紅欲暮。人如風後入江雲，情似雨餘黏地絮。

【注釋】

①赤欄橋　溫庭筠楊柳枝詞：「宜春苑外最長條，閒裊春風伴舞腰。正是玉人腸斷處，一渠春水赤欄橋。」　②黃葉路　談苑引僧惟鳳詩：「去路正黃葉，別君堪白頭。」　③列岫　岫，山穴也，此作峯巒解。謝朓詩：「牕中列遠岫。」

【評箋】

周濟云：只賦天台事，態濃意遠。（宋四家詞選）

陳廷焯云：美成詞有似拙而實工者，如玉樓春結句云：「人如風後入江雲，情似雨餘黏地絮。」上言人不能留，下言情不能已。呆作兩譬，別饒姿態，卻不病其板，不病其纖，此中消息難言。（白雨齋詞話）

風流子

新綠小池塘①，風簾動、碎影舞斜陽。羨金屋去來，舊時巢燕；土花繚繞②，前度莓牆③。繡閣裏、鳳幃深幾許？聽得理絲簧④。欲說又休，慮乖芳信；未歌先噎⑤，愁轉清商⑥。
遙知新妝了，開朱戶、應自待月西廂⑦。最苦夢魂，今宵不到伊行。問甚時卻與，佳音密耗，寄將秦鏡⑧，偷換韓香⑨？天便教人，霎時廝見何妨！

【注釋】

①新綠　王明清揮麈餘話：「美成爲溧水令，主簿之姬有色而慧，每出侑酒，美成爲風流子以寄意。新綠、待月，皆主簿廳軒名。」　②土花　即土中之花。李賀詩：「三十六宮土花香。」又王建詩：「水中荷葉土中花。」　③莓牆　長青苔之牆。莓，苔也。見韻會。　④絲簧　謂絃管樂器。　⑤噎　塞喉也。見通俗文。　⑥清商　原指清商曲，古樂府之一種，此借指淒怨之調。曹丕燕歌行：「援琴鳴絃發清商，短歌微吟不能長。」一本作「清觴」。　⑦待月西廂　會真記崔鶯鶯與張生詩：「待月西廂下，迎風戶半開。」　⑧秦鏡　用漢秦嘉妻徐淑贈嘉明鏡，嘉賦詩答謝事。與西京雜記所載秦始皇明鏡無涉。樂府詩：「盤龍明鏡餉秦嘉，辟惡生香寄韓壽。」　⑨韓香　晉韓壽，初爲賈充掾，充女午見而愛之，乃偷得其父帝賜西越所貢奇香以遺壽，充聞壽身有香，知午所贈，因以午妻之。事見晉書韓壽傳。

【評箋】

沈謙云：「天便教人，霎時廝見何妨？」，「花前月下，見了不教歸去。」卞急迂妄，各極其妙。美

成真深於情者。（塡詞雜說）

沈際飛云：「土花」對「金屋」，工。（草堂詩餘正集）

黃蓼園云：因見舊燕度莓牆而巢於金屋，乃思自身已在鳳幃之外，而聽別人理絲簧，未免悲咽耳。（蓼園詞選）

況周頤云：元人沈伯時作樂府指迷，於清真詞推許甚至，唯「以天便教人，霎時廝見何妨？」、「夢魂凝想鴛侶。」等句爲不可學，則非真能知詞者也。清真又有句云：「多少暗愁密意，唯有天知。」「最苦夢魂，今宵不到伊行。」「拚今生對花對酒，爲伊淚落。」此等語，愈樸愈厚，愈厚愈雅，至真之情，由性靈肺腑中流出，不妨說盡而愈無盡。（蕙風詞話）

六　醜①　薔薇謝後作

正單衣試酒，恨客裏、光陰虛擲。願春暫留，春歸如過翼②，一去無迹。為問花何在？夜來風雨，葬楚宮傾國③。釵鈿墮處遺香澤④，亂點桃蹊，輕翻柳陌。多情最誰追惜？但蜂媒蝶使，時叩窗槅⑤。　東園岑寂，漸蒙籠暗碧⑥。靜遶珍叢底，成歎息。長條故惹行客，似牽衣待話，別情無極。殘英小、強簪巾幘⑦。終不似、一朵釵頭顫裊，向人欹側。漂流處、莫趁潮汐。恐斷紅、尚有相思字⑧，何由見得？

【注釋】

①六醜　吳衡照蓮子居詞話云：「六醜詞，周邦彥所作。上（宋徽宗）問六醜之義，對曰：此犯六調

，皆聲之美者，然極難歌。昔高陽氏有子六人，才而醜，故以比之。」②過翼　飛鳥也。③夜來二句　以美人比花。後漢書馬廖傳：「楚王好細腰，美人多餓死。」李延年佳人歌：「一顧傾人城，再顧傾人國。」韓偓哭花詩：「若是有情爭不哭，夜來風雨葬西施。」④釵鈿　美人首飾。鈿形似花朵，故以釵鈿墮喻花落。⑤窗槅　即窗也。古人或稱窗爲槅子。⑥蒙籠暗碧　謂綠葉成蔭。⑦巾幘　幘，音責，入聲。巾幘，布帽也。⑧斷紅句　暗用紅葉題詩事。唐傳奇記紅葉事凡四，其一，范攄雲溪友議云：「盧渥舍人，應舉之歲，偶臨御溝，見一紅葉，命僕搴來，葉上乃有一絕句云：水流何太急，深宮竟日閒；殷勤謝紅葉，好去到人間。」

【評箋】

周密云：宣和中，以李師師能歌舞稱。時周邦彥爲太學生，時遊其家，一夕，祐陵臨幸，倉卒避去。既而賦小詞，所謂「并刀如水，吳鹽勝雪」者。蓋紀此夕事也。未幾李被宣喚，遂歌於上前，問：「誰作？」以邦彥對，遂以解褐，自此通顯。既而朝廷賜酺，師師又歌「大酺」、「六醜」二解，上顧教坊使袁綯問，綯曰：「此起居舍人新知潞州周邦彥作也。」問「六醜」之義，莫能對。召邦彥問之，對曰：「此犯六調，皆聲之美者，然絕難歌。」上喜，意將留行，且以近多祥瑞，將使播之樂章，命蔡元長叩之；邦彥云：「某老矣，頗悔少作。」會起居郎張果廉知邦彥嘗於親王席上作小詞贈舞鬟，云：「歌席上，無賴是橫波。寶髻玲瓏欹玉燕，繡巾柔膩掩香羅；何況會婆娑？無箇事，因甚斂雙蛾？淺淡梳妝疑是畫，惺忪言語勝聞歌；好處是情多。」爲蔡道其事，上知之，由是得罪。（浩然齋雅談）

沈際飛云：真愛花者，一花將蔫，移枕携襆睡臥其下，以觀花之由微至盛、至落，至于萎地而後已，善哉。又云：漂流一段，節起新枝，枝發奇蔫，長調不可得矣。（草堂詩餘正集）

周濟云：「願春暫留，春歸如過翼，一去無迹。」十三字千回百折，千錘百鍊，以下乃鵬羽自逝。又云：不說人惜花，却說花戀人；不從無花惜春，却從有花惜春；不惜已簪之殘英，偏惜欲去之斷紅。（宋四家詞選）

陳廷焯云：「爲問花何在」，上文有「悵客裏光陰虛擲」之句，此處點醒題旨，既突兀、又綿密，妙只五字束住。下文反覆纏綿，更不糾纏一筆，却滿紙是羈愁抑鬱，且有許多不敢說處；言中有物，吞吐盡致。（白雨齋詞話）

譚獻云：「願春」二句，逆入平出，亦平入逆出。「爲問」三句，搏兔用全力。「靜遶」三句，處處斷、處處連。「殘英」句，卽願春暫留也。「飄流」句，卽春歸如過翼也。末二句仍在逆挽，片玉所獨。（譚評詞辨）

黃蓼園云：自歎年老遠宦，意境落寞；借花起興，以下是花、是自己，比興無端，指與物化；奇情四溢，不可方物，人巧極而天工生矣！結處意致尤纏綿無已。（蓼園詞選）

蔣敦復云：清真「六醜」一詞，精深華妙，後來作者，罕能繼踪。（芬陀利室詞話）

夏敬觀云：一氣貫注，轉折處如「天馬行空」。所用虛字，無一不與文情相合。（評清真集）

夜飛鵲

河橋送人處，良夜何其①？斜月遠墜餘輝。銅盤燭淚已流盡，霏霏涼露沾衣。相將散離會，探風前津鼓②，樹杪參旗③。花驄會意，縱揚鞭、亦自行遲。　迢遞路回清野，人語漸無聞，空帶愁歸。何意重經前地，遺鈿不見，斜徑都迷。兔葵燕麥④，向斜陽、影與人齊。但徘徊班草⑤，欷歔酹酒⑥，極望天西。

【注釋】

①何其　疑問之辭。詩小雅庭燎：「夜如何其？夜未央，庭燎之光。」　②津鼓　卽津渡之鼓聲。③參旗　星名。晉書天文志：「參旗九星在參西，一曰天旗，一曰天弓。」　④兔葵燕麥　兔葵，卽兔絲，無根而生；燕麥，草而似麥。劉禹錫再遊玄都觀詩序：「惟兔葵燕麥，動搖春風耳。」　⑤班草　與班荆同。謂布草而坐也。後漢書陳留老父傳：「道逢友人，共班草而言。」　⑥欷歔　揚雄方言：「哀而不泣曰欷歔。」酹，音類，以酒沃地也。

【評箋】

沈際飛云：今之人，務爲欲別不別之狀，以博人懽、避人議，而真情什無二三矣。能使華騮會意，非真情所潛格乎？（草堂詩餘正集）

陳元龍云：王介甫詩：「班草數行衣上淚」，又：「待追西路聊班草」，或卽如班荆之義也。（片玉詞注）

黃蓼園云：自將行至遠送，又自去後寫懷望之情，層次井井而意致綿密，詞采穠深，時出雄厚之句，

耐人咀嚼。（蓼園詞選）

周濟云：班草是散會處，酹酒是送人處，二處皆前地也，雙起故須雙結。（宋四家詞選）

梁啓超云：「兔葵燕麥」二語，與柳屯田之「曉風殘月」，可稱送別詞中雙絕，皆鎔情入景也。（藝蘅館詞選）

陳洵云：「河橋送人處」逆入，「何意重經前地」平出。換頭三句，將上闋盡化煙雲，然後轉出下句，事過情留，低徊無盡。（海綃翁說詞）

滿庭芳　夏日溧水無想山作①

風老鶯雛，雨肥梅子②，午陰嘉樹清圓③。地卑山近，衣潤費鑪煙。人靜烏鳶自樂，小橋外、新綠濺濺④。憑闌久，黃蘆苦竹，疑泛九江船⑤。　年年，如社燕⑥，飄流瀚海⑦，來寄修椽⑧。且莫思身外，長近尊前⑨。憔悴江南倦客，不堪聽、急管繁絃。歌筵畔，先安簟枕⑩，容我醉時眠。

【注釋】

①溧水　今江蘇溧水縣。周美成於哲宗元祐八年爲溧水令，見王國維清真先生遺事。無想山，疑在縣治後圃。②風老二句　謂鶯兒於暖風中長成，梅子受雨水滋潤而肥大；此爲初夏景象。杜甫陪鄭廣文游何將軍山林詩：「紅綻雨肥梅。」③午陰句　劉禹錫晝居池上亭獨吟詩：「日午樹陰正。」④濺濺　水急流聲。⑤黃蘆二句　白居易謫居江州（今江西九江）作琵琶行：「住近湓江地低濕，

黃蘆苦竹繞宅生。」邦彥爲溧水令，所居環境與當時心情蓋與樂天近似，故引以自喻。⑥社燕　燕，春社來，秋社去，故稱社燕。⑦瀚海　今蒙古大沙漠，古稱瀚海，又作翰海。名義考：「以飛沙若浪，人馬相失若沈，視猶海然，非真有水之海也。」⑧修椽　即長椽。椽，音船，樑上承瓦之木條，燕子築巢處。⑨莫思二句　杜甫漫興詩：「莫思身外無窮事，且盡生前有限杯。」⑩簟　音墊，竹蓆也。

【評箋】

沈義父云：詞中多有句中韻，人多不曉，不惟讀之可聽，而歌詩最要叶韻應拍，不可以爲閒字而不押。如「木蘭花慢」云：「傾城盡尋勝去」，「城」字是韻。又如「滿庭芳」過處「年年如社燕」，「年」字是韻，不可不察也。（樂府指迷）

沈際飛云：「衣潤費爐煙」，景語也，景在「費」字。（草堂詩餘正集）

許昂霄云：通首疎快，實開南宋諸公之先聲。「人靜烏鳶樂」，杜句也；「黃蘆苦竹」，出香山琵琶行。（詞綜偶評）

陳廷焯云：美成詞有前後若不相蒙者，正是頓挫之妙。如「滿庭芳」上半闋云：「人靜烏鳶自樂，小橋外新綠濺濺。凭闌久，黃蘆苦竹，擬泛九江船。」正擬縱樂矣；下忽接云：「年年如社燕，飄流瀚海，來寄修椽。且莫思身外，長近樽前。憔悴江南倦客，不堪聽急管繁絃。歌筵畔，先安枕簟，容我醉時眠。」是烏鳶雖樂，社燕自苦；九江之船，卒未嘗泛。此中有多少說不出處；或是依人之苦，或

有患失之心，但說得雖哀怨却不激烈；沈鬱頓挫中別饒蘊藉。後人爲詞，好作盡頭語，令人一覽無餘，有何趣味？（白雨齋詞話）

譚獻云：「地卑」二句，覺離騷廿五，去人不遠。「且莫」二句，杜詩韓筆。（譚評詞辨）

周濟云：「人靜」二句，體物入微，夾入上下文中，似褒似貶，神味最遠。（宋四家詞選）

先著云：「黃蘆苦竹」，此非詞家所常設字面，至張玉田「意難忘」詞猶特見之，可見當時推許大家者自有在，決非後人以土泥脂粉爲詞耳。（詞潔）

黃蓼園云：此必其出知順昌後作。前三句見春光已去。「地卑」至「九江船」，言其地之僻也。「年年」三句，見宦情如逆旅。「且莫思」句至末，寫其心之難遣也。末句妙于語言。（蓼園詞選）

鄭文焯云：案清真集強煥序云：「溧水爲負山之邑，待制周公元祐癸酉爲邑長於斯；所治後圃有亭曰『姑射』，有堂曰『蕭閑』，皆取神仙中事，揭而名之。」此云無想山，蓋亦美成所名，亦神仙家言也。（鄭校清真集）

梁啓超云：最頹唐語，却最含蓄。（藝蘅館詞選）

陳洵云：方喜嘉樹，旋苦地卑；正羨烏鳶，又懷蘆竹；人生苦樂萬變，年年爲客，何時了乎！且莫思身外，則一齊放下。急管繁絃，徒增煩惱，固不如醉眠之自在耳。詞境靜穆，想見襟度，柳七所不能爲也。（海綃翁說詞）

花犯　詠梅

粉牆低，梅花照眼，依然舊風味。露痕輕綴，疑淨洗鉛華①，無限佳麗。去年勝賞曾孤倚，冰盤共燕喜②。更可惜、雪中高樹，香篝熏素被③。　今年對花最匆匆，相逢似有恨，依依愁悴。吟望久，青苔上、旋看飛墜。相將見、脆圓薦酒④，人正在、空江煙浪裏。但夢想、一枝瀟灑，黃昏斜照水⑤。

【注釋】

①淨洗鉛華　鉛華，粉也，女子飾容用之。王安石梅詩：「不御鉛華知國色。」　②冰盤共燕喜　共，同供。燕，通宴。此指以梅子薦酒也。林洪山家清供云：「剝梅浸雪釀之，露一宿，取去，蜜漬之，可薦酒，詞正用此意。」韓愈詩：「冰盤夏薦碧實脆。」　③香篝　即薰籠；香篝薰素被，喻梅花如篝雪如被也。　④脆圓　一作「翠丸」，謂梅子。　⑤黃昏斜照水　用林逋「疏影橫斜水清淺，暗香浮動月黃昏」詠山園小梅詩意。

【評箋】

黃昇云：此只詠梅花，而紆徐反覆，道盡三年間事，圓美流轉如彈丸。（花庵詞選）

周濟云：清真詞之清婉者如此，故知建章千門，非一匠所營。（宋四家詞選）

黃蓼園云：總是見宦跡無常，情懷落寞耳。忽借梅花以寫，意超而思永。言梅猶是舊風情，而人則離合無常；去年與梅共安冷淡，今年梅正開，而人欲遠別，梅似含愁悴之意而飛墜；梅子將圓，而人在空江中，時夢想梅影而已。（蓼園詞選）

譚獻云：「依然」句逆入，「去年」句平出。「今年」放筆爲直幹，「吟望久」以下，筋搖脈動。「相將見」二句，如顏魯公書，力透紙背。（譚評詞辨）

陳洵云：只「梅花」一句點題，以下卻在題前盤旋。換頭一筆鉤轉，「相將」以下，卻在題後盤旋，收處復一筆鉤轉。往來順逆，磐控自如，圓美不難，難在拙厚。　又云：「正在」應「相逢」，「夢想」應「照眼」；結構天然，渾然無迹。　又云：此詞體備剛柔，手段開闔，後來稼軒有此手段，無此氣韻，若白石，則並不能開闔矣。（海綃翁說詞）

大酺

對宿煙收，春禽靜，飛雨時鳴高屋。牆頭青玉旆①，洗鉛霜都盡，嫩梢相觸。潤逼琴絲②，寒侵枕障，蟲網吹黏簾竹。郵亭無人處，聽檐聲不斷，困眠初熟。奈愁極頻驚，夢輕難記，自憐幽獨。　行人歸意速，最先念、流潦妨車轂③。怎奈向、蘭成憔悴④，衞玠清羸⑤，等閒時、易傷心目。未怪平陽客⑥，雙淚落、笛中哀曲。況蕭索青蕪國⑦，紅糝鋪地⑧，門外荊桃如菽⑨。夜遊共誰秉燭⑩？

【注釋】

①青玉旆　謂新竹也。　②潤逼琴絲　王充論衡：「天且雨，琴弦緩。」　③流潦妨車轂　謂路上積水，車不能行也。　④蘭成　庾信小字蘭成，有哀江南賦。　⑤衞玠　晉人，人聞其名，觀者如堵。先有羸疾，成病而死，年二十七，人以爲看殺衞玠。見世說新語。按衞玠字叔寶，東晉名士，官太子

洗馬。⑥平陽客　謂東漢馬融也。融字季長，性好音樂，能鼓琴吹笛，臥平陽時，聽客舍有人吹笛甚悲，因作長笛賦。見文選。⑦青蕪國　謂青草叢生之地。溫庭筠春江花月夜詩：「玉樹歌闌海雲黑，花庭忽作青蕪國。」⑧紅糝　糝，音傘，米粒。紅糝指落花。⑨菽　豆類。⑩夜遊句　古詩：「晝短苦夜長，何不秉燭遊？」

【評箋】

王灼云：世間有離騷，惟賀方回、周美成時時得之。賀「六州歌頭」、「望湘人」、「吳音子」諸曲，周「大酺」、「蘭陵王」諸曲，最奇崛。（碧鷄漫志）

沈義父云：詞中用事，使人姓名，須委曲得不用出最好。清真詞多要兩人名對使，亦不可學。他如「宴清都」云：「庾信愁多，江淹恨極。」「西平樂」云：「東陵晦迹，彭澤歸來。」「大酺」云：「蘭成憔悴，衞玠清羸。」「過秦樓」云：「才減江淹，情傷荀倩」之類是也。（樂府指迷）

李攀龍云：「自憐幽獨」，又「共誰秉燭」，如常山蛇勢，首尾自相擊應。（草堂詩餘雋）

周濟云：「怎奈向」宋人語，「向」作「一向」二字解，今語向來也。（宋四家詞選）

譚獻云：「牆頭」三句，辟灌皆有賦心，前周後吳，所以爲大家也。「行人」二句，亦新亭之淚。「況蕭索」下，一句一折，一步一態，然周昉美人，非時世妝也。（譚評詞辨）

陳銳云：清真詞「大酺」云：「牆頭青玉旆。」「玉」字以入代平。下文云：「郵亭無人處」，句法皆四平一仄。夢窗此句，第四字亦用入聲，守律之嚴如此。（褒碧齋詞話）

梁啓超云：「流潦妨車轂」句，託想奇拙，清真最善用之。（藝蘅館詞選）

許昂霄云：通首俱寫雨中情景。（詞綜偶評）

陳洵云：自「宿烟收」至「相觸」六句，屋外景。「潤逼」至「簾竹」三句，屋內景。「困眠初熟」四字逆出，「聽簷聲不斷」，是未眠熟前情景。「郵亭」上九句，是驚覺後情事。困眠則聽，驚覺則愁；「郵亭」一句，作中間停頓；奈愁極二句，作兩邊照應。曰「烟收」、曰「禽靜」，則不特無人。蟲網吹黏，鉛霜洗盡；靜中始見，總趨歸「幽獨」二字。「行人歸意速」陡接，「最先念流潦妨車轂」倒提；復以「怎奈向」三字鉤轉，將上闋所有情事總納入「傷心目」三字中。「未怪平陽客」墊起，「況蕭索青蕪國」跌落，「共誰秉燭」與「自憐幽獨」，顧盼含情，神光離合，乍陰乍陽，美成信天人也。（海綃翁說詞）

渡江雲

晴嵐低楚甸①，暖回雁翼②，陣勢起平沙。驟驚春在眼，借問何時，委曲到山家③。塗香暈色④，盛粉飾、爭作妍華。千萬絲、陌頭楊柳⑤，漸漸可藏鴉⑥。　堪嗟！清江東注，畫舸西流，指長安日下。愁宴闌、風翻旗尾，潮濺烏紗⑦。今宵正對初弦月，傍水驛、深艤蒹葭⑧。沈恨處，時時自剔燈花。

【注釋】

①楚甸　謂南方原野。　②暖回雁翼　雁爲候鳥，秋南而春北，故云。此與前舉玉樓春「雁背斜陽紅

欲暮」句意境近似。 ③委曲到山家　委曲，謂婉轉曲折也。山家，山中人家。 ④暈色　猶著色，染色。 ⑤陌頭　路旁。王昌齡閨怨詩：「忽見陌頭楊柳色，悔教夫婿覓封侯。」 ⑥藏鴉　謂棲息烏鴉也。梁簡文帝金樂歌：「槐香欲覆井，楊柳正藏鴉。」 ⑦烏紗　官帽也。 ⑧水驛　水路之驛站，猶今之碼頭。船靠岸曰艤。蒹葭，水邊植物，蘆荻之屬。

應天長　寒食

條風布暖①，霏霧弄晴，池臺徧滿春色。正是夜堂無月，沈沈暗寒食。梁間燕，前社客②，似笑我、閉門愁寂。亂花過、隔院芸香③，滿地狼藉。　長記那回時，邂逅相逢④，郊外駐油壁⑤。又見漢宮傳燭，飛煙五侯宅⑥。青青草，迷路陌。強載酒、細尋前迹。市橋遠，柳下人家，猶自相識。

【注釋】

①條風　即春風。易緯通卦驗：「立春，條風至。」說文：「東北曰融風。」段玉裁注：「謂風、條風、融風一也。」 ②前社客　社，土地之神。祭社神之日稱社日，亦省作社。有春秋二社，立春後五戊爲春社，立秋後五戊爲秋社。俗傳燕子以春社來，秋社去，故又稱社燕。陳元龍注片玉集引歐陽獬燕詩：「長到春秋社前後，爲誰去了爲誰來。」 ③芸香　芸，香草名。可避蠹魚。此處泛指亂花之香氣。 ④邂逅　不期而遇也。詩鄭風野有蔓草：「邂逅相遇。」 ⑤油壁　車壁以油爲飾者。南齊蘇小小詩：「妾乘油壁車，郎乘青驄馬；何處結同心?西陵松柏下。」 ⑥漢宮傳燭二句　唐韓翃

寒食詩：「春城無處不飛花，寒食東風御柳斜；日暮漢宮傳蠟燭，輕烟散入五侯家。」漢桓帝封單超新豐侯，徐璜武原侯，貝瑗東武侯，左悺上蔡侯，唐衡漁陽侯，五人同日而封，世謂之五侯。自是權歸宦官，朝政日亂。見後漢書宦者傳。

【評箋】

李攀龍云：上半敍景色寥寂，下半與人世暌絕。又云：不用介子推典實，但意俱是不求名、不徼功，似有埋光剷彩之卓識。（草堂詩餘雋）

先著云：美成「應天長」空、淡、深、遠，石帚專得此種筆意。（詞潔）

周濟云：「池臺」二句生辣，「青青草」以下，反剔所尋不見。（宋四家詞選）

陳洵云：布暖弄晴，已將後闋遊興之神攝起。夜堂無月，從閉門中見。梁燕笑人，亂花過院；一有情、一無情，全爲「愁寂」二字出力。後闋全是閉門中設想。「強載酒、細尋前跡」，言意欲如此也。人家相識，反應「邂逅相逢」。（海綃翁說詞）

蝶戀花　早行

月皎驚烏棲不定，更漏將闌，轣轆牽金井①。喚起兩眸清炯炯②，淚花落枕紅綿冷。執手霜風吹鬢影，去意徘徊③，別語愁難聽。樓上闌干橫斗柄④，露寒人遠雞相應⑤。

【注釋】

①轣轆　又作「轆轤」，井榦上貫繩汲水之滑車。　②炯炯　明亮貌。　③徘徊　往復不捨貌。一本

作「徊徨」。④樓上闌干橫斗柄　天將明，北斗星西斜，正在樓頭闌干之上也。一說：闌干，橫斜貌。意謂樓頭之上北斗星橫斜也。古樂府：「月沒參橫，北斗闌干。」⑤露寒人遠雞相應　溫庭筠商山早行詩：「雞聲茅店月，人跡板橋霜。」

【評箋】

沈際飛云：「喚起」句，形容睡起之妙。（草堂詩餘正集）

王世貞云：美成能作景語，不能作情語；能入麗字，不能入雅字；以故價微劣於柳。然至「枕痕一線紅生肉」，又「喚起兩眸清炯炯，淚花落枕紅綿冷。」其形容睡起之妙，真能動人。（藝苑卮言）

黃蓼園云：按首一闋言未行前聞烏驚漏殘，轆轤響而驚醒淚落。次闋言別時情況淒楚，玉人遠而惟雞相應，更覺淒婉矣。（蓼園詞選）

解連環

怨懷無託，嗟情人斷絕，信音遼邈。縱妙手、能解連環①，似風散雨收，霧輕雲薄。燕子樓空②，暗塵鎖、一牀絃索。想移根換葉，盡是舊時，手種紅藥③。　汀洲漸生杜若④，料舟依岸曲，人在天角。漫記得、當日音書，把閒語閒言，待總燒卻。水驛春回，望寄我、江南梅萼⑤。拚今生、對花對酒，為伊淚落。

【注釋】

①解連環　戰國策：「秦昭王遣使者遺君王后玉連環，曰：齊多智，而解此環否？君王后以示羣臣，

羣臣不知解；君王后引錐椎破之。謝秦使曰：謹以解矣。」　②燕子樓　樓在江蘇徐州。唐張建封鎮徐州，居愛妾關盼盼於燕子樓。見一二三頁永遇樂詞注。詞有「燕子樓空，佳人何在，空鎖樓中燕。」之句。　③紅藥　即紅芍藥。芍藥，春夏間開花，有紅、白數種，根可入藥，亦名「將離」。　④杜若　香草名。楚辭九歌湘夫人：「搴汀洲兮杜若」。　⑤望寄我江南梅萼　吳陸凱與范曄善，自江南寄梅花詣長安予曄，並贈詩曰：「折梅逢驛使，寄與隴頭人；江南無所有，聊贈一枝春。」

【評箋】

李攀龍云：形容閨婦哀情，有無限懷古傷今處，至末尤見詞語壯麗，體度豔冶。（草堂詩餘雋）

拜星月慢

夜色催更，清塵收露，小曲幽坊月暗。竹檻燈窗，識秋娘庭院①。笑相遇，似覺瓊枝玉樹相倚，暖日明霞光爛。水盼蘭情②，總平生稀見。　畫圖中、舊識春風面③。誰知道、自到瑤臺畔④，眷戀雨潤雲溫，苦驚風吹散。念荒寒寄宿無人館，重門閉、敗壁秋蟲歎⑤。怎奈向⑥、一縷相思，隔溪山不斷。

【注釋】

①秋娘　見前「瑞龍吟」詞注。　②水盼　謂目光如秋水之明媚。　③畫圖句　春風面，謂美貌也。杜甫明妃村詩：「畫圖省識春風面，環佩空歸月夜魂。」　④瑤臺　仙人所居。見拾遺記。李白清平調：「若非羣玉山頭見，會向瑤臺月下逢。」　⑤秋蟲　指蟋蟀等秋夜鳴蟲也。　⑥怎奈向　猶言「怎

奈」、「奈何」。向，語尾助詞。秦觀八六子詞：「怎奈向、歡娛漸隨流水。」

【評箋】

卓人月云：蟲曰歎，奇。（王）實甫草橋店許多鋪寫，當爲此一字屈首。（詞統）

李攀龍云：上相遇間，如瓊玉生光；下相思處，渾如溪山隔斷。（草堂詩餘雋）

周濟云：全是追思，卻純用實寫。但讀前半闋，幾疑是賦也。換頭再爲加倍跌宕之，他人萬萬無此力量。（宋四家詞選）

潘游龍云：前一晌留情，此一縷相思，無限傷感。（古今詩餘醉）

黃蓼園云：「驚風」句，怨有所歸也，可以怨矣；「隔溪」句，饒有敦厚之致。（蓼園詞選）

關河令

秋陰時晴漸向暝①，變一庭淒冷。竚聽寒聲②，雲深無雁影。　更深人去寂靜，但照壁、孤燈相映。酒已都醒，如何消夜永③？

【注釋】

①向暝　猶言向晚。　②寒聲　秋寒之聲也。劉長卿同諸公登樓詩：「千家同霽色，一雁報寒聲。」

③消夜永　猶言度長夜。永，長也。

【評箋】

周濟云：淡永。（宋四家詞選）

解語花　上元

風消絳蠟①，露浥紅蓮②，花市光相射。桂華流瓦③，纖雲散、耿耿素娥欲下④。衣裳淡雅，看楚女、纖腰一把⑤。簫鼓喧，人影參差，滿路飄香麝⑥。　因念都城放夜⑦，望千門如畫，嬉笑游冶。鈿車羅帕⑧，相逢處、自有暗塵隨馬⑨。年光是也，惟只見、舊情衰謝。清漏移，飛蓋歸來⑩，從舞休歌罷。

【注釋】

①絳蠟　紅燭。絳，一作「餤」。②紅蓮　指蓮花燈。一本作「洪鑪」。歐陽修驀山溪元夕詞：「纖手染香羅，剪紅蓮滿城開遍。」③桂華　謂月光。俗傳月中有桂樹，故以桂代月。④素娥　月宮仙女嫦娥也。因月色清白，故云素娥。開元天寶遺事：「唐明皇遊月宮，見天府，榜曰：廣寒清虛府。素娥十餘人，皓衣乘白鸞，舞于桂城下。」⑤楚女句　韓非子二柄：「楚靈王好細腰，而國中多餓人。」杜牧遣懷詩：「楚腰纖細掌中輕。」⑥香麝　即麝香。麝，似鹿而小，雄者臍部有香腺，可製香料。⑦都城放夜　陳元龍片玉樂注引新記云：京城街衢有金吾曉暝傳呼，以禁夜行。惟正月十五夜，勑金吾弛禁，前後各一日，謂之「放夜」。⑧鈿車　塗金飾綵之車。⑨暗塵隨馬　蘇味道觀燈詩：「暗塵隨馬去，明月逐人來。」⑩飛蓋　猶飛車。蓋，車之頂蓋也。

【評箋】

張炎云：昔人詠節序，不唯不多，付之歌喉者，類是率俗。如周美成「解語花」詠元夕，史邦卿「東

風第一枝」賦立春，「喜遷鶯」賦燈夕；不獨措辭精粹，又且見時節風物之感，人家宴樂之同。（詞源）

劉體仁云：詞起結最難，而結尤難于起，須結得有「不愁明月盡，自有夜珠來」之妙乃得。美成元宵云：「從舞休歌罷」。則何以稱焉？（七頌堂詞繹）

李攀龍云：上是佳人遊玩，下是燈下相逢，一氣呵成。（草堂詩餘雋）

周濟云：此美成在荊南作，當與「齊天樂」同時；到處歌舞太平，京師尤爲絕盛。（宋四家詞選）

陳廷焯云：後半闋縱筆揮灑，有水逝雲卷，風馳電掣之感。（白雨齋詞話）

王國維云：詞忌用替代字；美成「解語花」之「桂華流瓦」，境界極妙，惜以「桂華」二字代月耳。夢窗以下，則用代字更多。其所以然者，非意不足則語不妙也。蓋意足則不暇代，語妙則不必代。此少游之「小樓連苑，繡轂雕鞍」，所以爲東坡所譏也。（人間詞話）

過秦樓

水浴清蟾①，葉喧涼吹，巷陌馬聲初斷。閒依露井②，笑撲流螢③，惹破畫羅輕扇。人靜夜久憑闌，愁不歸眠，立殘更箭④。歎年華一瞬，人今千里，夢沈書遠。　空見說、鬢怯瓊梳，容消金鏡，漸懶趁時勻染。梅風地溽，虹雨苔滋，一架舞紅都變⑤。誰信無聊，爲伊才減江淹⑥，情傷荀倩⑦。但明河影下⑧，還看稀星數點。

【注釋】

①清蟾　指明月。俗傳月中有蟾蜍，故云。　②露井　露天無覆之井。梁簡文帝初桃詩：「飛花入露井，交幹拂華堂。」　③笑撲流螢　杜牧秋夕詩：「銀燭秋光冷畫屏，輕羅小扇撲流螢。」　④更箭　古代以銅壺盛水，壺中立箭以計時刻。周禮：「挈壺氏漏水法，更箭以漆桐爲之。」　⑤舞紅　指落花。　⑥才減江淹　南史云：「江淹少時，宿于江亭，夢人授五色筆，因而有文章。後夢郭璞取其筆，自此爲詩無美句，人稱才盡。」　⑦情傷荀倩　世說新語：「荀奉倩妻曹氏有豔色，妻常病熱，奉倩以冷身熨之。妻亡，嘆曰：『佳人難再得』人弔之，不哭而神傷，未幾，奉倩亦亡。」按：奉倩，名粲，三國魏人。　⑧明河　卽銀河、天河。宋之問明河篇：「明河可望不可親，願得乘槎一問津。」

【評箋】

周濟云：「梅風地溽，虹雨苔滋，一架舞紅都變。」三句意味深厚。（宋四家詞選）

陳洵云：換頭三句，承「人今千里」，「梅風」三句，承「年華一瞬」，然後以「無聊爲伊」三句結情，以「明河影下」兩句結景。篇法之妙，不可思議。（海綃翁說詞）

尉遲杯

隋隄路①，漸日晚、密靄生煙樹。陰陰淡月籠沙②，還宿河橋深處。無情畫舸，都不管、煙波隔前浦。等行人、醉擁重衾，載將離恨歸去③。　因思舊客京華，長偎傍疏林，小檻歡聚。冶葉倡條俱相識④，仍慣見、珠歌翠舞。如今向、漁村水驛，夜如歲、焚香獨自語。有何人、念我無聊，夢魂凝想鴛侶。

【注釋】

①隋隄　即汴河隄，見前蘭陵王詞注。　②淡月籠沙　杜牧泊秦淮詩：「烟籠寒水月籠沙，夜泊秦淮近酒家。」　③載將離恨歸去　唐鄭仲賢詩：「亭亭畫舸繫寒潭，直到行人酒半酣；不管烟波與風雨，載將離恨過江南。」　④治葉倡條　謂妓女。喻如花樹枝葉任人玩賞攀折也。李商隱詩：「治葉倡條偏相識。」

【評箋】

沈際飛云：蘇詞「只載一船離恨向西州」；秦詞「載取暮愁歸去」；又是一觸發。（草堂詩餘正集）

周濟云：南宋諸公所斷不能到者，出之平實，故勝。又云：一結拙甚。（宋四家詞選）

譚獻云：「無情」二句，沈著；「因思」句見筆法，「漁村水驛」是挽，收處率意。（譚評詞辨）

陳洵云：隋堤一境、京華一境，漁村水驛一境，總入「焚香獨自語」一句中，鴛侶則不獨自矣。只用實說，樸拙渾厚，尤清真之不可及處。「長偎傍」九字，紅友謂於「傍」字豆，正可不必。「偎傍疎林」與「小檻歡聚」是搓挪對。「治葉倡條」，「珠歌翠舞」；「俱相識」，「仍慣見」，皆如此法。（海綃翁說詞）

西　河　金陵懷古

佳麗地①，南朝盛事誰記？山圍故國，繞清江、髻鬟對起。怒濤寂寞打孤城②，風檣遙度天際。　斷崖樹，猶倒倚，莫愁艇子曾繫③。空餘舊迹鬱蒼蒼，霧沈半壘。夜深月過女牆來，傷心東望淮水④。　酒旗戲鼓甚處市？想依稀、王謝鄰里。燕子不知何世⑤，入尋常、巷陌人家相對，如說興亡斜陽裏。

【注釋】

①佳麗地　謝朓入朝曲：「江南佳麗地，金陵帝王州。」　②怒濤寂寞打孤城　劉禹錫金陵詩：「山圍故國周遭在，潮打孤城寂寞回；淮水東邊舊時月，夜深還過女牆來。」按：女牆，城上小牆間以備射者，亦稱「女垣」。　③莫愁　古女子。古樂府莫愁樂：「莫愁在何處，住在石城西，艇子打兩槳，催送莫愁來。」　④傷心　一作「賞心」，則指賞心亭。景定建康志：「賞心亭在下水門城上，下臨秦淮，盡觀覽之勝。」　⑤燕子不知何世　劉禹錫烏衣巷詩：「朱雀橋邊野草花，烏衣巷口夕陽斜；舊時王謝堂前燕，飛入尋常百姓家。」

【評箋】

曾三異云：周美成詞金陵懷古，用莫愁字；金陵石頭城，非莫愁所在；前輩指其誤。予嘗守郢，郡治西偏臨漢江上，石崖峭壁可長數十丈，兩端以繩續之，流傳此爲石頭城。莫愁名見古樂府，意者是神，漢江之西岸，至今有莫愁村，故謂艇子往來是也。莫愁像有石本，衣冠甚古，不知何時流傳郢中。郢中倡女，嘗擇一人名以莫愁，示存古意，亦僭瀆矣。（同話錄）

卓人月云：瞿宗吉西湖十景云：「鈴音自語，也似說成敗。」許伯揚詠隋河柳云：「如將亡國恨，說與路人知。」都與此詞末句一例。（詞統）

沈際飛云：介甫「桂枝香」獨步不得。　又云：吳彥高：「舊時王謝堂前燕子，飛向誰家。」遜婉切。（草堂詩餘正集）

許昂霄云：櫽括唐句，渾然天成。「山圍故國繞清江」四句形勝，「莫愁艇子曾繫」三句古迹，「酒旗戲鼓甚處市」至末，目前景物。（詞綜偶評）

梁啓超云：張玉田謂：「清真最長處，在善融化古人詩句，如自己出。」讀此詞，可見詞中三昧。（藝蘅館詞選）

瑞鶴仙

悄郊原帶郭，行路永、客去車塵漠漠。斜陽映山落，斂餘紅猶戀，孤城闌角。凌波步弱①，過短亭、何用素約。有流鶯勸我，重解繡鞍，緩引春酌。　不記歸時早暮，上馬誰扶②，醒眠朱閣。驚飆動幕③，扶殘醉，繞紅藥④。歎西園已是⑤，花深無地，東風何事又惡？任流光過卻，猶喜洞天自樂⑥。

【注釋】

①凌波　喻女子步履輕盈也。曹植洛神賦：「凌波微步，羅襪生塵。」　②上馬誰扶　古詩：「阿誰扶上馬，不省下樓時。」　③驚飆　突起之風也。飆，音標，或作颷。　④紅藥　即紅花芍藥。見前解連環詞注。　⑤西園　三國魏鄴都名園，曹操所建。曹丕每乘月夜與文士宴集於此。詞中固不必專指。　⑥洞天　本道家謂神仙所居之地。此亦不宜泥解。

【評箋】

王明清云：美成以待制提舉南京鴻慶宮，自杭徙居睦州，夢中作「瑞鶴仙」一闋，既覺猶能全記，了不詳其所謂也。未幾，遇方臘之亂，欲還杭州舊居，而道路兵戈已滿，僅得脫免。入錢塘門，見杭人倉皇奔避，如蜂屯蟻沸；視落日在鼓角樓檐間，即詞中所謂「斜陽映山落，斂餘霞猶戀，孤城闌角」者應矣。舊居既不可往，是日無處得食，忽稠人中呼待制何往者，乃鄉人之侍兒，素所識也；且曰：「月昃必未食，能舍車過酒家乎？」美成從之，驚遽間，連引數杯，腹枵頓解。則詞中所謂：「凌波步弱，過短亭、何用素約？有流鶯勸我，重解繡鞍，緩引春酌」之句應矣。飲罷覺微醉，耳目惶惑，不敢少留，乃徑出城北；江漲橋斷，諸寺士女已盈滿，不能駐足，獨一小寺經閣，偶無人，遂宿其上。即詞中所謂：「不記歸時早暮，上馬誰扶，醒眠朱閣」者應矣。已聞兩浙盡爲賊據，因自計方領南京鴻慶宮，有齋廳可居，乃挈家往焉。則詞中所謂：「念西園已是，花深無地，東風何事又惡？任流光過了，歸來洞天自樂」之句又應矣！美成生平好作樂府，未年夢中得句，而字字皆應，豈偶然哉？（玉照新志）

李攀龍云：自斟自酌，獨往獨來，其莊漆園乎？其邵堯叟乎？其葛天、無懷氏乎？（草堂詩餘雋）

周濟云：只閒閒說起，又云「不扶殘醉」，不見紅藥之繫情，東風之作惡；因而追溯昨日送客後，薄暮入城，因所攜之妓倦游，訪伴小憩，復成酣飲。換頭三句，反透出一「醒」字；驚飆句倒插「東風」，然後以「扶殘醉」三字點睛，結構精奇，金鍼度盡。（宋四家詞選）

許昂霄云：「任流光過卻」，緊接上文；「猶喜洞天自樂」，收拾中間。（詞綜偶評）

浪淘沙慢

晝陰重，霜凋岸草，霧隱城堞①。南陌脂車待發②，東門帳飲乍闋③。正拂面、垂楊堪攬結，掩紅淚④、玉手親折。念漢浦、離鴻去何許？經時信音絕。　情切。望中地遠天闊。向露冷、風清無人處，耿耿寒漏咽。嗟萬事難忘，惟是輕別。翠尊未竭，憑斷雲、留取西樓殘月。　羅帶光消紋衾疊，連環解、舊香頓歇。怨歌永、瓊壺敲盡缺⑤。恨春去、不與人期，弄夜色，空餘滿地梨花雪⑥。

【注釋】

①城堞　城上小牆。與女垣、女牆、城陴同。　②脂車　以油脂塗車軸，使其滑澤利行也。詩小雅何人斯：「爾之安行，亦不遑舍；爾之丞行，遑脂爾車。」　③東門帳飲　用二疏事。漢疏廣疏德辭歸，公卿大夫設祖道，供帳東都門外送行。參見柳永雨霖鈴詞注。　④紅淚　猶言血淚。蜀妓灼灼，以軟綃聚紅淚寄裴質。見麗情集。　⑤瓊壺敲盡缺　晉王敦酒後，歌魏武樂府：「老驥伏櫪，志在千里；烈士暮年，壯心不已。」以如意擊唾壺爲節，壺口盡缺。見世說新語。　⑥梨花雪　謂梨花之白如雪也。史肅偶書詩：「東風數點梨花雪，吹我傷春萬里心。」

【評箋】

萬樹云：美成「浪淘沙慢」，精綻悠揚，爲千古絕調。（詞律）

周濟云：空際出力，夢窗最得其訣。「翠尊未竭，憑斷雲、留取西樓殘月」三句，一氣趕下，是清真長技。又云：鉤勒勁健峭舉。（宋四家詞選）

譚獻云：「正拂面」二句，以見難忘在此。「翠尊」三句，所謂以無厚入有間也。「斷」字、「殘」字，皆不輕下。末三句，本是人去不與春期，翻說是無聊之思。（譚評詞辨）

陳廷焯云：美成詞操縱處有出人意表者。如「浪淘沙慢」一闋，上二疊寫別離之苦，如「掩紅淚、玉手親折」等句，故作瑣碎之筆；至末段蓄勢在後，驟雨飄風，不可遏抑。歌至曲終，覺萬彙哀鳴，天地變色，老杜所謂「意愜關飛動，篇終接混茫」也。（白雨齋詞話）

王國維云：美成「浪淘沙慢」詞，精壯頓挫，已開北曲之先聲。（人間詞話）

陳洵云：自「曉陰重」至「玉手親折」，全述往事。東門、京師、漢浦，則美成今所在也。「經時信音絕」，逆挽。「念」字益幻。「不與人期」者，不與人以佳期也。梨雪無情，固不如拂面垂楊。（海綃翁說詞）

夜遊宮

葉下斜陽照水，捲輕浪、沈沈千里。橋上酸風射眸子①，立多時，看黃昏，燈火市。

古屋寒窗低，聽幾片、井桐飛墜。不戀單衾再三起，有誰知？為蕭娘，書一紙②。

【注釋】

①酸風射眸子　酸風，謂刺人肌膚之冷風也。李賀金銅仙人辭漢歌：「魏官牽車指千里，東關酸風射

眸子。」②蕭娘二句　唐人習以蕭娘爲女子之泛稱。楊巨源崔娘詩：「風流才子多春思，腸斷蕭娘一紙書。」此借指所思女子。

【評箋】

周濟云：此亦是層層加倍寫法，本只不戀單衾一句耳，加上前闋，方覺精力彌滿。（宋四家詞選）

瑣窗寒

暗柳啼鴉，單衣竚立，小簾朱戶。桐花半畝，靜鎖一庭愁雨。灑空階、夜闌未休，故人翦燭西窗語①。似楚江暝宿，風燈零亂②，少年羈旅。　遲暮。嬉游處，正店舍無煙，禁城百五③。旗亭喚酒④，付與高陽儔侶⑤。想東園、桃李自春，小脣秀靨今在否⑥？到歸時、定有殘英，待客攜尊俎。

【注釋】

①翦燭西窗語　李商隱夜雨寄北詩：「何當共剪西窗燭，却話巴山夜雨時。」翦燭，剪截蠟燭之芯，使續明亮也。其作用與剪燈、挑燈同。參見賀鑄鷓鴣天詞注④。②風燈零亂　杜甫船下夔州郭宿雨濕不得上岸別王十二判官詩：「風吹春燈亂，江鳴夜雨懸。」③禁城百五　即寒食禁煙也。荊楚歲時記：去冬至節一百五日，卽有疾風甚雨，謂之「寒食」，禁火三日。按：寒食節當清明前二日，亦有去冬至一百六日者。元稹連昌宮詞：「初過寒食一百六，店舍無烟宮樹綠。」④旗亭　市樓也，立旗於上，故取名焉。見文選西京賦注。按：旗亭，猶今之酒樓茶館，爲市中賣酒食供人憩飲處。集

異記：「王昌齡、高適、王之渙，同飲旗亭，畫壁賭詩。」　⑤高陽儔侶　漢酈食其以儒冠見沛公劉邦，劉邦以其爲儒生，不見，食其按劍大呼：「我非儒生，乃高陽酒徒也。」劉邦因見之。見史記。

⑥小脣秀靨　靨，讀如夜，臉頰上微渦。李賀詩：「濃眉籠小唇」，又「晚奩妝秀靨」。

【評箋】

李攀龍云：上描旅思最無聊，下描酒興最無聊。又云：寒窗獨坐，對此禁煙時光，呼盧浮白，寧多遜高陽生哉！（草堂詩餘雋）

周濟云：奇橫。（宋四家詞選）

黃蓼園云：前寫宦況淒清，後段起處點清寒食，以下引到思家。（蓼園詞選）

陳洵云：由戶而庭，由昏而夜，一步一境，總邏歸「故人剪」燭一句。「楚江暝宿，少年羈旅」，又換一境。一「似」字極幻，「遲暮」鉤轉，渾化無迹。以下設景、設情，層層脫換，皆收入「西窗語」三字中。美成藏此金針，不輕與人。（海綃翁說詞）

綺寮怨

上馬人扶殘醉，曉風吹未醒。映水曲、翠瓦朱檐，垂楊裏、乍見津亭①。當時曾題敗壁，蛛絲罩、淡墨苔暈青。念去來、歲月如流，徘徊久、歎息愁思盈。　去去倦尋路程，江陵舊事②，何曾再問楊瓊③。舊曲淒清，斂愁黛、與誰聽？尊前故人如在，想念我、最關情。何須渭城④，歌聲未盡處，先淚零。

【注釋】

①津亭　渡口之旗亭也。王勃江亭月夜送別詩：「津亭秋月夜，誰見泣離羣。」　②江陵舊事　江陵，在湖北西南長江北岸。古爲荊州，宋江陵府、江陵郡均治此。美成曾客其地，故云。　③楊瓊　唐歌姬名。白居易問楊瓊詩：「古人唱歌兼唱情，今人唱歌惟唱聲；欲說向君君不會，試將此語問楊瓊。」　④渭城　卽王維渭城曲，本題「送元二使安西」，亦名陽關曲，陽關三疊。自維首唱，遂爲後人慣唱之別曲，其詞曰：「渭城朝雨浥輕塵，客舍青青柳色新；勸君更進一杯酒，西出陽關無故人。」

張元幹

【傳略】

張元幹（一〇六七——一一四三）字仲宗，別號蘆川居士，長樂（今福建長樂縣）人。向伯恭之甥，曾官將作監丞，高宗紹興中，坐送胡銓及寄李綱詞除名（詞見二二九頁賀新郎）。周必大云：「長樂張元幹，字仲宗，在政和、宣和間，已有能樂府聲，今傳于世，號蘆川集，凡百六十篇，以賀新郎二篇爲首。」今蘆川詞，有毛氏汲古閣宋六十家詞本，吳氏雙照樓影宋本。

【集評】

毛晉云：仲宗平生忠義自矢，不屑與奸佞同朝，飄然挂冠。紹興辛酉，胡澹庵上書乞斬秦檜，被謫，作賀新郎一闋送之，坐是與作詩王民瞻同除名；茲集以此詞壓卷，其旨微矣。人稱其長於悲憤。及讀

花菴、草堂所選，又極嫵秀之致，真堪與片玉、白石並垂不朽。（蘆川詞跋）

滿江紅　自豫章阻風吳城山作①

春水迷天，桃花浪②、幾番風惡。雲乍起、遠山遮盡，晚風還作。綠遍芳洲生杜若③，楚帆帶雨煙中落。傍向來、沙嘴共停橈，傷飄泊。　寒猶在，衾偏薄。腸欲斷，愁難著。倚篷窗無寐，引杯孤酌。寒食清明都過卻，最憐輕負年時約。想小樓、終日望歸舟④，人如削。

【注釋】

①豫章　今江西南昌。　②桃花浪　暮春水漲，正值桃花盛開，故稱桃花浪或桃花水。杜甫詩：「三月桃花浪，江流復舊痕。」　③杜若　水邊香草名。楚辭湘君：「采芳洲兮杜若。」　④小樓終日望歸舟　柳永八聲甘州：「想佳人、妝樓顒望，誤幾回天際識歸舟。」

石州慢　己酉秋，吳興舟中①。

雨急雲飛，瞥然驚散，暮天涼月。誰家疎柳低迷，幾點流螢明滅。夜帆風駛，滿湖煙水蒼茫，菰蒲零亂秋聲咽。夢斷酒醒時，倚危檣清絕。　心折②！長庚光怒③，羣盜縱橫，逆胡猖獗。欲挽天河，一洗中原膏血。兩宮何處④？塞垣秪隔長江，唾壺空擊悲歌缺⑤。萬里想龍沙⑥，泣孤臣吳越。

【注釋】

①己酉　宋高宗建炎三年。吳興，今浙江吳興縣，地當太湖南岸。②心折　謂中心摧折，傷心已極也。江淹別賦：「使人意奪神駭，心折骨驚。」③長庚　謂長庚星，卽金星，古云主兵戎之事。見史記天官書。④兩宮　指徽宗、欽宗二帝。⑤唾壺空擊悲歌缺　世說新語：「王處仲每酒後，輒詠老驥伏櫪，志在千里；烈士暮年，壯心不已。以如意打唾壺，壺口盡缺。」按：老驥四句，爲魏武龜雖壽詩句。⑥龍沙　後漢書班超傳贊：「坦步葱雪，咫尺龍沙」。注：「葱嶺、雪山，白龍堆沙漠也。」白龍堆本在西北塞外，詩人遂用爲塞外之通稱。

賀新郎　送胡邦衡待制赴新州①

夢繞神州路。悵秋風、連營畫角，故宮離黍②。底事崑崙傾砥柱，九地黃流亂注。聚萬落千村狐兔。天意從來高難問，況人情老易悲難訴。更南浦③，送君去。　涼生岸柳催殘暑。耿斜河、疎星淡月，斷雲微度。萬里江山知何處？回首對牀夜語④。雁不到、書成誰與？目盡青天懷今古，肯兒曹恩怨相爾汝⑤，舉大白，聽金縷⑥。

【注釋】

①宋王明清揮麈後錄：「紹興戊午（一一三八），秦會之（檜）再入相，遣王正道（倫）爲計議使，以修和盟。十一月，樞密院編修官胡銓邦衡上書，請斬王倫、秦檜、孫近三人之頭。疏入，責爲昭州鹽倉，而改送吏部，與合入差遣，注福州簽判，蓋上初無深怒之意也。至壬戌歲（一一四二），慈寧歸養，秦諷臺臣，論其前言弗效，詔除名勒停，送新州編管。張仲宗元幹寓居三山，以長短句送其行

。」②故宮離黍　詩經王風有黍離一篇，乃周大夫過故宮廢墟，見禾黍離離，閔王室之顛覆而作。③南浦　泛指送別之地。江淹別賦：「送君南浦，傷如之何！」④對牀夜語　白居易招張司業詩：「能來同宿否，聽雨對床眠」。⑤兒曹恩怨相爾汝　韓愈聽穎師彈琴詩：「昵昵兒女語，恩怨相爾汝。」⑥大白　酒盞名。研北雜志：「蘇子美讀漢書，至張良擊秦始皇誤中副車，曰：惜乎！擊之不中，遂滿引一大白。」金縷，即金縷曲。說見二三四頁葉夢得詞注。又詞調賀新郎亦名金縷曲。

【評箋】

四庫提要云：賀新郎詞，慷慨悲涼，數百年後尚想其抑塞磊落之氣。（蘆川詞提要）

蘭陵王　春恨

卷珠箔①，朝雨輕陰乍閣②。闌干外、煙柳弄晴，芳草侵階映紅藥③。東風妒花惡，吹落梢頭嫩萼。屏山掩、沈水倦熏，中酒心情怕杯勺。　尋思舊京洛④，正年少疏狂，歌笑迷著。障泥油壁催梳掠⑤。曾馳道同載，上林攜手，燈夜初過早共約。又爭信飄泊？寂寞，念行樂。甚粉淡衣襟，音斷絃索？瓊枝璧月春如昨。悵別後華表，那回雙鶴⑥。相思除是，向醉裏，暫忘卻。

【注釋】

①珠箔　即珠簾。②乍閣　閣，同擱。乍閣，猶言初停、方歇。③紅藥　即紅芍藥。芍藥為多年生草本，初夏開花，有紅白數種，根可入藥，又名將離、沒骨花。④舊京洛　北宋以汴京（今河南

開封）爲東京，洛陽爲西京。 ⑤障泥油壁 障泥，謂馬韉，用以墊馬鞍。油壁，卽油壁車，壁飾華麗之車也。 ⑥悵別後二句 華表，謂墓上石柱。搜神後記：丁令威，本遼東人，學道於靈虛山。後化鶴歸遼，集門華表柱。時有少年擧弓欲射之，鶴乃徘徊空中而言曰：「有鳥有鳥丁令威，去家千年今始歸；城郭如故人民非，何不學仙塚纍纍。」

【評箋】

李攀龍云：上是酒後見春光，中是約後誤佳期，下是相思如夢中。（草堂詩餘雋）

葉夢得

【傳略】

葉夢得（一〇七七——一一四八）字少蘊，蘇州吳縣人。嗜學早成，多識前言往行。哲宗紹聖四年（一〇九七）登進士第。徽宗朝，自婺州教授，召爲議禮武選編修官。以蔡京薦，召對。累官龍圖閣直學士，知汝州、蔡州，移帥潁昌府。高宗駐蹕杭州，以夢得深曉財賦，乃除資政殿學士，提擧中太一宮，專一提領戶部財用，充車駕巡幸頓遞使，辭不拜。紹興初，起爲江東安撫大使，兼知建康府。八年（一一三八），除江東安撫制置大使，兼知建康府，行宮留守。夢得兼總四路漕計，以給饋餉，軍用不乏，故諸將得悉力以戰。詔加觀文殿學士，移知福州，兼福建安撫使。上章請老，特遷一官，提擧臨安府洞霄宮，尋拜崇信軍節度使，致仕。晚居吳興弁山，自號石林居士。十八年卒，七十一歲。有石林詞一卷，見汲古閣宋六十家詞本。

【集評】

關注云：葉公以經術文章，為世宗儒。翰墨之餘，作為歌詞，亦妙天下。其詞婉麗，綽有溫、李之風。晚歲落其華而實之，能於簡淡時出雄傑，合處不減靖節、東坡之妙，豈近世樂府之流哉？（題石林詞）

王灼云：後來學東坡者，葉少蘊、蒲大受亦得六七，其才力比晁、黃差劣。（碧雞漫志）

毛晉云：少蘊自號石林居士，晚年居卞山下，奇石森列，藏書數萬卷，嘯詠自娛。所撰詩文甚富。石林詞一卷，與蘇、柳並傳。綽有林下風，不作柔語殢人，真詞家逸品也。（石林詞跋）

馮煦云：葉少蘊主持王學，所著石林詩話，陰抑蘇、黃，而其詞顧挹蘇氏之餘波，豈此道與所問學固多歧出耶？（宋六十一家詞選例言）

虞美人　雨後同幹譽、才卿置酒來禽花下作①。

落花已作風前舞，又送黃昏雨。曉來庭院半殘紅，惟有游絲千丈嫋晴空②。　殷勤花下同攜手，更盡杯中酒。美人不用斂蛾眉③，我亦多情無奈酒闌時！

【注釋】

①來禽　即林檎。薔薇科，落葉喬木，果有甘酸二種，似柰而小；北方又稱沙果。　②嫋　細長柔美之態。引申有搖曳生姿之意。孟郊詩：「春枝晨嫋嫋。」　③美人　借指賢人君子。蘇軾赤壁賦：「望

美人兮天一方。」

【評箋】

沈天羽云：下場頭話，偏自生情生姿，顛播妙耳。（草堂詩餘正集）

水調歌頭　九月望日，與客習射西園，余病不能射①。

霜降碧天靜，秋事促西風②。寒聲隱地，初聽中夜入梧桐。起瞰高城回望，寥落關河千里，一醉與君同。疊鼓鬧清曉，飛騎引雕弓。　歲將晚，客爭笑，問衰翁：平生豪氣安在，走馬為誰雄？何似當筵虎士，揮手弦聲響處，雙雁落遙空③。老矣真堪愧！回首望雲中④。

【注釋】

①本闋曾慥樂府雅詞題作「九月望日，與客習射西園；余病不能射，客較勝相先；將領岳德，弓強二石五斗，連三發中，觀者盡驚；因作此詞示坐客。前一夕大風，是日始寒。」　②秋事促西風　卽西風催促秋事也。　③雙雁落遙空　北史載長孫晟有一箭貫雙雕故事，此蓋借喻岳德之箭術也。　④雲中　漢有雲中郡，爲邊防要衝。地當今山西大同。王維觀獵詩：「回看射雕處，千里暮雲平。」

賀新郎

睡起流鶯語。掩蒼苔、房櫳向晚①，亂紅無數。吹盡殘花無人見，惟有垂楊自舞。漸暖靄、初回輕暑。寶扇重尋明月影，暗塵侵、上有乘鸞女②。驚舊恨，遽如許。　江南夢斷橫江渚。浪黏天，葡萄漲綠③，半空煙雨。無限樓前滄波意，誰採蘋花寄取？但悵望、蘭舟容與④。萬里雲帆何時到？送孤鴻、目斷千山阻。誰為我，唱金縷⑤？

【注釋】

①房櫳　謂房舍也，見廣雅。張協詩：「房櫳無行迹」。②乘鸞女　指月宮仙娥也。龍城錄：九月望日，明皇遊月宮，見素娥千餘人，皆皓衣乘白鸞。③葡萄漲綠　葡萄，狀水色鮮碧也。李白襄陽歌：「遙看漢水鴨頭綠，恰似葡萄初醱醅。」④容與　安閑悠游貌。⑤金縷　曲調名。杜牧杜秋娘詩：「秋持玉斝醉，與唱金縷衣。」注云：「勸君莫惜金縷衣，勸君惜取少年時，李錡嘗唱此辭。」

【評箋】

黃蓼園云：此詞有所指。（蓼園詞選）

沈天羽云：一意一機，自語自話。草木花鳥，字面迭來，不見質實，受知於蔡元長，宜也。（草堂詩餘正集）

朱敦儒

【傳略】

朱敦儒（一〇八七——一一五九），字希真，洛陽人。志行高潔，雖爲布衣，而有朝野之望。遨游嵩、洛間，不應徵聘。金兵亂至，避居廣東。紹興二年，詔以右迪功郎下肇慶府，敦遣詣行在（臨安）

。既至，賜進士出身，爲秘書省正字，俄兼兵部郎官，遷兩浙東路提點刑獄。十九年，上疏請歸，許之。晚居嘉禾（今浙江嘉興縣）。敦儒素工詩及樂府，婉麗清暢。所作樵歌三卷，有王氏四印齋刋本，朱氏彊邨叢書本。

【集評】

黃昇云：希真東都名士，詞章擅名，天資曠遠，有神仙風致。（花庵詞選）

汪莘云：希真多塵外之想，雖雜以微塵，而其清氣自不沒。

王鵬運云：希真詞，於名理禪機均有悟入；而憂時念亂，忠憤之致，觸感而生。擬之於詩，前似白樂天，後似陸務觀。（樵歌跋）　又：希真詞，清雋諧婉，猶是北宋風度。（樵歌拾遺跋）

相見歡

金陵城上西樓，倚清秋①。萬里夕陽垂地、大江流。　中原亂，簪纓散②，幾時收？試倩悲風、吹淚過揚州③。

【注釋】

①倚　謂倚望也。②中原亂二句　指欽宗靖康之難，金人陷汴京，宋室衣冠南渡事。③揚州　地當淮左，爲南宋邊防重鎮，嘗屢遭金兵侵擾，故希真有「悲風吹淚」之語。

好事近　漁父詞①

搖首出紅塵②，醒醉更無時節。活計綠蓑青笠③，慣披霜衝雪。　晚來風定釣絲閒，上下是新月。千里水天一色，看孤鴻明滅。

【注釋】

①朱希真於高宗紹興十九年上疏請歸，許之。乃卜居嘉禾，築室城南放鶴洲，以好事近一調爲漁父詞六闋，自況生活。茲選二闋。②紅塵　謂繁華塵世也。③綠蓑青笠　卽青箬笠綠蓑衣，乃漁人之裝具。此謂以打魚爲生計也。唐張志和漁歌子：「青箬笠，綠蓑衣，斜風細雨不須歸」。

好事近

短棹釣船輕①，江上晚煙籠碧。塞雁海鷗分路，占江天秋色。　錦鱗撥刺滿籃魚②，取酒價相敵。風順片帆歸去，有何人留得？

【注釋】

①棹　舟旁撥水行船之具。短棹，猶言短槳。②錦鱗撥刺　錦鱗，謂魚，鱗色鮮明如錦，故曰錦鱗。撥刺同潑刺，魚躍聲也。杜甫漫成一絕：「沙頭宿鷺連拳靜，船尾跳魚撥刺鳴」。

【評箋】

陸游云：朱希真居嘉禾，與朋儕詣之。聞笛聲自烟波間，頃之，棹小舟而至，則與俱歸。（宋詩紀事引澄懷錄）

西江月

世事短如春夢①，人情薄似秋雲②。不須計較苦勞心，萬事原來有命。　幸遇三盃酒美，況逢一朵花新。片時歡笑且相親，明日陰晴未定。

【注釋】

①春夢 白居易詩：「來如春夢幾多時，去似朝雲無覓處。」蘇軾詩：「人似秋鴻來有信，事如春夢了無痕。」蓋緣春日和暖引人睡夢，故詩人好以春夢喻陳迹之易杳，幻境之易醒也。②秋雲 漢武帝秋風辭：「秋風起兮白雲飛」。秋日每多天高氣爽，雲淡烟輕之時，故借秋雲以喻人情之淡薄也。

【評箋】

黃昇云：此曲辭淺意深，可以警世之役役於非望之福者。（花庵詞選）

西江月

日日深杯酒滿，朝朝小圃花開。自歌自舞自開懷，且喜無拘無礙。 青史幾番春夢①，紅塵多少奇才②。不須計較更安排，領取而今現在。

【注釋】

①青史 古人剖竹去青爲簡以記事，曰殺青，後因稱史冊曰青史。李白過四皓墓詩：「紫芝高詠罷，青史舊名傳。」 ②紅塵 猶言俗世。參見前頁注。徐陵洛陽道詩：「綠柳三春暗，紅塵百戲多」。

朝中措

紅稀綠暗掩重門①，芳徑罷追尋。已是老於前歲，那堪窮似他人！ 一杯自勸，江湖倦客，風雨殘春。不是酴醿相伴②，如何過得黃昏？

【注釋】

①紅稀綠暗　猶綠肥紅瘦。謂暮春時，草木綠葉漸濃密，紅花零落稀疏也。②酴醾　亦作荼蘼，薔薇之屬，春末夏初開黃白色花。此指酴醾酒，卽重釀酒也。

朝中措

登臨何處自消憂？直北看揚州。朱雀橋邊晚市①，石頭城下新秋②。　昔人何在？悲涼故國，寂寞潮頭③。箇是一場春夢④，長江不住東流。

【注釋】

①朱雀橋　東晉、宋、齊、梁、陳都於建康（今南京市），城之正南門曰朱雀門，門外秦淮河上有橋，曰朱雀橋。其旁有烏衣巷，晉時爲王導、謝安諸人巨宅所在。唐劉禹錫烏衣巷詩：「朱雀橋邊野草花，烏衣巷口夕陽斜；舊時王謝堂前燕，飛入尋常百姓家。」　②石頭城　卽今南京市一帶。其地古來異稱甚多：如石首城、金陵、秣陵、建康、江寧等是。　③寂寞潮頭　劉禹錫石頭城詩：「山圍故國周遭在，潮打空城寂寞回；淮水東邊舊時月，夜深還過女牆來。」　④箇是　猶言此是。

減字木蘭花　聽琵琶

劉郎已老，不管桃花依舊笑①。要聽琵琶，重院鶯啼覓謝家②。　曲終人醉，多似潯陽江上淚③。萬里東風，國破山河落照紅。

【注釋】

①劉郎　自況也。以下二句，前句用劉禹錫重遊玄都觀詩：「玄都觀裏桃千樹，盡是劉郎去後栽。」又云：「種桃道士歸何處，前度劉郎今又來。」後句用崔護題都城南莊詩：「去年今日此門中，人面桃花相映紅；人面只今何處去，桃花依舊笑東風。」②謝家　唐李德裕嘗用隋煬帝望江南詞，撰「謝秋娘」一曲以悼亡妓謝秋娘。後世遂以謝娘，謝家諸名爲妓女、妓館之代稱。③潯陽江上淚　潯陽，卽今江西九江縣，唐爲江州府治所在。潯陽江，指流經江西北境之一段長江。唐白居易琵琶行：「潯陽江頭夜送客，楓葉荻花秋瑟瑟。……座中泣下誰最多，江州司馬青衫濕。」詞用其意。

鷓鴣天

我是清都山水郎①，天教嬾慢帶疏狂。曾批給露支風敕，累奏留雲借月章②。詩萬首，醉千場，幾曾着眼向侯王？玉樓金闕慵歸去③，且插梅花住洛陽。

【注釋】

①清都山水郎　清都，道家所謂紫微上帝所居之處。此自言爲上天管理山水之郎官也。②曾批二句　言自己只管風、露、雲、月之事，不問人間俗務。③玉樓金闕　謂天上之神宮帝闕，或人間之京師朝堂。慵，猶言懶也。

念奴嬌

插天翠柳，被何人推上，一輪明月？照我藤牀涼似水，飛入瑤臺瓊闕①。霧冷笙簫，風輕環佩②，玉鎖無人掣。閒雲收盡，海光天影相接。誰信有藥長生！素娥新鍊就③，飛

霜凝雪。打碎珊瑚，爭似看、仙桂扶疏橫絕。洗盡凡心，滿身清露，冷浸蕭蕭髮。明朝塵世，記取休向人說。

【注釋】

①瑤臺瓊闕　謂月宮仙闕也。屈原離騷：「望瑤臺之偃蹇兮，見有娀之佚女」。李白清平調：「若非羣玉山頭見，會向瑤臺月下逢」。蘇軾水調歌頭：「我欲乘風歸去，又恐瓊樓玉宇，高處不勝寒。」②環佩　佩玉也。後專爲婦女之飾物。後漢書后紀序：「居有保阿之訓，動有環佩之響。」③素娥　姮娥也。漢人避文帝名恒，改作嫦。淮南子覽冥注：姮娥，羿妻，羿請不死之藥於西王母，未及服之，姮娥盜食之，得仙，奔入月中，爲月精。李商隱嫦娥詩：「嫦娥應悔偷靈藥，碧海青天夜夜心。」

【評箋】

張端義云：朱希真，南渡以詞得名。月詞有「插天翠柳，被何人推上，一輪明月」之句，自是豪放。賦梅詞如不食煙火人語。「橫枝消瘦一如無，但空裏疎花數點。」語意奇絕。（貴耳集）

念奴嬌　垂虹亭①

放船縱櫂，趁吳江風露，平分秋色。帆卷垂虹波面冷，初落蕭蕭楓葉。萬頃琉璃，一輪金鑑，與我成三客②。碧空寥廓，瑞星銀漢爭白。　深夜悄悄魚龍，靈旗收暮靄③，天光相接。瑩澈乾坤，全放出、疊玉層冰宮闕。洗盡凡心，相忘塵世，夢想都銷歇。胸中雲海，浩然猶浸明月。

【注釋】

①垂虹亭　在吳江（今浙江吳興縣）垂虹橋上。　②李白月下獨酌詩：「花間一壺酒，獨酌無相親；舉杯邀明月，對影成三人。」　③靈旗　畫日月北斗及升龍之旗，兵戎所用。揚雄甘泉賦：「舉洪頤，樹靈旗」。

水龍吟

放船千里凌波去，略為吳山留顧。雲屯水府，濤隨神女①，九江東注。北客翩然，壯心偏感，年華將暮。念伊嵩舊隱②，巢由故友③，南柯夢④，遽如許！回首妖氣未掃，問人間英雄何處?奇謀報國，可憐無用，塵昏白羽。鐵鎖橫江，錦帆衝浪，孫郎良苦⑤。但愁敲桂櫂⑥，悲吟梁父⑦，淚流如雨。

【注釋】

①雲屯二句　水府，謂水神之居，又指水域也。江總芳林園天淵池銘：「夜浪浮金，疑月輪之馳水府。」述異記：「闔閭構水晶宮，尤極珍怪，皆出自水府。」神女，宋玉神女賦序：「楚襄王與宋玉遊於雲夢之浦，使玉賦高唐之事，其夜王寢，果夢與神女遇。」高唐賦述神女自稱在巫山之陽，高丘之阻，旦爲行雲，暮爲行雨。　②伊　指伊闕，在洛陽南；嵩，指嵩高，在河南登封縣北。二山皆古隱士所嗜居。　③巢由　謂巢父、許由也。巢父，陶唐高士，山居不出，堯以天下讓，不受。許由，亦高士，隱於沛澤，堯以天下讓，不受，遁耕於潁水之陽；召爲九州長，不聞，洗耳於潁水之濱。

④南柯夢　唐李公佐南柯記，謂有淳于棼者，生日醉臥宅南槐樹下，夢至大槐安國，國王以女妻之，命爲南柯太守，備極榮顯。既覺，乃感南柯之浮虛，悟人世之倏忽，遂棲心道門云。⑤鐵鎖横江三句　晉書王濬傳：「吳人於江險磧要害之處，並以鐵鎖横截之；又作鐵錐，長丈餘，暗置江中，以逆距船。濬乃作大筏數十，令善水者以筏先行，筏遇錐，錐輒著筏去。又作火炬，長十餘丈，大數十圍，灌以麻油，在船前，船遇鎖，然炬燒之，須臾，融液斷絕，於是船無所礙。」劉禹錫西塞山懷古詩：「千尋鐵鎖沉江底，一片降旛出石頭。」卽詠此事。孫郎，指吳主孫皓，晉兵破金陵，皓擧旛出降。⑥愁敲桂櫂　蘇軾赤壁賦：「桂櫂兮蘭槳，擊空明兮泝流光。」⑦悲吟梁父　梁父吟，樂府楚調曲，蓋哀歌也。三國志蜀志：「諸葛亮好爲梁父吟。」

李清照

【傳略】

李清照（一〇八一——一一四一？）號易安居士，濟南人。禮部侍郎提點京東刑獄格非之女，哲宗元符二年（一〇九九）嫁諸城趙挺之子明誠爲妻。時年十九歲，明誠猶在太學讀書。明誠每朔望謁告出，質衣取半千錢，步入相國寺，市碑文果實歸，相對展玩咀嚼，自謂葛天氏之民也。徽宗崇寧初，明誠出仕，便有飯蔬衣練，窮遐方絕域，盡天下古文奇字之志。或見古今名人書畫，三代奇器，亦復脫衣市易。連守兩郡，竭其俸入，以事鉛槧，每獲一書，夫婦卽共同校勘，整集籤題。得書畫彝鼎，亦摩玩舒卷，指摘疵病，夜盡一燭爲率。每飯罷，與明誠同坐堂中，烹茶，指堆積書史，言某事在某書某卷第幾頁第幾行，以中否角負勝，爲飲茶先後。中卽擧盃大笑，至茶傾懷中，反不得飲而起。夫婦生活，類皆如是。高宗建炎中，明誠守湖州，以病卒。時金兵南侵，乃攜書畫古器，至台、剡、溫、越、衢諸地避難。家藏書物，十去七八，紹興元年之越，二年，復由越至杭州，時年五十一矣，作金石錄後序。四年，卜居金華，遂終老焉。高宗紹興十一年（一一四一）尙在。清照性喜金石，與明誠合著金石錄。尤善於詞，能曲盡人意，少作馨逸，暮年淒婉，後人以爲能抗軼柳、周。有漱玉詞傳於世，惜非李詞全貌。近人趙萬里輯得四十三首，附錄十七首，爲漱玉詞定本，視行世各本爲佳。王氏四印齋本亦可。另有李文漪輯漱玉集，詩文並收，雖校勘欠精，亦足爲研討之助也。

【集評】

王灼云：易安居士作長短句，能曲折盡人意，輕巧尖新，姿態百出。閭巷荒淫之語，肆意落筆，自古縉紳之家，能文婦女，未見若此無顧藉也。（碧鷄漫志）

沈謙云：男中李後主，女中李易安，極是當行本色。（塡詞雜說）

黃昇云：李易安、魏夫人，使在衣冠之列，當與秦七、黃九爭雄，不徒擅名閨閣也。（花庵詞選）

王士禎云：張南湖論詞派有二：一曰婉約，一曰豪放。僕謂婉約以易安爲宗，豪放惟幼安稱首，皆吾濟南人，難乎爲繼矣！（花草蒙拾）

李調元云：易安在宋諸媛中，自卓然一家，不在秦七、黃九之下。詞無一首不工，其鍊處可奪夢窗之

席，其麗處直參片玉之班，蓋不徒俯視巾幗，直欲壓倒鬚眉。（雨村詞話）

四庫全書提要云：清照以一婦人，而詞格抗軼周、柳，雖篇帙無多，固不能不寶而存之，為詞家一大宗矣。（漱玉詞提要）

周濟云：閨秀詞惟清照最優，究苦無骨。（介存齋論詞雜著）

陳廷焯云：李易安獨闢門徑，居然可觀，其源自從淮海，大晟來；而鑄語多生造，婦人有此，可謂奇矣。（白雨齋詞話）

沈曾植云：易安跌宕昭彰，氣度極類少游，刻摯且兼山谷。篇章惜少，不過窺豹一斑，閨房之秀，固文士之豪也。才鋒太露，被謗殆亦因此。自明以來，墮情者醉其芬馨，飛想者賞其神駿，易安有靈，後者當許為知己。漁洋稱易安，幼安為濟南二安，難乎為繼；易安為婉約主，幼安為豪放主，此論非明代諸公所及。（菌閣瑣談）

如夢令

昨夜雨疏風驟，濃睡不消殘酒。試問捲簾人，卻道海棠依舊①。知否？知否？應是綠肥紅瘦②。

【注釋】

①海棠　落葉亞喬木，高丈餘，葉長卵形，春月出長梗，著花，其蕾朱赤色，開則外面半紅半白，內面粉紅色，頗艷麗。　②綠肥紅瘦　綠指葉，紅指花。

【評箋】

胡仔云：近時婦人能文詞如李易安，頗多佳句。小詞云：「綠肥紅瘦。」此語甚新。（苕溪漁隱叢話）

如夢令

常記溪亭日暮，沈醉不知歸路。興盡晚回舟，誤入藕花深處①。爭渡！爭渡！驚起一灘鷗鷺②。

【注釋】

①藕花　蓮之地下莖曰藕；藕花卽指蓮花。　②鷗鷺　皆水鳥名，翅長羽白，善飛翔，棲息水澤間，捕魚蟲爲食。

點絳脣

蹴罷秋千①，起來慵整纖纖手②。露濃花瘦，薄汗輕衣透。　見有人來，韈剗金釵溜③，和羞走。倚門回首，卻把青梅齅④。

【注釋】

①蹴　音促，謂以足踢物也。　②纖纖手　謂女子細嫩柔美之手。古詩：「娥娥紅粉妝，纖纖出素手。」　③韈剗　韈同襪，剗音產。謂怱忙間韈子開口處未及繫上也。李煜菩薩蠻詞：「剗襪步香階，手提金縷鞋。」　④卻把青梅齅　齅同嗅。李白長干行詩：「郎騎竹馬來，繞床弄青梅。」

浣溪沙

淡蕩春光寒食天①，玉爐沈水裊殘煙，夢回山枕隱花鈿②。 海燕未來人鬭草③，江梅已過柳生綿。黃昏疎雨濕秋千。

【注釋】

①淡蕩 恬靜和暢貌。 ②山枕 謂山形之枕頭。 ③鬭草 古俗有尋草相賽之戲。荊楚歲時記：「競採百藥，謂百草以蠲除毒氣，故世有鬭草之戲」。白居易觀兒戲詩：「撫塵復鬭草，盡日樂嬉嬉。」蘇軾詩：「尋芳空茂木，鬭草得幽蘭。」

浣溪沙

髻子傷春嬾更梳①，晚風庭院落梅初，淡雲來往月疏疏。 玉鴨熏鑪閒瑞腦②，朱櫻斗帳掩流蘇③。通犀還解辟寒無④。

【注釋】

①髻子 挽髮而束之於頭頂謂之。 ②瑞腦 香料名，亦名冰片，即龍瑞腦，或云即樟腦，焚之香氣濃郁。 ③流蘇 即帳幕等垂飾之穗子。決疑要錄：「流蘇者，緝鳥尾垂之，若旒然，以其蕊下垂，故曰蘇。」 ④通犀 謂中央色白通兩頭之犀角也。

【評箋】

譚獻云：易安居士獨此篇有唐調。選家鑪冶，遂標此奇。（譚評詞辨）

武陵春

風住塵香花已盡，日晚倦梳頭。物是人非事事休，欲語淚先流。　聞說雙溪春尚好①，也擬泛輕舟。只恐雙溪舴艋舟②，載不動許多愁。

【注釋】

①雙溪　在浙江金華，因東港、南港二溪合流得名，亦稱婺港。俞正燮癸巳類稿云：易安於高宗紹興四年，避亂居金華。②舴艋舟　小船。玉篇：「舴艋，小舟也」。藝文類聚引宋元嘉起居注云：「餘姚令何玢之作舴艋一艘，精麗過常。」

【評箋】

鄭騫云：此詞有淒婉之致，論易安詞者每喜舉之；然「物是人非」兩語過於淺俗，在易安集中非上乘也。（詞選）

醉花陰

薄霧濃雲愁永晝，瑞腦消金獸①。佳節又重陽，玉枕紗廚②，半夜涼初透。　東籬把酒黃昏後③，有暗香盈袖。莫道不消魂！簾捲西風，人比黃花瘦④。

【注釋】

①瑞腦消金獸　瑞腦，見前浣溪沙注。金獸，香爐也。古制多作禽獸形，以金塗之，或以銅製，空其中，燃香，煙從口出，故名。②玉枕紗廚　玉枕或作寶枕；謂綴玉嵌磁之枕也。紗廚，即紗幮。以

木作架，蒙以綠紗，夏月張以避蚊，又稱碧紗幮。王建詩：「青山掩障碧紗幮」。③東籬　陶潛飲酒詩：「采菊東籬下，悠然見南山。」後世因沿以指種菊之地。④黃花　即菊花。菊亦作鞠，禮記月令：「季秋之月，鞠有黃華。」

【評箋】

胡仔云：「簾捲西風，人似黃花瘦」。此話亦婦人所難到也。（苕溪漁隱叢話）

伊世珍云：易安以重陽醉花陰詞致明誠。明誠嘆賞，自愧弗逮，務欲勝之，一切謝客，忘食忘寢者三日夜，得五十闋，雜易安作以示友人陸德夫。德夫玩之再三，曰：「只三句絕佳。」明誠詰之，答曰：「莫道不消魂，簾捲西風，人似黃花瘦。」政易安作也。（瑯環記）

柴虎臣云：語情則紅雨飛愁，黃花比瘦，可謂雅暢。（古今詞論）

陳廷焯云：深情苦調，元人詞曲往往宗之。（白雨齋詞話）

一翦梅

紅藕香殘玉簟秋①。輕解羅裳，獨上蘭舟。雲中誰寄錦書來，雁字回時②，月滿西樓③。花自飄零水自流。一種相思，兩處閒愁。此情無計可消除，才下眉頭，卻上心頭。

【注釋】

①玉簟　植物名。秋日叢生地上，潔美可食。②雁字　羣雁飛翔天空，行列有序，往往成字形，故云。劉儗詩：「八月書空雁字聯。」③月滿西樓　別本無「西」字，與雁字回時連作七字句。鄭騫

詞選云：「一剪梅前後結均爲四字兩句，此作前結七字一句，是爲別體；有作月滿西樓者，則爲後人添改。」

【評箋】

伊世珍云：趙明誠、易安結褵未久，明誠卽負笈遠游，易安殊不忍別，覓錦帕，書一翦梅詞以送之。

（瑯環記）

臨江仙 歐陽公作蝶戀花，有深深深幾許之句，余酷愛之，用其語作庭院深深數闋。

庭院深深深幾許，雲牕霧閣常扃①。柳梢梅萼漸分明。春歸秣陵樹，人老建康城②。

感月吟風多少事，如今老去無成。誰憐憔悴更凋零？試燈無意思③，踏雪沒心情④。

【注釋】

①扃　音坰，平聲。閉鎖也。　②秣陵、建康　俱今南京之古稱。易安夫趙明誠以高宗建炎二年戊申九月知建康府，明年己酉三月罷。事見所撰金石錄後序。　③試燈　舊俗於上元夜張燈以祈豐稔，前一日爲試燈。後一日爲殘燈。宛置雜記：「十四日夜試燈，十五日正燈，十六日罷燈。」陸游詩：「曲水已過修禊集，餘寒不減試燈時。」　④踏雪句　清波雜誌：「頃見易安族人，言明誠在建康日，易安每值天大雪，卽頂笠披簑，循城遠覽以尋詩，得句，必邀其夫賡和，明誠每苦之也。」

漁家傲

天接雲濤連曉霧，星河欲轉千帆舞。彷彿夢魂歸帝所①。聞天語，殷勤問我歸何處？

我報路長嗟日暮②，學詩謾有驚人句。九萬里風鵬正舉③。風休住，蓬舟吹取三山去④！

【注釋】

①帝所　猶言帝闕，天帝居處。　②路長嗟日暮　屈原離騷：「欲少留此靈瑣兮，日忽忽其將暮；吾令羲和弭節兮，望崦嵫而未迫；路曼曼其修遠兮，吾將上下而求索。」　③九萬里風鵬正舉　莊子逍遙遊：「鵬之徙於南冥也，水擊三千里，摶扶搖而上者九萬里。」　④三山　史記封禪書：「蓬萊、方丈、瀛洲，此三神山者，傳在渤海中，去人不遠，患且至，則船風引而去。」易安反用其意。

鳳凰臺上憶吹簫

香冷金猊①，被翻紅浪，起來慵自梳頭。任寶奩塵滿②，日上簾鉤。生怕離懷別苦，多少事、欲說還休。新來瘦，非干病酒，不是悲秋。　休休！這回去也，千萬遍陽關③，也則難留。念武陵人遠④，煙鎖秦樓⑤。惟有樓前流水，應念我、終日凝眸。凝眸處，從今又添，一段新愁。

【注釋】

①金猊　猊，狻猊，卽獅子也。金爐，金獸之屬，卽塗金或銅製之獅形香爐。參閱前醉花陰金獸注。　②寶奩　奩，音連，亦作匳。寶奩，謂女子華美之鏡匣也。李商隱垂柳詩：「寶奩抛擲久，一任景陽鐘。」　③陽關　卽陽關曲。渭城曲，亦稱陽關三叠；源出於王維送元二使安西詩，後歌入樂府，遂爲通行之送別曲。　④武陵人　陶潛桃花源記：「晉太元中，武陵人，捕魚爲業，一日緣溪行，忽逢

桃花林。……」後世遂以為發見世外桃源之稱；此借指所思之人。韓琦點絳脣詞：「武陵凝睇，人遠波空翠。」 ⑤秦樓 卽鳳台。水經注：「雍有鳳台，鳳女祠。秦穆公女弄玉，好吹簫，公為築鳳台以居之。」此借指自己所居之妝樓。

【評箋】

李攀龍云：寫其一腔臨別心神，新瘦新愁，真如秦女樓頭，聲聲有和鳴之奏。（草堂詩餘雋）

張祖堂云：「惟有樓前流水，應念我，終日凝眸。」癡語也。如巧匠運斤，毫無痕迹。（古今詞話引）

陳廷焯云：「新來瘦」三語，婉轉曲折，煞是妙絕。（白雨齋詞話）

聲聲慢

尋尋覓覓，冷冷清清，悽悽慘慘戚戚。乍暖還寒時候，最難將息①。三盃兩盞淡酒，怎敵他、晚來風急！雁過也，正傷心、卻是舊時相識。 滿地黃花堆積②，憔悴損，如今有誰堪摘③？守著窗兒，獨自怎生得黑？梧桐更兼細雨，到黃昏、點點滴滴。這次第④，怎一箇、愁字了得！

【注釋】

①將息 排遣調息也。王建詩：「千萬求方好將息，杏花寒食約同行。」 ②黃花 卽菊花。見二四八頁詞注。 ③堪摘 堪字別本作忺。揚雄方言：「青徐呼意所好曰忺。」林逋雜興詩：「散帙揮毫總不忺。」 ④這次第 猶言如此諸般光景。

【評箋】

羅大經云：近時李易安詞云：「尋尋覓覓，冷冷清清，淒淒慘慘戚戚。」起頭連疊七字，以一婦人乃能創意出奇如此！（鶴林玉露）

張端義云：此乃公孫大娘舞劍手，本朝非無能詞之士，未曾有一下十四疊字者，用文選諸賦格。後疊又云：「梧桐更兼細雨，到黃昏、點點滴滴。」又使疊字，俱無斧鑿痕。更有一奇字云：「守著窗兒，獨自怎生得黑？」「黑」字不許第二人押。婦人中有此文筆，殆間氣也。（貴耳集）

萬樹云：此遒逸之氣，如生龍活虎，非描塑可擬。其用字奇橫而不妨音律，故卓絕千古，人若不見才而故學其筆，則未免類狗矣。（詞律）

徐釚云：首句連下十四個疊字，真似大珠小珠落玉盤也。（詞苑叢談）

吳灝云：張正夫稱爲公孫大娘舞劍手，以其連下十四疊字也。此却不是難處，因調名聲聲慢，而刻意播弄之耳。其佳處在後又下「點點滴滴」四字，與前照應有法，不是草草落句。玩其筆力，本自矯拔，詞家少有，庶幾蘇、辛之亞。（歷朝名媛詩詞）

劉體仁云：易安居士：「最難將息，」「怎一箇愁字了得？」深妙穩雅，不落蒜酪，亦不落絕句，真此道本色當行第一人也。（七頌堂詞繹）

周濟云：雙聲疊韻字，要著意布置，有宜雙不宜疊，宜疊不宜雙處；重字則既雙又疊，尤宜斟酌。如李易安之「淒淒慘慘戚戚」，三疊韻，六雙聲，是鍛鍊出來，非偶然拈得也。（介存齋詞選序論）

許昂霄云：易安此詞，頗帶傖氣，而昔人極口稱之，殆不可解。（詞綜偶評）

陳廷焯云：後幅一片神行，愈唱愈妙。（白雨齋詞話）

念奴嬌

蕭條庭院，又斜風細雨，重門須閉。寵柳嬌花寒食近①，種種惱人天氣。險韻詩成②，扶頭酒醒③，別是閒滋味。征鴻過盡，萬千心事難寄。　樓上幾日春寒，簾垂四面，玉闌干慵倚。被冷香消新夢覺，不許愁人不起。清露晨流，新桐初引④，多少遊春意！日高煙斂，更看今日晴未？

【注釋】

①寒食　荆楚歲時記：冬至後一百五日，爲寒食。按，卽當清明前二日，相傳晉文公爲悼介之推於日是死於火，乃令禁火寒食三日，遂相沿成俗云。　②險韻　以生僻難押之字爲詩之韻脚也。王禹偁詩：「分庭宜險韻。」　③扶頭酒　謂易醉之酒也。王禹偁回襄陽詩：「扶頭酒好無辭醉，縮項魚多且放饞。」　④清露二句　世說新語賞譽篇：「於時清露晨流，新桐初引。」初引，謂初長也。

【評箋】

黃昇云：前輩嘗稱易安「綠肥紅瘦」爲佳句。余謂此篇「寵柳嬌花」之語，亦甚奇俊，前此未能道之者。（唐宋諸賢妙詞選）

王世貞云：寵柳嬌花，新麗之甚。（藝苑巵言）

李攀龍云：上是心事，難以言傳；下是新夢，可以意會。（草堂詩餘雋）

黃蓼園云：只寫心緒落寞，近寒食更難遣耳；陡然而起，便爾深邃。至前段云「重門須閉」；後段云「不許不起」，一開一合，情各戛戛生新。起處雨，結句晴，局法渾成。（蓼園詞選）

鄒祇謨云：李易安「被冷香消新夢覺，不許愁人不起。」、「守著窗兒，獨自怎生得黑？」珍用淺俗之語，發清新之思，詞意並工，閨情絕調。（金粟詞話）

王又華云：毛稚黃曰：李易安春情：「清露晨流，新桐初引。」用世說全句，渾妙。嘗論詞貴開宕，不欲沾滯，忽悲忽喜，乍遠乍近，斯爲妙耳。如遊樂詞，須微著愁思，方不癡肥。李春情詞本閨怨，結云「多少遊春意，」、「更看今日晴未？」忽爾拓開，不但不爲題束，并不爲本意所苦，直如行雲舒卷自如，人不覺耳。（古今詞論）

永遇樂

落日鎔金①，暮雲合璧，人在何處？染柳煙濃，吹梅笛怨②，春意知幾許？元宵佳節，融和天氣，次第豈無風雨？來相召、香車寶馬，謝他酒朋詩侶。　中州盛日③，閨門多暇，記得偏重三五④。鋪翠冠兒⑤，撚金雪柳⑥，簇帶爭濟楚⑦。如今憔悴，風鬟霧鬢⑧，怕見夜間出去！不如向簾兒底下，聽人笑語。

【注釋】

①落日鎔金　謂落日如金銷鎔般之璀璨奪目。南宋詞人每好以「鎔金」一詞狀落日，蓋有所隱指也。

如廖世美好事近：「落日水鎔金。」辛棄疾西江月：「一川落日鎔金。」②吹梅笛怨　梅，謂梅花曲。唐大角曲中有大梅花，小梅花等曲。③中州　今河南省一帶，古爲豫州之地，以其居九州之中，號爲中原，亦稱中州。④偏重三五　三五謂正月十五元宵節。宋人頗重元宵，例多盛大慶祝，故云。⑤鋪翠冠兒　婦女冠飾，以翡翠珠玉鑲綴者。吳自牧夢粱錄元宵：「官巷口、蘇家巷，二十四家傀儡，衣裝鮮麗，細旦戴花朵肩，珠翠冠兒，腰肢纖裊，宛若婦人。」⑥撚金雪柳　婦女元宵節物，以黃、白紙絫柳枝，插戴於頭。宣和遺事十二月預賞元宵：「京師民有似雲浪，盡頭上戴著玉梅，雪柳、鬧娥兒，直到鰲山下看燈。」⑦濟楚　整潔貌。⑧風鬟霧鬢　頭髮蓬鬆散亂貌。李朝威柳毅傳：「見大王愛女牧羊於野，風鬟雨鬢，所不忍睹。」蘇軾題毛女真詩：「霧鬢風鬟木葉衣。」

【評箋】

張端義云：易安居士李氏，趙明誠之妻。金石錄亦筆削其間。南渡以來，常懷京、洛舊事，晚年賦元宵永遇樂詞云：「落日鎔金，暮雲合璧。」已自工緻。至於「染柳煙輕，吹梅笛怨，春意知幾許？」氣象更好。後段云：「于今憔悴，風鬟霜鬢，怕見夜間出去。」皆以尋常語度入音律，鍊句精巧則易，平淡入調者難。（貴耳集）

張炎云：周美成解語花詠元夕，史邦卿東風第一技詠立春，不獨措辭精粹，且見時序風物之感。若易安永遇樂詠元夕云：「不如向簾兒底下，聽人笑語。」亦自不惡；如以俚詞歌於坐花醉月之下，爲真可惜。（詞源）

劉辰翁云：余自乙亥上元，誦李易安永遇樂，爲之涕下。今三年矣，每聞此詞，輒不自堪。（須溪永遇樂詞題序）

楊慎云：辛稼軒詞：「泛菊杯深，吹梅笛怨。」蓋用易安「染柳煙濃，吹梅笛怨」也。然稼軒改數字更工，不妨襲用；不然蓋盜狐白裘手耶。（詞品）

李甲

【傳略】

李甲，字景元，華亭（今江蘇松江縣）人。善爲詞，小令有聞於時。工畫，得意外之趣。有自題山水詩曰：「誰撥煙雲六尺綃，寒山秋樹晚蕭蕭。十年來往吳淞口，錯認溪南舊板橋」。蘇軾東坡集亦有題嘉興景福寺李景元畫竹詩云：「聞說神仙郭恕先，醉中狂筆勢瀾翻。百年寥落何人在？只有華亭李景元。」其見重如此。樂府雅詞錄景元詞八首。劉子庚輯本得十四首，其中憶王孫四首，分詠春、夏、秋、冬四季，出於唐宋諸賢絕妙詞選。此闋草堂詩餘以爲秦觀作，歷代詩餘作李甲詞，茲從之。

憶王孫

萋萋芳草憶王孫①。柳外樓高空斷魂。杜宇聲聲不忍聞②。欲黃昏，雨打梨花深閉門。

【注釋】

①王孫　本謂貴族豪門子弟，如言公子王孫是也。此借指所憶之人。劉安招隱士：「王孫遊兮不歸，春草生兮萋萋。」②杜宇　即杜鵑，又名子規。相傳爲古蜀帝杜宇死後魂魄所化。啼聲淒切，聲聲如喚「不如歸去」，殊引遊子歸思。

【評箋】

沈天羽云：一句一思。又云：因樓高曰空；因閉門曰深，俱可味。（草堂詩餘正集）

黃蓼園云：高樓望遠，空字已悽惻，況聞杜宇！末句尤比興深遠，言有盡而意無窮。（蓼園詞選）

廖世美

【傳略】

廖世美，生平事蹟不詳，存詞二首。燭影搖紅一首，見樂府雅詞拾遺卷上；好事近一首，見唐宋名賢絕妙好詞選卷四；歷代詩餘題作李廌詞。

好事近

落日水鎔金①，天淡暮煙凝碧。樓上誰家紅袖②？靠闌干無力。　鴛鴦相對浴紅衣③，短棹弄長笛。驚起一雙飛去，聽波聲拍拍。

【注釋】

①落日水鎔金　喻夕陽照水，燦爛如鎔金也。見二五四頁永遇樂詞注。②紅袖　謂少女也。③紅

衣　此謂鴛鴦彩紅色之羽毛。杜牧齊安郡後池絕句：「盡日無人看微雨，鴛鴦相對浴紅衣。」

燭影搖紅　題安陸齊雲樓①

靄靄春空，畫樓森聳凌雲渚。紫薇登覽最關情②，絕妙誇能賦。惆悵相思遲暮，記當日、朱欄共語。塞鴻難問，岸柳何窮，別愁紛緒。催促年光，舊來流水知何處？斷腸何必更殘陽，極目傷平楚。晚霽波聲帶雨③，悄無人、舟橫古渡。數峯江上，芳草天涯，參差煙樹。

【注釋】

①安陸　今湖北安陸縣。②紫薇　落葉喬木，四、五月開花，至八、九月始謝，花作紫紅色或白色，一名百日紅。紫薇，或借作「紫微」，則爲星名，三垣之一，在北斗東北。詞意蓋用後者。③波聲帶雨　韋應物滁州西澗詩：「獨憐幽草澗邊生，上有黃鸝深樹鳴；春潮帶雨晚來急，野渡無人舟自橫。」

【評箋】

況周頤云：過拍：「塞鴻難問，岸柳何窮？別愁紛絮。」神來之筆，卽已佳矣。換頭云：「催促年光，舊來流水知何處？斷腸何必更殘陽，極目傷平楚。晚霽波聲帶雨，悄無人舟橫古渡。」語淡而情深，令子野、太虛輩爲之，容或未必能到。此等詞一再吟誦，輒沁入心脾，畢生不能忘。花庵絕妙詞選中，真能不愧「絕妙」二字，如世美之作，殊不多覯。（蕙風詞話）

岳飛

【傳略】

岳飛（一一〇三——一一四一）字鵬擧，相州湯陰（今河南湯陰縣）人。世力農。父和，能節食以濟饑者。飛少負氣節，沈厚寡言，家貧，力學，尤好左氏春秋，孫、吳兵法。徽宗宣和四年（一一二二）應募，旋隸留守宗澤，轉戰開、德、曹州，皆有功。澤大奇之，曰：「爾智勇才藝，古良將不能過；然好野戰，非萬全計。」因授以陣圖。飛曰：「陣而後戰，兵法之常。運用之妙，存乎一心。」高宗時，屢破金兵，以恢復爲己任，不肯附和議。秦檜以飛不死，己必及禍，故力謀殺之。死時年三十九。孝宗詔復飛官，以禮改葬，謚武穆。寧宗時追封鄂王，改謚忠武。飛兼工詩、詞，自抒懷抱，惜傳作不多耳。

小重山

昨夜寒蛩不住鳴①。驚回千里夢，已三更。起來獨自遶階行。人悄悄②，簾外月朧明③。白首為功名。舊山松竹老，阻歸程。欲將心事付瑤琴。知音少，絃斷有誰聽④？

【注釋】

①寒蛩　卽寒蛬。爾雅釋蟲郭注：「今促織也。」毛詩陸疏廣要：「蟋蟀在堂：獨保織曰莎鷄、曰絡緯、曰蛬、曰蟋蟀、曰寒蟲，之不一其名；或在壁，或在戶，或在宇，或在床下，因時而感。」

②悄悄　憂愁貌。詩經邶風柏舟：「憂心悄悄，慍於羣小。」　③朧　月初出也。　④絃斷有誰聽　列子湯問：「伯牙鼓琴，志在高山，鍾子期曰：峩峩然若泰山；志在水，曰：洋洋然若江河。子期死，伯牙絕絃，以無知音者。」

【評箋】

陳郁云：武穆賀講和赦表云：「莫守金石之約，難充谿壑之求。」故作詞云：「欲將心事付瑤琴，知音少，絃斷有誰聽？」蓋指和議之非也。又作滿江紅，忠憤可見。其不欲「等閒白了少年頭」，足以明其心事。（歷代詩餘引藏一話腴）

滿江紅

怒髮衝冠①，憑闌處、瀟瀟雨歇。擡望眼、仰天長嘯，壯懷激烈。三十功名塵與土，八千里路雲和月。莫等閒②、白了少年頭，空悲切！　靖康恥③，猶未雪。臣子恨，何時滅？駕長車踏破，賀蘭山缺④。壯志飢餐胡虜肉，笑談渴飲匈奴血。待從頭、收拾舊山河，朝天闕⑤！

【注釋】

①怒髮衝冠　言悲憤已極，髮皆上指，若將衝去帽冠也。史記廉頗藺相如列傳：「怒，髮上衝冠。」

②莫等閒　猶言勿輕易、勿隨便也。黃庭堅詩：「不將春色等閒抛。」　③靖康恥　指宋欽宗靖康二年（一一二七）金人陷中原，破汴京，虜徽、欽二帝北去，囚於五國城不返之奇恥大辱也。　④賀蘭

山　在今寧夏省寧夏縣西，時爲金人所據。元和郡縣志：「賀蘭山，樹木青白，望如駁馬，北人呼駁馬曰賀蘭，故以此名。」　⑤朝天闕　天闕爲皇帝所居，此言朝覲帝都也。韓愈贈刑部馬侍郎詩：「暫從相公平小寇，便歸天闕致康時。」

【評箋】

陳廷焯云：何等氣概，何等志向！千載後讀之，凜凜有生氣焉；「莫等閒」二語，當爲千古箴銘。（白雨齋詞話）

沈天羽云：膽量、意見、文章悉無今古。又云：有此願力，是大聖賢，大菩薩。（草堂詩餘正集）

劉體仁云：詞有與古詩同義者：「瀟瀟雨歇」，易水之歌也。（七頌堂詞繹）

向子諲

【傳略】

向子諲（一〇八六——一一五三），字伯恭，自號薌林居士。臨江（今江西清江縣）人。金兵南渡，率兵迎擊。官至吏部侍郎。後以反對和議，忤秦檜，乃致仕。有酒邊詞，內分江北舊詞，江南新詞二部，後者多故國感慨之音。

水龍吟　紹興甲子上元有懷京師①

華燈明月光中，綺羅弦管春風路。龍如駿馬，車如流水，輭紅成霧②。太液池邊，葆真宮裏③，玉樓珠樹。見飛瓊伴侶④，霓裳縹渺⑤，星回眼，蓮微步⑥。　笑入彩雲深處，更冥冥、一簾花雨。金鈿半落，寶釵斜墜，乘鸞歸去。醉失桃源，夢回蓬島⑦，滿身風露。到而今江上，愁山萬疊，鬢絲千縷。

【注釋】

①此詞爲南宋高宗紹興一四年元宵節懷念故都汴京而作。　②輭紅如霧，喻都市繁華，車塵人影之盛也。東坡詩：「半白不羞垂領髮，輭紅猶戀屬車塵。」　③蘂真宮　北宋汴京名宮，每上元張燈極盛。④飛瓊伴侶　猶言神仙伴侶。漢武帝內傳：「王母乃命侍女許飛瓊鼓震靈之簧。」　⑤霓裳　即唐天寶年間內宮舞曲「霓裳羽衣曲」，此蓋泛指宮廷歌舞。　⑥星回眼，謂美人眼波晶瑩廻轉。蓮微步，謂美人蓮步輕移，盈盈動人也。　⑦醉失二句　陶淵明所記桃花源，與古來習傳之海上蓬萊仙島，皆亂世人們所嚮往者，此借喻四海無事、中原太平之不可得也。

陳與義

【傳略】

陳與義（一〇九〇——一一三八）字去非，號簡齋居士，洛陽人。登徽宗政和三年（一一一三）上舍甲科，授開德府教授，累遷太學博士。及金人入汴，高宗南遷，遂避亂襄漢，轉湖湘，踰嶺嶠。久之，召爲兵部員外郎。紹興元年（一一三一）夏，至行在，遷中書舍人，兼掌內制，拜吏部侍郎。尋以徽猷閣直學士知湖州。六年，拜翰林學士，知制誥。七年，參知政事。三月，從帝如建康。明年，扈蹕還臨安，以疾請，復以資政殿學士知湖州。卒年四十九。與義尤長於詩，體物寓興，清邃紆餘，高舉橫厲，上下陶、謝、韋、柳之間。有簡齋詩集，附無住詞十八首，四部叢刊影宋刊本。汲古閣宋六十家詞有無住詞一卷，另有彊村叢書本。

【集評】

黃昇云：無住詞一卷，詞雖不多，語意超絕，識者謂其可摩坡仙之壘也。（中興以來絕妙詞選）

四庫提要云：無住詞不多，且無長調；而語意超絕，吐言天拔，不作柳嚲鶯嬌之態，亦無蔬筍之氣，殆於首首可傳，不能以篇帙之少而廢之。（無住詞提要）

臨江仙 夜登小閣，憶洛中舊遊。

憶昔午橋橋上飲①，坐中多是豪英。長溝流月去無聲②。杏花疎影裏，吹笛到天明。

二十餘年如一夢，此身雖在堪驚！閒登小閣看新晴。古今多少事，漁唱起三更。

【注釋】

①午橋　即午橋莊，在今河南洛陽南十里。唐裴度嘗退居於此，日與白居易、劉禹錫等把酒論文，不問世事。　②長溝流月　黃蓼園以爲即杜甫旅夜書懷詩「月湧大江流」之意，云自去滔滔而興會不歇也。

【評箋】

胡仔云：去非憶洛中舊遊詞云：「憶昔午橋橋上飲，坐中多是豪英。長溝流月去無聲。杏花疎影裏，吹笛至天明。」此數語奇麗。簡齋集後載數詞，惟此詞最優。（苕溪漁隱叢話）

張炎云：若陳簡齋：「杏花疎影裏，吹笛到天明」之句，真是自然而然。（詞源）

沈天羽云：意思超越，腕力排奡，可摩坡公之壘。又云：流月無聲，巧語也。吹笛天明，爽語也。漁唱三更，冷語也。功業則歉，文章自優。（草堂詩餘正集）

陳廷焯云：筆意超曠，逼近大蘇。（白雨齋詞話）

臨江仙

高詠楚詞酬午日①，天涯節序匆匆。榴花不似舞裙紅。無人知此意，歌罷滿簾風。　萬事一身傷老矣！戎葵凝笑牆東②。酒杯深淺去年同。試澆橋下水，今夕到湘中。

【注釋】

①午日　卽五月五日端午也。戰國楚屈原見放江南，憂懷幽思，於是日懷沙自投汨羅而死。存作有離騷等廿五篇，見漢志及王逸楚辭章句敍。　②戎葵　卽蜀葵，花如木槿。

程　垓

【傳略】

程垓，字正伯，眉山（今四川眉山縣）人。有書舟詞一卷，淒婉綿麗，後世每以之與淮海、山谷二家比論。

【集評】

毛晉云：正伯與子瞻中表兄弟，故集中多溷蘇作，其酷相思諸闋，詞家皆極欣賞，謂秦七黃九莫及也。（書舟詞跋）

馮煦云：程正伯，淒婉綿麗，與草窗所錄絕妙好詞家法相近；是故正鋒雖與子瞻爲中表昆弟，而門徑絕不相入。（六十一家詞選例言）

折紅英①

桃花煗②，楊花亂，可憐朱戶春強半。長記憶，探芳日，笑凭郎肩，殢紅偎碧③，惜！惜！惜！　春宵短，離腸斷，淚痕長向東風滿。凭青翼④，問消息。花謝春歸，幾時來得？憶！憶！憶！

【注釋】

①折紅英　卽釵頭鳳，程垓改爲此名。　②煗　同煖、暖字。　③殢　音替。嬌柔依偎貌。李山甫柳詩：「強扶柔態酒難醒，殢着春風別有情。」　④青翼　謂青鳥也。左傳杜注：「青鳥：鶬鴳也；以立春鳴，立夏止。」山海經大荒西經：「西有王母之山，有三青鳥：赤首黑目，一名曰大鵹、一名曰少鵹、一名曰青鳥。」注云：「皆西王母所使也。」薛道衡豫章行詩：「願作王母三青鳥，飛來飛去傳消息」。

韓元吉

【傳略】

韓元吉（一一一八——一一八七）字无咎，號南澗，許昌（今河南許昌縣）人。門下侍郎維四世孫，東萊先生呂伯恭之外舅也。寓居信州（今江西上饒縣）。孝宗隆興間，官吏部尙書。有南澗甲乙稿，與張孝祥、范成大、陸游、辛棄疾等相唱和。彊邨叢書有南澗詩餘一卷。

【集評】

黃昇云：南澗名家，文獻、政事、文學，爲一代冠冕。（花庵詞選）

好事近　汴京賜宴，聞教坊樂有感①。

凝碧舊池頭②，一聽管絃凄切。多少梨園聲在③，總不堪華髮。　杏花無處避春愁，也傍野煙發。惟有御溝聲斷，似知人嗚咽。

【注釋】

①金史交聘表云：「大定十三年（一一七三）三月癸巳朔，宋遣試禮部尙書韓元吉、利州觀察使鄭興裔等賀萬春節。」按：宋孝宗乾道九年，爲金世宗大定十三年。南澗汴京賜宴之詞，當是此時作。

②凝碧池　在河南洛陽，天寶末，安祿山反，嘗大會於此。時王維被執菩提寺，有詩云：「萬戶傷心生野煙，百官何日再朝天；秋槐葉落空宮裏，凝碧池頭奏管弦。」　③梨園　本樂部名，爲唐玄宗教

授伶人習藝之所，此借指汴京教坊也。

【評箋】

麥孺博云：賦體如此，高於比興。（藝蘅館詞選）

六州歌頭 桃花

東風著意，先上小桃枝。紅粉膩，嬌如醉，倚朱扉。記年時，隱映新妝面。臨水岸，春將半，雲日暖，斜橋轉，夾城西。草軟莎平，跋馬垂楊渡①，玉勒爭嘶。認蛾眉，凝笑臉，薄拂燕支②。繡戶曾窺，恨依依。　共攜手處，香如霧，紅隨步，怨春遲。銷瘦損，憑誰問，只花知，淚空垂。舊日堂前燕③，和煙雨，又雙飛。人自老，春長好，夢佳期。前度劉郎④，幾許風流地，花也應悲。但茫茫暮靄，目斷武陵谿⑤，往事難追。

【注釋】

①跋馬　猶言馳馬也。　②燕支　即胭脂；婦女化妝顏料。　③堂前燕三句　劉禹錫烏衣巷詩：「朱雀橋邊野草花，烏衣巷口夕陽斜；舊時王謝堂前燕，飛入尋常百姓家。」晏幾道臨江仙詞：「去年春恨却來時，落花人獨立，微雨燕雙飛。」　④前度劉郎　東漢劉晨與阮肇同入天台山採藥，歷十三日不得返，因採山桃食之。後遇二女郎迎歸，被留半年，至家，子孫已七世矣。見神仙記。唐劉禹錫有再遊玄都觀詩：「百畝庭中盡是苔，桃花淨盡菜花開；種桃道士歸何處？前度劉郎今又來。」　⑤武陵谿　用陶淵明桃花源記故事。

陸游

【傳略】

陸游（一一二五——一二〇九）字務觀，越州山陰（今浙江紹興縣）人。年十二，能詩、文，蔭補登仕郎。鎖廳薦送第一，秦檜孫塤適居其次。檜怒，至罪主司。明年，試禮部，主司復置游前列。檜顯黜之。孝宗卽位，賜進士出身，出通判建康府，尋易隆興府，免歸。久之，通判夔州。王炎宣撫川、陝，辟爲幹辦公事。游爲炎陳進取之策，以爲經略中原，必自長安始，取長安必自隴右始。范成大帥蜀，游爲參議官。以文字交，不拘禮法，人譏其頹放，因自號放翁。後累遷江西常平提舉，知嚴州。嘉泰二年（一二〇二），以孝宗、光宗兩朝實錄及三朝史未就，詔游權同修國史實錄院同修撰，尋兼秘書監。三年，書成，遂升寶章閣待制，致仕。嘉定二年卒，年八十五。游尤長於詩，與尤袤、楊萬里、范成大爲南宋四大家。兼喜塡詞，嘗自謂：「少時汨於世俗，頗有所爲，晚而悔之，然漁歌菱唱，猶不能止。」汲古閣宋六十家詞有放翁詞一卷，吳氏雙照樓景宋元明本詞有景宋本渭南詞二卷。

【集評】

劉克莊云：放翁長短句，其激昂感慨者，稼軒不能過；飄逸高妙者，與陳簡齋、朱希真相頡頏；流麗綿密者，欲出晏叔原、賀方回之上；而歌之者絕少。（後村大全集詩話續集）　又云：放翁、稼軒

，一掃纖豔，不事斧鑿，但時時掉書袋，要是一癖。（詞林紀事引）

毛晉云：楊用修云：「放翁詞纖麗處似淮海，雄慨處似東坡。」予謂超爽處更似稼軒耳。（放翁詞跋）

劉熙載云：陸放翁詞，安雅清贍，其尤佳者，在蘇、秦間。然乏超然之致，天然之韻，是以人得測其所至。（藝概詞概）

馮煦云：劍南屏除纖豔，獨往獨來，其逋峭沈鬱之概，求之有宋諸家，無可方比。提要以爲：「詩人之言，終爲近雅，與詞人之冶蕩有殊。」是也。至謂：「游欲驛騎東坡、淮海之間，故奄有其勝，而皆不能造其極。」則或非放翁之本意歟？（宋六十一家詞選例言）

劉師培云：劍南之詞，屏除纖豔，清真絕俗，逋峭沈鬱，而出之以平淡之詞，例以古詩，亦元亮、右丞之匹，此道家之詞也。（論文雜記）

卜算子 梅

驛外斷橋邊，寂寞開無主。已是黃昏獨自愁，更著風和雨①。　無意苦爭春，一任羣芳妒。零落成泥碾作塵②，只有香如故。

【注釋】

①更著　猶言更有，更加。　②碾　讀如年字上聲，以圓轉之物往復磨壓也。

【評箋】

卓人月云：末句想見勁節。（詞統）

鵲橋仙

一竿風月，一蓑煙雨，家在釣臺西住①。賣魚生怕近城門，況肯到紅塵深處②。　潮生理櫂，潮平繫纜，潮落浩歌歸去。時人錯把比嚴光，我自是無名漁父。

【注釋】

①釣臺　古釣臺之遺蹟頗多，此蓋指漢嚴光隱居垂釣處。遺址在今浙江省桐廬縣富春山，下臨富春渚，因有嚴陵瀨、子陵瀨、釣魚臺等異名。按：嚴光，字子陵，少與光武同游學。及光武卽位，子陵變姓名而隱。帝物色得之，除諫議大夫，不就，隱於富春山，耕釣以終。　②紅塵　猶言俗世。此指熱鬧繁華之城市。徐陵洛陽道詩：「綠柳三春暗，紅塵百戲多。」

鵲橋仙　夜聞杜鵑①

茅簷人靜，蓬牕燈暗②，春晚連江風雨。林鶯巢燕總無聲，但月夜常啼杜宇。　催成清淚，驚殘孤夢，又揀深枝飛去。故山猶自不堪聽，況半世飄然羈旅③！

【注釋】

①杜鵑　卽子規，又名杜宇。見二五六頁李甲憶王孫詞注。　②蓬牕　蓬，謂蓬舟。牕，同窗。蓬牕，卽舟窗。　③羈旅　旅人寄跡外鄉也。

【評箋】

陳廷焯云：借物寓言，較他作爲合乎古。（白雨齋詞話）

卓人月云：去國離鄉之感，觸緒紛來，讀之令人於邑。（詞統）

夜遊宮　記夢，寄師伯渾①。

雪曉清笳亂起②，夢遊處、不知何地？鐵騎無聲望似水③。想關河，雁門西，青海際④。睡覺寒燈裏，漏聲斷、月斜牕紙。自許封侯在萬里⑤。有誰知，鬢雖殘，心未死。

【注釋】

①師渾甫　字伯渾，四川眉山人。放翁遊蜀，訂交於眉山，時有詩文往還，隱處以終。②清笳　謂淒清之胡笳聲。胡笳，古軍中樂器，以傳自胡地，故名。③鐵騎無聲望似水　謂精壯嚴整之騎兵，銜枚無聲而馳走，遠望如波光動盪也。④雁門　古關名，在今山西代縣西北。青海，湖名，在今青海省東北部。二者自古爲備胡邊防重地。⑤封侯萬里　用漢班超投筆從戎，平西域、封定遠侯事。以喻其抗金立功之初衷未已也。

漁家傲　寄仲高①

東望山陰何處是②？往來一萬三千里。寫得家書空滿紙！流清淚，書回已是明年事。寄語紅橋橋下水，扁舟何日尋兄弟？行偏天涯真老矣！愁無寐，鬢絲幾縷茶煙裏③。

【注釋】

①仲高　名升之，陸游堂兄，長游十二歲。②山陰　陸游故鄉，即今浙江紹興縣。時游在四川，故下句言「往來一萬三千里」，此云「東望」。③鬢絲　謂鬢髮灰白如絲也。

謝池春

壯歲從戎①，曾是氣吞殘虜②。陣雲高、狼煙夜舉③。朱顏青鬢，擁雕戈西戍。笑儒冠自來多誤！　功名夢斷，却泛扁舟吳楚。漫悲歌④、傷懷弔古。煙波無際，望秦關何處⑤？歎流年又成虛度！

【注釋】

①壯歲從戎　指四十八歲時任職川陝宣撫使軍幕事。　②殘虜　兇殘之敵人。　③狼煙　即烽火。古邊境有事，舉烽火以告警。烽火多以狼糞爲燃料，風吹不散，故稱狼烽，或狼煙。　④漫　猶言徒然。　⑤秦關　漢中一帶古屬秦地。時爲南宋之西北邊關。

釵頭鳳①

紅酥手②，黃縢酒③，滿城春色宮牆柳。東風惡，歡情薄。一懷愁緒，幾年離索④！錯！錯！錯！　春如舊，人空瘦，淚痕紅浥鮫綃透⑤。桃花落，閒池閣。山盟雖在⑥，錦書難託。莫！莫！莫！

【注釋】

①釵頭鳳　卽摘紅英，但前後段末加三疊字而成，可謂添字。周密齊東野語載其本事云：「陸務觀初娶唐氏，閎之女也，於其母夫人爲姑姪。伉儷相得而弗獲於其姑，既出而未忍絕之，則爲別館時時往焉。姑知而掩之，雖先知挈去，然事不得隱，竟絕之，亦人倫之變也。唐後改適同郡宗子士程。嘗以

春日出游，相遇於禹跡寺南之沈氏園。唐以語趙，遣致酒餚。翁悵然久之，爲賦釵頭鳳一詞，題園壁間。實紹興乙亥歲（一一五五）也。」而歷代詩餘卷一百十八引夸娥齋主人則云：陸放翁娶婦，琴瑟甚和，而不當母夫人意，遂至解褵。然猶餽遺殷勤，嘗貯酒贈陸，陸謝以詞，有「東風惡，歡情薄」之句，蓋寄聲釵頭鳳也。婦亦答詞云：「世情薄，人情惡，雨送黃昏花易落。曉風乾，淚痕殘。欲箋心事，獨語斜闌。難！難！難！　人成各，今非昨，病魂常似秋千索。角聲寒，夜闌珊。怕人尋問，咽淚妝歡。瞞！瞞！瞞！」未幾，以愁怨死。②紅酥手　謂唐琬之手紅潤細嫩也。③黃縢酒　據陳鵠耆舊續聞云爲「黃封酒」。黃封，則爲官酒名。④離索　離散分居也。⑤鮫綃　謂絲織之手帕也。見三九三頁鮫綃注。⑥山盟　謂舊日之誓約也。古人重信義，凡盟誓，乃指如山岳之不可移易，故云山盟。

【評箋】

毛晉云：放翁詠釵頭鳳一事，孝義兼摯，更有一種啼笑不敢之情於筆墨之外，令人不能竟讀。（詞林紀事引）

訴衷情

當年萬里覓封侯①，匹馬戍梁州②。關河夢斷何處③？塵暗舊貂裘④。　胡未滅，鬢先秋⑤，淚空流。此生誰料，心在天山⑥，身老滄洲⑦！

【注釋】

①萬里覓封侯　謂遠赴邊疆覓取建功立業之機會。用漢班超投筆從戎立功西域事。參見前一七八頁晁補之摸魚兒詞注。②戍梁州　指四十八家時在漢中任職川陝宣撫使幕事。古梁州當今陝西漢中及四川東部一帶，因梁山而得名。③關河夢斷　謂立功疆場的心願成空也。關河，卽關塞、河防，南宋時，梁州爲西北邊防重地。故云。④塵暗舊貂裘　謂長期投閒置散，無立功機會也。戰國策秦策：「蘇秦說秦王，書十上而不行，黑貂之裘弊，黃金百斤盡，資用乏絕，去秦而歸。」⑤鬢先秋　鬢髮已如秋霜之泛白也。⑥天山　在新疆省境，此借指邊塞前線。⑦身老滄洲　陸游晚居浙江紹興鏡湖畔之三山。滄洲，水邊之地。

鷓鴣天

家住蒼煙落照間，絲毫塵事不相關。斟殘玉瀣行穿竹①，卷罷黃庭臥看山②。　貪嘯傲，任衰殘。不妨隨處一開顏。元知造物心腸別，老卻英雄似等閒③。

【注釋】

①玉瀣　美酒名。龍城錄：「魏左相（魏徵）能治酒，其名有醽醁、翠濤。貯以大甖，十年味不敗。太宗賜詩曰：醽醁稱蘭生，翠濤過玉瀣。」②黃庭　道家經名，爲論養生之書。③似等閒　謂視如等閒之事也。

桃園憶故人　題華山圖

中原當日三川震①，關輔回頭煨燼②。淚盡兩河征鎮③，日望中興運。　秋風霜滿青青鬢，老卻新豐英俊④。雲外華山千仞⑤，依舊無人問。

【注釋】

①三川　指涇水、渭水、洛水。三川，一本作「山川」。　②關輔　關中與三輔也，在今陝西省地。③兩河　謂黃河南北兩岸之地。　④新豐英俊　用唐馬周事以自況。新豐，地名，漢高帝所建，在長安附近。唐書馬周傳：「周舍新豐逆旅，主人不之顧；命酒一斗八升，悠然獨酌，眾異之。」　⑤華山　華讀去聲。五嶽之西嶽，在陝西長安之東。仞，古以周尺八尺爲仞。

真珠簾

山村水館參差路，感羈遊、正似殘春風絮。掠地穿簾，知是竟歸何處？鏡裏新霜空自憫①，問幾時、鸞臺鼇署②？遲暮！漫憑高懷遠，書空獨語③。　自古，儒冠多誤。悔當年、早不扁舟歸去。醉下白蘋洲，看夕陽鷗鷺。菰菜鱸魚都棄了④，只換得、青衫塵土⑤。休顧！早收身江上，一簑烟雨。

【注釋】

①新霜　謂新添白髮也。　②鸞臺鼇署　鸞臺，即門下省，鼇署，即翰林院。全句指置身朝列也。③書空　謂以指畫空間，虛構字形也。晉書殷浩傳：「浩雖被黜放，口無怨言，夷神委命，談詠不輟，雖家人不見其有流放之感，但終日書空，作咄咄怪事四字而已。」　④菰菜鱸魚　菰菜、蔬類，生於陂澤，春秋兩季中生白色新芽，曰菰菜，亦稱茭白。鱸魚，體扁狹，背蒼腹白，巨口細鱗，味鮮美

。二者皆江南應時佳餚。⑤青衫　青色布衫也，職位較卑官員所服。白居易琵琶行：「座中泣下誰最多，江州司馬青衫濕。」

秋波媚　七月十六日晚登高興亭，望長安南山①。

秋到邊城角聲哀，烽火照高臺。悲歌擊筑②，憑高酹酒③，此興悠哉④！　多情誰似南山月，特地暮雲開。灞橋煙柳⑤，曲江池館⑥，應待人來。

【注釋】

①高興亭　在漢中內城西北。南山，卽長安城南之終南山。②悲歌擊筑　筑，古樂器，形似琴，十三絃。史記刺客列傳載燕太子丹遣荊軻刺秦王，至易水之上；既祖，取道，高漸離擊筑，荊軻和而歌，爲變徵之聲。③酹　灑酒於地而祭也。④悠哉　深長貌。⑤灞橋　在長安城東灞水上，古人出入京師多於此折柳送別。⑥曲江　池名，在長安東南，唐時爲都人遊憩勝地。

范成大

【傳略】

范成大（一一二六——一一九三）字致能，自號石湖居士，吳郡（今江蘇吳縣）人。南宋高宗紹興二十四年（一一五四）擢進士第。孝宗隆興元年累遷著佐郎。旋假資政殿大學士，充金祈請國信使，竟得全節而歸。除敷文閣待制，四川制置使。凡人才可用者，悉致幕下，用所長，不拘小節。召對，除權吏部尚書，拜參知政事。出知明州，尋帥金陵。以病請閑，進資政殿學士。光宗紹熙三年，加大學士，四年卒。石湖詩，與尤袤、楊萬里、陸游並稱尤楊范陸。有石湖集、攬轡錄、桂海虞衡集行于世。所作石湖詞一卷，有鮑氏知不足齋叢書本，彊邨叢書本。彊邨本附有補遺。

【集評】

陳廷焯云：石湖詞音節最婉轉，讀稼軒詞後讀石湖詞，令人心平氣和。（白雨齋詞話）

秦樓月

樓陰缺，闌干影臥東廂月。東廂月，一天風露，杏花如雪。　隔煙催漏金虯咽①，羅幃暗淡燈花結。燈花結，片時春夢，江南天闊②。

【注釋】

①金虯　龍子有角者曰虯；金虯，即銅龍，古置於漏器之上鳴以計時者。李商隱深宮詩：「金殿銷香閉綺籠，玉壺傳點咽銅龍。」　②片時二句　鄭文焯絕妙好詞校錄以爲乃用唐岑參：「枕上片時春夢中，行盡江南數千里」詩意。

眼兒媚　萍鄉道中乍晴①，臥輿中困甚，小憩柳塘。

酣酣日脚紫煙浮②，妍暖試輕裘。困人天氣，醉人花底，午夢扶頭③。　春慵恰似春塘水，一片縠紋愁。溶溶洩洩④，東風無力，欲皺還休。

【注釋】

①萍鄉　今江西萍鄉縣。范成大驂鸞錄云：「（孝宗）乾道癸巳（一一七三）閏正月二十六日，宿萍鄉縣，泊萍實驛。人以此地爲楚王得萍實之地，然距大江遠，非是。」②酣酣　暖意。③扶頭　謂沈醉也。李清照念奴嬌詞：「扶頭酒醒。」④溶溶洩洩　蕩漾貌。

【評箋】

許昂霄云：換頭「春慵」緊接困字、醉字來，細極。（詞綜偶評）

況周頤云：詞亦文之一體，昔人名作，亦有理脈可尋，所謂蛇灰、蚓線之妙。如范石湖眼兒媚萍鄉道中云云，「春慵」緊接「困」字、「醉」字來，細極。（蕙風詞話）

沈天羽云：字字軟溫，着其氣息，卽醉。（草堂詩餘別集）

王闓運云：自然移情，不可言說，綺語中仙語也。（湘綺樓詞選）

醉落魄

棲烏飛絕，絳河綠霧星明滅①。燒香曳簟眠清樾②。花影吹笙，滿地淡黃月。　好風碎竹聲如雪，昭華三弄臨風咽③。鬢絲撩亂綸巾折④。涼滿北窗，休共軟紅說⑤。

【注釋】

①絳河　天河之別名。拾遺記：「絳河去日南十萬里，波如絳色。」庾信步虛詞：「絳河因遠別，黑鵠來相迎。」②清樾　清涼蔭蔽之樹陰也。③好風二句　宋翔鳳樂府餘論：「好風碎竹聲如雪，寫笙聲也；昭華三弄臨風咽，吹已止也。」晉書律曆志：「舜時，西王母獻昭華之琯，以玉爲之。」

④綸巾　冠名，以靈絲綬爲之。蘇軾念奴嬌詞：「羽扇綸巾，談笑間、強虜灰飛煙滅。」　⑤軟紅　紅塵也。此借指紅塵中之俗士。

【評箋】

宋翔鳳云：高江村（士奇）曰：「笙字疑當作簾，不然與下昭華句相犯。」按：高說非也。此詞正詠吹笙。上解從夜中情景點出吹笙。下解「好風碎竹聲如雪，」寫笙聲也。「昭華三弄臨風咽，」吹已止也。「鬢絲撩亂」，言執笙而吹者，其竹參差，時時侵鬢也。如吹時風來則「綸巾折，」知「涼滿北窗」也。若易去笙字，則後解全無意味，且花影如何吹簾？語更不屬。（樂府餘論）

張孝祥

【傳略】

張孝祥（一一三三——一一七〇）字安國，歷陽烏江（今安徽和縣）人。讀書一過目不忘。高宗紹興二十四年（一一五四），廷試第一。歷中書舍人，直學士院，兼都督府參贊軍事，領建康留守，集賢殿修撰，廣南西路經略安撫使，知潭州，徙知荆南荆湖北路安撫使。築守金隄，自是荆州無水患。進顯謨閣直學士，致仕，卒，年三十八。孝祥幼敏悟，文章俊逸，下筆千言；歷官所至，皆有政聲。惜享年不永，時論痛之。所作于湖詞，有毛氏汲古閣宋六十家詞本，四部叢刊影宋刊于湖居士集本，吳氏雙照樓影宋元明詞本。

【集評】

陳應行云：比遊荆、湖間，得公于湖集，所作長短句，凡數百篇。讀之，冷然、灑然，真非煙火食人辭語。予雖不及識荆，然其瀟散出塵之姿，自在如神之筆，邁往凌雲之氣，猶可以想見也。（于湖詞序）

湯衡云：衡嘗獲從公游，見公平昔爲詞，未嘗著稿，筆酣興健，頃刻卽成。初若不經意，反復究觀，未有一字無來處。如歌頭、凱歌、登無盡藏、岳陽樓諸曲，所謂駿發踔厲，寓以詩人句法者也。（同上）

查禮銅云：于湖詞聲律弘邁，音節振拔，氣雄而調雅，意緩而語峭。（鼓書堂詞話）

陳廷焯云：張安國詞，熱腸鬱思，可想見其爲人。（白雨齋詞話）

浣溪沙　荊州約馬舉先登城樓觀塞①

霜日明霄水蘸空②，鳴髇聲裏繡旗紅③，澹煙衰草有無中。　萬里中原烽火北，一尊濁酒戍樓東④，酒闌揮淚向悲風。

【注釋】

①宋孝宗乾道四年（一一六八），孝祥官荊南荊湖北路安撫使，駐節荊州（今湖北江陵縣），時荊州當虜騎要衝，羽檄旁午，孝祥內修外攘，百廢俱興，民得休息。馬舉先，事跡不詳。　②蘸　音占，以物沾水也。　③鳴髇　響箭也。　④戍樓　軍士駐防之城樓。

西江月 題溧陽三塔寺①

問訊湖邊春色，重來又是三年。東風吹我過湖船，楊柳絲絲拂面。　世路如今已慣②，此心到處悠然。寒光亭下水如天③，飛起沙鷗一片。

【注釋】

①詞題一作「丹陽湖」，今依絕妙好詞箋引景定建康志定題。溧陽，今江蘇溧陽縣。　②世路　猶世道，謂世間一切人生經歷之情態也。劉峻廣絕交論：「世路嶮巇，一至於此。」　③寒光亭　在溧陽縣西三塔湖畔之三塔寺中，亭柱上刻有于湖此詞。

西江月 黃陵廟①

滿載一船明月，平鋪千里秋江。波神留我看斜陽，喚起鱗鱗細浪②。　明日風回更好③，今朝露宿何妨！水晶宮裏奏霓裳④，準擬岳陽樓上⑤。

【注釋】

①黃陵廟　湖南湘陰縣北洞庭湖畔有黃陵山，湘水由此入湖，相傳山上有舜妃娥皇、女英廟。即世所謂黃陵廟。　②鱗鱗　狀湖水波紋細密如魚鱗也。　③風回　謂風由逆轉順也。　④水晶宮　謂水府也。此言濤聲慢妙，如水府中演奏唐玄宗時之霓裳羽衣舞曲。　⑤岳陽樓　在湖南岳陽城西門上，面對洞庭，爲唐初所建，宋仁宗慶歷六年，巴陵守滕子京（宗諒），嘗重修增益，見范仲淹岳陽樓記。

南歌子 過嚴關①

路盡湘江水，人行瘴霧間。昏昏西日度嚴關，天外一簪初見、嶺南山。 北雁連書斷②，秋霜點鬢斑。此行休問幾時還，惟擬桂林佳處③、過春殘。

【注釋】

①過嚴關 清一統志：「嚴關在廣西興安縣西南，兩山對峙，中爲通道，勢極險峻。」按：孝祥曾官廣南西路經略安撫使，此蓋赴任時作。 ②北雁連書斷 相傳雁足可以傳書，見漢書蘇武傳。又湖南衡陽有回雁峯，謂北雁秋來至此而止，來春卽北回；嚴關在衡陽南，雁跡不到，故云「連書斷」。

③桂林佳處 桂林，今廣西省會，世言其山水甲天下。

念奴嬌 過洞庭

洞庭青草①，近中秋、更無一點風色。玉鑑瓊田三萬頃②，著我扁舟一葉。素月分輝，明河共影，表裏俱澄澈。悠然心會，妙處難與君說！ 應念嶺表經年③，孤光自照，肝膽皆冰雪。短髮蕭騷襟袖冷④，穩泛滄浪空闊。盡吸西江，細斟北斗⑤，萬象為賓客。扣舷獨笑⑥，不知今夕何夕？

【注釋】

①青草 湖名，在湖南岳陽縣西南，湘水所注；以湖中多生青草，故名。 ②玉鑑瓊田 狀湖上月光之光耀明潔。鑑，鏡子。 ③嶺表經年 嶺表，卽嶺南。安國嘗官廣南西路經略安撫使，罷官後，又

起知潭州，權荊湖南路提點刑獄公事，此蓋罷官北歸時作。④短髮蕭騷　謂髮少蕭疏也。杜甫藍田崔氏莊詩：「羞將短髮還吹帽，笑倩傍人爲正冠。」又春望詩：「白髮搔更短，渾欲不勝簪。」

⑤盡吸二句　莊子外物篇：「激西江之水而迎子。」酌酒曰斟；楚辭東君：「援北斗兮酌桂漿。」

⑥扣舷　敲擊船邊以應節也。蘇軾赤壁賦：於是飲酒樂甚，扣舷而歌。

【評箋】

葉紹翁云：張于湖嘗舟過洞庭，月照龍堆，金沙盪射。公得意命酒，唱歌所作詞，呼羣吏而酌之，曰：「亦人子也。」其坦率皆類此。（四朝見聞錄）

魏了翁云：張于湖有英姿奇氣，著之湖湘間，未爲不遇。洞庭所賦，在集中最爲傑特。方其吸江酌斗、賓客萬象時，詎知世間有紫微青瑣哉？（于湖詞跋）

王闓運云：飄飄有淩雲之氣，覺東坡水調猶有塵心。（湘綺樓詞選）

六州歌頭

長淮望斷①，關塞莽然平。征塵暗，霜風勁，悄邊聲，黯銷凝。追想當年事，殆天數，非人力。洙泗上②，絃歌地，亦羶腥。隔水氈鄉落日③，牛羊下、區脫縱橫④。看名王宵獵，騎火一川明。笳鼓悲鳴，遣人驚！　念腰間箭，匣中劍，空埃蠹，竟何成！時易失，心徒壯，歲將零。渺神京⑤，干羽方懷遠⑥，靜烽燧，且休兵。冠蓋使，紛馳騖，若為情⑦。聞道中原遺老，常南望、翠葆霓旌⑧。使行人到此，忠憤氣填膺，有淚如傾。

【注釋】

①長淮　謂淮河也。南宋時爲北方前線。②洙泗　謂洙水、泗水，二者皆在魯境。春秋時，孔子嘗設教傳道於其間，見禮記檀弓。③氈鄉　謂胡人所居；胡人多衣氈裘，宿氈帳，故云。④區脫　胡人土室也。漢時匈奴築以守邊者。區，讀如歐。⑤神京　指北宋京師汴梁。⑥干羽　尚書大禹謨：「帝乃誕敷文德，舞干羽于兩階；七旬，有苗格。」孔傳：干，楯；羽，翳；皆舞者所執。⑦若爲情　猶言何以爲情，難以爲懷。⑧翠葆霓旌　翠羽裝飾之車蓋，如虹霓般之彩旗，皆帝王所用。此借指王師。

【評箋】

朝野遺記：張孝祥紫微雅詞，湯衡稱其平昔未嘗著稿，筆酣興健，頃刻即成，却無一字無來處。一日，在建康留守席上作六州歌頭，張魏公讀之，罷席而入。（歷代詩餘引）

劉熙載云：詞莫要於有關係。張元幹仲宗因胡邦衡謫新州，作賀新郎送之，坐是除名，然身雖黜而義不可沒也。張孝祥安國於建康留守席上賦六州歌頭，致感重臣罷席。然則詞之興、觀、羣、怨，豈下於詩哉？（藝概詞概）

陳廷焯云：淋漓痛快，筆飽墨酣，讀之令人起舞；惟「忠憤氣塡膺」一句提明，轉淺，轉顯，轉無餘味，或亦聳當途之聽，出於不得已耶？（白雨齋詞話）

辛棄疾

【傳略】

辛棄疾（一一四〇——一二〇七）字幼安，原字坦夫，自號稼軒居士，齊之歷城（今山東濟南）人。靖康之難，宋室南渡，耿京聚兵山東，棄疾爲掌書記，即勸京決策南向。

紹興三十二年（一一六二），京令棄疾奉表歸宋。高宗勞師建康，召見，嘉納之，授承務郎，改差江陰簽判。棄疾時年二十三。

乾道四年（一一六八），通判建康府。六年，孝宗召對延和殿。時虞允文當國，帝銳意恢復。棄疾因論南北形勢及三國、晉、漢人才，持論勁直，不爲迎合。以講和方定，議不行。

出知滁州，辟江東安撫司參議官。留守葉衡雅重之。衡入相，力薦棄疾慷慨有大略。召見，遷倉部郎官，提點江西刑獄，加秘閣修撰。調京西轉運判官，差知江陵府，兼湖北安撫。遷知隆興府，兼江西安撫。以大理少卿召，出爲湖北轉運副使，改湖南，尋知潭州，兼湖南安撫。奏乞別刱一軍，以湖南飛虎爲名。軍成，雄鎮一方，爲江上諸軍之冠。加右文殿修撰，差知隆興府，兼江西安撫，以言者落職。

紹熙二年（一一九一），起福建提點刑獄。召見，遷大理少卿，加集英殿修撰，知福州，兼福建安撫使。又欲造萬鎧，招強壯，補軍額，嚴訓練。事未行，臺臣王藺劾其「用錢如泥沙，殺人如草芥，旦夕望端坐閩王殿。」遂丐祠歸。慶元元年（一一九五）落職。

久之，起知紹興府，兼浙東安撫使。四年，寧宗召見，加顯謨閣待制，尋差知鎮江府。坐繆舉，降朝散大夫，提舉沖佑觀。進樞密都承旨，未受命而卒，享年六十八歲。　棄疾豪爽，尙氣節，識拔英俊。嘗謂：「人生在勤，當以力田爲先。北方之人，養生之具，不求於人，是以無甚富甚貧之家。南方多末作以病農，而兼並之患興，貧富斯不侔矣。」故以稼名軒。雅善長短句，悲壯激烈，有稼軒集行世。今所傳稼軒長短句十二卷，有王氏四印齋所刻詞本，吳氏石蓮庵刻山左人詞本，陶氏涉園影宋金元明本詞續刋本。又稼軒詞四卷，有毛氏汲古閣宋六十家詞本。萬載辛啓泰辛氏祠堂本。近人鄧廣銘著稼軒詞編年箋注，附辛稼軒先生年譜，採輯頗富，另鄭騫先生亦有辛稼軒年譜行世，並可參考。

【集評】

范開云：稼軒詞之體，如張樂洞庭之野，無首無尾，不主故常；又如春雲浮空，卷舒起滅，隨所變態，無非可觀。（稼軒詞序）

劉克莊云：公所作，大聲鏜鞳，小聲鏗鍧，橫絕六合，掃空萬谷，自有蒼生所未見。其穠纖綿密者，亦不在小晏、秦郎之下。（辛稼軒集序）

毛晉云：詞家爭鬪穠纖，而稼軒率多撫時感事之作，磊砢英多，絕不作妮子態。（稼軒詞跋）

鄒祗謨云：稼軒雄深雅健，自是本色，俱從南華、沖虛得來。然作詞之多，亦無如稼軒者。中調、短令亦間作嫵媚語。觀其得意處，真有壓倒古人之意。（遠志齋詞衷）

彭孫遹云：稼軒之詞，胸有萬卷，筆無點塵，激昂排宕，不可一世。今人未有稼軒一字，輒紛紛有異同之論，宋玉罪人，可勝三歎。（金粟詞話）

吳衡照云：辛稼軒別開天地，橫絕古今，論、孟、詩小序、左氏春秋、南華、離騷、史、漢、世說、選學、李、杜詩，拉雜運用，彌見其筆力之峭。（蓮子居詞話）

周濟云：稼軒不平之鳴，隨處輒發，有英雄語，無學問語，故往往鋒穎太露。然其才情富豔，思力果銳，南北兩朝，實無其匹，無怪流傳之廣且久也。又：世以蘇、辛並稱。蘇之自在處，辛偶能到之；辛之當行處，蘇必不能到；二公之詞，不可同日語也。又：後人以麤豪學稼軒，非徒無其才，並無其情。稼軒固是才大，然情至處後人萬不能及。又：北宋詞多就景敘情，故珠圓玉潤，四照玲瓏。至稼軒、白石，一變而爲即事敘景，使深者反淺，曲者反直。吾十年來，服膺白石，而以稼軒爲外道。由今思之，可謂瞽人捫籥也。稼軒鬱勃，故情深；白石放曠，故情淺；稼軒縱橫，故才大；白石局促，故才小。惟暗香、疎影二詞，寄意題外，包蘊無窮，可與稼軒伯仲，餘俱據事直書，不過手意近辣耳。（介存齋論詞雜著）　又云：蘇、辛並稱。東坡天趣獨到處，殆成絕詣，而苦不經意，完璧甚少；稼軒則沈著痛快，有轍可循，南宋諸公，無不傳其衣缽，固未可同年而語也。又：稼軒由北開南，夢窗由南追北，是詞家轉境。（宋四家詞選序論）

樓敬思云：稼軒驅使莊、騷、經、史，無一點斧鑿痕，筆力甚峭。（詞林紀事引）

劉熙載云：蘇、辛皆至情至性人，故其詞瀟灑卓犖，悉出於溫柔敦厚。世或以粗獷託蘇、辛，固宜有視蘇、辛爲別調者矣。又：張玉田盛稱白石，而不甚許稼軒，耳食者遂於兩家有軒輊意。不知稼軒之體，白石嘗效之矣。集中如永遇樂、漢宮春諸闋，均次稼軒韻，其吐屬氣味，皆若秘響相通，何後人

過分門戶耶?又:稼軒詞龍騰虎擲,任古書中理語、瘦語,一經運用,便得風流,天姿是何夐異!(藝概詞概)

謝章鋌云:學稼軒,要於豪邁中見精緻。近人學稼軒,只學得莽字、粗字,無怪闌入打油惡道。試取辛詞讀之,豈一味叫囂者所能望其頂踵?蔣藏園(士銓)爲善於學稼軒者。稼軒是極有性情人。學稼軒者,胸中須先具一段真氣、奇氣,否則雖紙上奔騰,其中俄空焉,亦蕭蕭索索,如牖下風耳。(賭棋山莊詞話卷一) 又:晏、秦之妙麗,源於李太白、溫飛卿;姜、史之清真,源於張志和、白香山。惟蘇、辛在詞中,則藩籬獨闢矣。讀蘇、辛詞,知詞中有人,詞中有品,不敢自爲菲薄。然辛以畢生精力注之,比蘇尤爲橫出。吳子律曰:「辛之於蘇,猶詩中山谷之視東坡也。東坡之大,殆不可以學而至。」此論或不盡然。蘇風格自高,而性情頗歉。辛卻纏綿悱惻,且辛之造語俊於蘇。若僅以大論也,則室之大不如堂,而以堂爲室可乎?(前書卷九)

陳廷焯云:辛稼軒,詞中龍也。氣魄極雄大,意境卻極沈鬱。不善學之,流入叫囂一派,論者遂集矢於稼軒,稼軒不受也。又:稼軒詞彷彿魏武詩,自是有大本領,大作用人語。 又云:蘇辛並稱,然兩人絕不相似。魄力之大,蘇不如辛;氣體之高,辛不逮蘇。(白雨齋詞話)

四庫提要云:棄疾詞慷慨縱橫,有不可一世之概;於倚聲家爲變調,而異軍特起,能於剪翠刻紅之外,屹然別立一宗,迄今不廢。(稼軒詞提要)

王國維云:南宋詞人,白石有格而無情,劍南有氣而乏韻,其堪與北宋人頡頏者,唯一幼安耳。近人祖南宋而祧北宋，以南宋之詞可學，北宋不可學也。學南宋者，不祖白石則祖夢窗，以白石、夢窗可學，幼安不可學也。學幼安者，率祖其粗獷滑稽，以其粗獷滑稽處可學，佳處不可學也。幼安之佳處，在有性情，有境界。卽以氣象論，亦有傍素波、干青雲之概，寧後世齷齪小生所可擬耶？又：東坡之詞曠，稼軒之詞豪。無二人之胸襟而學其詞，猶東施之效「捧心」也。又：讀東坡、稼軒詞，須觀其雅量高致，有伯夷、柳下惠之風。白石雖似蟬蛻塵埃，然不免局促轅下。（人間詞話）

江順詒云：稼軒仙才，亦霸才也。（詞學集成）

況周頤云：東坡、稼軒，其秀在骨，其厚在神。（蕙風詞話）

霜天曉角 旅興

吳頭楚尾①，一棹人千里。休說舊愁新恨，長亭樹、今如此②！　宦遊吾倦矣！玉人留我醉。明日落花寒食，得且住、為佳耳③。

【注釋】

①吳頭楚尾　江西北部一帶，以居江蘇之上流，湖北之下流，故世稱吳頭楚尾。見方輿覽勝。②樹今如此　世說新語言語：「桓公（溫）北征，經金城，見前爲琅邪時種柳，皆已十圍，慨然曰：木猶如此，人何以堪！」庾信枯樹賦用其語，作「樹猶如此」。③明日三句　晉人帖：「天氣殊未佳，汝定成行否？寒食近，且住爲佳爾。」

菩薩蠻 書江西造口壁①

鬱孤臺下清江水②，中間多少行人淚。西北望長安③，可憐無數山。 青山遮不住，畢竟東流去，江晚正愁予，山深聞鷓鴣④。

【注釋】

①造口 在今江西萬安縣西南六十里。贛州府志：「皂水一作造水，出贛縣三龍，經萬安上造下造，至造口一名皂口入贛江。」羅大經鶴林玉露：「吉州吉水縣，江濱有石材廟。隆祐太后避虜，御舟泊廟下，一夕，夢神告曰：速行，虜至矣！太后驚寤，卽命發舟指章貢。虜果躡其後，追至造口，不及而還。」 ②鬱孤臺 贛州府志：望闕臺在贛州城西北文壁山，其山隆阜鬱然孤峙，故舊名鬱孤臺；唐李勉爲州刺史，易扁爲望闕。又江西袁江、贛江合流處，舊亦稱清江。 ③西北望長安 西北，宋四卷本作「東北」。杜甫小寒食舟中詩：「愁看直北是長安。」 ④鷓鴣 本草：鷓鴣似鶉而大，背蒼灰色，有紫斑點，腹前有白圓點，其鳴聲如曰「行不得也哥哥」。

【評箋】

羅大經云：南渡初，金人追隆祐太后御舟至造口，不及而還。鷓鴣之句，謂恢復之事行不得也。（鶴林玉露）

卓人月云：忠憤之氣，拂拂指端。（詞統）

陳廷焯云：稼軒書江西造口壁一章，用意用筆，洗脫溫韋殆盡，然大旨正見脗合。（白雨齋詞話）

周濟云：借水怨山。（宋四家詞選）

譚獻云：「西北望長安」二句，宕逸中亦深鍊。（譚評詞辨）

梁啓超云：菩薩蠻如此大聲鏜鞳，未曾有也。（藝蘅館詞選）

清平樂 題上盧橋①

清溪奔快，不管青山礙②。十里盤盤平世界，更著溪山襟帶③。 古今陵谷茫茫，市朝往往耕桑。此地居然形勝，似曾小小興亡。

【注釋】

①上盧橋 在江西上饒縣境。 ②不管 猶言不准。 ③更著 猶言更有，更加。

清平樂 村居

茅簷低小①，溪上青青草。醉裏吳音相媚好②，白髮誰家翁媼？ 大兒鋤豆溪東，中兒正織雞籠。最喜小兒無賴③，溪頭臥剝蓮蓬。

【注釋】

①茅簷低小 杜甫絕句漫興：「熟知茅齋絕低小，江山燕子故來頻。」 ②吳音 謂江南方音，時稼軒居江西上饒，古屬吳地，故云。 ③無賴 謂無所事，無謀生之計也。漢書高帝紀：「始大人常以臣亡（無）賴，不能治產業。」顏注：「江淮之間，謂小兒多詐、狡獪爲亡賴。」又：無聊亦云無賴。

醜奴兒 書博山道中壁①

少年不識愁滋味，愛上層樓②。愛上層樓，為賦新詞強說愁。　而今識盡愁滋味，欲說還休。欲說還休，却道天涼好箇秋！

【注釋】

①博山　廣信府志：博山在廣豐縣（江西東部）西南三十餘里，南臨溪流，遠望如廬山香爐峯。時稼軒居信州（上饒），與之相近。　②層樓　謂高樓。

西江月 夜行黃沙道中①

明月別枝驚鵲②，清風半夜鳴蟬。稻花香裏說豐年，聽取蛙聲一片。　七八箇星天外，兩三點雨山前③。舊時茅店社林邊④，路轉溪橋忽見。

【注釋】

①黃沙　即黃沙嶺。上饒縣志：黃沙嶺，在縣西四十里乾元鄉，高約十五丈；谽谺敞豁，可容百人；下有兩泉，水自石中流出，可溉田十餘畝。　②明月句　蘇軾杭州牡丹詩：「天靜傷鴻猶戢翼，月明驚鵲未安枝。」　③七八箇星二句　何光遠鑑誡錄：王蜀盧侍郎延讓吟詩，多著尋常容易言語，有松門寺詩云：「兩三條電欲為雨，七八箇星猶在天。」　④社林　謂土地廟旁樹林也。

西江月 遣興①

醉裏且貪歡笑，要愁那得工夫？近來始覺古人書，信著全無是處②。　昨夜松邊醉倒，問松我醉何如?只疑松動要來扶，以手推松曰去!

【注釋】

①遣興　猶遣懷。②近來二句　孟子盡心下：「盡信書，則不如無書。」

西江月　示兒曹，以家事付之。

萬事雲煙忽過①，百年蒲柳先衰②。而今何事最相宜?宜醉宜遊宜睡。早趁催科了納③，更量出入收支。迺翁依舊管些兒，管竹管山管水。

【注釋】

①雲煙　蘇軾寶繪堂記：「譬之煙雲之過眼，百鳥之感耳，豈不欣然接之，去而不復念也。」②蒲柳　即水楊木，夏末秋初即枯萎，古人恒借喻身體之早衰。世說新語：「顧悅與簡文同年而髮早白，簡文曰：卿何以先白?對曰：蒲柳之姿，望秋而落；松柏之質，經霜彌茂。」③科　賦稅。

鷓鴣天　鵝湖歸①，病起作。

枕簟溪堂冷欲秋，斷雲依水晚來收。紅蓮相倚渾如醉，白鳥無言定自愁。書咄咄②，且休休③，一丘一壑也風流。不知筋力衰多少，但覺新來懶上樓!

【注釋】

①鵝湖　一統志廣信府志：鵝湖山在鉛山縣北稍東十五里。舊志鄱陽記云：「山上有湖，多生荷，舊名荷湖山。晉末有龔氏蓄鵝於此，更名鵝湖山。周四十餘里，諸峯聯絡，以一二十計，最高處名峯頂

，有三峯揭秀。」鵝湖寺在鉛山縣北十五里，舊名仁壽院。 ②書咄咄　晉書殷浩傳：浩雖被黜放，口無怨言，夷神委命，談詠不輟。雖家人不見其有流放之感；但終日書空，作「咄咄怪事」四字而已。 ③且休休　新唐書載司空圖隱居中條山，作亭名休休。曰：「量才一宜休，揣分二宜休，耄而聵三宜休。」此休，作退息林泉解。另詩唐風蟋蟀：「好樂無荒，良士休休」，此休，則謂安閒自得之貌。

鷓鴣天　有客慨然談功名，因追念少年時事，戲作①。

壯歲旌旗擁萬夫，錦襜突騎渡江初②。燕兵夜娖銀胡䩮③，漢箭朝飛金僕姑④。　追往事，嘆今吾，春風不染白髭鬚。都將萬字平戎策⑤，換得東家種樹書⑥。

【注釋】

①元劉祁歸潛志卷八：黨承旨懷英、辛尚書棄疾俱山東人，少同舍。屬金國初遭亂，俱在兵間。辛一旦率數千騎南渡，顯於宋。黨在北方，擢第入翰林，有名，爲一時文字宗主。二公雖所趨不同，皆有功業榮寵，視前朝陶穀、韓熙載，亦相況也。後辛退閒，有詞鷓鴣天云：「壯歲旌旗擁萬夫」云云，蓋紀其少時事也。 ②錦襜突騎　謂精銳之錦衣騎兵也。衣蔽前曰襜。襜，音攙。 ③燕兵句　燕兵，指金兵。娖，同「擉」，猶言整頓，整備。銀胡䩮，銀色之箭袋。胡䩮，亦作「胡簶」、作「弧簶」，箭室也。按宋史本傳云：「耿京令棄疾奉表歸宋。……會張安國、邵進已殺京降金。棄疾還至海州，與眾謀曰：我緣主帥命來歸朝，不期事變，何以覆命。乃約制統王世隆及忠義人馬全福等徑趨金營

；安國方與金將酣飲，即衆縛之以歸，金將追之不及。獻俘行在，斬安國於市。」蓋指此事。④金僕姑　箭矢名。左傳莊公十一年：「公以金僕姑射南宮長萬。」⑤平戎策　治軍平敵之策略。稼軒嘗上「美芹十論」、「九議」等論治軍理財對金用兵之事。⑥種樹書　韓愈送石洪詩：「長把種樹書，人言避世士。」

鷓鴣天　送人

唱徹陽關淚未乾①，功名餘事且加餐。浮天水送無窮樹，帶雨雲埋一半山。　今古恨，幾千般，只應離合是悲歡？江頭未是風波惡，別有人間行路難②。

【注釋】

①陽關　即陽關曲，亦名渭城曲。唐王維送元二使安西詩：「渭城朝雨浥輕塵，客舍青青柳色新；勸君更進一杯酒，西出陽關無故人。」此詩情思深摯，音節諧婉，後世爲習唱之送別曲。②人間行路難　行路難，本樂府雜曲歌。樂府解題：「行路難，備言世路艱難及離別悲傷之意。」李白有行路難詩三首，其三云：「行路難，行路難，多岐路，今安在？長風破浪會有時，直挂雲帆濟滄海。」

破陣子　為陳同父賦壯語以寄①

醉裏挑燈看劍，夢回吹角連營。八百里分麾下炙②，五十絃翻塞外聲③，沙場秋點兵。馬作的盧飛快④，弓如霹靂弦驚⑤。了卻君王天下事，贏得生前身後名，可憐白髮生！

【注釋】

①陳亮 字同父，浙江永康人。宋史本傳稱其爲人才氣超邁，喜談兵，議論風生，下筆數千言立就。劉熙載藝概則云：陳同父與稼軒爲友，其才相若，詞亦相似。今傳龍川詞。②八百里 謂牛。世說新語汰侈篇：王君夫（愷）有牛，名八百里駮，常瑩其蹄角。蘇軾詩：「要當啖公八百里，豪氣一洗儒生酸。」③五十絃 謂瑟。古瑟有五十絃。漢書郊祀志：「泰帝使素女鼓五十絃瑟。」李商隱錦瑟詩：「錦瑟無端五十絃。」④馬作的盧 謂馬如的盧也。的盧，快馬名。相馬經：「馬白額入口齒者，名曰榆雁，一名的盧。」三國志蜀先主傳注引世說新語謂：劉備於荊州，嘗騎的盧，一躍三丈而脫險。⑤弓如霹靂 霹靂爲雷聲，此借喻射箭時弓弦響聲。北史長孫晟傳：「突厥之內，大畏長孫總管，聞其弓聲，謂爲霹靂。」

【評箋】

梁啓超云：無限感慨，哀同父，亦自哀也。（藝蘅館詞選）

青玉案 元夕

東風夜放花千樹①，更吹落、星如雨②。寶馬雕車香滿路。鳳簫聲動，玉壺光轉③，一夜魚龍舞④。　蛾兒雪柳黃金縷⑤，笑語盈盈暗香去。眾裏尋他千百度。驀然迴首，那人卻在，燈火闌珊處⑥。

【注釋】

①花千樹　喻燈火之多如千樹花開也。張鷟朝野僉載：正月十五、十六、十七夜，京師安福門外作燈輪，高二十丈，衣以錦綺，飾以金銀，燃五萬盞燈，簇之如花樹。②星如雨　喻燈毬閃耀也。吳自牧夢粱錄元宵：「諸營班院，於法不得與夜遊，各以竹竿出燈毬於半空，遠睹若飛星。」③玉壺　謂精美之燈。周密武林舊事元夕：燈之品極多，每以蘇燈爲最。……其後福州所進，則純用白玉，晃耀奪目，如清冰玉壺，爽徹心目。④魚龍　謂魚形、龍形之燈。夏竦上元觀燈詩：「魚龍漫衍六街呈，金鎖通宵啓玉京。」⑤蛾兒雪柳黃金縷　武林舊事：「元夕節物，婦人皆帶珠翠、鬧蛾、玉梅、雪柳。」又宣和遺事：「京師民有似雪浪，盡頭上帶着玉梅、雪柳、鬧蛾兒，直到鰲山下看燈。」按：黃金縷，亦指柳；李商隱謔柳詩：「已帶黃金縷，仍飛白玉花。」⑥闌珊　零落貌。

【評箋】

彭孫遹云：稼軒：「驀然回首，那人却在，燈火闌珊處。」秦、周之佳境也。（金粟詞話）

譚獻云：起二句賦色瑰異，收處和婉。（詞辨）

梁啓超云：自憐幽獨，傷心人別有懷抱。（藝蘅館詞選）

王國維云：古今成大事業大學問者，必經過三種境界。「昨夜西風凋碧樹，獨上高樓，望盡天涯路。」此第一境也。「衣帶漸寬終不悔，爲伊消得人憔悴。」此第二境也。「衆裏尋他千百度，回頭驀見，那人正在，燈火闌珊處。」此第三境也。此等語皆非大詞人不能道，然遽以此意解釋諸詞，恐晏、歐諸公所不許也。（人間詞話）

粉蝶兒　和晉臣賦落花①

昨日春如十三女兒學繡，一枝枝、不教花瘦。甚無情②、便下得、雨僝風僽③。向園林、鋪作地衣紅縐。　而今春似輕薄蕩子難久。記前時、送春歸後，把春波、都釀作、一江春酎④。約清愁、楊柳岸邊相候。

【注釋】

①和晉臣賦落花　一作「和趙晉臣敷文賦落梅」。趙不迂，字晉臣，官至敷文閣學士，時寓居上饒，與稼軒頗有唱和。②甚無情　猶言真無情也。③雨僝風僽　即風雨僝僽；僝僽，猶折磨也。邵雍老年逢春詩：「東君不奈人嘲笑，僝僽花枝惡未休。」④春酎　一本作「醇酎」。酎，音宙，重釀之酒。禮記月令：「孟夏之月，天子飲酎。」鄭注：「酎之言醇也，謂重釀之酒也。」

【評箋】

夏敬觀云：連續誦之，如笛聲宛轉，乃不得以他文詞繩之，勉強斷句。此自是好詞，雖去別調不遠，卻仍是穠麗一派也。（評稼軒詞）

祝英臺近　晚春

寶釵分①，桃葉渡②，烟柳暗南浦③。怕上層樓，十日九風雨。斷腸片片飛紅，都無人管，倩誰喚、流鶯聲住？　鬢邊覷，試把花卜歸期，纔簪又重數④。羅帳燈昏，哽咽夢中語。是他春帶愁來，春歸何處？却不解、帶將愁去。

【注釋】

①寶釵分　喻夫婦離別也。秦嘉與婦徐淑書：「今致寶釵一雙，價值千金，可以耀首。」淑答曰：「未奉光儀，則寶釵不設。」又陸罩閨怨詩：「自憐斷帶日，偏恨分釵時。」　②桃葉渡　古今樂錄：「王獻之愛妾名桃葉，其妹曰桃根，獻之嘗臨渡，歌以送之，後人因名渡曰桃葉。」按渡在今南京秦淮、青溪合流處。　③南浦　自屈原九歌：「予交手兮東行，送美人兮南浦。」始言之後，後世遂以「南浦」送別地之代稱。用之於賦，如「送君南浦，傷如之何！」（江淹別賦），詩如「南浦離別處，東風杜蘭多。」（武元衡送柳郎中詩），樂府如「北梁辭歡宴，南浦送佳人。」（謝朓鼓吹遠送曲），「自從南浦別，愁見丁香結。」（牛嶠感恩多詞）皆是也。　④試把二句　花卜之法未詳，蓋以所簪花瓣之數，占離人歸來之期，故云「纔簪又重數」。

【評箋】

沈謙云：稼軒詞以激揚奮厲爲工，至「寶釵分，桃葉渡」一曲，昵狎溫柔，魂銷意盡，才人伎倆，真不可測。昔人論畫云：「能寸人豆馬，可作千丈松。」知言哉！（填詞雜說）

譚獻云：「斷腸」三句，一波三過折。結筆託興深切，亦非全用直筆。（譚評詞辨）

滿江紅　江行，和楊濟翁韻①

過眼溪山，恠都似、舊時曾識。是夢裏、尋常行遍，江南江北。佳處徑須攜杖去，能消幾兩平生屐②？笑塵埃、三十九年非③，長為客。　吳楚地，東南坼④。英雄事，曹劉敵⑤

。被西風吹盡，了無陳迹。樓觀纔成人已去⑥，旌旗未捲頭先白。嘆人間、哀樂轉相尋，今猶昔。

【注釋】

①楊炎正，字濟翁，江西廬陵人。為楊萬里族弟，年五十二，乃登第；工詞，有西樵語業一卷。②能消幾兩平生屐　世說新語方正篇載阮孚好屐，嘗歎曰：「未知一生能着幾量屐？」按：量，兩也；幾量，猶言幾雙。③三十九年非　淮南子原道訓：「蘧伯玉年五十而有四十九年非。」據近人鄧氏稼軒詞編年箋注考定：此詞作於孝宗淳熙五年（一一七八），時稼軒正三十九歲。④吳楚二句　杜甫登岳陽樓詩：「吳楚東南坼，乾坤日夜浮。」⑤英雄二句　三國志蜀先主傳：曹公從容謂先主曰：「今天下英雄，唯使君與操耳，本初（袁紹）之徒，不足數也。」⑥樓觀纔成人已去　蘇軾送鄭戶曹詩：「樓成君已去，人事固多乖。」

滿江紅

敲碎離愁，紗窗外、風搖翠竹。人去後，吹簫聲斷，倚樓人獨①。滿眼不堪三月暮，舉頭已覺千山綠。但試把、一紙寄來書，從頭讀。　相思字，空盈幅。相思意，何時足？滴羅襟點點，淚珠盈掬②。芳草不迷行客路，垂楊只礙離人目。最苦是、立盡月黃昏，闌干曲。

【注釋】

①吹簫二句　用簫史弄玉吹簫事，以喻人去樓空之意。列仙傳：「簫史者，秦穆公時人，善吹簫，穆公女弄玉好之，公乃妻焉。乃爲弄玉作鳳臺，一旦，夫婦隨鳳飛去。」李白憶秦娥詞：「簫聲咽，秦娥夢斷秦樓月。秦樓月，年年柳色，灞陵傷別。」　②掬　合手承取物也。禮記曲禮：「受珠玉者以掬。」

滿江紅　暮春

家住江南，又過了、清明寒食①。花徑裏，一番風雨，一番狼籍②。紅粉暗隨流水去，園林漸覺清陰密。算年年、落盡刺桐花③，寒無力。　庭院靜，空相憶。無說處，閑愁極。怕流鶯乳燕，得知消息。尺素如今何處也④？綵雲依舊無踪跡。謾教人、羞去上層樓，平蕪碧。

【注釋】

①清明寒食　清明爲二十四節氣之一。淮南子天文訓：「春分後十五日：斗指乙，爲清明。」即陽曆每年四月五日或六日。寒食在清明前二日，相傳晉文公悼介之推死於火，乃令禁火寒食三日，遂相沿成俗矣。　②狼籍　亦作狼藉，錯亂不整貌。通俗編引蘇氏演義云：「狼藉草而臥，去則滅亂；故凡物之縱橫散亂者謂之狼藉。」此謂落花散亂也。歐陽修采桑子詞：「狼籍殘紅。」　③刺桐　一名海桐，形似梧桐而有刺；春日開深紅色花。　④尺素　謂書信。古詩：「客從遠方來，遺我雙鯉魚；呼兒烹鯉魚，中有尺素書。」

【評箋】

陳廷焯云：可作無題，亦不定是綺言。（白雨齋詞話）

水調歌頭 盟鷗①

帶湖吾甚愛②，千丈翠奩開③。先生杖屨無事，一日走千回。凡我同盟鷗鷺，今日既盟之後，來往莫相猜④。白鶴在何處，嘗試與偕來。破青萍，排翠藻，立蒼苔。窺魚笑汝癡計，不解舉吾杯。廢沼荒丘疇昔⑤，明月清風此夜，人世幾歡哀？東岸綠陰少，楊柳更須栽。

【注釋】

①盟鷗　古人退隱林泉，寄跡雲水之鄉，如與鷗鳥有約，故云。②帶湖　在江西上饒北郊，辛幼安罷官後卜居於此，嘗營新居，題曰稼軒，並以爲號。③翠奩　奩，同匳，鏡匣也。此借喻澄翠之湖水，故云千丈。④凡我三句　左傳僖公九年：齊盟于葵丘，曰：「凡我同盟之人，既盟之後，言歸于好。」⑤廢沼荒丘疇昔　據洪邁稼軒記所云，幼安帶湖稼軒新居一帶，原甚荒蕪，故言。

漢宮春 立春日

春已歸來，看美人頭上，裊裊春旛①。無端風雨，未肯收盡餘寒。年時燕子，料今宵、夢到西園。渾未辦②、黃柑薦酒，更傳青韭堆盤③。　却笑東風從此，便薰梅染柳，更沒些閑。閑時又來鏡裏，轉變朱顏。清愁不斷，問何人會解連環④？生怕見、花開花落，朝來塞雁先還。

【注釋】

①春旛　歲時風土記：立春之日，士大夫之家，剪裁爲小旛，或懸於家人之頭，或綴於花枝之下。②渾未辦　即全未辦也。　③黃柑二句　遵生八牋：「立春日作五辛盤，以黃柑釀酒，謂之洞庭春色。」蘇軾詩：「辛盤得青韭，臘酒是黃柑。」更傳，猶言豈得也。　④解連環　戰國策齊策：秦昭王嘗遣使者遺君王后玉連環，曰：「齊多智，而解此環否？」君王后以示羣臣，羣臣不知解，君王后引錐椎破之，謝秦使曰：「謹以解矣！」

【評箋】

陳廷焯云：稼軒詞，其源出自楚騷，起勢飄灑。（白雨齋詞話）

譚獻云：以古文長篇法行之。（復堂詞話）

周濟云：「春旛」九字，情景已極不堪。燕子猶記年時好夢，「黃柑」、「青韭」，極寫燕安酖毒。換頭又提動黨禍；結用「雁」與「燕」激射，卻捎帶五國城舊恨。辛詞之怨，未有甚於此者。（宋四家詞選）

念奴嬌　書東流村壁①

野棠花落②，又匆匆過了，清明時節。剗地東風欺客夢③，一夜雲屏寒怯。曲岸持觴，垂楊繫馬，此地曾經別。樓空人去，舊遊飛燕能說④。　聞道綺陌東頭，行人曾見，簾底纖纖月⑤。舊恨春江流未斷，新恨雲山千疊。料得明朝，尊前重見，鏡裏花難折。也應驚問，近來多少華髮？

【注釋】

①書東流村壁　宋池州有東流縣，即今安徽東流。鄭騫詞選注云：「考稼軒生平踪跡，似未曾至其地，應是村名，未詳所在。」近人鄧氏稼軒詞編年箋注則云：「玩此詞各語，亦江行途中所作，則東流村壁者，乃指東流縣境內之某村，非村以東流名也。」梁啓超韻文與情感一文中解釋此詞，則謂東流爲徽欽二帝北行所經之地。蓋誤。　②野棠花落　棠一本作「塘」。沈約早發定山詩：「野棠開未落，山英發欲然。」　③剗地　有只是、無端、依然諸義。何應龍詩：「過了燒燈望燕歸，春寒剗地勒花期。」　④樓空二句　蘇軾永遇樂夜宿燕子樓詞：「燕子樓空，佳人何在，空鎖樓中燕。」　⑤簾底纖纖月　謂門內美人之足，以其纖巧彎曲，似新月一彎也。蘇軾江城子詞：「門外行人，立馬看弓彎。」弓彎亦謂美人足。龍沐勛東坡樂府箋，疑此句自東坡詞中化出。

【評箋】

沈天羽云：一枕句纖妍，合春江雲山言恨，天才駿發。（草堂詩餘正集）

譚獻云：大踏步出來，與眉山同工異曲。然東坡是衣冠偉人，稼軒則弓刀游俠。「樓空」二句，當識其俊逸清新，兼之故實。（譚評詞辨）

陳廷焯云：悲而壯，是陳其年（維崧）之祖。舊恨二語，矯首高歌，淋漓悲壯。（白雨齋詞話）

木蘭花慢 中秋飲酒將旦，客謂前人詩有賦待月無送月者，因用天問體賦①。

可憐今夕月，向何處，去悠悠？是別有人間，那邊纔見，光景東頭？是天外、空汗漫②，但長風、浩浩送中秋？飛鏡無根誰繫，姮娥不嫁誰留③？　謂經海底問無由，恍惚使人愁。怕萬里長鯨，從橫觸破，玉殿瓊樓④。蝦蟆故堪浴水，問云何、玉兔解沉浮⑤？若道都齊無恙⑥，云何漸漸如鉤？

【注釋】

①天問　楚辭篇名。李白把酒問月詩：「青天有月來幾時，我今停杯一問之。」　②汗漫　謂廣泛也。杜甫詩：「甘為汗漫遊。」　③姮娥　即嫦娥。漢文帝名恒，因改姮為嫦。淮南子覽冥訓：「羿請不死之藥於西王母，姮娥竊之，奔月宮。」　④玉殿瓊樓　拾遺記：翟乾祐於江岸玩月，或問此中何有？翟曰：可隨我觀之；俄見月規半天，瓊樓玉宇爛然。　⑤蝦蟆二句　相傳月中有蟾蜍、玉兔；蟾蜍，俗呼為癩蝦蟆。　⑥都齊無恙　猶言全然無缺也。

【評箋】

王國維云：稼軒中秋飲酒達旦，用「天問」體，作木蘭花慢以送月曰：「可憐今夜月，向何處，去悠悠？是別有人間，那邊才見，光景東頭。」詞人想像，直悟月輪遶地之理，與科學家密合，可謂神悟！（人間詞話）

木蘭花慢　滁州送范倅①

老來情味減，對別酒，怯流年②。況屈指中秋，十分好月，不照人圓。無情水都不管，共西風、只管送歸船。秋晚蓴鱸江上③，夜深兒女燈前④。　征衫，便好去朝天。玉殿正思賢。想夜半承明⑤，留教視草⑥，却遣籌邊。長安故人問我，道愁腸、殢酒只依然⑦。目斷秋霄落雁，醉來時響空弦。

【注釋】

①滁州　今安徽滁縣。倅，謂州郡佐貳之官。范倅，蓋指范昂，孝宗乾道六年任滁州通判。鄭騫則以爲指范邦彥。見所作年譜。　②對別酒二句　蘇軾江城子東武雪中送客：「對尊前，惜流年。」　③秋晚蓴鱸　世說新語識鑒篇：張季鷹（翰）辟齊東王東曹椽，在洛，見秋風起，因思吳中菰菜蓴羹鱸魚膾，曰：「人生貴得適意爾，何能羈宦數千里以要名爵？遂命駕便歸。」　④兒女燈前　黃庭堅詩：「弓刀陌上望行色，兒女燈前語夜深。」　⑤承明　漢書嚴助傳：「君厭承明之廬，勞侍從之事。」注：「承明盧在石渠閣外；直宿所止曰廬。」　⑥視草　舊唐書職官志：「玄宗卽位，張說等召入禁中，謂之翰林待詔。……或詔從中出，雖宸翰所揮，亦資其檢討，謂之視草。」　⑦殢酒　謂困於酒也。韓偓有憶詩：「愁腸殢酒人千里。」殢，音替。

水龍吟　登建康賞心亭①

楚天千里清秋，水隨天去秋無際。遙岑遠目，獻愁供恨，玉簪螺髻。落日樓頭，斷鴻聲裏，江南游子。把吳鉤看了②，欄杆拍徧，無人會，登臨意。　休說鱸魚堪鱠！儘西風、季鷹歸未③？求田問舍，怕應羞見，劉郎才氣④。可惜流年，憂愁風雨，樹猶如此⑤！倩何人喚取，紅巾翠袖，搵英雄淚？

【注釋】

①賞心亭　江寧府志：「賞心亭，在江寧縣西下水門城上。」輿地紀勝：「亭下臨秦淮，丁謂建。」張舜民畫墁集卷七郴行錄：「賞心、白鷺二亭相連，南北對偶，以扼淮口，憑望煙渚，杳無邊際。白鷺、蔡州皆在其下，亦金陵設險之地也。」　②吳鉤　寶刀名。杜甫出塞詩：「少年別有贈，含笑看吳鉤。」　③休說二句　用晉張翰事。見前頁「秋晚蓴鱸」注。　④求田三句　三國志呂布傳：許汜言陳元龍（登）豪氣不除。謂昔過下邳見之，元龍無主客禮，久不與語；自上大牀，使客臥下床。劉備曰：「君有國士之名，今天下大亂，帝主失所，望君憂國亡家，有救世之意，而君求田問舍，言無可采，是元龍所諱也。何緣當與君語？如小人，欲臥百尺樓上，臥君於地，何但上下牀之間邪！」

⑤樹猶如此　見二八九頁霜天曉角詞注。

【評箋】

陳洵云：起句破空而來，秋無際，從水隨天去中見；玉簪螺髻之獻愁供恨，從遠目中見；江南游子，從斷鴻落日中見，純用倒捲之筆。吳鉤看了，闌干拍徧，仍縮入江南游子上；無人會縱開，登臨意收合，後片愈轉愈奇，季鷹未歸，則膾徒然，一轉；劉郎休見，則田舍徒然，一轉；如此則江南游子，亦惟長抱此憂以老而已，却不說出，而以樹猶如此作半面語縮住；倩何人以下十三字，應上無人會登臨意作結。稼軒縱橫豪宕，而筆筆能留，字字有脈絡如此，學者苟能得法，則清真、稼軒、夢窗三家實一家，若徒視爲率真，則失此賢矣。（海綃翁說詞）

陳廷焯云：落落數語，不數王粲登樓賦。（白雨齋詞話）

譚獻云：裂竹之聲，何嘗不潛氣內轉？（譚評詞辨）

永遇樂　京口北固亭懷古①

千古江山，英雄無覓，孫仲謀處②。舞榭歌臺，風流總被，雨打風吹去。斜陽草樹，尋常巷陌，人道寄奴曾住③。想當年，金戈鐵馬，氣吞萬里如虎④。　元嘉草草，封狼居胥，贏得倉皇北顧⑤。四十三年，望中猶記，烽火揚州路⑥。可堪回首，佛貍祠下⑦，一片神鴉社鼓。憑誰問，廉頗老矣，尚能飯否⑧？

【注釋】

①京口北固亭　京口，今江蘇鎮江。鎮江府志：「北固山，在丹徒縣北一里。」南史：「京城西有別嶺入江，高數十丈，號曰北固，蔡謨起樓其上。梁大同十年（五四四），帝登望久之，曰：此嶺不足須固守，然於京口，實乃壯觀。乃改曰北顧。」元和志：「在縣北一里，下臨長江，其勢險固，因以爲名。」輿地志：「天清景明，登之，望見廣陵（揚州）城，如在青霄中。」　②孫仲謀　孫權字仲謀，稱吳大帝，都建業，始於丹徒縣置京口鎮。　③寄奴　南朝宋武帝劉裕字德輿，小字寄奴。自其

高祖隨晉渡江，卽居丹徒縣之京口里。④想當年三句　宋武帝仕晉時，嘗率師北伐，盡復中原失地，故云。見南史本傳及通鑑。⑤元嘉三句　元嘉爲劉宋文帝年號。狼居胥山，一名狼山，在今綏遠省西北境；漢將霍去病北伐匈奴，大敗之，封狼居胥山。見漢書霍去病傳。元嘉中，用王玄謨諸人之議，出師北伐，有封狼居胥意；惜以倉促舉事，國力未集，致遭敗績。見南史王玄謨傳。⑥四十三年三句　鄭騫詞選云：「據岳珂桯史，知此詞作於宋寧宗開禧元年稼軒守鎭江時。其年稼軒六十六歲。上距宋高宗紹興三十一年辛巳自山東率義兵七、八千人渡江歸宋，恰爲四十三年。登北固可望揚州，揚州爲稼軒率兵渡江處；時金主亮南下侵宋，隔江對峙，揚州正在烽火中也。」⑦佛貍　後魏太武帝小字佛貍。元嘉北伐敗績，魏太武帝遂引兵南下，直抵長江，飲馬瓜州；文帝登石頭城，北望敵軍甚盛，頗有懼色。見南史及通鑑。⑧憑誰問三句　史記廉頗藺相如列傳：廉頗爲趙上將，以讒奔魏。久之，趙思復得廉頗，使使視廉頗尙可用否。使者見頗，頗爲之一飯斗米，肉十斤，被甲上馬。使者受頗仇家指使，遂還報王曰：廉將軍雖老，尙善飯；然臣與坐，頃之，三遺矢矣。趙王以爲老，遂不召。

【評箋】

楊愼云：辛詞，當以京口北固亭懷古永遇樂爲第一。（詞品）

先著云：發端便欲涕落，後段一氣奔注，筆不得遏。廉頗自擬，慷慨壯懷，如聞其聲。謂此詞用人名多者，尙是不解詞味。（詞潔）

周濟云：有英主則可以隆中興，此是正說；英主必起草澤，此是反說。又云：繼世圖功，前車如此。（宋四家詞選）

陳廷焯云：句句有金石聲音，吾怖其神力。（白雨齋詞話）

繼昌云：此闋悲壯蒼涼，極詠古能事。（左庵詞話）

沁園春 帶湖新居將成①

三徑初成②，鶴怨猿驚③，稼軒未來。甚雲山自許，平生意氣；衣冠人笑，抵死塵埃④。意倦須還，身閑貴早，豈為蓴羹鱸鱠哉⑤！秋江上，看驚弦雁避⑥，駭浪船回。 東岡更葺茅齋，好都把、軒窗臨水開。要小舟行釣，先應種柳；疎籬護竹，莫礙觀梅。秋菊堪餐，春蘭可佩⑦，留待先生手自栽。沉吟久，怕君恩未許，此意徘徊⑧。

【注釋】

①帶湖新居　帶湖在江西上饒北郊北靈山下。辛幼安嘗營新居於此，題曰稼軒，並以爲號。　②三徑　陶潛歸去來辭：「三徑就荒，松菊猶存。」　③鶴怨猿驚　孔稚圭北山移文：「蕙帳空兮夜鶴怨，山人去兮曉猿驚。」　④衣冠二句　白居易遊悟寺詩：「斗擻塵埃衣，禮拜冰雪顏。」抵死，猶言老是、總是。　⑤蓴羹鱸鱠　見前木蘭花慢「秋晚蓴鱸」注。　⑥驚弦雁避　庾信詩：「虆興麗前，雁落驚弦。」　⑦秋菊二句　屈原離騷：「扈江離與辟芷兮，紉秋蘭以爲佩。」又：「朝飲木蘭之墜露兮，夕餐秋菊之落英。」　⑧怕君恩二句　稼軒時任江西安撫使，有退隱之意，恐不如願，故云。

沁園春 將止酒，戒酒杯使勿近。

杯汝來前！老子今朝，點檢形骸。甚長年抱渴①，咽如焦釜；於今喜睡，氣似奔雷。漫說劉伶，古今達者，醉後何妨死便埋②。渾如此，嘆汝於知己，真少恩哉！　更憑歌舞為媒，算合作、平居鴆毒猜③。況怨無大小④，生於所愛；物無美惡，過則為災⑤。與汝成言⑥，勿留亟退，吾力猶能肆汝杯。杯再拜，道：麾之即去，招亦須來⑦。

【注釋】

①抱渴　世說新語任誕篇：「劉伶病酒，渴甚，從婦求酒。」　②漫說劉伶三句　世說新語引名士傳：「（劉）伶字伯倫，沛郡人。肆意放蕩，以宇宙爲狹。常乘鹿車，攜一壺酒，使人荷鍤隨之，云：死便掘地以埋。土木形骸，遨遊一世。」　③鴆毒　鴆爲毒鳥，相傳以羽毛瀝酒，飲之立死。後漢書霍諝傳：「觸冒死禍，以解細微，譬猶療飢於附子，止渴於鴆毒。未入腸胃，已絕咽喉，豈可爲哉！」按：附子，毒草名，其根多肉，含毒尤劇。　④怨無大小　書康誥：「怨不在大，亦不在小。」⑤過則爲災　左傳昭公元年：「分爲四時，序爲五節，過則爲菑。」按：菑，亦作菑。同災字。⑥成言　猶成議也。離騷：「初既與余成言兮，後追悔而有他。」王逸注：「成，平也；言，猶議也。」洪興祖補注：「成言，謂誠信之言。一成而不易也。」　⑦麾之二句　漢書汲黯傳：「使黯任職居官，亡以癒人；然至其輔少主，守城深堅，招之不來，麾之不去，雖自謂賁育，弗能奪也。」

【評箋】

劉體仁云：稼軒詞：「杯汝來前！」毛穎傳也；「誰共我醉明月？」恨賦也；皆非倚聲本色。（七頌堂詞繹）

賀新郎 別茂嘉十二弟①

綠樹聽鵜鴂。更那堪、鷓鴣聲住③，杜鵑聲切！啼到春歸無尋處，苦恨芳菲都歇④。算未抵人間離別。馬上琵琶關塞黑⑤，更長門翠輦辭金闕⑥。看燕燕，送歸妾⑦。　將軍百戰身名裂，向河梁回頭萬里，故人長絕⑧。易水蕭蕭西風冷，滿座衣冠似雪。正壯士悲歌未徹⑨。啼鳥還知如許恨，料不啼清淚長啼血⑩。誰共我，醉明月？

。鵜鴂、杜鵑實兩種，見離騷補注②。

【注釋】

①茂嘉十二弟　茂嘉爲稼軒族弟，事跡無考；或嘗因事貶官桂林，劉過有送辛幼安弟赴桂林官沁園春詞，疑卽此人。　②鵜鴂句　杜鵑，鳥名，相傳爲古蜀帝杜宇死後魂魄所化，故又名杜宇，亦名子規。背灰褐，胸腹有黑色橫紋；尾黑而長，有白色橫斑；暮春而鳴，其聲淒怨，如喚「不如歸去！」鵜鴂亦作鶗鴂，或云卽杜鵑，或云爲二物。宋洪興祖離騷補注：「江介曰：子規，蜀右曰杜宇，又曰鵜鴂，鳴而草衰。注云：鵜鴂，爾雅謂之鵙，左傳謂之伯趙，然則子規，鵜鴂二物也。」　③鷓鴣　鳥名，似鶉而大，背蒼灰色，有紫斑點，腹有白圓點，鳴聲如曰「行不得也哥哥」。　④芳菲都歇　芳菲，猶言香花。廣韻：「鵜鴂，關西曰巧婦，關東曰鵜鴂；春分鳴則眾芳生，秋分鳴則眾芳歇。」　⑤馬上琵琶　暗用昭君出塞事。石崇樂府王明君辭序：「昔公主嫁烏孫，令琵琶馬上作樂，以慰其道

路之思，其送明君，亦必爾也。」 ⑥長門　漢武帝陳皇后失寵，退居長門宮，愁悶悲思；聞司馬相如工爲文，奉黃金百斤爲相如文君取酒，相如爲作長門賦以悟主上，復得幸。見漢書司馬相如傳。 ⑦看燕燕二句　詩邶風有燕燕篇，毛傳：燕燕，衞莊姜送歸妾也。 ⑧將軍三句　用李陵事。漢李陵數與匈奴苦戰，力屈而終降匈奴，遂致身敗名裂。李陵在匈奴，爲送蘇武歸漢，爲歌詩曰：「攜手上河梁，遊子暮何之？」 ⑨易水三句　用荊軻事。史記荊軻傳載燕太子丹使荊軻刺秦王，太子及賓客知其事者，皆白衣冠以送之，至易水之上，既祖，取道，高漸離擊筑，荊軻和而歌，爲變徵之聲，士皆垂淚涕泣，又前而歌之曰：「風蕭蕭兮易水寒，壯士一去兮不復返。」復爲羽聲慷慨，士皆瞋目，髮盡上指冠。 ⑩啼血　白居易琵琶行：「杜鵑啼血猿哀鳴。」相傳杜鵑至暮春哀啼不已，口中流血。

【評箋】

許昂霄云：羅列古人許多離別，如讀文通別賦，亦創格也。（詞綜偶評）

陳廷焯云：稼軒詞自以賀新郎一篇爲冠；沉鬱蒼涼，跳躍動盪，古今無此筆力。（白雨齋詞話）

王國維云：稼軒賀新郎詞送茂嘉十二弟，章法絕妙，且語語有境界，此能品而幾於神者；然非有意爲之，故後人不能學也。（人間詞話）

劉永濟云：稼軒此詞列舉別恨數事，打破前人前後闋成規，與義山詠淚七律正復相似。（讀辛稼軒送茂嘉十二弟之賀新郎詞書後）

賀新郎　聽琵琶

鳳尾龍香撥①。自開元、霓裳曲罷②，幾番風月？最苦潯陽江頭客，畫舸亭亭待發③。記出塞、黃雲堆雪。馬上離愁三萬里④，望昭陽宮殿孤鴻沒⑤。絃解語，恨難說。　遼陽驛使音塵絕。瑣窗寒、輕攏慢撚⑥，淚珠盈睫。推手含情還却手⑦，一抹涼州哀徹⑧。千古事、雲飛煙滅。賀老定場無消息⑨，想沈香亭北繁華歇⑩。彈到此，為嗚咽。

【注釋】

①鳳尾龍香撥　楊貴妃外傳：「（唐玄宗）開元中，中官白秀貞自蜀回，得琵琶以獻，其槽以邏沙檀爲之，有金縷紅紋，蹙成雙鳳；以龍香板爲撥。」蘇軾聽琵琶詩：「數絃已品龍香撥，半面猶遮鳳尾槽。」　②霓裳曲　白居易新樂府法曲注：「霓裳羽衣曲，起於開元，盛於天寶。」　③潯陽江頭客二句　白居易琵琶行：「潯陽江頭夜送客，楓葉荻花秋瑟瑟。」鄭仲賢詩：「亭亭畫舸繫寒潭。」　④出塞三句　用王昭君琵琶出塞事。見前闋注。　⑤昭陽殿　三輔黃圖：「未央宮有增城、昭陽殿。」　⑥輕攏慢撚　攏撚皆琵琶手法。樂府雜錄：「裴興奴長于攏撚。」白居易琵琶行：「低低信手續續彈，說盡心中無限事；輕攏慢撚抹復挑，初爲霓裳後六么。」　⑦推手句　釋名：「琵琶本胡中馬上所鼓；推手前曰琵，引手却曰琶，故以爲名。」　⑧涼州　樂曲名，本西涼所獻；唐德宗貞元初，樂工康崑崙寓其聲於琵琶。　⑨賀老定場　賀老，謂唐開元樂工賀懷智，善彈琵琶。元稹連昌宮詞：「夜半月高絃索鳴，賀老琵琶定場屋。」　⑩沈香亭　亭以沈香爲之，故名。唐玄宗賞花亭上，命李白賦

清平調三章，有「解釋春風無限恨，沈香亭北倚闌干」之句，蓋爲楊妃作也。

【評箋】

陳霆云：此篇用事最多，然圓轉流麗，不爲事所使，的是妙手。（渚山堂詞話）

陳廷焯云：此篇運典雖多，卻一片感慨，故不嫌堆垛；心中有淚，故筆下無一字不嗚咽。（白雨齋詞話）

周濟云：上半闋刺謫逐正人，以致離亂。下半闋刺晏安江沱，不復北望。（宋四家詞選）

梁啓超云：琵琶故事，網羅臚列，亂雜無章，惟其大氣足以包舉之，故不覺粗率，非其人，勿學步也。（藝蘅館詞選）

賀新郎 邑中園亭，僕皆為賦此詞。一日，獨坐停雲①，水聲山色，競來相娛。意溪山欲援例者，遂作數語，庶幾彷彿淵明思親友之意云②。

甚矣吾衰矣③，悵平生、交游零落，只今餘幾？白髮空垂三千丈④，一笑人間萬事，問何物、能令公喜？我見青山多嫵媚，料青山、見我應如是⑤。情與貌，略相似。一尊搔首東窗裏⑥，想淵明、停雲詩就，此時風味。江左沉酣求名者，豈識濁醪妙理⑦？回首叫、雲飛風起。不恨古人吾不見，恨古人、不見吾狂耳⑧！知我者，二三子。

【注釋】

①停雲　即停雲堂，在鉛山。稼軒晚年築以游息之所。　②淵明思親友　晉陶潛停雲詩序云：「停雲

，思親友也。」 ③甚矣句　論語述而，子曰：「甚矣，吾衰也！久矣，吾不復夢見周公！」 ④白髮句　李白秋浦歌：「白髮三千丈，緣愁似箇長。」 ⑤我見青山二句　新唐書魏徵傳載太宗語：「人言徵擧動疏慢，我但見其嫵媚耳。」又冷齋夜話：東坡曰：「世間之物未有無對者，太宗曰：我見魏徵常嫵媚，則德宗乃曰：人言盧杞是奸邪。」 ⑥一尊搔首東窗裏　陶潛停雲詩：「靜寄東軒，春醪獨撫；良朋悠邈，搔首延佇。」 ⑦江左二句　蘇軾和陶潛飲酒詩：「道喪士已失，出語輒不情；江左風流人，醉中亦求名；淵明獨清真，談笑得此生。」杜甫晦日尋崔戢李封詩：「濁醪有妙理，庶用慰沉浮。」 ⑧不恨二句　南史張融傳：「融常歎云：不恨我不見古人，所恨古人不見我。」

摸魚兒　淳熙己亥，自湖北漕移湖南①，同官王正之置酒小山亭②，為賦。

更能消、幾番風雨③？匆匆春又歸去。惜春長恨花開早，何況落紅無數。春且住！見說道、天涯芳草迷歸路④。怨春不語。算只有殷勤，畫簷蛛網，盡日惹飛絮。　長門事⑤，準擬佳期又誤。蛾眉曾有人妒。千金縱買相如賦，脈脈此情誰訴？君莫舞，君不見、玉環飛燕皆塵土⑥！閑愁最苦。休去倚危欄，斜陽正在，烟柳斷腸處。

【注釋】

①淳熙己亥　即南宋孝宗淳熙六年（一一七九），時稼軒四十歲，由湖北轉運副使調任湖南轉運副使。漕為轉運副使之別稱。 ②王正之　名正己，浙江鄞縣人，自知婺州，改任湖北轉運副使；其人尚氣節，工詩文，知名當世。見寶慶四明志。小山亭在鄂州東漕衙之乖崖堂，有池曰清淺。見輿地紀勝。

③消　猶言經得起，受得了。④見說道　猶言聽說也。⑤長門事五句　指漢武帝陳皇后失寵別居長門宮事，詳見三一三頁綠樹聽鵜鴂一闋注。此稼軒借陳皇后自喻也。⑥玉環飛燕　玉環，卽楊玉環，唐玄宗寵妃。安祿山亂起，賜死於馬嵬坡。飛燕，指趙飛燕，漢成帝后，性妬，後廢爲庶人，自殺。二人皆善歌舞。事蹟分見新唐書后妃傳，漢書外戚傳。

【評箋】

羅大經云：辛幼安晚春詞：「更能消幾番風雨」云云，詞意殊怨。「斜陽煙柳」之句，其與「未須愁日暮，天際乍輕陰」者異矣。使在漢、唐時，寧不賈種豆、種桃之禍哉？愚聞壽皇見此詞，頗不悅，然終不加罪，可謂至德也已。（鶴林玉露）

許昂霄云：春且住二句，是留春之辭；結句卽義山「夕陽無限好，只是近黃昏」之意。斜陽以喻君也。（詞綜偶評）

陳廷焯云：「更能消幾番風雨」一章，詞意殊怨，然姿態飛動，極沈鬱頓挫之致。起處「更能消」三字，是從千回萬轉後倒折出來，真是有力如虎。又云：怨而怒矣！然沈鬱頓宕，筆勢飛舞，千古所無。「春且住」三字一喝，怒甚。結得愈凄涼，愈悲鬱。（白雨齋詞話）

黃蓼園云：辭意似過于激切，第南渡之初，危如累卵，「斜陽」句亦危言聳聽之意耳。持重者多危詞，赤心人少甘語，亦可以諒其志哉。（蓼園詞選）

譚獻云：權奇倜儻，純用太白樂府詩法。「見說道」句是開，「君不見」句是合。（譚評詞辨）

梁啓超曰：迴腸盪氣，至於此極，前無古人，後無來者。（藝蘅館詞選）

王闓運云：「算只有」三句，是指張浚、秦檜一流人。（湘綺樓詞選）

俞國寶

【傳略】

俞國寶，臨川（今江西臨川縣）人。光宗淳熙間太學生。有醒庵遺珠集，今不傳。全宋詞錄詞五首。

風入松

一春常費買花錢，日日醉湖邊。玉驄慣識西湖路①，驕嘶過、沽酒樓前。紅杏香中簫鼓，綠楊影裏秋千。　暖風十里麗人天，花壓鬢雲偏。畫船載取春歸去，餘情寄、湖水湖煙。明日重扶殘醉②，來尋陌上花鈿③。

【注釋】

①玉驄　白馬也。　②明日句　武林舊事云：淳熙間，德壽三殿遊幸湖山，一日，御舟經斷橋旁，有小酒肆頗雅，舟中飾素屏，書「風入松」一詞于上，光堯駐目稱賞久之，宣問何人所作，乃太學生俞國寶醉筆也。上笑曰：「此詞甚好，但末句未免儒酸」，因爲改定云：「明日重扶殘醉」，則迥不同矣，卽日命解褐云。按：所謂末句儒酸者，實末第二句；據云原詞作「明日重携殘酒」，是今傳乃經御筆改定者也。　③花鈿　婦女首飾。

【評箋】

沈天羽云：起處自然馨逸。（草堂詩餘正集）

陳廷焯云：「金勒馬嘶芳草地，玉樓人醉杏花天」，有此香豔，無此情致。結二句，餘波綺麗，可謂「回眸一笑百媚生」。（白雨齋詞話）

況周頤云：流美。（蕙風詞話）

劉過

【傳略】

劉過（一一五四——一二〇六）字改之，號龍洲道人，吉州太和（今江西泰和縣）人。嘗伏闕上書，請光宗過宮，復以書抵時宰，陳恢復方略，不報，乃放浪江湖間。能詩詞，酒酣耳熱，出語豪縱，自謂晉、宋間人物。卒葬崑山（今江蘇崑山縣），今其墓尙在。所作龍洲詞，有汲古閣宋六十家詞本，彊邨叢書本，上虞羅氏仿宋聚珍本。

【集評】

黃昇云：改之，稼軒之客。王簡卿侍郎嘗贈以詩云：「觀渠論到前賢處，據我看來近世無。」其詞多壯語，蓋學稼軒者也。（花庵詞選）

張炎云：辛稼軒、劉改之作豪氣詞，非雅詞也。於文章餘暇，戲弄筆墨，爲長短句之詩耳。（詞源）

劉熙載云：劉改之詞，狂逸之中，自饒俊致，雖沉著不及稼軒，足以自成一家。其有意效稼軒體者，如沁園春「斗酒彘肩」等闋，又當別論。（藝概詞概）

馮煦云：龍洲自是稼軒附庸，然得其豪放，未得其宛轉。（宋六十家詞選例言）

陶宗儀云：改之造詞，贍逸有思致。（輟耕錄）

醉太平

情高意真，眉長髩青①。小樓明月調箏②，寫春風數聲。　思君憶君，魂牽夢縈。翠綃香煖雲屏③，更那堪酒醒。

【注釋】

①髩　同鬢；頰上髮，即耳旁下垂之毛髮也。　②調箏　箏爲十三絃古樂器；調箏，即彈箏。王昌齡詩：「罷宴調箏奏離鶴，迴嬌轉盼泣君前。」　③翠綃　謂翠色輕羅帳；雲屏，即雲母石製之屏風。劉長卿昭陽曲：「芙蓉帳小雲屏暗，楊柳風多小殿涼。」

西江月　賀詞①

堂上謀臣尊俎②，邊頭將士干戈。天時地利與人和③，燕可伐歟曰可④。　今日樓臺鼎鼐⑤，明年帶礪山河⑥。大家齊唱大風歌⑦，不日四方來賀。

【注釋】

①賀詞　此賀韓侂冑生日也。時侂冑當國，定議伐金，士人多深期之。自來賀詞鮮有佳者，此闋以風

格特殊，故選錄之。 ②謀臣尊俎　劉向新序：「夫不出於尊俎之間，而知千里之外，其晏子之謂也，可謂折衝矣！」尊俎本爲飲食器，此借謂謀臣在內折衝定計也。 ③天時地利人和　孟子公孫丑下：「天時不如地利，地利不如人和。」 ④燕可伐歟曰可　燕，借指金。孟子公孫丑下：「沈同以其私問曰：燕可伐歟？孟子曰：可。」 ⑤樓臺鼎鼐　樓臺，指臺省、相府；鼎鼐，皆古廟堂重器，此借謂相位。古以宰相輔君治國，謂之調鼎鼐。 ⑥帶礪山河　史記高祖功臣侯者年表：封爵之誓曰：「使河如帶，泰山若厲，國以永寧，爰及苗裔。」集解引應劭曰：封爵之誓，國家欲使功臣傳祚無窮。帶，衣帶也；厲，砥石也。 ⑦大風歌　史記高帝本紀：「高祖還歸，過沛，留。置酒沛宮，悉召故人父老子弟縱酒；發沛中兒得百二十人，教之歌，酒酣，高祖擊筑，自爲歌詩曰：大風起兮雲飛揚，威加海內兮歸故鄉；安得猛士兮守四方！令兒皆和習之。」此借指勝利凱歌。

唐多令　安遠樓小集①，侑觴歌板之姬黃其姓者，乞詞於龍洲道人，為賦此。同柳阜之、劉去非、石民瞻、周嘉仲、陳孟參、孟容。時八月五日也。

蘆葉滿汀洲，寒沙帶淺流。二十年、重過南樓。柳下繫船猶未穩，能幾日，又中秋。

黃鶴斷磯頭②，故人曾到不？舊江山、渾是新愁。欲買桂花同載酒，終不似，少年遊！

【注釋】

①安遠樓　卽南樓；在湖北武昌黃鶴山上。此調又名南樓令，本此。 ②黃鶴斷磯頭　武昌黃鶴山，一名黃鵠山，山西北有黃鵠磯，黃鶴樓在其上。

【評箋】

李攀龍云：因黃鶴樓再遊而追憶故人不在，遂舉目有江上之感，詞意何等悽愴！又云：繫舟未穩，舊江山都是新愁，讀之下淚。（草堂詩餘雋）

徐釚云：劉此詞，楚中歌者競唱之。（詞苑叢談）

沈天羽云：情暢語俊，韻協音調。（草堂詩餘正集）

先著云：與陳去非「杏花疏影裏，吹笛到天明」，並數百年絕作，使人不復敢以花間眉目限之。（詞潔）

黃蓼園云：按宋當南渡，武昌係與敵紛爭之地，重過能無今昔之感？詞旨清越，亦見含蓄不盡之致。（蓼園詞選）

繼昌云：輕圓柔脆，小令中工品。（左庵詞話）

沁園春 寄辛承旨，時承旨召，不赴①。

斗酒彘肩②，風雨渡江，豈不快哉！被香山居士，約林和靖，與坡仙老，駕勒吾回。坡謂西湖，正如西子，濃抹淡妝臨照臺③。二公者，皆掉頭不顧，只管傳杯。 白言天竺去來，圖畫裏、崢嶸樓閣開。愛縱橫二澗，東西水遶；兩峯南北，高下雲堆④。逋曰不然，暗香浮動，不若孤山先訪梅⑤。須晴去，訪稼軒未晚，且此徘徊。

【注釋】

①宋岳珂程史云：（寧宗）嘉泰癸亥（一二〇三）歲，改之在中都。時辛稼軒棄疾帥越，聞其名，遣介招之。適以事不及行，作書歸輅者，因傚辛體沁園春一詞，併緘往，下筆便逼真。其詞曰：「斗酒彘肩」云云。辛得之，大喜，致餽數百千，竟邀之去，館燕彌月，酬倡亹亹，皆似之，逾喜，垂別，賙之千緡，曰：「以是爲求田資。」改之歸，竟蕩於酒，不問也。詞語峻拔，如尾腔對偶錯綜，蓋出唐王勃體而又變之。余時與之飲西園，改之中席自言，掀髯有得色。余率然應之曰：「詞句固佳，然恨無刀圭藥療君白日見鬼證耳。」坐中哄堂一笑。既而別去，如崑山，姓某氏者愛之，女焉。②斗酒彘肩　史記項羽本紀載項羽、劉邦會於鴻門，樊噲入見項王，項王賜斗卮酒與彘肩。按斗卮皆酒器；彘肩，卽豬之前蹄膀。③坡謂以下　蘇軾飲湖上初晴後雨詩：「水光瀲灧晴方好，山色空濛雨亦奇；若把西湖比西子，淡粧濃抹總相宜。」④白言以下數句　白居易居杭時，頗喜西湖靈隱、天竺二寺一帶景色，其寄韜光禪師詩有：「東澗水流西澗水，南山雲起北山雲」之句。⑤逋曰三句　林逋字君復，終身不仕，隱處西湖孤山，種梅養鶴，不出者二十年，人稱爲「和靖先生」。其山園小梅詩有云：「疏影橫斜水清淺，暗香浮動月黃昏。」

【評箋】

俞文豹云：此詞雖粗而局段高。與三賢游，固可睨視稼軒。視林、白之清致，則東坡所謂「淡妝濃抹」已不足道，稼軒富貴，焉能浼我哉？（詞林紀事卷十一引吹劍錄）

賀新郎

彈鋏西來路①，記悤悤、經行數日，幾番風雨。夢裏尋秋秋不見，秋在平蕪遠渚。想雁信、家山何處？萬里西風吹客鬢，把菱花②、自笑人憔悴。留不住，少年去。男兒事業無憑據！記當年、擊筑悲歌③，酒酣箕踞④。腰下光鋩三尺劍，時解挑燈夜語。更忍對、燈花彈淚？喚起杜陵風雨手⑤，寫江東、渭北相思句⑥。歌此恨，慰羈旅。

【注釋】

①彈鋏　用馮諼客孟嘗事。戰國策齊策載齊人馮諼客於孟嘗君，初未受知遇，居頃，乃倚柱彈其劍而歌，曰：「長鋏歸來乎，食無魚。」　②菱花　謂菱花鏡，六角形，以背鐫菱花故名。楊達明妃怨詩：「匣中縱有菱花鏡，羞向單于照舊顏。」　③擊筑悲歌　筑，古打擊樂器。史記刺客列傳：「高漸離擊筑，荊軻和而歌之。」　④箕踞　史記張耳陳餘列傳：「高祖箕踞罵。」索隱引崔浩曰：「屈膝坐，其形如箕。」　⑤杜陵風雨手　杜甫嘗居長安之杜陵，自號杜陵野客，杜陵布衣。其寄李十二白二十韻詩：「落筆驚風雨，詩成泣鬼神。」　⑥江東渭北相思句　杜甫春日懷李白詩：「渭北春天樹，江東日暮雲；何時一樽酒，重與細論文。」

章良能

【傳略】

章良能，字達之，一名穎，字茂獻，麗水（今浙江麗水縣）人。居吳興，周密，其外孫也。孝宗淳熙五年（一一七八）進士。除著作郎。寧宗嘉定六年（一二一三）累官參知政事，七年卒，謚文莊。有嘉林集百卷，今不傳。全宋詞存作一首。

小重山

柳暗花明春事深，畫闌紅芍藥，已抽簪①。雨餘風輭碎鳴禽②，遲遲日，猶帶一分陰。
往事莫沉吟，身閒時序好，且登臨。舊游無處不堪尋，無尋處，惟有少年心。

【注釋】

①芍藥　多年生草本，莖高二三尺，春末夏初開花，有單瓣複瓣，白色、紅色數種。簪爲髮具，用以束髮固冠，古仕者必束髮整冠，故抽簪借指歸隱。文選張協詠史詩：「抽簪解朝衣，散髮歸海隅。」是也。此蓋言紅芍藥已鬆瓣開放也。　②碎鳴禽　唐杜荀鶴詩：「風暖鳥聲碎，日高花影重。」

【評箋】

周密云：小詞極有思致。（齊東野語）

陳霆云：語意甚婉約，但鳴禽曰碎，於理不通，殊爲意病。唐人句云：「風煖鳥聲碎。」然則何不曰「煖風嬌語碎鳴音」也。（渚山堂詞話）

姜夔

【傳略】

姜夔（一一五五——一二三五？）字堯章，鄱陽（今江西鄱陽縣）人。唐宰相姜公輔之後；父噩，紹興進士，知漢陽縣，隨居焉。蕭東夫（德藻）愛其詞，妻以兄女，因寓居吳興之武康，與白石洞天爲鄰，自號白石道人。夔長於音律，嘗著大樂議，欲正廟樂。慶元之年，詔付奉常有司收掌，令太常寺與議大樂。時嫉其能，是以不獲其所議，人大惜之。夔學詩於蕭千巖，琢句精工。嘗自敍交遊云：「某早孤不振，幸不墜先人之緒業。少日奔走，凡世之所謂名公鉅儒，皆嘗受其知矣。內翰梁公，於某爲鄉曲，愛其詩似唐人，謂長短句妙天下。樞使鄭公愛其文，使坐上爲之，因擊節稱賞。參政范公（成大）以爲翰墨人品，皆似晉、宋之雅士。待制楊公（萬里）以爲於文無所不工，甚似陸天隨，於是爲忘年友。復州蕭公，世所謂千巖先生者也，以爲四十年作詩，始得此友。待制朱公既愛其才，又愛其深於禮樂。丞相京公不特稱其禮樂之書，又愛其駢儷之文。丞相謝公愛其樂書，使次子來謁焉。稼軒辛公，深服其長短句。如二卿孫公從之、胡氏應期、江陵楊公、南州張公、金陵吳公及吳德夫、項平甫、徐子淵、曾幼度、商翬仲、王晦叔、易彥章之徒，皆當世俊士，不可悉數，或愛其人，或愛其詩，或愛其文，或愛其字，或折節交之。若東州之士，則樓公大防、葉公正則，則尤所賞激者。嗟乎！四海之內，知己者不爲少矣，而未有能振之窶困無聊之地者。舊所依倚，惟有張兄平甫，其人甚賢，十年相處，情甚骨肉，而某亦竭誠盡力，憂樂關念。平甫念其困躓場屋，至欲輸資以拜爵，某辭謝不願，又欲割錫山之膏腴，以養其山林無用之身。惜乎平甫下世，今惘惘然若有所失。人生百年有幾？賓主如某與平甫者復有幾？撫事感慨，不能爲懷。平甫既歿，稚子甚幼。入其門則必爲之悽然，終日獨坐，逡巡而歸。思欲捨去，則念平甫垂絕之言，何忍言去。留而不去，則既無主人矣，其能久乎？」

夔晚居西湖，卒年約八十，葬西馬塍。有白石道人詩集、白石道人歌曲、續書譜、絳帖平等書傳世。

姜詞傳本甚多，要者有姜白石詩詞合集本、王氏四印齋所刻雙白詞本、許氏榆園叢刻本、朱氏彊邨叢書本、臺北華正書局有夏氏校輯本。夏本晚出，較佳。其自度曲，並綴音譜，爲研求宋詞樂譜之重要資料。

【集評】

張炎云：白石詞如野雲孤飛，去留無迹。又云：格調不侔，句法挺異，特立清新之意，刪靡曼之詞。（詞源）

黃昇云：白石道人，中興詩家名流，詞極精妙，不減清真樂府，其間高處，有美成所不能及。（花庵詞選）

沈義父云：姜白石清勁知音，亦未免有生硬處。（樂府指迷）

毛晉云：范石湖評堯章詩云：「有裁雲縫月之妙手，敲金戛玉之奇聲。」予於其詞亦云。（白石詞跋）

朱彝尊云：詞莫善於姜夔，宗之者張輯、盧祖皋、吳文英、蔣捷、王沂孫、張炎、周密、陳允平、張

翥、楊基，皆具夔之一體，基之後，得其門者寡矣。（詞綜序）

戈載云：白石之詞，清氣盤空，如野雲孤飛，去留無迹；其高遠峭拔之致，前無古人，後無來者，真詞中之聖也。（七家詞選）

周濟云：白石脫胎稼軒，變雄健爲清剛，變馳驟爲疏宕。蓋二公皆極熱中，故氣味吻合。辛寬、姜窄，寬故容藏，窄故鬬硬。又：白石小序甚可觀，苦與詞複；若序其緣起，不犯詞境，斯爲兩美矣。（宋四家詞選序論）　又：白石詞如明七子詩，看是高格響調，不耐人細思。又：白石以詩法入詞，門徑淺狹，如孫過庭書，但使後人模倣。又：白石好爲小序，序卽是詞，詞仍是序，反覆再觀，如同嚼蠟矣。詞序序作詞緣起，以此意詞中未備也。今人論院本，尙知曲白相生，不許複沓，而津津於白石詞序，一何可笑！（介存齋論詞雜著）

劉熙載云：姜白石詞，幽韻冷香，令人挹之無盡；擬諸形容，在樂則琴，在花則梅也。（藝概詞概）

王國維云：白石寫景之作，如：「二十四橋仍在，波心蕩冷月無聲。」、「數峯清苦，商略黃昏雨。」、「高樹晚蟬，說西風消息。」雖格韻高絕，然如霧裏看花，終隔一層。梅溪、夢窗諸家寫景之病，皆在一隔字。北宋風流，渡江遂絕，抑真有運會存乎其間耶？問隔與不隔之別。曰：陶、謝之詩不隔，延年則稍隔矣。東坡之詩不隔，山谷則稍隔矣。「池塘生春草。」「空梁落燕泥」等二句，妙處唯在不隔。詞亦如是。卽以一人一詞論，如歐陽公少年游詠春草上半闋云：「闌干十二獨凭春，晴碧遠連雲。二月三月，千里萬里，行色苦愁人。」語語都在目前，便是不隔。至云：「謝家池上，江淹浦畔。」則隔矣。白石翠樓吟：「此地宜有詞仙，擁素雲黃鶴，與君游戲。玉梯凝望久，嘆芳草萋萋千里。」便是不隔。至「酒祓清愁，花消英氣。」則隔矣。然南宋詞雖不隔處，比之前人，自有淺深厚薄之別。（人間詞話）

周爾墉云：白石小令，獨不屑朦朧逐隊作花間語，所謂豪傑之士。（評絕妙好詞）

四庫提要：夔詩格高秀，爲楊萬里等所推；詞亦精深華妙，尤善自度新腔，故音節文采，並冠一時。（白石詞提要）

許昂霄云：詞中之有白石，猶文中之有昌黎也。（詞林紀事引）

陳廷焯云：美成、白石，各有至處，不必過爲軒輊。頓挫之妙，理法之精，千古詞宗，自屬美成；而氣體之超妙，則白石獨有千古，美成亦不能至。（白雨齋詞話）

點絳脣 丁未冬，過吳松作①。

燕雁無心，太湖西畔隨雲去。數峯清苦，商略黃昏雨。　第四橋邊②，擬共天隨住③。今何許？凭闌懷古，殘柳參差舞。

【注釋】

①丁未　卽南宋孝宗淳熙十四年。時白石自湖州往蘇州謁范成大。吳松，卽吳松江，古稱松陵、笠澤、吳江、松江。吳郡志云：「松江在郡南四十五里，禹貢三江之一也。南與太湖接，吳江縣在江濱，垂虹跨其上，天下絕景也。」　②第四橋　鄭文焯絕妙好詞校錄云：「宋詞凡用第四橋，大半皆謂吳

江城外之甘泉橋，俗以爲西湖六橋之第四，誤矣。」蘇州府志：「甘泉橋，一名第四橋，以泉品居第四也。」　③天隨　唐詩人陸龜蒙自號天隨子，隱居松江上甫里。齊東野語載白石自敍云：「待制楊公（楊萬里）以爲予文無所不工，甚似陸天隨。」白石三高祠詩：「沉思只羨天隨子，蓑笠寒江過一生。」又除夜自石湖歸苕霅詩：「三生定是陸天隨，又向吳松作客歸。」是白石詩詞中每以龜蒙自比也。

【評箋】

卓人月云：「商略」二字誕妙。（詞統）

陳廷焯云：白石長調之妙，冠絕南宋，短章亦有不可及者，如點絳脣一闋，通首只寫眼前景物，至結處云：「今何許？憑闌懷古，殘柳參差舞。」感時傷事，只用「今何許」三字提倡。「憑闌懷古」下，僅以「殘柳」五字詠歎了之，無窮哀感，都在虛處，令讀者弔古傷今，不能自止，洵推絕調。（白雨齋詞話）

鷓鴣天　元夕有所夢

肥水東流無盡期①，當初不合種相思。夢中未比丹青見，暗裏忽驚山鳥啼。　春未綠，鬢先絲，人間別久不成悲。誰教歲歲紅蓮夜②，兩處沉吟各自知。

【注釋】

①肥水　太平寰宇記：「廬州合肥縣，肥水出縣西南八十里藍家山，東南流，入於巢湖。」　②紅蓮

謂蓮花燈。歐陽修驀山溪元夕詞：「纖手染香羅，剪紅蓮、滿城開遍。」

【評箋】

陳思云：所夢，卽「澹黃柳」之小橋宅中人也。（白石道人歌曲疏證）

鷓鴣天 正月十一日觀燈

巷陌風光縱賞時，籠紗未出馬先嘶。白頭居士無呵殿，只有乘肩小女隨①。　花滿市，月侵衣，少年情事老來悲。沙河塘上春寒淺②，看了遊人緩緩歸。

【注釋】

①乘肩小女　武林舊事：「都城自舊歲冬孟駕回，則已有乘肩小女，鼓吹舞綰者數十隊，以供貴邸豪家幕次之翫。」今按白石詞意，似謂只有小女兒在肩頭相隨爲伴，觀賞燈市，與武陵舊事所云，但字面偶同而已。非如夢窗玉樓春元夕詞「乘肩爭看小腰身」之述燈市中歌舞小女也。②沙河塘　新唐書地理志：「錢塘縣南五里，有沙河塘。」遊覽志：「宋時沙河塘居民甚稠，碧瓦紅檐，歌吹不絕。」故東坡詩有「燈火沙河夜夜春」之句。

【評箋】

況周頤云：白石詞：「少年情事老來悲」；宋朱服句：「而今樂事他年淚」，二語合參，可悟一意化兩之法。又云：「籠紗未出馬先嘶」七字，寫出華貴氣象，却淡雋不涉俗。（蕙風詞話）

訴衷情 端午宿合路①

石榴一樹浸溪紅，零落小橋東。五日淒涼心事，山雨打船篷。　諳世味②，楚人弓，莫忡忡。白頭行客，不採蘋花，孤負薰風。

【注釋】

①合路　爲嘉興、平望、吳江間一市鎮。地傍運河，居民繁夥，有橋曰合路橋。詞中「零落小橋東」當指此。按宋人詩詞往往用橋名而不書橋字，如過垂虹橋，即書「過垂虹」是也。　②諳　悉也，熟知也。

杏花天影 丙午之冬發沔口①，丁未正月二日道金陵。北望淮楚，風日清淑，小舟挂席，容與波上②。

綠絲低拂鴛鴦浦，想桃葉、當時喚渡③。又將愁眼與春風，待去，倚蘭橈、更少駐。　金陵路，鶯吟燕舞。算潮水、知人最苦。滿汀芳草不成歸，日暮，更移舟、向甚處？

【注釋】

①丙午　卽孝宗淳熙十三年。沔口，在漢水入江處。　②容與　悠游也。屈原離騷：「忽吾行此流沙兮，遵赤水而容與。」　③桃葉　晉王獻之愛妾名。古今樂錄：「王獻之愛妾名桃葉，其妹曰桃根，獻之嘗渡，歌以送之；後人因名渡曰桃葉。」其地原在南京秦淮河與青溪合流處。

【評箋】

夏承燾云：此金陵道中懷合肥之作，故序云「北望淮楚」。（白石詞編年箋校）

踏莎行

自沔東來，丁未元日至金陵，江上感夢而作。

燕燕輕盈①，鶯鶯嬌軟，分明又向華胥見②。夜長爭得薄情知？春初早被相思染。　別後書辭，別時針綫，離魂暗逐郎行遠。淮南皓月冷千山③，冥冥歸去無人管。

【注釋】

①燕燕　指所歡也。蘇軾贈張先詩：「詩人老去鶯鶯在，公子歸來燕燕忙。」　②華胥　謂夢境也。列子：「黃帝晝寢而夢，遊於華胥氏之國。」　③淮南　宋時合肥屬淮南西路。夏承燾白石詞編年箋校：「此詞明云淮南，爲懷合肥人作無疑。」

【評箋】

王國維云：白石之詞，余所最愛者，亦僅二語，曰：「淮南皓月冷千山，冥冥歸去無人管。」（人間詞話）

淡黃柳

客居合肥南城赤闌橋之西，巷陌淒涼與江左異。唯柳色夾道，依依可憐。因度此闋以紓客懷。

空城曉角，吹入垂楊陌。馬上單衣寒惻惻。看盡鵝黃嫩綠①，都是江南舊相識。　正岑寂②，明朝又寒食。強攜酒，小橋宅③。怕梨花落盡成秋色④。燕燕飛來，問春何在？唯有池塘自碧。

【注釋】

①鵝黃嫩綠　謂柳色也。王安石詩：「含風鴨綠粼粼起，弄日鵝黃裊裊垂。」②岑寂　文選鮑照舞鶴賦：「去帝鄉之岑寂。」注云：岑寂，猶高靜也。③小橋宅　一作小喬宅。鄭文焯謂卽題敍所云「赤闌橋之西」客居處；夏承燾則以爲乃暗用三國喬玄次女小喬事，隱指白石之合肥情侶也。④梨花落盡成秋色　唐李賀三月樂詞：「曲水飄香去不歸，梨花落盡成秋苑。」白石易其一字以叶韻入詞。

【評箋】

譚獻云：白石、稼軒，同音笙磬。但清脆與鏜鞳異響，此事自關性分。（譚評詞辨）

夏承燾云：精衞先生謂曾親聆朱執信之尊人以琴叶姜詞，能表其詞情，甚爲美聽；淡黃柳一闋，尤其淒抑云云。（姜白石詞編年箋校）

惜紅衣

吳興號水晶宮，荷花盛麗。陳簡齋云：「今年何以報君恩，一路落花相送到青墩。」①亦可見矣。丁未之夏，余遨千巖，數往來紅香中，自度此曲，以無射宮歌之②。

簟枕邀涼，琴書換日，睡餘無力。細灑冰泉，并刀破甘碧。牆頭喚酒，誰問訊、城南詩客？岑寂，高樹晚蟬，說西風消息。　虹梁水陌③，魚浪吹香，紅衣半狼籍。維舟試望④，故國渺天北。可惜柳邊沙外，不共美人遊歷。問甚時同賦，三十六陂秋色？

【注釋】

①陳簡齋　卽陳與義，字去非，洛陽人。爲宋詩大家之一，詞集名無住詞。「今年何以」二句，見無住詞虞美人。青墩鎭在吳興，簡齋暮年卜居於此。②丁未　爲宋孝宗淳熙十四年。無射宮，卽黃鐘宮。③虹梁水陌　文選西都賦注：「應龍虹梁，梁形似龍而曲如虹也。」水陌，猶言水巷。④維舟　繫舟也。

【評箋】

鄭文焯云：惜紅衣，白石道人製此，覽淒清之風物，寫故國之離憂。（樵風樂府）

淒涼犯

合肥巷陌皆種柳，秋風夕起騷騷然。予客居闔戶，時聞馬嘶，出城四顧，則荒煙野草，不勝淒黯，乃著此解。琴有淒涼調，假以為名。凡曲言犯者，謂以宮犯商、商犯宮之類，如道調宮上字住①，雙調亦上字住，所住字同，故道調曲中犯雙調，或於雙調曲中犯道調，其他準此。唐人樂書云：「犯有正、旁、偏、側。宮犯宮為正，宮犯商為旁，宮犯角為偏，宮犯羽為側。」此說非也。十二宮所住字各不同，不容相犯，十二宮特可犯商、角、羽耳。予歸行都，以此曲示國工田正德，使以啞觱栗角吹之②，其韻極美。亦曰瑞鶴仙影。

綠楊巷陌秋風起，邊城一片離索③。馬嘶漸遠，人歸甚處？戍樓吹角。情懷正惡，更衰草、寒煙淡薄。似當時、將軍部曲，迤邐度沙漠。　追念西湖上，小舫攜歌，晚花行樂。舊遊在否？想如今、翠凋紅落。漫寫羊裙④，等新雁、來時繫著。怕悤悤、不肯寄與，誤後約。

【注釋】

①住　樂曲術語。卽夢溪筆談所謂殺聲，詞源所謂結聲，卽一調之基音也。②啞觱栗　童斐中樂尋源：「啞觱栗，卽今頭管。其製以竹爲管，而無笳式之增音器；輭蘆爲哨，長寸餘，音圓而和，下於笛而高於簫。」③邊城　南宋時，宋金隔淮對峙，合肥正爲宋之淮西重鎮，故曰邊城。④羊裙　南史羊欣傳：「欣年十二，王獻之甚知愛之；欣嘗著新絹裙，晝寢，獻之見之，書裙數幅而去；欣書本工，因此彌善。」

【評箋】

鄭文焯云：紹興庚辰（按卽高宗紹興三十年，西元一一六〇年。），金人敗盟，犯廬州，王權敗歸。太師陳秉伯請下詔親征，以葉義問督江淮軍，虞允文參謀軍事，尋敗於采石。詞中所謂：「似當時將軍部曲，迤邐度沙漠。」蓋隱寓其時戰事也。（鄭校白石道人歌曲）

滿江紅

滿江紅，舊調用仄韻，多不協律。如末句云：「無心撲」①三字，歌者將「心」字融入去聲，方諧音律。予欲以平韻為之，久不能成。因泛巢湖②，聞遠岸簫鼓聲，問之舟師，云：「居人為此湖神姥壽也③。」予因祝曰：「得一席風，徑至居巢，當以平韻滿江紅為迎送神曲。」言訖，風與筆俱駛，頃刻而成。末句云：「聞佩環」則協律矣。書以綠牋，沉於白浪。辛亥

（一一九一）正月晦也。是歲六月，復過祠下，因刻之柱間。有客來自居巢，云：「土人祠姥，輒能歌此詞。」按：曹操至濡須口④，孫權遺操書曰：「春水方生，公宜速去。」操曰：「孫權不欺孤。」乃徹軍還。濡須口與東關相近，江湖水之所出入。予意春水方生，必有司之者，故歸其功於姥云。

仙姥來時，正一望、千頃翠瀾。旌旗共亂雲俱下，依約前山。命駕羣龍金作軛，相從諸娣玉為冠⑤。（廟中列坐如夫人者三十人。）向夜深、風定悄無人，聞佩環。　神奇處，君試看。奠淮右，阻江南。遣六丁雷電⑥，別守東關。卻笑英雄無好手，一篙春水走曹瞞。又怎知、人在小紅樓，簾影間。

【注釋】

①無心撲　見周邦彥滿江紅詞，其上片結處云：「最苦是、蝴蝶滿園飛，無心撲。」　②巢湖　在今安徽巢縣西南，亦名焦湖。合肥、舒城、廬江諸縣環之。　③神姥　輿地紀勝：「巢湖聖姥廟，在城左廂明教台上。」方輿勝覽：「姥山在巢湖中。湖陷，姥升此山，有廟。」　④濡須　濡須水源出巢湖，亦稱東關水，流經濡須、七寶二山間，至無爲縣而東入江。吳孫權嘗於二山間作大堤，築兩城，稱兩關，以拒曹兵。事見三國志吳主傳。宋龔相濡須塢詩：「南北安危限兩關，迅流一去幾時還；淒涼千古干戈地，春水方生鷗自閒。」亦詠此事。　⑤娣　古諸女共事一夫，先至呼後至曰娣。　⑥六丁　古神將名。

暗　香

辛亥之冬，予載雪詣石湖①，止既月，授簡索句，且徵新聲，作此兩曲。石湖把玩不已，使工妓隸習之，音節諧婉，乃名之曰暗香、疏影②。

舊時月色，算幾番照我，梅邊吹笛？喚起玉人，不管清寒與攀摘。何遜而今漸老③，都忘卻、春風詞筆。但怪得、竹外疏花，香冷入瑤席。　江國，正寂寂。歎寄與路遙④，夜雪初積。翠尊易泣，紅萼無言耿相憶。長記曾攜手處，千樹壓、西湖寒碧。又片片吹盡也，幾時見得？

【注釋】

①辛亥　爲宋光宗紹熙二年。石湖，在蘇州城南，范成大晚年築別業於此，自號石湖居士。　②暗香疏影　宋林逋山園小梅詩：「衆芳搖落獨暄妍，佔盡風情向小園；疏影橫斜水清淺，暗香浮動月黃昏。霜禽欲下先偷眼，粉蝶如知合斷魂；幸有微言可相狎，不須檀板共金尊。」世傳詠梅絕唱，頷聯尤爲有名。白石據以名調度曲詠梅花，亦爲後世傳唱。　③何遜　南朝梁人，有詠早梅詩。杜甫和裴迪逢早梅詩：「東閣官梅動詩興，還如何遜在揚州。」　④寄與路遙　暗用三國吳陸凱寄梅范曄：「折梅逢驛使，寄與隴頭人。」詩意，以示音問隔絕也。

【評箋】

周濟云：前半闋言盛時如此；後半闋想其盛時，感其衰時。（宋四家詞選）

譚獻云：石湖詠梅，是堯章獨到處。「翠尊」二句深美，有騷辯意。（譚評詞辨）

王闓運云：如此起法，卽不是詠梅矣。暗香、疏影二詞最有名，然語高品下，以其貪用典故也。（湘綺樓詞選）

鄧廷禎云：朱希真之「引魂枝，消瘦一如無，但空裏疏花數點。」姜石帚「長記曾攜手處，千樹壓、西湖寒碧。」一狀梅之少，一狀梅之多；皆神情超越，不可思議，寫生獨步。（雙硯齋隨筆）

疏影

苔枝綴玉，有翠禽小小，枝上同宿。客裏相逢，籬角黃昏，無言自倚修竹①。昭君不慣胡沙遠，但暗憶、江南江北。想佩環、月夜歸來②，化作此花幽獨。　猶記深宮舊事，那人正睡裏，飛近蛾綠③。莫似春風，不管盈盈，早與安排金屋④。還教一片隨波去，又卻怨、玉龍哀曲⑤。等恁時、重覓幽香，已入小窗橫幅。

【注釋】

①無言自倚修竹　此句以美人喻梅。杜甫佳人詩：「天寒翠袖薄，日暮倚修竹。」　②昭君以下三句　蓋用王建、杜甫詩意。王建塞上詠梅詩：「天山路旁一株梅，年年花發黃雲下；昭君已沒漢使回，前後征人誰繫馬？」杜甫詠懷古迹之三云：「羣山萬壑赴荊門，生長明妃尚有村；一去紫臺連朔漠，獨留青塚向黃昏。畫圖省識春風面，環珮空歸月夜魂；千載琵琶作胡語，分明怨恨曲中論。」　③深宮舊事三句　用壽陽公主梅花飄額成五出花，因仿作梅花妝事。見翰苑新書、雜五行書。　④金屋　漢武故事：「若得阿嬌，當以金屋貯之。」按：武帝陳皇后，小字阿嬌。　⑤玉龍哀曲　玉龍，笛名

。李白詩：「黃鶴樓中吹玉笛，江城五月落梅花。」按：落梅花，卽笛曲「梅花落」也。又羅隱詩：「玉龍無主渡頭寒。」

【評箋】

張炎云：詩之賦梅，惟和靖「疏影橫斜水清淺，暗香浮動月黃昏。」一聯而已。世非無詩，不能與之齊驅耳。詞之賦梅，惟姜白石暗香、疏影二曲，前無古人，後無來者，自立新意，真爲絕唱。　又：詞用事最難，要體認著題，融化不澀，如白石疏影：「猶記深宮舊事」三句，用壽陽事；「昭君不慣胡沙遠」四句，用少陵詩，皆用事不爲事所使。（詞源）

張惠言云：此章更以二帝之憤發之，故有昭君之句。（詞選）

鄭文焯云：此蓋傷心二帝蒙塵，諸后妃相從北轅，淪落胡地，故以昭君託喻，發言哀斷。考唐王建塞上詠梅詩曰：「天山路旁一株梅，年年花發黃雲下。昭君已沒漢使回，前後征人誰繫馬？」白石詞意當本此。近世讀者多以意疏解，或有嫌其舉典擬不於倫者，殆不自知其淺闇矣。　又：詞中數語，純從少陵詠明妃詩義檃括，出以清健之筆，如聞空中笙鶴，飄飄欲仙，覺草窗、碧山所作「弔雪香亭梅」諸詞，皆人間語，視此如隔一塵，宜當時傳播吟口，爲千古絕唱也。至下闋藉宋書壽陽公主故事，引申前意，寄情遙遠，所謂怨深文綺，彌得風人溫厚之旨已。（鄭校白石道人歌曲）

許昂霄云：別有爐韝鎔鑄之妙，不僅以檃括舊人詩句爲能。昭君不慣四句，能轉法華，不爲法華所轉。宋人詠梅，例以美玉、太真爲比，不若以明妃擬之，尤有情致也。（詞綜偶評）

譚獻云：「還教」二句，跌宕昭彰。（譚評詞辨）

長亭怨慢

予頗喜自製曲，初率意為長短句，然後協以律，故前後闋多不同。桓大司馬云：「昔年種柳，依依漢南。今看搖落，悽愴江潭。樹猶如此，人何以堪？」①此語予深愛之。

漸吹盡、枝頭香絮，是處人家，綠深門戶。遠浦縈回，暮帆零亂向何許？閱人多矣，誰得似、長亭樹？樹若有情時，不會得青青如此！　日暮，望高城不見②，只見亂山無數。韋郎去也，怎忘得、玉環分付③？第一是、早早歸來，怕紅萼、無人為主。算空有并刀④，難翦離愁千縷。

【注釋】

①桓大司馬數句　世說新語：「桓公（桓溫）北征，經金城，見前為琅琊王時種柳，皆已十圍，慨然曰：木猶如此。人何以堪？」庾信枯樹賦用其語，作「樹猶如此」。②望高城句　唐歐陽詹贈太原妓詩：「驅馬漸覺遠，回頭長路塵；高城已不見，況復城中人。」此詞用詹詩，亦惜別之一證。

③玉環　用韋臯與玉簫女事。雲溪友議：「韋臯游江夏，與姜氏青衣玉簫有情，約七年再會，留玉指環。八年不至，玉簫絕食而沒。後得一歌姬，真如玉簫，中指肉隱出如玉環。」④并刀　即并州所產快剪刀也。杜甫詩：「焉得并州快剪刀，剪取吳松半江水。」

【評箋】

麥孺博云：渾灝流轉，脫胎稼軒。（藝蘅館詞選）

陳廷焯云：白石長亭怨慢云：「閱人多矣，誰得似長亭樹，樹若有情時，不會得青青如此。」白石諸詞，惟此數語最沉痛迫烈。（白雨齋詞話）

孫麟趾云：路已盡而復開出之，謂之轉。如「誰得似長亭樹，樹若有情時，不會得青青如此。」（詞逕）

揚州慢

淳熙丙申至日①，予過維揚②。夜雪初霽，薺麥彌望。入其城則四顧蕭條，寒水自碧，暮色漸起，戍角悲吟。予懷愴然，感慨今昔，因自度此曲。千巖老人以為有「黍離」之悲也③。

淮左名都④，竹西佳處⑤，解鞍少駐初程。過春風十里，盡薺麥青青。自胡馬窺江去後⑥，廢池喬木，猶厭言兵。漸黃昏，清角吹寒，都在空城。　杜郎俊賞⑦，算而今、重到須驚。縱豆蔻詞工，青樓夢好，難賦深情。二十四橋仍在⑧，波心蕩、冷月無聲。念橋邊紅藥⑨，年年知為誰生！

【注釋】

①淳熙丙申　卽宋孝宗淳熙三年。至日，卽冬至日。　②維揚　揚州之別稱。　③千巖老人　蕭德藻，字東夫，福建閩清人。晚居湖州，愛其地弁山千巖競秀，自號千巖老人。黍離，詩經王風篇名。　④淮左　維揚一帶，宋置淮東路，亦稱淮左。　⑤竹西　揚州有竹西亭，在城北五里禪智寺側。杜牧

題禪智寺詩：「誰知竹西路，歌吹是揚州。」　⑥胡馬窺江　高宗紹興三十一年（一一六一），金主亮南下侵宋，揚州復遭戰火。　⑦杜郎　卽唐杜牧，曾官揚州，詩酒清狂。其贈別詩：「娉娉嫋嫋十三餘，豆蔻梢頭二月初；春風十里揚州路，捲上珠簾總不如。」又遣懷詩：「落魄江湖載酒行，楚腰纖細掌中輕；十年一覺揚州夢，贏得青樓薄倖名。」　⑧二十四橋　一統志：「揚州二十四橋，在府城西，隋置。」揚州畫舫錄：「二十四橋，一名紅藥橋，卽吳家磚橋，古有二十四美人吹簫於此，故名。」杜牧寄揚州韓綽判官詩：「二十四橋明月夜，玉人何處教吹簫。」　⑨紅藥　卽紅芍藥。

【評箋】

張炎：姜白石揚州慢云：「二十四橋仍在，波心蕩、冷月無聲。」此皆平易中有句法。不惟清空，又且騷雅，讀之，使人神觀飛越。（詞源）

先著云：「二十四橋仍在，波心蕩，冷月無聲。」是「蕩」字着力。所謂一字得力，通首光采，非鍊字不能，然鍊亦未易到。（詞潔）

陳廷焯云：白石揚州慢云：「自胡馬窺江去後，……都在空城。」數語，寫兵燹後情景逼真；「猶厭言兵」四字，包括無限傷亂語，他人累千百言，亦無此韻味。（白雨齋詞話）

王國維云：白石寫景之作，雖格調高絕，然如霧裏看花，終隔一層。（人間詞話）

鄭文焯云：紹興三十年，完顏亮南寇，江淮軍敗，中外震駭。亮尋爲其臣下弒於瓜洲。此詞作於淳熙三年，寇平已十有六年，而景物蕭條，依然廢池喬木之感。此與淒涼犯當同屬江淮亂後之作。（鄭校

白石道人歌曲）

念奴嬌

予客武陵①，湖北憲治在焉②。古城野水，喬木參天。予與二三友，日蕩舟其間，薄荷花而飲，意象幽閒，不類人境。秋水且涸，荷葉出地尋丈。因列坐其下，上不見日，清風徐來，綠雲自動，間於疏處，窺見遊人畫船，亦一樂也。朅來吳興③，數得相羊荷花中④，又夜泛西湖，光景奇絕，故以此句寫之。

鬧紅一舸，記來時、嘗與鴛鴦為侶。三十六陂人未到⑤，水佩風裳無數。翠葉吹涼，玉容銷酒，更灑菰蒲雨⑥。嫣然搖動，冷香飛上詩句。　日暮，青蓋亭亭，情人不見，爭忍淩波去？只恐舞衣寒易落，愁入西風南浦。高柳垂陰，老魚吹浪，留我花間住。田田多少⑦，幾回沙際歸路。

【注釋】

①武陵　今湖南常德縣，宋屬荊湖北路。　②憲　爲提點刑獄之省稱，宋時官名。　③吳興　宋湖州吳興郡，在今浙江吳興縣。　④相羊　即徜徉，謂逍遙悠遊也。　⑤三十六陂　王安石題西太乙宮壁詩：「楊柳鳴蜩綠暗，荷花落日紅酣；三十六陂煙水，白頭想見江南。」白石詞用此寫荷，非必與寰宇志所載中牟圃田澤三十陂，輿地紀勝所載揚州三十六陂相涉也。　⑥菰　一名茭，又名蔣。春月生新芽如筍，名茭白。　⑦田田　鮮碧貌。古詩：「江南可采蓮，蓮葉何田田。」或云「田田」與「陳

陳」古音相通，謂重疊眾多貌也。

【評箋】

麥孺博云：俊語。（藝蘅館詞選）

陳廷焯云：白石詞如「無奈苕溪月，又喚我扁舟東下。」又「冷香飛上詩句。」又「高柳垂陰，老魚吹浪，留我花間住」等語，是開玉田一派。在白石集中，只算雋句，尚非夐高之境。（白雨齋詞話）

湘月

長溪楊聲伯典長沙檝櫂①，居瀕湘江，窗間所見，如燕公郭熙畫圖②，臥起幽適。丙午七月既望，聲伯約予與趙景魯、景望、蕭和父、裕父、時父、恭父，大舟浮湘③，放乎中流，山水空寒，煙月交映，淒然其為秋也。坐客皆小冠練服，或彈琴，或浩歌，或自酌，或援筆搜句。予度此曲，即念奴嬌之鬲指聲也，於雙調中吹之。鬲指亦謂之過腔，見晁無咎集。凡能吹竹者，便能過腔也。

五湖舊約④，問經年底事，長負清景？暝入西山，漸喚我、一葉夷猶乘興⑤。倦網都收，歸禽時度，月上汀洲冷。中流容與，畫橈不點清鏡。　誰解喚起湘靈⑥，煙鬟霧鬢，理哀弦鴻陣！玉麈談玄，歎坐客、多少風流名勝⑦。暗柳蕭蕭，飛星冉冉，夜久知秋信。鱸魚應好⑧，舊家樂事誰省？

【注釋】

①長溪，福建縣名，在今霞浦縣南。楊聲伯，事迹不詳，蓋與楊惇禮、楊興宗，楊楫諸人同爲長溪族人。 ②燕公郭熙畫圖　宋畫家燕姓者二人：燕文貴，吳興人；燕肅、益都人。二人皆工畫山水。郭熙，河陽溫縣人，爲御書院藝學，善山水寒林。 ③蕭和父、裕父、時父、恭父皆蕭德藻子姪，白石之妻黨也。時白石依德藻居。 ④五湖舊約　吳越春秋：「范蠡去越，乘舟出三江之口，入五湖之中。」吳錄：「五湖者，太湖之別名，以其周行五百里，故以五湖爲名。」另說謂胥湖、蠡湖、洮湖、滆湖，就太湖而五。 ⑤夷猶　同夷由，遲疑長望貌。 ⑥湘靈　後漢書馬融傳注：「湘靈，舜妃。溺於湘水，爲湘夫人也。」 ⑦玉麈　即玉柄拂麈。晉王衍容貌整麗，妙於玄談，每持玉柄拂麈，與手同色。東坡詩：「談辯如雲玉麈麾。」白石詞「玉麈」以下三句，殆用此事。 ⑧夜久二句　用晉張翰因秋風起，念江南蓴羹鱸膾之美決然南歸事。參見三〇六頁辛棄疾木蘭花慢詞注。

【評箋】

陳廷焯云：「暗柳蕭蕭，飛星冉冉，夜久知秋信」寫夜景高絕；點綴之工，意味之永，他手亦不能到。（白雨齋詞話）

琵琶仙

吳都賦云：「戶藏煙浦，家具畫船。」①唯吳興為然。春遊之勝，西湖未能過也。己酉歲②，予與蕭時父載酒南郭，感遇成歌。

雙槳來時，有人似、舊曲桃根桃葉③。歌扇輕約飛花，蛾眉正奇絕。春漸遠、汀洲自綠，更添了、幾聲啼鴂。十里揚州，三生杜牧④，前事休說。　又還是、宮燭分煙⑤，柰愁裏悤悤換時節。都把一襟芳思，與空階榆莢。千萬縷、藏鴉細柳，為玉尊、起舞回雪。想見西出陽關⑥，故人初別。

【注釋】

①吳都賦　晉左思三都賦之一。「戶閉煙浦，家藏畫舟」原爲唐李庾西都賦句，白石誤作吳都賦。又舟誤記作船，閉誤作藏，藏誤作具。　②己酉歲　爲宋孝宗淳熙十六年。　③舊曲桃根桃葉　晉王獻之有愛妾名桃葉，其妹曰桃根。獻之嘗臨渡作歌贈之：「桃葉復桃葉，桃樹連桃根，相憐兩樂章，獨使我殷勤。」晉書樂志云：「魏晉之世，有孫氏善弘舊曲。」　④唐杜牧嘗遊宦揚州，詩酒清狂，有贈別詩，遣懷詩傳唱一時，參見白石揚州慢詞注。　⑤宮燭分煙　燭以傳火。唐制：清明日，取榆柳之火賜近臣。韓翃詩：「春城無處不飛花，寒食東風御柳斜；日暮漢宮傳蠟燭，輕煙散入五侯家。」參見賀鑄沁園春注。　⑥西出陽關　見二九五頁鷓鴣天注①。

【評箋】

張炎云：離情當如此作，全在情景交鍊，得言外意。（詞源）

許昂霄云：句句說景，句句說情，真能融情景於一家者也；曲折頓宕，又不待言。（詞綜偶評）

沈天羽云：「春草碧色，春水綠波，送君南浦，傷如之何。」四語約是此篇。又云：融情會景，與少遊八六子詞共傳。（草堂詩餘正集）

齊天樂

丙辰歲①，與張功父會飲張達可之堂②。聞屋壁間蟋蟀有聲，功父約予同賦，以授歌者。功父先成③，辭甚美。予裴回末利花間，仰見秋月，頓起幽思，尋亦得此。蟋蟀，中都呼為促織，善鬭。好事者或以三二十萬錢致一枚，鏤象齒為樓觀以貯之。

庾郎先自吟愁賦④，淒淒更聞私語。露溼銅鋪⑤，苔侵石井，都是曾聽伊處。哀音似訴，正思婦無眠，起尋機杼。曲曲屏山，夜涼獨自甚情緒？　西窗又吹暗雨。為誰頻斷續，相和砧杵？候館迎秋⑥，離宮弔月⑦，別有傷心無數。豳詩漫與⑧。笑籬落呼燈，世間兒女。寫入琴絲，一聲聲更苦。宣政間有士大夫製蟋蟀吟

【注釋】

①丙辰歲　為宋寧宗慶元二年。　②張鎡，字功父，舊字時可，號約齋，西秦人，居臨安，循王張俊孫。有南湖集。張達可，事跡不詳，蓋功父兄弟。　③功父有滿庭芳詠促織云：月洗高梧，露溥幽草，寶釵樓外秋深。上花沿翠，螢火墜牆陰。靜聽寒聲斷續，微韻轉，淒咽悲沉。爭求侶，殷勤勸織，促破曉機心。　兒時曾記得，呼燈灌穴，斂步隨音。任滿身花影，猶自追尋。攜向畫堂試鬭，亭臺小籠裝金。今休說，從渠床下，涼夜聽孤吟。　④庾郎　指庾信。今本庾子山集無「愁賦」；然金王若虛滹南遺老集云：「嘗讀庾氏詩賦，類不足觀，而愁賦尤狂易可怪。」劉辰翁蘭陵王送春詞亦云：「更江令恨別，庾信愁賦。」是宋金人所見庾集實有「愁賦」一篇。近人錢氏謂葉廷珪海錄碎事卷九

下錄之，王安石、黃庭堅等嘗引之。是白石此句非杜撰也。⑤銅鋪　即銅製鋪首，象龜蛇之形，置於門上銜環者。⑥候館　樓可觀望者也。周禮地官：「市有候館。」又驛傳文書之所亦稱候館。⑦離宮　謂帝王之別宮。弔月，謂在月下哀鳴也。⑧豳詩漫與　言豳詩爲即事之作。詩豳風七月：「七月在野；八月在宇，九月在戶，十月，蟋蟀入我床下。」

【評箋】

張炎云：全章皆精粹，所詠瞭然在目，且不留滯於物。（詞源）

許昂霄云：將蟋蟀與聽蟋蟀者層層夾寫，如環無端，真化工之筆。（詞綜偶評）

陳廷焯云：全篇皆寫怨情，獨後半「笑籬落呼燈，世間兒女」，以無知兒女之樂，反襯出有心人之苦，最爲入妙。用筆亦有神味，難以言傳。（白雨齋詞話）

鄭文焯云：負暄雜錄：鬭蛩之戲，始於天寶間，長安富人鏤象牙爲籠而蓄之，以萬金之資付之一喙。此敍所記：好事者云云，可知其習尚至宋宣、政間，殆有甚於唐之天寶時矣。功父滿庭芳詞詠促織兒，清雋幽美，實擅詞家能事，有觀止之歎。白石別構一格，下闋託寄遙深，亦足千古已。（鄭校白石道人歌曲）

慶宮春

紹熙辛亥除夕①，予別石湖歸吳興，雪後，夜過垂虹，嘗賦詩云：「笠澤茫茫雁影微，玉峯重疊護雲衣；長橋寂寞春寒夜，只有詩人一舸歸。」後五年冬，復與俞商卿、張平甫、銛朴翁自封禺同載詣梁溪②，道經吳松，山寒天迥，雲浪四合。中夕相呼步垂虹，星斗下垂，錯雜漁火。朔吹凜凜，卮酒不能支，朴翁以衾自纏，猶相與行吟，因賦此闋，蓋過旬塗稾乃定。朴翁咎予無益，然意所耽，不能自已也。平甫、商卿、朴翁皆工於詩，所出奇詭，予亦強追逐之。此行既歸，各得五十餘解。

雙槳蓴波，一蓑松雨，暮愁漸滿空闊。呼我盟鷗③，翩翩欲下，背人還過木末。那回歸去，蕩雲雪、孤舟夜發。傷心重見，依約眉山，黛痕低壓。　采香徑裏春寒④，老子婆娑，自歌誰答？垂虹西望⑤，飄然引去，此興平生難遏。酒醒波遠，正凝想、明璫素韈。如今安在？唯有闌干，伴人一霎。

【注釋】

①紹熙辛亥，卽光宗二年。後五年，卽寧宗慶元二年丙辰。　②俞灝字商卿，世居杭。紹熙四年（一一九三）進士，歷麾節，皆有聲。寶慶二年（一二二六）致仕，築室九里松，自號青松居士。張平甫名鑑，張鎡功甫之異母弟。蓋卽齊天樂一闋前敍中所言之張達可歟！銛朴翁、秦望山人，能詩。詩愈工，俗念愈熾，後加冠巾，曰葛天氏民，築室蘇堤，自號柳下。　③盟鷗　意謂隱者居於雲水之鄉，如與鷗鳥有約也。　④采香徑　蘇州府志：「采香徑在香山之旁，小溪也。吳王種香於香山，使美人泛舟於溪以采香。今自靈巖山望之，一水直如矢，故俗名箭徑。」　⑤垂虹　卽垂虹橋，本名利往橋。在吳江縣東，宋仁宗慶曆八年建，構亭其上曰垂虹。蘇舜卿詩有云：「長橋跨空古未有，大亭壓浪

勢亦豪。」因又名長橋。

【評箋】

周汝昌云：上來即點出「暮愁漸滿」，愁字是眼，一篇皆寫此也。（夏氏校本承教錄）

翠樓吟

淳熙丙午冬，武昌安遠樓成，與劉去非諸友落之①，度曲見志。予去武昌十年，故人有泊舟鸚鵡洲者②，聞小姬歌此詞，問之，頗能道其事，還吳，為予言之。興懷昔遊，且傷今之離索也。

月冷龍沙③，塵清虎落④，今年漢酺初賜⑤。新翻胡部曲⑥，聽氈幕元戎歌吹。層樓高峙。看檻曲縈紅，簷牙飛翠。人姝麗，粉香吹下，夜寒風細。　此地，宜有詞仙，擁素雲黃鶴，與君遊戲。玉梯凝望久，歎芳草萋萋千里。天涯情味，仗酒祓清愁⑦，花銷英氣。西山外⑧，晚來還捲，一簾秋霽。

【注釋】

①淳熙丙午　爲孝宗淳熙十三年，白石自漢陽往湖州，道經武昌。安遠樓，即武昌南樓。落之，房舍始成而祭之也。　②鸚鵡洲　在湖北漢陽西南長江中，登武昌黃鶴樓眺望，洲歷歷可見。唐崔顥有黃鶴樓詩：「昔人已乘黃鶴去，此地空餘黃鶴樓；黃鶴一去不復返，白雲千載空悠悠。晴川歷歷漢陽樹，芳草萋萋鸚鵡洲；日暮鄉關何處是，煙波江上使人愁。」白石此詞後半襲用其意。　③龍沙　即西

域白龍堆沙漠，此借指西北塞外之地。④虎落　以竹篾相連爲城垣營寨，卽防禦用之藩籬也。⑤漢酺初賜　會聚飲酒曰酺。漢時國有喜慶，每賜人民酺飲。此謂淳熙十三年正月庚辰，高宗八十壽，犒賜中外諸軍共一百六十萬緡事。⑥胡部曲　唐稱龜茲、疏勒、高昌、天竺諸外來音樂曰胡部樂。⑦祓　祭以除惡謂之；引申凡潔除亦曰祓。⑧西山　武昌有西山，一名樊山。

【評箋】

楊愼云：「檻曲縈紅」、「簷牙飛翠」、「酒祓清愁」、「花銷英氣」云云，句法奇麗，其腔皆自度者，惜舊譜零落，未能被之管絃也。（詞品）

許昂霄云：「月冷龍沙」五句，題前一層，卽爲題後鋪敍，手法最高。「玉梯凝望」五句，淒婉悲壯，何減王粲登樓一賦。（詞綜偶評）

陳廷焯云：翠樓吟後半闋至「花銷英氣」止，一縱一橫，筆如遊龍，意味深厚，是白石最高之作。此詞應有所刺，特不敢穿鑿求之。（白雨齋詞話）

周濟云：此地宜得人才，而人才不可得。（宋四家詞選）

鄧廷楨云：琢句之工，如「天涯情味」、「仗酒祓清愁」、「花銷英氣」。則如堂下斵輪，鼻端施堊。（雙硯齋詞話）

角招

甲寅春，予與俞商卿燕遊西湖①，觀梅於孤山之西村②，玉雪照映，吹香薄人。已而商卿歸

吳興，予獨來，則山橫春煙，新柳被水，遊人容與飛花中，悵然有懷，作此寄之。商卿善歌聲，稍以儒雅緣飾；予每自度曲，吟洞簫，商卿輒歌而和之，極有山林縹緲之思。今予離憂，商卿一行作吏，殆無復此樂矣。

為春瘦！何堪更、繞湖盡是垂柳。自看烟外岫③，記得與君，湖山携手。君歸未久，早亂落、香紅千畝。一葉淩波縹緲，過三十六離宮④，遣游人回首。　猶有，畫船障袖，青樓倚扇，相映人爭秀。翠翹光欲溜，愛著宮黃，而今時候。傷春似舊，蕩一點、春心如酒。寫入吳絲自奏⑤，問誰識、曲中心，花前友。

【注釋】

①甲寅　宋光宗紹熙五年（一一九四）。俞灝，字商卿，爲白石居湖州、杭州時交遊，登紹熙四年進士。見慶宮春詞注。　②孤山之西村　周密武陵舊事孤山路：「西陵橋，又名西泠橋，又名西村。」白石卜算子梅花八詠詞注云：「西村在孤山後，梅皆阜陵時所種。」　③岫　峯巒也。　④三十六離宮　本指漢宮殿之數。班固西都賦：「離宮別館三十六所。」唐駱賓王帝京篇：「漢家離宮三十六。」南宋都臨安（杭州），此借指杭城帝王宮殿之多也。　⑤吳絲　杭州古屬吳地，吳絲，蓋指吳曲，吳調。晉書樂志：「吳歌雜曲，並出江南，東晉已來，稍有增廣；其始徒歌，既而被之管絃。」

一萼紅

丙午人日①，予客長沙別駕之觀政堂②。堂下曲沼，沼西負古垣，有盧橘幽篁③，一逕深曲。穿徑而南，官梅數十株，如椒、如菽，或紅破白露，枝影扶疎。著屐蒼苔細石間，野興橫生。亟命駕登定王臺④，亂湘流，入麓山⑤，湘雲低昂，湘波容與，興盡悲來，醉吟成調。

古城陰⑥，有宮梅幾許，紅萼未宜簪。池面冰膠，牆腰雪老，雲意還又沉沉。翠藤共閒穿徑竹，漸笑語、驚起臥沙禽。野老林泉，故王臺榭，呼喚登臨。　南去北來何事？蕩湘雲楚水，目極傷心。朱戶黏雞，金盤簇燕⑦，空歎時序侵尋。記曾共、西樓雅集，想垂楊、還裊萬絲金。待得歸鞍到時，只怕春深。

【注釋】

①丙午人日　即宋孝宗淳熙十三年（一一八六）正月初七日。北史魏收傳引董勛谷問禮俗：「正月一日爲鷄，二日爲狗，三日爲猪，四日爲羊，五日爲牛，六日爲馬，七日爲人。」　②別駕　古稱知府或知州之佐官通判爲別駕。　③盧橘　即金橘。幽篁，謂深茂之竹。　④定王臺　故址在湖南長沙，漢長沙定王發所築。　⑤麓山　即嶽麓山，在長沙西南善化縣西十里湘水上。　⑥古城　水經注：「湘水經麓山東，上有古城。」　⑦朱戶二句　荊楚歲時記：「正月一日，帖畫鷄戶上，懸葦索於其上，插桃符其旁，百鬼畏之。又：立春之日，悉翦綵爲燕戴之，帖宜春二字。」武林舊事則謂立春供春盤，有翠縷紅絲，金鷄玉燕，備極精巧。

【評箋】

周爾墉云：石帚詞換頭處多不放過，最宜深味。（周評絕妙好詞）

陳銳云：換頭處六句有挺接者，如「南去北來何事」之類。（褒碧齋詞話）

夏瞿禪云：此客長沙遊岳麓山詞。集中懷念合肥各詞，多託興梅柳，此詞以梅起柳結，序云「興盡悲來」，詞云「待得歸鞍到時，只怕春深」，疑亦爲合肥人作。（姜白石詞校箋）

八　歸　湘中送胡德華

芳蓮墜粉，疎桐吹綠，庭院暗雨乍歇。無端抱影銷魂處，還見篠牆螢暗①，蘚階蛬切。送客重尋西去路，問水面琵琶誰撥②？最可惜、一片江山，總付與啼鴂！　長恨相從未款，而今何事，又對西風離別。渚寒煙淡，棹移人遠，縹緲行舟如葉。想文君望久，倚竹愁生步羅襪③。歸來後，翠尊雙飲，下了珠簾，玲瓏閒看月④。

【注釋】

①篠牆　即竹籬牆也。　②水面琵琶　白居易琵琶行：「潯陽江頭夜送客，楓葉荻花秋瑟瑟；主人下馬客在船，舉酒欲飲無管弦。醉不成歡慘將別，別時茫茫江浸月；忽聞水上琵琶聲，主人忘歸客不發。尋聲闇問彈者誰？琵琶聲停欲語遲。」蓋白石「送客」二句所本。　③文君二句　卓文君事見史記司馬相如列傳。白石詞意蓋借文君以喻胡德華閨中人竚望之情也。杜甫佳人詩：「天寒翠袖薄，日暮倚修竹。」　④下了珠簾二句　李白詩：「玉階生白露，夜久侵羅襪；却下水晶簾，玲瓏望秋月。」

【評箋】

吳衡照云：言情之詞，必藉景色映託，乃具深宛流美之致。白石「想文君望久」云云，似此造境，覺秦七、黃九尚有未到，何論餘子。（蓮子居詞話）

許昂霄云：歷敍離別之情，而終以室家之樂，卽豳風東山詩意也。誰謂長短句不源於三百篇乎？（詞綜偶評）

麥孺博云：全首一氣到底，刀揮不斷。（藝蘅館詞選）

陳廷焯云：聲情激越，筆力精健，而意味仍是和婉，哀而不傷，真詞聖也。（白雨齋詞話）

史達祖

【傳略】

史達祖（一一六〇——一二一〇）字邦卿，號梅谿，汴（今河南開封）人。四朝見聞錄云韓侂胄爲平章，事無決，專倚省吏史邦卿，奉行文字，擬帖撰旨，俱出其手。權炙縉紳，侍從簡札，至用申呈。時有李其姓者，嘗與史游，于史几間大書云：「危哉邦卿，侍從申呈。」未幾，致黥焉。有梅谿詞一卷。嘉泰辛酉（一二〇一）張鎡作序略云：「生之作，辭情俱到，織綃泉底，去塵眼中，妥帖輕圓，特其餘事。至於奪萏豔於春景，起悲音於商素，有瓌奇、警邁、清新、閒婉之長，而無訑蕩汙淫之失，端可以分鑣清真，平睨方回，而紛紛三變行輩，幾不足比數。山谷以行誼文章，宗匠一代，至序小晏詞，激昂婉轉，以伸吐其懷抱，而『楊花謝橋』之句，伊川猶稱可之。生滿襟風月，鸞吟鳳嘯，鏘洋乎口吻之際者，皆自漱滌書傳中來。」梅谿詞有汲古閣宋六十家詞本，及四印齋所刻詞本，以後本爲佳。

【集評】

姜夔云：梅谿詞奇秀清逸，有李長吉之韻，蓋能融情景於一家，會句意於兩得。（梅谿詞序）

彭孫遹云：南宋白石，竹屋諸公，當以梅溪爲第一；昔人謂其分鑣清真，平睨方回，紛紛三變行輩，不足比數，非虛言也。（金粟詞話）

王士禎云：宋南渡後，梅谿、白石、竹屋、夢窗諸子，極妍盡態，反有秦、李未到者。雖神韻天然處或減，要自令人有觀止之歎，正如唐絕句，至晚唐劉賓客、杜京兆，妙處反進青蓮、龍標一塵。（花草蒙拾）

周濟云：梅谿甚有心思，而用筆多涉尖巧，非大方家數，所謂一鉤勒卽薄者。　又云：梅谿詞中，喜用偷字，足以定其品格矣。（介存齋論詞雜著）

吳衡照云：史邦卿奇秀清逸，爲詞中俊品。（蓮子居詞話）

戈載云：予嘗謂梅溪乃清真之附庸，若仿張爲作詞家主客圖，周爲主，史爲客，未始非定論也。（七家詞選）

陳廷焯云：梅谿全祖清真，高者幾於具體而微，論其骨韻，猶出夢窗之右。（白雨齋詞話）

臨江仙

倦客如今老矣，舊時不奈春何！幾曾湖上不經過？看花南陌醉，駐馬翠樓歌。　遠眼愁隨芳草，湘裙憶著春羅①。枉教裝得舊時多。向來簫鼓地②，猶見柳婆娑。

【注釋】

①湘裙　湘江水色深碧，故借謂女子碧綠色之裙曰湘裙。　②簫鼓　即笛與大鼓或簫與大鼓也。漢武帝秋風辭：「簫鼓鳴兮發棹歌。」

【評箋】

況周頤云：「『看花』二語，人人能道，上七字妙絕，似乎不甚經意，所謂得來容易却艱辛也。（香海棠館詞話）

臨江仙

愁與西風應有約，年年同赴清秋。舊遊簾幕記揚州。一燈人著夢，雙燕月當樓。　羅帶鴛鴦塵暗澹①，更須整頓風流。天涯萬一見溫柔②。瘦應因此瘦，羞亦為郎羞。

【注釋】

①羅帶句　謂輕羅絲帶也。李德林夏日詩：「微風動羅帶，薄汗染紅妝。」鴛鴦，指鴛鴦被，亦稱合歡被或鴛衾，謂男女共寢之被也。古詩十九首：「文綵雙鴛鴦，裁為合歡被。」陳子昂鴛鴦篇：「聞有鴛鴦綺，復有鴛鴦衾；持為美人贈，勖此故交心。」　②溫柔　溫和柔順也。此借指所歡之美人。

蘇軾次韻李邦直感舊詩：「婉婉有時來入夢，溫柔何日聽還鄉。」

雙雙燕

過春社了①，度簾幕中間，去年塵冷。差池欲住②，試入舊巢相並。還相雕梁藻井③，又軟語商量不定。飄然快拂花梢，翠羽分開紅影。 芳徑，芹泥雨潤④。愛貼地爭飛，競誇輕俊。紅樓歸晚⑤，看足柳昏花暝。應自棲香正穩，便忘了天涯芳信⑥。愁損翠黛雙蛾⑦，日日畫闌獨凭。

【注釋】

①春社　節候名，月令廣義：「立春後五戊爲春社。」俗謂燕子於此時由南北歸。　②差池　不齊貌。詩邶風燕燕：「燕燕于飛，差池其羽。」　③還相句　相，細看也。雕梁，謂華屋棟梁加以雕飾者。江總詩：「珊瑚挂鏡臨網戶，芙蓉作帳照雕梁。」王維詩：「啼鶯綠樹深，語燕雕梁晚。」藻井，井指堂殿上承塵板，即今所謂天花板也；繪以水藻，用厭火災，故曰藻井。宛委餘論：「藻井，井之爲言板也。」何晏景福殿賦：「編以綷疏，繚以藻井。」　④芹泥　燕泥也。杜甫徐步詩：「芹泥隨燕嘴，花蕊上蜂鬚。」溫庭筠寒食詩：「窗中草色妒雞卵，盤上芹泥憎燕巢。」　⑤紅樓　謂富貴人家樓閣，往往爲閨秀所居，亦燕子歸巢處也。白居易詩：「到一紅樓家，愛之看不足。」又：「洛陽無數紅樓女。」　⑥芳信　稱嘉美之訊息也。儲光羲詩：「引領遲芳信，果枉瑤章篇。」開元天寶遺事載有燕子爲思婦傳遞書信事。　⑦翠黛雙蛾　稱女子雙眉。秦韜玉咏手詩：「鸞鏡巧梳勻翠黛，畫

樓閒坐擘珠簾。」徐陵玉臺新詠序：「南都石黛，最發雙蛾；北地胭脂，偏開兩靨。」

【評箋】

卓人月云：不寫形而寫神，不取事而取意，白描高手。（詞統）

黃昇云：形容盡矣。又云：姜堯章最賞其「柳暗花暝」之句。（花庵詞選）

沈天羽云：欲字、試字、還字、又字入妙；「還相」字是星相之相。（草堂詩餘正集）

戈載云：美則美矣，而其韻庚青，雜入真文，究爲玉瑕珠纇。（七家詞選）

王國維云：賀黃公謂：「姜論史詞，不稱其『軟語商量』而稱其『柳昏花暝』，固知不免項羽學兵法之恨。」然「柳昏花暝」，自是歐、秦輩句法，前後有畫工、化工之殊，吾從白石，不能附和黃公矣。（人間詞話）

周爾墉云：史生穎妙非常，此詞可謂能盡物性。（周評絕妙好詞）

三姝媚

煙光搖縹瓦①，望晴櫩多風②，柳花如灑。錦瑟橫牀，想淚痕塵影，鳳弦常下。倦出犀帷，頻夢見、王孫驕馬。諱道相思，偷理綃裙，自驚腰衩③。

惆悵南樓遙夜，記翠箔張燈，枕肩歌罷。又入銅駝④，遍舊家門巷，首詢聲價。可惜東風，將恨與閒花俱謝。記取崔徽模樣⑤，歸來暗寫。

【注釋】

①縹瓦　琉璃瓦一名縹瓦。皮日休詩：「全吳縹瓦十萬戶，惟我與君如袁安。」②櫩　與檐、簷同；又作步櫩，謂屋外之步廊也。步櫩亦作步檐。③衩　衣之下腰開口處，故曰腰衩。④銅駝　洛陽街名，卽宮前御道，時最爲繁盛，每與金谷園並稱。駱賓王詩：「金谷園中花幾色，銅駝路上柳千條。」⑤崔徽　唐河中（今山西永濟縣）女子。裴敬中以興元幕使河中，與徽相從者累月。敬中使還，徽不能從，情懷怨抑。後數月，東川幕白知退將自河中歸，徽乃託人寫真，因捧書謂知退曰：「爲妾謂敬中，崔徽一旦不及卷中人，徽且爲卿死矣。」元稹爲作崔徽歌以詠其事。

秋霽

江水蒼蒼，望倦柳愁荷，共感秋色。廢閣先涼，古簾空暮，雁程最嫌風力①。故園信息，愛渠入眼南山碧。念上國，誰是、鱠鱸江漢未歸客②？　還又歲晚，瘦骨臨風，夜聞秋聲，吹動岑寂。露蛬悲③、清燈冷屋，翻書愁上鬢毛白。年少俊遊渾斷得。但可憐處，無奈苒苒魂驚④，采香南浦⑤，翦梅煙驛⑥。

【注釋】

①雁程　謂雁鳥之飛程也。陳樵越觀詩：「鳥道北來道禹會，雁程南不盡衡陽。」又程誥詩：「嶺廟期鴉鬼，村傜問雁程。」②鱠鱸　用張季鷹事。參見辛棄疾木蘭花慢詞「秋晚蓴鱸」注。③露蛬　卽寒蛩，蟋蟀之屬；爲晚秋之鳴蟲。李郢宿虛白堂詩：「秋月斜明虛白堂，寒蛩唧唧樹蒼蒼。」韋應物擬古詩：「寒蛩悲洞房，好鳥無遺音。」④苒苒　同冉冉，紛動貌。曹植詩：「柔條紛冉冉。」

⑤浦　水濱也。　⑥翦梅煙驛　驛爲古代郵傳官廳文書沿途息宿之所。荆州記載吳陸凱自江南寄梅詣長安范曄，並贈詩曰：「折梅逢驛使，寄與隴頭人；江南無所有，聊贈一枝春。」

綺羅香　春雨

做冷欺花，將煙困柳，千里偷催春暮①。盡日冥迷，愁裏欲飛還住。驚粉重、蝶宿西園，喜泥潤、燕歸南浦②。最妨它、佳約風流，鈿車不到杜陵路③。　沉沉江上望極，還被春潮晚急，難尋官渡④。隱約遙峯，和淚謝娘眉嫵⑤。臨斷岸、新綠生時，是落紅、帶愁流處。記當日、門掩梨花⑥，翦燈深夜語⑦。

【注釋】

①千里偷催春暮　孟郊喜雨詩：「朝見一片雲，暮成千里雨。」　②西園、南浦　古地名，詩詞中常見。此處不必專指。　③鈿車　謂塗飾金花之寶車。杜陵在長安東南，亦稱樂遊原，其地多住豪貴人家，唐時爲京中遊憩勝地。　④還被二句　官渡，謂官道置船以渡行人者。唐韋應物滁州西澗詩：「獨憐幽草澗邊行，上有黃鸝深樹鳴；春潮帶雨晚來急，野渡無人舟自橫。」　⑤謝娘　唐李德裕鎭浙日，悼亡妓謝秋娘，嘗以隋煬帝望江南曲，作謝秋娘詞；後世詞人遂以謝娘、謝家諸稱，爲歌妓妓館之代名。　⑥門掩梨花　李甲憶王孫詞：「欲黃昏，雨打梨花深閉門。」　⑦翦燈深夜語　李商隱夜雨寄北詩：「何當共翦西窗燭，却話巴山夜雨時。」

【評箋】

黃昇云：「臨斷岸」以下數語，最爲姜堯章稱賞。（花庵詞選）

黃蓼園云：愁雨耶？怨雨耶？多少淑偶佳期，盡爲所誤，而伊仍浸淫漸漬，聯綿不已，小人情態如是，句句清雋可思；好在結二語寫得幽閒貞靜，自有身分，怨而不怒。（蓼園詞選）

李攀龍云：語語淋漓，在在潤澤，讀此將詩聲徹夜雨聲寒，非筆能興雲乎！（草堂詩餘雋）

許昂霄云：綺合繡聯，波屬雲委，「盡日冥迷」二句，摹寫入神；「記當日」二句，如此運用，實處皆虛。（詞綜偶評）

先著云：無一字不與題相依，而結尾始出「雨」字，中邊皆有。前後兩段七字句，於正面尤著到；如意寶珠，玩弄難於釋手。（詞潔）

周爾墉云：法度井然，其聲最和。（周評絕妙好詞）

東風第一枝　春雪

巧沁蘭心，偷黏草甲，東風欲障新暖。謾凝碧瓦難留，信知暮寒猶淺。行天入鏡，做弄出、輕鬆纖軟。料故園、不捲重簾，誤了乍來雙燕。　青未了、柳回白眼①。紅欲斷、杏開素面。舊游憶著山陰②，厚盟遂妨上苑。寒鑪重熨，便放慢、春衫針線③。恐鳳靴、挑菜歸來④，萬一灞橋相見⑤。

【注釋】

①柳眼　謂柳芽之初舒者。　②山陰　晉王徽之雪夜泛舟剡溪訪戴逵，造門而返，人問其故，曰：「乘

興而來，興盡而去，何必見戴。」 ③春衫針線　蘇軾青玉案詞：「春衫猶是，小蠻針線，曾濕西湖雨。」 ④挑菜　爲宋時春日應節游戲之一。周密武林舊事：「二月二日，宮中辦挑菜宴以資戲笑，王宮貴邸亦多效之。」 ⑤灞橋　又稱灞陵橋，在長安城東郊灞水上，古都城迎送多至於此。

【評箋】

張炎云：史邦卿「東風第一枝」詠雪，「雙雙燕」詠燕，姜白石「齊天樂」詠蟋蟀，皆全章精粹；所詠瞭然在目，且不留滯於物。（詞源）

沈天羽云：競秀爭高。又云：「柳杏」二句，愧死梨花、柳絮諸語。（草堂詞餘正集）

瑞鶴仙

杏煙嬌濕鬢①，過杜若汀洲②、楚衣香潤③。回頭翠樓近④，指鴛鴦沙上⑤，暗藏春恨。歸鞭隱隱。便不念、芳痕未穩⑥。自簫聲、吹落雲東，再數故園花信⑦。誰問，聽歌窗罅，倚月鉤闌⑧，舊家輕俊？芳心一寸，相思後，總灰盡⑨。奈春風多事，吹花搖柳，也把幽情喚醒。對南溪⑩、桃萼翻紅，又成瘦損。

【注釋】

①杏煙　李賀馮小憐詩：「裙垂竹葉帶，鬢濕杏花煙。」 ②杜若　香草名，亦稱杜衡，多生於水洲或林陰濕地。楚辭九歌：「采芳洲兮杜若。」 ③楚衣　西崑集詩：「委恨餘班扇，流歡入楚衣。」僧惠洪詩：「吳語知無伴，楚衣聊試新。」 ④翠樓　卽翡翠樓之簡稱，狀喻華美。李白詩：「翡翠

爲樓金作梯。」後沿爲婦女妝樓通稱。王昌齡詩：「閨中少婦不知愁，春日凝妝上翠樓。」⑤鴛鴦沙　李賀南園詩：「泉沙軟臥鴛鴦暖，曲岸回篙舴艋遲」。或爲地名，在四川南溪，見後「南溪」注。⑥芳痕　即香痕。陸龜蒙置酒行：「落塵花片排香痕，闌珊醉露栖愁魂。」⑦花信　花開之信息也。范成大元夕後連陰詩：「誰能腰鼓催花信，快打涼州百面雷。」⑧鉤闌與鈎欄、句闌同。謂曲折之欄杆也。又宋世以來，妓館、教坊亦稱句闌，見事物異名錄。⑨芳心二句　李商隱無題詩：「春心莫與花爭發，一寸相思一寸灰。」⑩南溪　多泛指南方之溪。張籍同韓侍御南溪夜賞詩：「喜作閒人得出城，南溪兩月逐君行。」然實有其地，唐宋爲郡，入明改縣，在敍州府城東一百二十里；其舊治在今四川南溪縣西。按明一統志：「鴛鴦圻，在敍州府南溪縣，即黃氏女沉水尋其夫屍處。」上文「鴛鴦沙」，疑即指鴛鴦圻，則詞中之南溪爲地名矣。

八歸

秋江帶雨，寒沙縈水，人瞰畫閣愁獨①。烟簑散響驚詩思，還被亂鷗飛去，秀句難續。冷眼盡歸圖畫上，認隔岸、微茫雲屋。想半屬、漁市樵村，欲暮競然竹②。

須信風流未老，憑持尊酒，慰此凄涼心目。一鞭南陌，幾篙官渡③，賴有歌眉舒綠④。只匆匆眺遠，早覺閒愁挂喬木。應難奈、故人天際，望徹淮山，相思無雁足⑤。

【注釋】

①瞰　俯視也。②然竹　柳宗元漁翁詩：「漁翁夜傍西巖宿，晝汲清湘然楚竹。」按：然爲燃之本

字。③官渡　見三六二頁綺羅香注。④舒綠　古婦女以黛綠畫眉，故稱眉黛或眉綠；舒，謂展也，布也。⑤無雁足　謂無信息也。古有雁足傳書之說；漢書蘇武傳：「天子射上林中，得雁，足有係帛書，言武等在某澤中。」後人每借雁、魚以稱書信。王僧孺詠擣衣詩：「尺素在魚腸，寸心憑雁足。」

【評箋】

陳廷焯云：筆力直是白石，不但貌似，骨律神理亦無不似；後半一起一落，宕往低徊，極有韻味。（白雨齋詞話）

況周頤云：此闋與「玉胡蝶」皆疏俊者。（蕙風詞話）

高觀國

【傳略】

高觀國，字賓王，山陰（今浙江紹興縣）人。事迹不可詳考，約南宋光宗、寧宗二朝前後在世。有詞名，所作多清新可喜。有竹屋癡語一卷，存詞一百零三首行世。

浪淘沙　杜鵑花

啼魄一天涯①，怨入芳華。可憐零血染烟霞。記得西風秋露冷，曾涴司花②。　明月滿窗紗，倦客思家。故宮春事與誰賒③？冉冉斷魂招不得，翠冷紅斜。

【注釋】

①啼魄　杜鵑本名鵑，相傳爲古蜀帝杜宇魂魄所化，故以爲名。又言此鳥善啼，每啼必至咯血乃止；血濺染花，是爲杜鵑花。成都記：「杜宇死，其魂化爲鳥，名曰杜鵑，亦曰子規。」左思蜀都賦：「碧出萇弘之血，鳥生杜宇之魄。」　②浼司花　浼，請託也。司花，謂司花使者。郝俁應制狀元紅詩：「巧移傾國無雙豔，應費司花第一功。」　③賖　猶言長也，遠也。何遜秋夕詩：「寸心懷是夜，寂寂漏方賖。」

劉克莊

【傳略】

劉克莊（一一八七——一二六九）字潛夫，莆陽（今福建莆田縣）人，後村其號。學於真西山（德秀）。以蔭入仕，除潮倅，遷建陽令，移仙都。　嘗詠落梅，有「東君謬掌花權柄，卻忌孤高不主張。」讒者箋其詩以示權臣，由此病廢十載，因有病後訪梅絕句云：「夢得因桃卻左遷，長源爲柳忤當權。幸然不識桃并柳，也被梅花累十年。」端平初，爲玉牒所主簿。奉祠，起知袁州，累遷廣東運判，又奉祠，起江東提刑。理宗淳祐中召對，以將作監直華文閣，賜同進士出身，專史事。無何，用秘閣修撰出爲福建提刑。以煥章學士致仕，卒年八十三。有後村大全集一百九十六卷傳世。汲古閣宋六十家詞有後村別調一卷。彊邨叢書則作後村長短句五卷，較完備。

【集評】

張炎云：潛夫負一代時名，別調一卷，大約直致近俗，效稼軒而不及者。（詞源）

劉熙載云：劉後村詞，旨正而語有致。其賀新郎席上聞歌有感云：「粗識國風關雎亂，羞學流鶯百囀，總不涉閨情春怨。」又云：「我有生平離鸞操，頗哀而不慍微而婉。」意殆自寓其詞品耶！（藝概詞概）

馮煦云：後村詞與放翁、稼軒，猶鼎三足。其生丁南渡，拳拳君國似放翁，志在有爲，不欲以詞人自域似稼軒。如玉樓春云：「男兒西北有神州，莫滴水西橋畔淚。」憶秦娥云：「宣和宮殿，冷烟衰草。」傷時念亂，可以怨矣。又其宅心忠厚，亦往往於詞得之。滿江紅送宋惠父入江西幕云：「帳下健兒休盡銳，草間赤子俱求活。」賀新郎壽張史君云：「不要漢廷誇擊斷，要史家編入循良傳。」念奴嬌壽方德潤云：「須信諂語尤甘，忠言最苦，橄欖何如蜜？」胸次如此，豈翦紅刻翠者比耶？升庵稱其壯語，子晉稱其雄力，殆猶之皮相也。（宋六十一家詞選例言）

玉樓春　戲林推①

年年躍馬長安市，客舍似家家似寄。青錢換酒日無何②，紅燭呼盧宵不寐③。　易挑錦婦機中字④，難得玉人心下事。男兒西北有神州，莫滴水西橋畔淚⑤。

【注釋】

①黃昇花庵詞選題作「戲呈林節推鄉兄」。節推，卽節度推官，宋時另有觀察推官，皆爲州郡守之佐

吏。②青錢　古錢因成色不同，有青錢、黃錢之分。此泛指錢也。蘇軾山村詩：「過眼青錢轉手空。」③呼盧　謂賭博也。古擲骰子，五子皆黑爲全勝，名之曰盧，故賭者擲時每自呼盧，爲求勝也。④錦婦機中字　晉書竇滔妻蘇氏傳：「滔，苻堅時爲秦州刺史，被徙流沙；蘇氏思之，織錦爲回文旋圖以贈滔，宛轉循環以讀之，詞甚悽婉。」⑤水西橋　丹徒（今江蘇鎮江）縣志關津志：「水西橋，在水西門。」潛夫詞意蓋指歡愛者所在，固不必卽其地也。

【評箋】

況周頤云：後村玉樓春云：「男兒西北有神州，莫滴水西橋畔淚。」楊升菴謂其壯語足以立懦，此類是已。（蕙風詞話）

一翦梅　余赴廣東，實之夜餞於風亭①。

束縕宵行十里強②，挑得詩囊，抛了衣囊。天寒路滑馬蹄僵，元是王郎，來送劉郎。

酒酣耳熱說文章，驚倒鄰牆，推倒胡牀③。旁觀拍手笑疏狂；疏又何妨，狂又何妨！

【注釋】

①實之　王邁字，著有臞軒集。時潛夫赴廣東潮州通判任也。②縕　以新緜合故絮裝衣曰縕，此謂舊袍也。宵行，卽夜行。周禮秋官司寤氏：「禦晨行者，禁宵行者、夜遊者。」陶潛歸去來辭序：「嘗從人事，皆口腹自役。於是悵然慷慨，深愧平生之志。猶望一稔，當斂裳宵逝。」③胡牀　卽坐具交椅。可轉縮，便於攜帶。

滿江紅 夜雨涼甚，忽動從戎之興。

金甲琱戈，記當日、轅門初立①。磨盾鼻②、一揮千紙，龍蛇猶溼③。鐵馬曉嘶營壁冷，樓船夜渡風濤急。有誰憐、猿臂故將軍④、無功級？　平戎策，從軍什，零落盡，慵收拾。把茶經香傳⑤，時時溫習。生怕客談榆塞事⑥，且教兒誦花間集⑦。歎臣之壯也不如人，今何及⑧！

【注釋】

①轅門　軍門也。　②磨盾鼻　盾亦作楯，古禦刀兵之器。盾鼻卽盾之把鈕。北史載荀濟嘗於盾鼻上磨墨作檄文事。　③龍蛇　喻字跡飛舞也。　④猿臂將軍　指李廣。廣爲人長，猿臂善射，與匈奴戰，多有功績，然數奇，不得封侯。事見史記李將軍列傳。　⑤宋史著錄茶經香傳一類著述頗多。如：唐陸羽有茶經三篇，侯氏有萱堂香譜一卷，丁謂有天香傳一卷，沈立香譜一卷，洪芻有香譜一卷等是。⑥榆塞　謂北方邊塞也。漢書韓安國傳：「累石爲城，樹榆爲塞。」　⑦花間集　五代蜀人趙崇祚編，收唐五代西蜀人詞，書凡十卷。　⑧歎臣二句　左傳僖公三十年，鄭文公欲使燭之武出城說秦將軍退師，燭之武辭曰：「臣之壯也，猶不如人，今老矣，無能爲也已。」

賀新郎 送陳真州子華①

北望神州路，試平章、這場公事，怎生分付？記得太行山百萬，曾入宗爺駕馭②。今把作、握蛇騎虎。君去京東豪傑喜，想投戈、下拜真吾父③。談笑裏，定齊魯。　兩河蕭瑟惟狐兔。問當年、祖生去後④，有人來否？多少新亭揮淚客⑤，誰夢中原塊土？算事業、須由人做。應笑書生心膽怯，向車中、閉置如新婦。空目送，塞鴻去。

【注釋】

①宋六十名詞後村別調題作「送陳子華赴真州」。子華爲陳韡字。真州，今江蘇儀徵縣。位當長江北岸，時爲水陸要衝。②記得太行山二句　熊克中興小記云：「自靖康以來，中原之民不從金者，於太行山相保聚。」百萬，指宗澤勸降巨寇王善部眾七十萬，楊進部眾三十萬，共抗金兵事。時澤爲東京留守，金人呼爲「宗爺爺」，不敢進犯。事見宋史宗澤傳。③真吾父　宋史岳飛傳載張用爲亂江西，飛馳書曉喻，用得書曰：「真吾父也！」即降。④祖生　謂晉祖逖。元帝時，帥師北伐，破石勒軍，復河南地。⑤新亭揮淚客　世說新語：「過江諸人，每至美日，輒相邀新亭，藉卉飲宴。周侯中坐而嘆曰：風景不殊，舉目有河山之異。皆相視流淚。唯王丞相愀然變色，曰：當共勠力王室，克復神州，何至作楚囚相對？」按：新亭一名勞勞亭，在南京之南。李白有勞勞亭詩。

【評箋】

楊慎云：後村別調一卷，大抵直致近俗，效稼軒而不及者也。其送陳子華帥真州詞，壯語亦可起懦。（詞品）

賀新郎　端午

深院榴花吐。畫簾開、綀衣紈扇①，午風清暑。兒女紛紛誇結束，新樣釵符艾虎②。早已有、遊人觀渡。老大逢場慵作戲，任陌頭、年少爭旗鼓。溪雨急，浪花舞。　靈均標致高如許③！憶生平、既紉蘭佩，更懷椒糈④。誰信騷魂千載後，波底垂涎角黍⑤？又說是、蛟饞龍怒。把似而今醒到了，料當年、醉死差無苦。聊一笑，弔千古。

【注釋】

①綀衣紈扇　范成大桂海虞衡志：「綀出於兩江洲洞，似苧，織有花曰花綀。」又綀亦爲「疏」俗字，綀衣，或卽疏衣。紈，細絹也。紈扇卽團扇，以輕細之絹織之，故名。　②釵符艾虎　抱朴子：「五月五日，翦綵作小符，綴髻鬢爲釵頭符。」又荊楚歲時記：「五月五日，以艾爲虎形，或剪綵爲小虎，帖以艾葉，內人爭相戴之。」　③靈均　屈原字靈均，仕楚爲三閭大夫，遭譖見疏，乃作離騷。襄王時謫放江南。見志終不得申，五月五日，自沉汨羅而死。　④糈　精米也，享神用之。離騷：「懷椒糈而要之。」　⑤角黍　猶今之粽子。相傳屈原以五月五日沉江死，楚人哀之，乃爲此投江以享之。風土記：「俗以菰葉裹黍米，以淳濃灰汁煮之，令爛熟，於五月五日及夏至啖之。一名糭，一名角黍。」

【評箋】

楊愼云：此一段議論，足爲三閭千古知己。（詞品）

黃蓼園云：非爲靈均雪恥，實爲無識者下一針砭；思理超超，意在筆墨之外。 又云：就競渡者及沈角黍者落想，是從實處落想。（蓼園詞選）

賀新郎 九日

湛湛長空黑①。更那堪、斜風細雨，亂愁如織。老眼平生空四海②，賴有高樓百尺。看浩蕩、千崖秋色。白髮書生神州淚，儘凄涼、不向牛山滴③。追往事，去無迹。 少年自負淩雲筆④。到而今、春華落盡⑤，滿懷蕭瑟⑥。常恨世人新意少，愛說南朝狂客，把破帽、年年拈出⑦。若對黃花孤負酒，怕黃花、也笑人岑寂。鴻北去，日西匿⑧。

【注釋】

①湛湛 深貌。 ②空 猶言極目，望盡也。 ③不向牛山滴 牛山，在今山東臨淄縣南，古屬齊地。晏子春秋內篇諫上：「景公遊於牛山，北臨其國城而流涕，曰：若何滂滂去此而死乎？」唐杜牧九日齊山登高詩：「古往今來只如此，牛山何必獨霑衣。」蓋詠此事。 ④淩雲筆 史記司馬相如列傳：「相如既奏大人之頌，天子大說，飄飄有淩雲之氣，似游天地之間意。」 ⑤春華落盡 借喻年華已逝，豪氣消歇也。 ⑥蕭瑟 杜甫詠懷古跡詩：「庾信平生最蕭瑟，暮年詩賦動江關。」 ⑦南朝狂客 謂孟嘉也。晉書孟嘉傳：「九月九日，溫宴龍山，僚佐畢集。時佐吏並著戎服，有風至，吹嘉帽墮落，嘉不之覺。」蘇軾南鄉子詠重九詞：「破帽多情却戀頭。」 ⑧鴻北去二句 江淹恨賦：「白日西匿，隴雁少飛。」

吳文英

【傳略】

吳文英字君特，號夢窗，晚號覺翁，四明（今浙江鄞縣）人。於翁元龍爲親伯仲，蓋本姓翁氏而出後於吳者也。宋理宗紹定中，入蘇州倉幕。景定時，客榮王邸，受知於丞相吳潛，常往來於蘇、杭間。沈義父著樂府指迷有云：「壬寅（一二四二）秋，始識靜翁（元龍號處靜）於澤濱，癸卯（一二四三）識夢窗。暇日相與倡酬，率多塡詞，因講論作詞之法，然後知詞之作難於詩。蓋音律欲其協，不協則成長短之詩；下字欲其雅，不雅則近乎纏令之體；用字不可太露；露則直突而無深長之味；發意不可太高，高則狂怪而失柔婉之意；思此則知所以爲難。」此其議論，蓋得諸文英兄弟云。所作詞有甲乙丙丁四稿，今合爲一集。傳世者，有毛氏汲古閣宋六十家詞本、杜氏曼陀羅華閣本、王氏四印齋本、朱氏彊邨叢書本、彊邨遺書本、張氏四明叢書本。

【集評】

張炎云：吳夢窗詞，如七寶樓台，眩人眼目，拆碎下來，不成片段。（詞源）

尹煥云：求詞於吾宋者，前有清真，後有夢窗，此非煥之言，四海之公言也。（夢窗詞敍）

沈義父云：夢窗深得清真之妙，其失在用事下語太晦處，人不可曉。（樂府指迷）

四庫全書提要云：文英天分不及周邦彥，而研鍊之功則過之；詞家之有文英，如詩家之有李商隱也。

（夢窗詞提要）

周濟云：夢窗奇思壯采，騰天潛淵，返南宋之清泚，爲北宋之穠摯。皋文不取夢窗，是爲碧山門逕所限耳。夢窗立意高，取逕遠，皆非餘子所及。惟過嗜餖飣，以此被議。若其虛實兼到之作，雖清真不過也。（宋四家詞選序論）　又：尹惟曉「前有清真，後有夢窗」之說，可謂知言。夢窗每於空際轉身，非具大神力不能。　又：夢窗非無生澀處，總勝空滑；況其佳者，天光雲影，搖蕩綠波，撫玩無斁，追尋已遠。　又：君特意思甚感慨，而寄情閒散，使人不能測其中之所有。（介存齋論詞雜著）

周爾墉云：堯章高遠，君特沈厚，各極其能。　又：於逼塞中見空靈，於渾樸中見勾勒，於刻畫中見天然，讀夢窗詞，當於此著眼。　又：性情能不爲詞藻所掩，方是夢窗法乳。（周批絕妙好詞箋）

鄭文焯云：君特爲詞，用雋上之才，別構一格，拈韻習取古諧，舉典務出奇麗，如唐賢詩家之李賀，文流之孫樵、劉蛻，鎚幽鑿險，開逕自行，學者匪造次所能陳其細趣也。其取字多從長吉詩中得來，故造語奇麗。世士罕尋其源，輒疑太晦，過矣！（鄭校夢窗詞跋）

馮煦云：夢窗之詞麗而則，幽邃而綿密，脈絡井井，而卒焉不能得其端倪。（六十一家詞選例言）

陳廷焯云：夢窗精於造句，超逸處，則仙骨珊珊，洗脫凡豔；幽深處，則孤懷耿耿，別締古歡。（白雨齋詞話）

況周頤云：近人學夢窗，輒得密處入手。夢窗密處，能令無數麗字一一生動飛舞，如萬花爲春，非若瑀璚蹙繡，毫無生氣也。如何能運動無數麗字？恃聰明，尤恃魄力。如何能有魄力？唯厚乃有魄力。夢窗密處易學，厚處難學。（香東漫筆） 又云：宋詞有三要：重，拙，大。重者，沈著之謂。在氣格，不在字句，於夢窗詞，庶幾見之。即其芬悱鏗麗之作，中間雋句豔字，莫不有沈摯之思，灝瀚之氣，挾之以流轉，令人玩索而不能盡，則其中之所存者厚。沈著者，厚之發見乎外者也。欲學夢窗之緻密，先學夢窗之沈著。即緻密，即沈著，非出乎緻密之外，超乎緻密之上，別有沈著之一境也。夢窗之詞，與東坡、稼軒諸公，實殊流而同源，其見為不同者，則夢窗緻密出外耳。其至高至精處，雖欲擬議形容之，猶苦不得其神似。穎惠之士，束髮操觚，勿輕言學夢窗也。（香海棠館詞話）

張爾田云：夢窗詞，殿「天水」一朝，分鑣清真，碎璧零璣，觸之皆寶。雖蘊藩溷，其精神行天壤，固自不敝。（遯堪文存）

王國維云：夢窗之詞，余得取其詞中之一語以評之，曰：「映夢窗淩亂碧。」（人間詞話）

陳洵云：飛卿嚴妝，夢窗亦嚴妝，惟其國色，所以為美。若不觀其倩盼之質，而徒眩其珠翠，則飛卿且譏，何止夢窗！玉田所謂「折碎不成片段」者，眩其珠翠耳。（海綃翁說詞）

點絳脣 試燈夜初晴①

捲盡愁雲，素娥臨夜新梳洗②。暗塵不起，酥潤淩波地③。 輦路重來④，彷彿燈前事。情如水，小樓熏被，春夢笙歌裏。

【注釋】

①試燈夜　古以農曆正月十三爲試燈夜。②素娥　月也。③凌波地　曹植洛神賦：「凌波微步，羅襪產塵。」此言初晴夜，月光如水，彷彿見嫦娥微步其上也。④輦路　卽輦道，謂帝王車駕經行者，此借指京師道路。班固西都賦：「輦路經營，修除飛閣。」

【評箋】

譚復堂云：起稍平，換頭見拗怒。「情如水」三句，足當「咳珠唾玉」四字。（譚評詞辨）

浣溪沙

門隔花深夢舊遊，夕陽無語燕歸愁，玉纖香動小簾鉤①。　落絮無聲春墮淚，行雲有影月含羞，東風臨夜冷於秋②。

【注釋】

①玉纖　謂美人之手瑩澤柔細也。古詩：「娥娥紅粉粧，纖纖出素手。」②東風　卽春風。劉威早春詩：「一夜東風起，萬山春色歸。」

【評箋】

陳廷焯云：浣溪沙結句，貴情餘言外，含蓄不盡；如吳夢窗之「東風臨夜冷於秋」，賀方回之「行雲可是渡江難」，皆耐人玩味。（白雨齋詞話）

陳洵云：「夢」字點出所見，惟夕陽歸燕，玉纖香動，則可聞而不可見矣；是真是幻，傳神阿堵，門隔花深故也。「春墮淚」爲懷人。「月含羞」因隔面，義兼比興。「東風臨夜」，回睇夕陽，俯仰之間，已爲陳迹；卽一夢亦有變遷矣。「秋」字不是虛擬，有事實在，卽起句之舊遊也。秋去春來，又換一番世界，一「冷」字可思。此篇全從張子澄「別夢依依到謝家」一詩化出；須看其游思縹緲，纏綿往復處。（海綃翁說詞）

鷓鴣天　化度寺作①

池上紅衣伴倚闌②，棲鴉常帶夕陽還。殷雲度雨疏桐落，明月生涼寶扇閒③。　鄉夢窄，水天寬，小窗愁黛澹秋山④。吳鴻好為傳歸信，楊柳閶門屋數間⑤。

【注釋】

①化度寺　杭州府志：「化度寺在仁和縣北江漲橋，原名水雲。」　②紅衣　指蓮花。許渾詩：「煙開翠扇清風曉，水泛紅衣白露秋。」　③明月句　班婕妤詩：「裁爲合歡扇，團圓似明月。」　④愁黛　溫庭筠菩薩蠻詞：「兩蛾愁黛淺，故國吳宮遠。」　⑤閶門　蘇州城之西門。宋龔明之中吳紀聞：「閶門舊有樓三間，予猶及見之。」

【評箋】

陳洵云：「楊柳閶門」，其去姬所居也；全神注定是此一句。吳鴻歸信，言己亦將去此間矣，眼前風景何有焉！（海綃翁說詞）

玉樓春　京市舞女

茸茸貍帽遮梅額①，金蟬羅翦胡衫窄。乘肩爭看小腰身②，倦態強隨閒鼓笛。　問稱家住城東陌③，欲買千金應不惜。歸來困頓殢春眠④，猶夢婆娑斜趁拍。

【注釋】

①梅額　宋書：「武帝女壽陽公主臥含章殿簷下，梅花落額上，成五出花，拂之不去，皇后留之，自後有梅花妝。」　②乘肩　宋周密武林舊事：「都城自舊藏冬孟駕回，則已有乘肩小女、鼓吹舞綰者數十隊，以供貴邸豪家幕次之翫；而天街茶肆，漸已羅列燈毬等求售，謂之燈市。每夕樓燈初上，則簫鼓已紛然自獻於下，酒邊一笑，所費殊不多，往往至四鼓乃還。自此日盛一日。姜白石有詩云：『燈已闌珊月色寒，舞兒往往夜深還；只應不盡婆娑意，更向街心弄影看。』又云：『南陌東城盡舞兒，畫金刺繡滿羅衣；也知愛惜春遊夜，舞落銀蟾不肯歸。』吳夢窗玉樓春云：『茸茸貍帽』云云，深得其意態也。」又劉廷璣在園雜志云：「小曲有節，高一線，節節高，本曲名，取接接高之意，自宋時有之；武陵舊事所載元宵節乘肩小女是也。今則小童立大人肩上，唱各種小曲，做連像；所馱之人，以下應上，當旋卽旋，當轉卽轉，時其緩急而節奏之。」　③城東陌　在臨安城東，卽舞女居處。東城雜記：「瓦子鉤欄，南宋在臨安有二十三處。其在城東者，新開門外新門瓦，亦曰四通館。」

④殢　音涕，困極也。

【評箋】

楊鐵夫云：夢窗用「夢」字無不佳，寫蓮之「夢西湖」，寫水仙之「夢娉婷」，寫梅之「夢瓊娘」，皆夢在題前，此又夢在題後，浣溪沙之以不夢爲夢，尙不在內，夢窗皆善夢哉！

踏莎行

潤玉籠綃①，檀櫻倚扇②，繡圈猶帶脂香淺③。榴心空疊舞裙紅④，艾枝應壓愁鬟亂⑤。午夢千山，窗陰一箭，香瘢新褪紅絲腕⑥。隔江人在雨聲中，晚風菰葉生秋怨⑦。

【注釋】

①潤玉　指女子細潤之肌膚也。　②檀櫻　卽檀口。韓偓詩：「檀口消來薄薄紅。」白居易詩：「櫻桃樊素口。」　③繡圈　繡花妝飾也。　④榴心空疊舞裙紅　萬楚詩：「眉黛奪將萱草色，紅裙妒殺石榴花。」　⑤艾枝　荆楚歲時記：「端午，以艾爲虎形，或翦綵爲小虎，粘艾葉以戴之。」　⑥紅絲腕　五月五日，以五綵絲繫臂，辟鬼及兵；一名長命縷，續命縷、或辟兵縷。見風俗通。　⑦菰葉　蔬類植物，生淺水中，高五六尺；春月生新芽如筍，一名茭白；葉細長而尖，秋結實曰菰米，可煮飯。

【評箋】

陳洵云：讀上闋，幾疑眞見其人矣！換頭點睛，却只一夢，唯有雨聲菰葉，伴人淒涼耳；「生秋怨」，則時節風物，一切皆空。（海綃翁說詞）

王國維云：介存謂夢窗詞之佳者，爲天光雲影，搖蕩綠波，撫玩無極，追尋已遠。余覽夢窗甲乙丙丁稿中，無足當此者，有之，其「隔江人在雨聲中，晚風菰葉生秋怨」二語乎？（人間詞話）

唐多令

何處合成愁？離人心上秋。縱芭蕉、不雨也颼颼①。都道晚涼天氣好，有明月，怕登樓。

年事夢中休②，花空煙水流。燕辭歸、客尚淹留③。垂柳不縈裙帶住，漫長是，繫行舟。

【注釋】

①颼颼　風吹蕉葉颯颯然作響也。　②年事　猶言年華世事。　③燕辭歸客尚淹留　淹留，久留也。曹丕燕歌行：「羣燕辭歸鵠南翔，念君客游多思腸。慊慊思歸戀故鄉，君何淹留寄他方。」

【評箋】

張炎云：吳夢窗詞，如七寶樓台，眩人眼目，碎拆下來，不成片段。此清空、質實之說。此詞疏快，却不質實。如是者集中尚有，惜不多耳。（詞源）

王世禎云：「何處合成愁？離人心上秋。」滑稽之雋，與龍輔閨怨詩：「得郎一人來，便可成仙去。」同是子夜變體。（花草蒙拾）

沈天羽云：所以成傷之本，豈在蕉雨？妙妙！又云：「垂柳」句，原不熟爛。（草堂詩餘正集）

陳廷焯云：唐多令幾於油腔滑調，在夢窗集中，最屬下乘。（白雨齋詞話）

周濟云：詞固佳，但非夢窗平生傑構。玉田心賞，特以近自家手筆故也。又云：玉田賞之，是矣。然而是極研鍊出之者，看似俊快，其實深美。（周批絕妙好詞箋）

風入松

聽風聽雨過清明①，愁草瘞花銘②。樓前綠暗分攜路，一絲柳、一寸柔情。料峭春寒中酒③，交加曉夢啼鶯。　西園日日掃林亭④，依舊賞新晴。黃蜂頻撲鞦韆索，有當時、纖手香凝。惆悵雙鴛不到⑤，幽階一夜苔生。

【注釋】

①清明　淮南子天文訓：「春分後十五日，斗指乙，爲清明。」即每年四月五日或六日也。　②瘞讀如易，埋葬也。　③料峭　風氣微寒貌。蘇軾送范德孺詩：「漸覺東風料峭寒，青蒿黃韮試春盤。」　④西園　三國魏鄴都有西園，爲游歷勝地，曹操所建。曹丕每於月夜，會集文士於此。曹植公讌詩：「清夜遊西園，飛蓋相追隨。」　⑤雙鴛　謂履跡也。古詩：「全由履跡少，併欲上階生。」

【評箋】

陳洵云：思去妾也，此意集中屢見。見秋千而思纖手，因撲蜂而念香凝，純是癡望神理。雙鴛不到，猶望其到，一夜苔生，踪跡全無，則惟日日惆悵而已。當味其詞意醞釀處，不徒聲情之美。（海綃翁說詞）

譚獻云：此是夢窗極經意詞，有五季遺響。「黃蜂」二句，西子衾裙拂過來，是癡語，是深語。結筆溫厚。（譚評詞辨）

陳廷焯云：情深而語極純雅，詞中高境也。（白雨齋詞話）

祝英臺近　春日客龜溪①，遊廢園。

采幽香，巡古苑，竹冷翠微路。鬬草溪根②，沙印小蓮步③。自憐兩鬢清霜，一年寒食，又身在雲山深處。　晝閒度，因甚天也慳春④，輕陰便成雨。綠暗長亭，歸夢趁風絮。有情花影闌干，鶯聲門徑，解留我霎時凝竚。

【注釋】

①龜溪　德清縣志：「龜溪，古名孔愉澤，即余不溪之上流也。昔孔愉微時，嘗經溪上，見漁者籠一白龜，買而放之中流，龜左顧數四而沒。」　②鬬草　古江南民俗，每年五月五日，邑人競採百草，謂可以蠲除毒氣，故有鬬草之戲。見宗懍荊楚歲時記。　③蓮步　謂美人步也。南史東昏侯紀：「宋東昏侯鑿金爲蓮花貼地，令潘妃行其上，曰：此步步生蓮花也。」　④慳　讀如千，吝惜也。

【評箋】

陳廷焯云：婉轉中自有筆力。（白雨齋詞話）

八聲甘州　靈巖陪庾幕諸公遊①

渺空煙四遠是何年？青天墜長星。幻蒼崖雲樹，名娃金屋，殘霸宮城。箭徑酸風射眼②，膩水染花腥。時靸雙鴛響③，廊葉秋聲。　宮裏吳王沈醉，倩五湖倦客④，獨釣醒醒。問蒼天無語，華髮柰山青⑤！水涵空、闌干高處，送亂鴉、斜日落漁汀。連呼酒，上琴臺去，秋與雲平。

【注釋】

①靈巖　指靈巖山，卽古之石鼓山。在吳縣西三十里，上有吳館娃宮、琴臺、響屧廊；山前十里有采香徑。吳郡志：「靈巖山前有采香徑，橫斜如臥箭。」　②箭徑　蘇州府志：「采香涇在香山之旁，小溪也。吳王種香於香山，使美人泛舟於溪以采香，今自靈巖山望之，一水直如矢，故俗名箭涇。」　③靸雙鴛　靸音他，又讀颯。同趿字，謂拖曳著鞋也。雙鴛，見三八二頁風入松詞注。　④五湖倦客　指范蠡。吳越春秋：「范蠡乘扁舟，出三江，入五湖，人莫知其所適。」韋昭注：「胥湖、蠡湖、洮湖、滆湖、就太湖而五。」　⑤柰　音奈，本果名，或借爲奈何之奈；本詞「柰青山」，卽言奈青山何也。

【評箋】

張炎云：詞中句法，要平妥精粹。一曲之中，安能句句高妙？只要拍搭襯副得去，於好發揮筆力處，極要用工，不可輕易放過，讀之使人擊節可也。如吳夢窗登靈巖云：「連呼酒，上琴臺去，秋與雲平。」閏重九云：「簾半捲，帶黃花、人在小樓。」姜白石揚州慢云：「二十四橋仍在，波心蕩冷月無聲。」皆平易中有句法。（詞源）

麥孺博云：奇情壯采。（藝蘅館詞選）

陳洵云：換頭三句，不過言山容水態，如吳王、范蠡之醉醒耳。「蒼波」承「五湖」，「山青」承「宮裏」，獨醒無語，沈醉奈何！是此詞最沈痛處。今更爲推進之，蓋惜夫差之受欺越王也。（海綃翁說

詞）

三姝媚 過都城舊居有感

湖山經醉慣，漬春衫、啼痕酒痕無限。又客長安，歎斷襟零袂，涴塵誰浣①？紫曲門荒②，沿敗井、風搖青蔓。對語東鄰，猶是曾巢，謝堂雙燕③。　春夢人間須斷！但怪得當年，夢緣能短④。繡屋秦箏⑤，傍海棠偏愛，夜深開宴。舞歇歌沈，花未減、紅顏先變。竚久河橋欲去，斜陽淚滿。

【注釋】

①涴　音沃，同汙字。泥著物也。韓愈詩：「勿使泥塵涴。」　②紫曲　猶言紫陌，謂京中道路也。謝莊應詔詩：「紫陌協笙鏞。」　③謝堂雙燕　劉禹錫烏衣巷詩：「舊時王謝堂前燕，飛入尋常百姓家。」　④能　讀陰平聲，如此也。　⑤秦箏　風俗通：「箏，秦聲也。或言蒙恬所造。」古詩：「秦箏奮逸響，新聲妙入神。」

【評箋】

陳洵云：過舊居，思故國也。讀起句可見啼痕酒痕，悲歡離合之迹。以下緣情布景，憑弔興亡，蓋非僅興懷陳迹矣！春夢須斷，往來常理，「人間」二字不可忽過，正見天上可哀，夢緣能短，治日少也。「秦箏」三句，回首承平；紅顏先變，盛時已過，則惟有斜陽之淚，送此湖山耳。此蓋覺翁晚年之作。讀草窗「與君共是承平年少」，及玉田「獨憐水樓賦筆，有斜陽還怕登臨」，可與知此詞。（海

絹翁說詞）

周爾墉云：傷心哉此言！一「須」字、一「能」字，入破之音。（評絕妙好詞箋）

高陽臺 豐樂樓分韻得如字①

修竹凝妝，垂楊繫馬，憑闌淺畫成圖。山色誰題？樓前有雁斜書。東風緊送斜陽下，弄舊寒、晚酒醒餘。自消凝，能幾花前，頓老相如②。　傷春不在高樓上，在鐙前攲枕，雨外熏鑪。怕艤遊船③，臨流可奈清臞④？飛紅若到西湖底，攪翠瀾、總是愁魚。莫重來，吹盡香緜，淚滿平蕪。

【注釋】

①豐樂樓　故址在今西湖東岸。咸淳臨安志：「豐樂樓在豐豫門外，舊名聳翠樓。據西湖之會，千峯連環，一碧萬頃，爲遊覽最。」　②相如　漢書司馬相如傳：「少時好讀書，學擊劍，名犬子；既學，慕藺相如之爲人，更名相如。」　③艤　移船附岸也。　④清臞　清瘦也。

【評箋】

陳廷焯云：題是樓，偏說傷春不在高樓上，何等筆力！（白雨齋詞話）

麥孺博云：穠麗極矣，仍自清空；如此等詞，安得以七寶樓屋誚之！（藝蘅館詞選）

陳洵云：「淺畫成圖」，半壁偏安也。「山色誰題」，無與託國者。「東風緊送」，則危急極矣。凝妝駐馬，依然歡會；酒醒人老，偏念舊寒；燈前雨外，不禁傷春矣！「愁魚」，殃及池魚之意。「淚

滿平蕪」，則城邑邱墟，高樓何有焉！故曰「傷春不在高樓上」，是吳詞之極沉痛者。（海綃翁說詞）

高陽臺　落梅

宮粉雕痕，仙雲墮影，無人野渡荒灣。古石埋香，金沙鎖骨連環①。南樓不恨吹橫笛，恨曉風、千里關山。半飄零，庭上黃昏，月冷闌干。

壽陽空理愁鸞，問誰調玉髓，暗補香瘢②？細雨歸鴻，孤山無限春寒。離魂難倩招清些，夢縞衣、解佩溪邊③。最愁人，啼鳥清明，葉底清圓④。

【注釋】

①金沙鎖骨　吳澄牡丹詩：「化魄他年鎖子骨，點唇何處箭頭沙。」　②問誰二句　拾遺記：「孫和悅鄧夫，嘗置膝上，和於月下舞水晶如意，誤傷夫人頰，命太醫合藥，醫曰：得白獺髓，雜玉與琥珀屑，當滅此痕。」　③解佩　用交甫環佩事。列仙傳：「江妃二女遊于江濱，逢鄭交甫，遂解佩與之，交甫受佩而去，數十步，懷中無佩，女亦不見。」　④清圓　周邦彥蘇幕遮詞：「葉上初陽乾宿雨，水面清圓，一一風荷舉。」

【評箋】

陳廷焯云：夢窗高陽台一篇，既幽怨，又清虛，幾欲突過中仙詠物諸篇，集中最高之作。（白雨齋詞話）

花犯　郭希道送水仙索賦

小娉婷①，清鉛素靨，蜂黃暗偷暈②，翠翹敧鬢③。昨夜冷中庭，月下相認，睡濃更苦淒風緊。驚回心未穩，送曉色、一壺蔥蒨④，纔知花夢準。　湘娥化作此幽芳⑤，凌波路，古岸雲沙遺恨。臨砌影，寒香亂、凍梅藏韻。熏鑪畔、旋移傍枕，還又見、玉人紺鬒⑥。料喚賞、清華池館⑦，臺杯須滿引⑧。

【注釋】

①娉婷　姣好貌。杜牧詩：「囀喉空婀娜，垂手自娉婷。」　②蜂黃　喻水仙之花蕊也。　③翠翹　婦女翠玉髮飾，此借喻水仙綠葉。　④蔥蒨　深青色，此狀水仙之茂盛。　⑤湘娥　王逸楚辭注：「堯二女墜於湘水之中，因爲湘夫人也。」　⑥紺鬒　讀如「幹枕」。深青而微泛紅色之美髮也。　⑦清華池館　清華，蓋郭希道號。清華池館，指其居所。　⑧臺杯　大杯小杯重疊成套謂之。

【評箋】

陳洵云：自起句至「相認」，全是夢境。「昨夜」逆入，「驚回」反跌，極力爲「送曉色」一句追逼，復以「花夢準」三字鉤轉作結。後片是夢非夢，純是寫神。「還又見」應上「相認」；「料喚賞」，應上「送曉色」。眉目清醒，度人金針。全從趙師雄夢梅花化出，須看其離合順逆處。（海綃翁說詞）

惜黃花慢　次吳江小泊，夜飲僧窗惜別，邦人趙簿攜妓侑尊，連歌數闋，皆清真詞，酒盡已四

鼓，賦此詞餞尹梅津①。

送客吳皋②，正試霜夜冷，楓落長橋③。望天不盡，背城漸杳，離亭黯黯，恨水迢迢。翠香零落紅衣老④，暮愁鎖、殘柳眉梢。念瘦腰、沈郎舊日，曾繫蘭橈⑤。　仙人鳳咽瓊簫⑥，悵斷魂送遠，九辯難招⑦。醉鬟留盼，小窗翦燭，歌雲載恨，飛上銀霄。素秋不解隨船去，散紅趁、一葉寒濤。夢翠翹⑧，怨鴻料過南譙⑨。

【注釋】

①尹梅津　名煥，山陰人。宋寧宗嘉定十年進士，仕至右司郎官。②皋　澤畔也。③楓落長橋　吳郡志：「利往橋，卽吳江長橋也。」唐崔明信詩：「楓落吳江冷。」④紅衣　謂荷花。羊士諤詩：「紅衣葉盡暗香殘，葉上秋光白露寒。」⑤念瘦腰三句　南史：「沈約久處端揆，有志台司，而帝不用，與徐勉書陳情，言己老病百日數旬，革帶常應移孔。」陳基詩：「沙棠爲槳木蘭橈，別後令人瘦沈腰。」⑥仙人鳳咽瓊簫　用簫史弄玉事。列仙傳：「簫史，周時人，周宣王以爲史官，時人遂以史名之。善吹簫，秦穆公以女弄玉妻之。日教弄玉吹簫作鳳鳴，數年而似，有鳳來止，公爲築鳳台；後簫史乘龍，弄玉乘鳳飛去。」⑦九辯　王逸九辯序：「宋玉者，屈原弟子也，閔其師忠而被逐，故作九辯以述其志。」按楚辭有招魂一篇，此詞曰「九辯難招」，蓋借喻耳。⑧翠翹　女子首飾，借指所夢之女子。⑨南譙　卽南樓。城門上有樓可眺望者曰譙。

【評箋】

萬樹云：夢窗七寶樓臺，折下不成片段；然其用字精密處，嚴確可愛。其所用正、試、夜、望、背、漸、翠、念、瘦、舊、繫、鳳、悵、送、醉、載、素、夢、怨、料，諸去聲字，兩篇皆相合，律呂之學必有不可假借如此。（詞律惜黃花慢注）

陳洵云：題外有事，當與瑞龍吟「黯分袖」參看。「沈郎」謂梅津，「繫蘭橈」蓋有所眷者。「鳳簫」則有夫婦之分。「斷魂」二句，言如此分別，雖九辯難招，況清真詞乎！含思淒婉，轉出下四句，實處皆空矣。「素秋」言此間風景不隨船去，則兩地趁濤，惟葉依稀有情，「翠翹」即上之仙人，特不知與「瑞龍吟」所別，是一是二。（海綃翁說詞）

霜葉飛　重九

斷煙離緒，關心事，斜陽紅隱霜樹。半壺秋水薦黃花，香噀西風雨①。縱玉勒②、輕飛迅羽，淒涼誰弔荒臺古③。記醉踏南屏④，綵扇咽寒蟬，倦夢不知蠻素⑤。　聊對舊節傳杯⑥，塵箋蠹管，斷闋經歲慵賦。小蟾斜影轉東籬⑦，夜冷殘蛩語。早白髮、緣愁萬縷⑧，驚飆從捲烏紗去⑨。漫細將、茱萸看⑩，但約明年，翠微高處⑪。

【注釋】

①噀　讀如迅，噴水也。後漢書欒巴傳注：「飲酒西南噀之。」　②玉勒　勒，馬頭絡銜也。夢窗詞中每以玉勒、寶勒稱馬。　③荒臺　指越王臺，在會稽稷山，爲越王勾踐登眺之所。或謂指戲馬臺，宋武帝重陽所登，臺在江蘇彭城楚項羽閱兵處。恐非是。　④南屏　即南屏山，在杭州西湖南岸。其

山峯巒聳秀，怪石玲瓏，峻壁橫坡，宛若屏障然。⑤蠻素　唐白居易二侍妾名，樊素善歌，小蠻善舞。有詩云：「櫻桃樊素口，楊柳小蠻腰。」⑥舊節傳杯　古重陽有以杯傳飲之俗。杜甫九日詩：「舊日重陽日，傳杯不放杯。」⑦小蟾　謂上旬新月也。俗謂月中有三足蟾，故月光亦稱蟾光或蟾彩。⑧早白髮緣愁萬縷　李白詩：「白髮三千丈，緣愁是個長。」⑨烏紗　官帽也。晉書孟嘉傳：嘉爲桓溫參軍。九月九日，溫宴龍山，僚佐畢集，時佐吏並著戎服。有風至，吹嘉帽墮落，不之覺。溫命孫盛作文嘲之，嘉亦爲文答之。⑩茱萸　木名，其實可入藥，亦可食。續齊諧記載費長房教桓景，全家於重九日佩茱萸囊，登高，飲菊花酒以避災禍事。後世因相沿成俗。杜甫九日藍田崔氏莊詩：「明年此會知誰健，醉把茱萸仔細看。」⑪翠微　青縹色之山氣。

【評箋】

陳廷焯云：有筆力，有感慨；淒涼處但一二語，已覺秋聲四起。（白雨齋詞話）

陳洵云：起七字已將「縱玉勒」以下攝起在句前。「斜陽」六字，依稀風景。「半壺」至「風雨」十四字，情隨事遷。以下五句，上二句突出悲涼，下三句平放和婉；「彩扇」屬蠻素，「倦夢」屬寒蟬，徒聞寒蟬，不見蠻素，但髣髴其歌舞耳。今則更成倦夢，故曰「不知」；兩句神理，結成一片，所謂關心事者如此。換頭於無聊中尋出消遣，斷闋慵賦，則仍是消遣不得。「殘蛩」對上「寒蟬」，又換一境，蓋蠻素既去，則事事都嫌矣。收句與「聊對舊節」一樣意思。現在如此，未來可知，極感愴，却極閒冷，想見覺翁胸次。（海綃翁說詞）

鶯啼序

殘寒正欺酒病，掩沈香繡戶。燕來晚、飛入西城，似說春事遲暮。畫船載、清明過卻，晴煙冉冉吳宮樹。念羈情、遊蕩隨風，化為輕絮。　十載西湖，傍柳繫馬，趁嬌塵軟霧。遡紅漸招入仙溪①，錦兒偷寄幽素②。倚銀屏、春寬夢窄，斷紅溼、歌紈金縷③。暝隄空，輕把斜陽，總還鷗鷺。　幽蘭漸老，杜若還生④，水鄉尚寄旅。別後訪、六橋無信⑤，事往花委，瘞玉埋香，幾番風雨。長波妒盼，遙山羞黛，漁燈分影春江宿。記當時、短楫桃根渡，青樓彷彿。臨分敗壁題詩，淚墨慘澹塵土。　危亭望極，草色天涯，歎鬢侵半苧。暗點檢、離痕歡唾，尚染鮫綃⑥。嚲鳳迷歸⑦，破鸞慵舞⑧。殷勤待寫，書中長恨，藍霞遼海沈過雁。漫相思、彈入哀箏柱。傷心千里江南，怨曲重招，斷魂在否⑨？

【注釋】

①遡紅句　用劉晨、阮肇入天台事。劉義慶幽明錄：「劉晨、阮肇共入天台，迷不得返；糧盡，得山上數桃，啖之，遂不饑。溪邊有二女，姿質妙絕，邀還家，停入半年而歸。」　②錦兒　洪遂待兒小名錄：「愛愛姓楊氏，本錢塘倡家，泛舟西湖，爲張逞所調。後三年，追念不置，感疾死；其婢錦兒，出其繡巾香囊，諸物皆郁然如新。」　③歌紈金縷　歌紈，即歌扇。金縷，謂金線繡織之衣。唐杜秋娘金縷衣詩：「勸君莫惜金縷衣，勸君惜取少年時。」　④杜若　香草名，又有杜衡、若芝、山薑等異稱。屈原湘君：「采芳洲兮杜若，將以遺兮下女。」　⑤六橋　在杭州。西湖遊覽志：蘇公堤，

自南新路屬之北新路，橫截湖中，蘇子瞻守郡，濬湖而築之，人因名蘇公堤。夾植花柳，中爲六橋。按六橋者，曰映波、鎖瀾、望山、壓堤、東埔、跨虹也。⑥鮫綃　鮫人所織之綃也。述異記：「南海中有鮫人，水居如魚，不廢機織。」又：「南海出鮫綃紗，泉先（卽鮫人）潛織，一名龍紗，其價百餘金，以爲服，入水不濡。」⑦彈鳳　謂鳳鳥失意而垂其翅也。⑧破鸞　卽破鏡，寓不能重圓之意。范泰鸞鳥詩序：「昔罽賓王，結罝峻卯之山，獲一鸞鳥，王甚愛之，欲其鳴而不致也。乃飾以金樊，饗以珍羞，對之愈戚，三年不鳴。其夫人曰：嘗聞鳥見其類而後鳴，何不懸鏡以映之，王從其意；鸞覩形悲鳴，哀響冲霄，一奮而絕。」⑨傷心千里三句　楚辭招魂：「目極千里兮傷春心，魂兮歸來哀江南。」

【評箋】

陳廷焯云：全章精粹，空絕千古。（白雨齋詞話）

陳洵云：第一段傷春起，却藏過傷別，留作第三段點睛。燕子畫船，含無限情事；清明吳宮，是其最難忘處。第二段「十載西湖」提起，而以第三段「水鄉尙寄旅」作鉤勒。「記當時短楫桃根渡」，「記」字逆出，將第二段情事，盡銷納此一句中。臨分淚墨，十載西湖乃如此了矣。「臨分」於「別後」爲倒應；「別後」於「臨分」爲逆提；「漁鐙分影」，於水鄉爲複筆，作兩番鉤勒，筆力最渾厚。「危亭望極，草色天涯」，遙接「長波妒盼，遙山羞黛」。「望」字遠情，「歎」字近況，全篇神理，只消此二字。「歡唾」是接第二段之「歡會」，「離痕」是第三段之「臨分」。「傷心千里江南，怨曲重招，斷魂在否？」，應起段「遊蕩隨風，化爲輕絮」作結。通體離合變幻，一片淒迷，細繹之，正字字有脈絡，然得其門者寡矣。（海綃翁說詞）

周密

【傳略】

周密（一二三二——一三〇八）字公謹，號草窗，濟南人；流寓吳興（今浙江吳興縣），居弁山，自號弁陽嘯翁，又號蘋齋。淳祐中，爲義烏令。宋亡不仕，客游四方，以著述爲業：有蠟屐集、齊東野語、癸辛雜識、志雅堂雜鈔、浩然齋視聽鈔、武林舊事、澄懷錄、雲煙過眼錄，又選南宋人詞集爲絕妙好詞行世。詩集曰草窗韻語，有烏程蔣氏密韻樓影宋刋本。詞集曰蘋洲漁笛譜，有廣陵江昱考證及輯本集外詞，收入彊邨叢書。又題草窗詞，有鮑氏知不足齋叢書本，杜氏曼陀羅華閣本，朱氏無著庵校輯本等，以彊邨本爲佳。

【集評】

周濟云：公謹敲金戛玉，嚼雪盥花，新妙無與爲匹。　又：公謹只是詞人，頗有名心，未能自克，故雖才情詣力，色色絕人，終不能超然遐擧。（介存齋論詞雜著）　又曰：草窗鏤冰刻楮，精妙絕倫，但立意不高，取韻不遠，當與玉田抗行，未可方駕王、吳也。（宋四家詞選序論）

戈載云：草窗詞盡洗靡曼，獨標清麗，有韶倩之色，有綿渺之思，與夢窗旨趣相侔，二窗並稱，允矣

無忝。其於律亦極嚴謹，蓋交游甚廣，深得切劘之益。（宋七家詞選）

李慈銘曰：南宋之末，終推草窗、夢窗兩家爲此事眉目，非碧山、竹屋輩所可頡頏。（孟學齋日記）

陳廷焯云：周公謹詞，刻意學清真，句法、字法居然拍合；惟氣體究去清真已遠，其高者可步武梅溪，次亦平視竹屋。（白雨齋詞話）

玉京秋　長安獨客，又見西風，素月丹楓，凄然其為秋也，因調夾鐘羽一解①。

煙水闊，高林弄殘照，晚蜩凄切②。碧砧度韻，銀牀飄葉③。衣濕桐陰露冷，采涼花、時賦秋雪④。歎輕別，一襟幽事，砌蛩能說⑤。　客思吟商還怯⑥，怨歌長、瓊壺暗缺⑦。翠扇恩疏，紅衣香褪，翻成消歇。玉骨西風，恨最恨、閑卻新涼時節。楚簫咽，誰寄西樓淡月。

【注釋】

①夾鐘羽　即中呂調。②晚蜩　即晚蟬。蟬入秋遇寒而鳴聲凄切。③銀牀　井闌如銀，因稱銀牀。

④秋雪　指蘆花。⑤砌蛩　即砌下鳴蟲也，如蟋蟀之屬。⑥吟商　猶言吟秋。古以五音之中，商音凄厲，故以爲秋聲。禮記月令：「孟秋之月，其音商。」⑦瓊壺暗缺　用王處仲擊壺悲詠事。世說新語言王處仲每酒後，輒詠魏武詩：「老驥伏櫪，志在千里；烈士暮年，壯心不已。」以如意叩壺，壺口盡缺。

【評箋】

陳廷焯云：此詞精金百鍊，既雄秀，又婉雅，幾欲空絕古今；一「暗」字，其根在骨。（白雨齋詞話）

譚獻云：南渡詞境高處，往往出於清真，「玉骨」二句，髀肉之歎也。（譚評詞辨）

瑤　華

后土之花，天下無二本①。方其初開，帥臣以飛騎進之天上②，間亦分致貴邸。余客輦下，有以一枝（按：此下有缺文，他本改題瓊花。）

朱鈿寶玦③，天上飛瓊，比人間春別。江南江北，曾未見、漫擬梨雲梅雪④。淮山春晚，問誰識、芳心高潔？消幾番、花落花開，老了玉關豪傑。　金壺剪送瓊枝，看一騎紅塵⑤，香度瑤闕。韶華正好，應自喜、初識長安蜂蝶。杜郎老矣⑥，想舊事、花須能說。記少年、一夢揚州，二十四橋明月⑦。

【注釋】

①周密齊東野語：「揚州后土寺瓊花，天下無二本，絕類聚八仙，色微黃而有香」。按：聚八仙，即八仙花，亦名繡毬花。　②帥臣　宋時稱各路制置使、安撫使爲帥臣。　③玦　半環狀之佩玉也。

④梨雲梅雪　謂雲霧中梨花、雪中寒梅也。陳樵玉雲亭詩：「梨雲柳絮共微茫，春色園林一色芳」。李商隱莫愁詩：「雪中梅下誰與期，梅雪相兼一萬枝。」　⑤一騎紅塵　杜牧詩：「一騎紅塵妃子笑，無人知是荔枝來。」　⑥杜郎　即杜牧。嘗宦揚州，詩酒清狂。　⑦二十四橋　見三四三頁姜夔揚州慢詞注。

【評箋】

陳廷焯云：不是詠瓊花，只是一片感歎，無可說處，借題一發洩耳。（白雨齋詞話）

高陽臺 寄越中諸友

小雨分江，殘寒迷浦，春容淺入蒹葭①。雪霽空城，燕歸何處人家？夢魂欲渡蒼茫去，怕夢輕、翻被愁遮。感流年，夜汐東還，冷照西斜。　萋萋望極王孫草②，認雲中煙樹，鷗外春沙。白髮青山，可憐相對蒼華。歸鴻自趁潮回去，笑倦遊、猶是天涯。問東風，先到垂楊，後到梅花。

【注釋】

①蒹葭　蘆葦之屬，生於水旁或下濕之地。詩秦風有蒹葭篇，乃詩人託諷招隱之作。　②王孫草　蘼蕪之別名。孟遲閨情詩：「蘼蕪亦是王孫草，莫送春香入客衣。」

高陽臺 送陳君衡被召①

照野旌旗，朝天車馬，平沙萬里天低。寶帶金章，尊前茸帽風欺②。秦關汴水經行地，想登臨、都付新詩。縱英游，疊鼓清笳，駿馬名姬。　酒酣應對燕山雪③，正冰河月凍，曉隴雲飛。投老殘年，江南誰念方回④？東風漸綠西湖岸，雁已還、人未南歸。最關情，折盡梅花，難寄相思⑤。

【注釋】

①陳君衡　名允平，號西麓，浙江鄞縣人。詞集名「日湖漁唱」。　②茸帽　皮帽也。　③燕山　在

今河北薊縣東南，迤邐而東，直抵渤海。 ④方回 賀鑄字，北宋名詞人。黃庭堅詩：「解道江南斷腸句，世間惟有賀方回。」草窗蓋以賀方回自比。 ⑤折盡梅花二句 荊州記載吳陸凱與范曄善，自江南寄梅詣長安與曄，並贈詩曰：「折梅逢驛使，寄與隴頭人；江南無所有，聊贈一枝春。」秦觀踏莎行詞：「驛寄梅花，魔傳尺素。」

花犯 水仙花

楚江湄①，湘娥乍見②，無言灑清淚，淡然春意。空獨依東風，芳思誰寄？凌波路冷秋無際，香雲隨步起。漫記得、漢宮仙掌③，亭亭明月底。

冰絲寫怨更多情④，騷人恨⑤，枉賦芳蘭幽芷。春思遠，誰歎賞、國香風味⑥！相將共、歲寒伴侶。小窗靜，沈烟熏翠被。幽夢覺、涓涓清露⑦，一枝燈影裏。

【注釋】

①湄 水濱也。 ②湘娥 卽湘妃。王逸楚辭注：「堯二女墜於湘水之中，因爲湘夫人也。」此借喻水仙花。 ③漢宮仙掌 漢書郊祀志：「漢武帝作柏梁、銅柱、承露、仙人掌之屬。」注云：「仙人以手掌擎盤，承甘露也。」 ④冰絲 太真外傳：「開元中，中官白秀貞自蜀回，得琵琶以獻；絃乃拘彌國所貢綠冰蠶絲也。」 ⑤騷人 李白詩：「正聲何微茫，哀怨起騷人。」蓋自古詩之佳者，多悲憤牢騷之作，故稱詩人曰騷人。 ⑥國香 本指蘭，此謂水仙也。 ⑦涓涓 小流貌。家語：「涓涓不壅，終爲江河。」

【評箋】

周濟云：草窗長於賦物，然惟此及瓊花二闋，一意盤旋，毫無渣滓。他人縱極工巧，不免就題尋典，就典趁韻，就韻成句，墮落苦海矣。特拈出之，以爲南宋諸公鍼砭。（宋四家詞選）

曲遊春

禁煙湖上薄遊，施中山賦詞甚佳，余因次其韻。蓋平時遊舫，至午後則盡入裏湖，抵暮始出斷橋，小駐而歸，非習於遊者不知也。故中山極擊節余「閒却半湖春色」之句，謂能道人之所未云①。

禁苑東風外②，颺暖絲晴絮，春思如織。燕約鶯期，惱芳情偏在，翠深紅隙。漠漠香塵隔，沸十里、亂絃叢笛。看畫船盡入西泠③，閒卻半湖春色。　柳陌，新煙凝碧，映簾底宮眉，堤上遊勒④。輕暝籠寒，怕梨雲夢冷⑤，杏香愁冪。歌管酬寒食，奈蝶怨良宵岑寂。正滿湖碎月搖花，怎生去得？

【注釋】

①作者武林舊事云：「都城自過收燈，貴遊巨室，皆爭先出郊，謂之探春，至禁煙爲最盛。龍舟十餘，綵旗疊鼓，交午曼衍，粲如錦繡。都人士女，兩堤駢集，幾於無置足地。水面畫楫，櫛比如魚鱗，亦無行舟之路。歌歡簫鼓之聲，振動遠近，其盛可以想見。若遊之次第，則先南而後北，至午，則盡入西泠橋裏湖，其外幾無一舸矣。弁陽老人有詞云：看畫船盡入西泠，閒却半湖春色。蓋紀實也。」

按：周密晚號弁陽嘯翁，弁陽老人，卽作者自稱。施中山，卽施岳，號梅川，吳縣人，精於律呂。西泠、斷橋，俱在西湖北岸孤山之側。②禁苑　謂皇宮林園。南宋都臨安，西湖一帶因稱禁苑。③西泠　卽西泠橋。④勒　馬絡頭也。此爲馬之代稱。⑤梨雲　謂梨花也。梨花盛開時，白茫一片，絕似雲霧。王建夢看梨花雲歌：「薄薄落落霧不分，夢中喚作梨花雲。」

【評箋】

許昂霄云：前闋兩「絲」字，後闋兩「個」字，犯重，似失檢點。（詞綜偶評）

一萼紅　登蓬萊閣有感

步深幽，正雲黃天淡，雪意未全休。鑑曲寒沙①，茂林煙草，俛仰千古悠悠。歲華晚、飄零漸遠，誰念我、同載五湖舟②？磴古松斜③，厓陰苔老，一片清愁。　回首天涯歸夢，幾魂飛西浦，淚灑東州。故國山川，故園心眼，還似王粲登樓④。最負他、秦鬟妝鏡，好江山、何事此時遊？為喚狂吟老監⑤，共賦消憂。閣在紹興，西浦、東州皆其地。

【注釋】

①鑑曲　謂鑑湖之曲彎處也。②同載五湖舟　國語越語載范蠡旣佐越王勾踐滅吳，遂攜同西施，乘輕舟，浮於五湖，世莫知其所終極云。參見三四五頁姜夔湘月詞注。③磴　石級也。④王粲登樓　漢建安中，王粲避亂荊州，嘗於當陽城樓爲登樓賦一篇，以寄故國之思。⑤狂吟老監　唐詩人賀知章，嘗爲秘書省監，晚年歸隱湖山，自號四明狂客，人因呼爲「狂吟老監」。

【評箋】

周爾墉云：草窗擅美在縝密，如此章稍空闊，愈益佳妙。（評絕妙好詞箋）

朱淑貞

【傳略】

朱淑貞，自稱幽棲居士，海寧女子，一作錢塘人。幼警慧，善讀書，才色清麗，罕有其比。嫁市井民家，以匹偶非倫，抑鬱不得志，嘗賦詩以自解。吳中士夫，集其詩二百餘篇，謂之「斷腸集」，凡十卷，宛陵魏仲恭爲作序。尤工於詞，文詞清婉，較詩爲警麗。詩雖有翩翩之致，然少深思；詞則較易遺詞，哀感頑豔，讀之令人斷腸。後人以爲與李清照之漱玉詞，遙遙相對，並稱雙絕。有王氏四印齋刊本斷腸詞一卷，題曰「宋海寧幽栖居士朱淑貞」，存詞三十一首。

菩薩蠻

山亭水榭秋方半①，鳳幃寂寞無人伴。愁悶一番新，雙蛾只暗顰②。　起來臨繡戶，時有疏螢度。多謝月相憐，今宵不忍圓。

【注釋】

①水榭　築於水畔或水間之樓臺。　②雙蛾　指女子之雙眉；蹙眉曰顰。本書三五九頁史達祖雙雙燕：「愁損翠黛雙蛾，日日畫樓獨凭。」

蝶戀花

樓外垂楊千萬縷，欲繫青春，少住春還去。猶自風前飄柳絮，隨春且看歸何處？ 綠滿山川聞杜宇①，便做無情，莫也愁人意②。把酒送春春不語，黃昏卻下瀟瀟雨③。

【注釋】

①杜宇 謂杜鵑也。相傳爲古蜀帝杜宇死後魂魄所化，故以爲名。參見三六七頁啼魄注。 ②莫也 猶言豈不也。 ③瀟瀟 小雨貌。李清照蝶戀花詞：「瀟瀟微雨聞孤館。」

劉辰翁

【傳略】

劉辰翁（一二三二——一二九七）字會孟，號須溪，廬陵（今江西吉安縣）人。少登陸象山（九淵）之門，補太學生。宋理宗景定壬戌（一二六二），廷試對策，忤賈似道，置丙第；以親老，請濂溪書院山長。薦居史館，又除太學博士，皆固辭。宋亡，隱居卒。有須溪集。彊邨叢書收須溪詞一卷，又補遺四首。其子將孫，字尙友，同趙青山結社，亦不仕，有養吾齋詞行世。

【集評】

況周頤云：近人論詞，或以須溪詞爲別調，非知人之言也。須溪詞多真率語，滿心而發，不假追琢，有掉臂游行之樂。其詞筆多用中鋒，風格遒上，略與稼軒旗鼓相當。世俗之論，容或以稼軒爲別調，

宜其以別調目須溪也。（餐櫻廡詞話）

柳梢青 春感

鐵馬蒙氈①，銀花灑淚，春入愁城。笛裏番腔，街頭戲鼓，不是歌聲。　那堪獨坐青燈，想故國高臺月明！輦下風光②，山中歲月，海上心情③。

【注釋】

①鐵馬　猶鐵騎，此謂元兵之馬騎。蒙氈，冬日嚴寒，於馬背披氈以爲保暖也。　②輦下　指京師。

③海上心情　元兵陷臨安，志士多由海上逃至閩、粵，繼續抗戰。時須溪隱居山中，心嚮往之而未能，故云。

虞美人 春曉

輕衫倚望春晴穩，雨壓青梅損。皺綃池影泛紅蔫①，看取斷雲來去似鑪煙。　愁春來暮仍愁暮，受卻寒無數。年來無地買花栽，向道明年花信莫須來②。

【注釋】

①紅蔫　謂紅色不鮮潤貌。蘇軾詩：「淺紫從爭發，深紅任早蔫。」蔫，音年。　②花信　花開之信息也。范成大元夕後連陰詩：「誰能腰鼓催花信，快打涼州百面雷。」葉適靈巖詩：「豪風增春憂，累雪損花信。」

永遇樂　余自乙亥上元，誦李易安永遇樂，為之涕下①。今三年矣！每聞此詞，輒不自堪，遂依其聲，又託易安自喻，雖辭情不及，而悲苦過之。

璧月初晴，黛雲遠澹，春事誰主？禁苑嬌寒，湖隄倦暖，前度遽如許②！香塵暗陌③，華燈明晝，長是嬾攜手去。誰知道，斷煙禁夜，滿城似愁風雨。　宣和舊日，臨安南渡④，芳景猶自如故。緗帙流離，風鬟三五⑤，能賦詞最苦。江南無路，鄜州今夜⑥，此苦又誰知否？空相對、殘釭無寐⑦，滿村社鼓⑧。

【注釋】

①乙亥　宋恭帝德祐元年（一二七五）。李清照號易安居士，其永遇樂「落日鎔金」一闋，見本書二五四頁。　②前度句　蓋用唐劉禹錫重遊玄都觀：「種桃道士歸何處，前度劉郎今又來。」詩意，以喻前後景況之殊也。　③香塵暗陌　謂香車寶馬，塵土飛揚，巷陌爲暗也。李白古風：「大車揚飛塵，亭午暗阡陌。」　④宣和　北宋徽宗年號。北宋都汴梁，南宋京師在臨安，二者當時皆極盡繁華。　⑤緗帙　淺黃色之書衣，爲書卷之代稱。風鬟，頭髮爲風所吹，蓬散鬆亂貌。李朝威柳毅傳：「見大王愛女，牧羊於野，風鬟雨鬢，所不忍睹。」　⑥鄜州　在今陝西中部縣南。杜甫月夜詩：「今夜鄜州月，閨中只獨看；遙憐小女兒，未解憶長安；香霧雲鬟濕，清輝玉臂寒；何時倚虛幌，雙照淚痕乾。」須溪蓋借此自喻故國之思。　⑦殘釭　即殘燈。　⑧社鼓　社日祭神之鼓聲。

沁園春　送春

春汝歸歟？風雨蔽江，煙塵暗天。況雁門阨塞①，龍沙渺莽②，東連吳會③，西至秦川④。芳草迷津，飛花擁道，小為蓬壺借百年⑤。江南好，問夫君何事，不少留連？　江南正是堪憐！但滿眼楊花化白氈。看兔葵燕麥⑥，華清宮裏⑦；蜂黃蝶粉，凝碧池邊⑧。我已無家，君歸何里？中路徘徊七寶鞭。風回處，寄一聲珍重，兩地潸然。

【注釋】

①雁門　卽雁門關，在今山西代縣雁門中，形勢險要，自古爲防禦北胡之戰略要塞。　②龍沙　漢時本指西域之白龍堆沙漠，後世借爲塞外泛稱。　③吳會　江浙一帶，古爲吳興、吳、會稽三郡所在，屬吳國，世號三吳，故稱吳會。　④秦川　今陝西、甘肅二省之地，古或稱「秦川」。三國志諸葛亮傳：「將軍身率益州之衆，以出秦川。」　⑤蓬壺　卽蓬萊；昔傳爲海上三神山之一。拾遺記：「三壺，則海中三山也。一曰方壺，則方丈也；二曰蓬壺，則蓬萊也；三曰瀛壺，則瀛洲也，形如壺器。」　⑥兔葵　卽菟葵，草名，古以爲蔬；莖紫黑色，花白。燕麥，一年生草本，莖平滑，葉細長，多爲家畜之飼料。　⑦華清宮　唐宮名，故址在今陝西臨潼縣南驪山上，宮中有溫泉，曰華清池，明皇貴妃歲來遊幸。白居易長恨歌：「春寒賜浴華清池，溫泉水滑洗凝脂。」　⑧凝碧池　在河南洛陽。唐玄宗天寶末，安祿山反，嘗大會宴飲於此。時王維被執菩提寺，有詩云：「萬戶傷心生野煙，百官何日再朝天；秋槐葉落空宮裏，凝碧池頭奏管絃。」

蘭陵王　丙子送春①

送春去，春去人間無路。鞦韆外、芳草連天，誰遣風沙暗南浦?依依甚意緒?漫憶海門飛絮。亂鴉過、斗轉城荒②，不見來時試燈處③。　春去最誰苦?但箭雁沈邊，梁燕無主，杜鵑聲裏長門暮④。想玉樹凋土⑤，淚盤如露⑥，咸陽送客屢回顧⑦，斜日未能度。春去，尚來否?正江令恨別⑧，庾信愁賦⑨，二人皆北去。蘇堤盡日風和雨。歎神遊故國，花記前度。人生流落，顧孺子，共夜語。

【注釋】

①丙子　即宋恭帝德祐二年，二月，元兵破臨安。　②斗轉　謂北斗星轉位，此喻時移勢改。　③試燈　古以正月十三爲試燈夜。　④長門　即長門宮，漢武帝時陳皇后貶居之所。此借指南宋臨安故宮。⑤玉樹凋土　蓋指故宮殘破，烈士殉國之慘。晉書庾亮傳：「亮將葬，何充歎曰：埋玉樹於土中，使人情何能已。」　⑥淚盤如露　李賀詩序：「魏明帝青龍元年八月，詔宮官牽車西去，取漢孝武捧露盤仙人，欲立置前殿，宮官既拆盤，仙人臨載，乃潸然淚下。」　⑦咸陽送客　唐李賀金銅仙人辭漢歌：「衰蘭送客咸陽道。」此蓋化用其意。　⑧江令　指江淹。王惲詩：「彤管夢傳江令筆。」按：梁江淹少以文名，老而才思微退，詩文無佳句，人謂之江郎才盡。其恨、別二賦最享盛名。　⑨庾信　字子山，文章艷麗，與徐陵齊名。雖位居通顯，而時有鄉關之思，作哀江南賦。或云子山另有愁賦一篇；今已失傳。參見本書三四八頁姜夔齊天樂詞注。

【評箋】

卓人月云：「送春」二句悲，「春去最誰苦」四句，淒清何減夜猿；第三疊悠揚悱惻，卽以爲小雅、楚騷可也。塡詞云乎哉！（詞統）

陳廷焯云：題是送春，詞是悲宋，曲折說來，有多少眼淚。（白雨齋詞話）

張思巖云：厲樊謝論詞絕句：「送春苦調劉須溪」，信然。（詞林紀事）

寶鼎現 丁酉元夕①

紅妝春騎②，踏月影、竿旗穿市③。望不盡樓臺歌舞，習習香塵蓮步底④。簫聲斷、約彩鸞歸去⑤，未怕金吾呵醉⑥。甚輦路、喧闐且止，聽得念奴歌起⑦。　父老猶記宣和事，抱銅仙、清淚如水。還轉盼、沙河多麗⑧。滉漾明光連邸第，簾影凍、散紅光成綺。月浸葡萄十里⑨，看往來、神仙才子，肯把菱花撲碎。　腸斷竹馬兒童，空見說、三千樂指⑩。等多時、春不歸來，到春時欲睡。又說向、燈前擁髻，暗滴鮫珠墜⑪。便當日、親見霓裳⑫，天上人間夢裏。

【注釋】

①丁酉　爲元成宗大德元年，須溪卽死於是年，享壽六十六歲。　②紅妝春騎　唐沈佺期詠元宵詩：「南陌青絲騎，東鄰紅粉妝。」　③竿旗穿市　蘇軾上元夜詩：「牙旗穿夜市。」　④習習句　謂美人蓮步輕移而香塵飛揚也。南史東昏侯紀：「鑿金爲蓮花以帖地，令潘妃行其上，曰：此步步生蓮花

也。」⑤彩鸞　卽指仙女吳彩鸞。林坤誠齋雜記，言有書生文簫者，於太和末往鍾陵西山游帷觀賞中秋，睹一姝甚妙，卽仙女彩鸞，二人顧盼生情，遂相與下山，結爲夫婦。⑥金吾呵醉　韋述西都雜記：「西都京城街衢，有金吾曉暝傳呼，以禁夜行。惟正月十五日夜，敕許金吾弛禁，前後各一日。」蘇味道觀燈詩：「金吾不禁夜，玉漏莫相催。」呵醉，用李廣夜飲還至霸陵亭，爲亭尉呵止留宿事。見史記李將軍列傳。⑦念奴　唐天寶間名歌妓。開天遺事：「念奴有色善歌，宮妓中第一；帝嘗曰：此女眼色媚人。」⑧沙河　卽沙河塘，在杭州南五里。南宋時，居民繁盛，碧瓦朱簷，歌管不絕。⑨月浸葡萄十里　葡萄，狀水色深碧也。李白襄陽歌：「遙看漢水鴨頭綠，恰似葡萄初醱醅。」⑩三千樂指　謂三百人之大樂隊也。⑪鮫珠　指眼淚。任昉述異記：「南海中有鮫人室，水居如魚，不廢機織；其眼能泣則出珠。」⑫霓裳　卽霓裳羽衣曲，爲盛唐流行之歌舞曲。樂苑：「霓裳羽衣曲，開元中西涼府節度楊敬述進。」

【評箋】

楊慎云：詞意凄婉，與麥秀何殊！（詞品）

張孟浩云：劉辰翁作寶鼎現詞，時爲大德元年（一二九七），自題曰：「丁酉元夕」，亦義熙舊人只書甲子之意。其詞反反覆覆，字字悲咽，真孤竹、彭澤之流。（歷代詩餘引）

陳廷焯云：通篇鍊金錯采，絢爛極矣！而一二今昔之感處，尤覺韻味深長。（白雨齋詞話）

文天祥

【傳略】

文天祥（一二三六——一二八二），字宋瑞，又字履善，吉州吉水人。體貌豐偉，美皙如玉，秀眉而長目，顧盼煒然。年二十，舉進士，理宗親拔爲第一。考官王應麟奏曰：「是卷，古誼若龜鑑，忠肝如鐵石，臣敢爲得人賀。」累官至右丞相，加少保，信國公。奉兩孱王，崎嶇嶺海，以圖興復。兵敗，被執，至潮陽，見張弘範，弘範與俱入厓山，使爲書招張世傑，乃書所過零丁洋詩與之。其末有云：「人生自古誰無死？留取丹心照汗青。」弘範笑而置之，遣使護送天祥至京師。天祥在道，不食，八日不死。在燕凡三年，世祖知天祥終不屈，召入，諭之曰：「汝何願？」天祥曰：「天祥受宋恩、爲宰相，願賜之一死足矣。」死數日，其妻歐陽氏收其屍，衣帶中有贊曰：「孔曰成仁，孟曰取義，惟其義盡，所以仁至。讀聖賢書，所學何事？而今而後，庶幾無媿。」傳世有文山先生集。江標刻宋元名家詞，從本集指南錄中錄出文山樂府一卷，得詞八首。

【集評】

劉熙載曰：文文山詞，有「風雨如晦，鷄鳴不已」之意，不知者以爲變聲，其實乃正之變也，故詞當合其人之境地以觀之。（藝概詞概）

滿江紅 和王夫人滿江紅韻，以庶幾后山「妾薄命」之意①。

燕子樓中②，又捱過、幾番秋色？相思處、青年如夢，乘鸞仙闕③。肌玉暗消衣帶緩，淚珠斜透花鈿側。最無端、蕉影上窗紗，青燈歇。　曲池合④，高臺滅。人間事，何堪說！向南陽阡上，滿襟清血。世態便如翻覆雨，妾身元是分明月。笑樂昌、一段好風流，菱花缺⑤。

【注釋】

①指南後餘卷一下云：王夫人至燕，題驛中云：「太液芙蓉，全不是、舊時顏色。嘗記得、恩承雨露，玉階金闕。名播蘭簪妃后裏，暈潮蓮臉君王側。忽一朝鼙鼓揭天來，繁華歇。　龍虎散，風雲滅。今古恨，憑誰說？顧山河百二，淚沾襟血。驛館夜驚塵土夢，宮車曉轉關山月。若嫦娥於我肯相容，從圓缺。」中原傳誦，惜末句少商量。　②燕子樓　故址在今江蘇徐州。見前蘇軾永遇樂「明月如霜」一闋注。　③乘鸞　龍城錄：「九月望日，明皇遊月宮，見素娥千餘人，皆皓衣乘白鸞。」

④曲池合　謂敵國會盟也。古曲池在山東，春秋桓公十二年：「公會杞侯、莒子，盟於曲池。」

⑤樂昌二句　用樂昌公主事。陳將亡，樂昌與夫徐德言破菱花鏡，各分其半，約相見。北兵破金陵，公主爲楊素所得，乃輾轉賣半鏡於市，德言出，見而合之，夫婦得慶團圓。見本事詩。

酹江月 驛中言別友人①

水天空闊，恨東風、不借世間英物②。蜀鳥吳花殘照裏③，忍見荒城頹壁。銅雀春情④，金人秋淚⑤，此恨憑誰雪？堂堂劍氣，斗牛空認奇傑⑥。　那信江海餘生，南行萬里⑦，屬扁舟齊發。正為鷗盟留醉眼，細看濤生雲滅。睨柱吞嬴⑧，回旗走懿⑨，千古衝冠髮。伴人無寐，秦淮應是孤月。

【注釋】

①文天祥懷中甫詩自注云：「時中甫以病留金陵天慶觀。」按：中甫爲鄧剡字，天祥起兵抗元，剡嘗爲軍幕。此詞蓋天祥被俘次年，北上道經金陵，爲友人鄧剡而作。近人唐圭璋氏則以爲乃鄧剡作以送天祥者，俟考。　②恨東風二句　用三國赤壁之戰周瑜趁東風火攻曹軍事，以反喻宋軍抗元之不得天助也。資治通鑑卷六十五：「時東南風急，火烈風猛，船行如箭，燒盡北船，延及岸上營落。」　③蜀鳥吳花　蜀鳥指杜鵑，啼聲淒怨，相傳爲古蜀帝杜宇死後魂魄所化。吳指金陵，爲三國吳都所在。李白登金陵鳳凰台詩：「吳宮花草埋深徑，晉代衣冠成古丘。」　④銅雀　台名，曹操建，故址在今河南臨漳縣西南。杜牧赤壁詩：「東風不與周郎便，銅雀春深鎖二喬。」　⑤金人秋淚　漢武帝鑄捧露盤仙人以承露，因係銅鑄，故稱金人或銅仙。參見四〇六頁劉辰翁蘭陵王詞注。　⑥劍氣牛斗　牛斗，謂牽牛、北斗二星。晉書張華傳：「斗牛之間，常有紫氣。張華邀雷煥仰視，煥曰：寶劍之精，上徹於天耳。」　⑦那信江海餘生二句　指宋恭帝德祐二年（一二七六），天祥自鎮江元人牢中脫逃，歷經險阻，得由海道南歸事。　⑧睨柱吞嬴　用藺相如完璧歸趙事，秦王嬴姓故云。史記廉頗藺相如列傳：「相如持其璧，睨柱，欲以擊柱；秦王恐其破璧，乃辭謝固請。」　⑨回旗走懿　諸葛亮死

，裴松之注三國志諸葛亮傳引漢晉春秋云：「楊儀等整軍而出，百姓奔告宣王，宣王追焉。姜維令儀反旗鳴鼓，若將向宣王者，宣王乃退，不敢偪。於是儀結陣而去，入谷，然後發喪。」按：宣王指司馬懿，晉初所追謚，後又稱宣帝。

【評箋】

陳子龍云：氣衝斗牛，無一毫委靡之色。（詞林紀事引）

陳允平

【傳略】

陳允平，字君衡，一字衡仲，號西麓，四明（今浙江鄞縣）人。詞集名日湖漁唱；又其追和周清真詞者，名曰西麓繼周集。有彊村叢書本，小詞多清潤可喜。

唐多令　秋暮有感

休去采芙蓉①，秋江烟水空。帶斜陽、一片征鴻。欲頓閒愁無頓處②，都著在，兩眉峯。

心事寄題紅③，畫橋流水東。斷腸人、無奈秋濃。回首層樓歸去嬾，早新月，挂梧桐。

【注釋】

①芙蓉　江東人呼荷花為芙蓉，見爾雅義疏。文海披抄：「芙蓉，蓮花也。一名荷、一名芙蓉、一名菡萏；根為藕，莖為茄，葉為葭，實為蓮，蓮心為么荷。又為菂，又為薏，命名最多。」屈原離騷：

「集芙蓉以爲裳。」②頓　止息也。愁無頓處，言無處不愁也。③題紅　用唐僖宗宮女韓氏題詩紅葉，自御溝流出，爲于祐所得，終成良緣事。此借喻情意之難達也。

王沂孫

【傳略】

王沂孫，字聖興，號碧山，又號中仙，又號玉笥山人。會稽（今浙江紹興縣）人。宋亡入元，爲慶元路學正（據延祐四明志）。與張炎、周密諸人結社唱和。詞集名碧山樂府，又名花外集。今傳世者有知不足齋叢書本，四印齋本，而以近人孫人和校印本爲佳。

【集評】

張炎云：碧山能文，工詞，琢語峭拔，有白石意度。（山中白雲詞卷一瑣窗寒詞序）

周濟云：中仙最多故國之感，故著力不多，天分高絕，所謂意能尊體也。　又：中仙最近叔夏一派，然玉田自遜其深遠。（介存齋論詞雜著）　又云：碧山胸次恬淡，故「黍離」、「麥秀」之感，只以唱歎出之，無劍拔弩張習氣。　又：詞以思筆爲入門階陛。碧山思筆，可謂雙絕，幽折處大勝白石。惟圭角太分明，反復讀之，有水清無魚之恨。（宋四家詞選序論）

戈載云：予嘗謂白石之詞，空前絕後，匪特無可比肩，抑且無從入手，而能學之者則惟中仙。其詞運意高遠，吐韻妍和；其氣清，故無沾滯之音；其筆超，故有宕往之趣；是真白石之入室弟子也。（宋

七家詞選）

王鵬運云：碧山詞頡頏雙白，揖讓二窗，實爲南渡之傑。（花外集跋）

況周頤云：初學作詞，最宜讀碧山樂府，如書中歐陽信本，準繩規矩極佳。二晏如右軍父子，賀方回如李北海，白石如虞伯施而雋上過之，公謹如褚登善，夢窗如魯公，稼軒如誠懸，玉田如趙文敏。（香海棠館詞話）

陳廷焯云：王碧山詞，品最高，味最厚，意境最深，力量最重。感時傷世之言，而出以纏綿忠愛，詩中之曹子建、杜子美也。詞人有此，庶幾無憾。　又：讀碧山詞，須息心靜氣，沈吟數過，其味乃出。心粗氣浮者，必不許讀碧山詞。　又：碧山沈鬱處多，超脫處少。　又：詞法之密，無過清真；詞格之高，無如白石；詞味之厚，無過碧山，詞壇三絕也。（白雨齋詞話）

張惠言云：碧山詠物諸篇，並有君國之憂。（詞選）

法曲獻仙音　聚景亭梅，次草窗韻①

層綠峨峨②，纖瓊皎皎③，倒壓波痕清淺④。過眼年華，動人幽意，相逢幾番春換。記喚酒尋芳處，盈盈褪妝晚。　已消黯，況凄涼、近來離思，應忘却明月，夜深歸輦。荏苒一枝春，恨東風、人似天遠⑤。縱有殘花，灑征衣、鉛淚都滿⑥。但殷勤折取，自遣一襟幽怨。

【注釋】

①周密詞原題「弔雪香亭梅」，碧山此闋次其韻，題作聚景亭梅。據江昱考證，雪香亭在聚景園中，是二名或爲一亭之異稱也。西湖游覽志：「清波門外，沿城而北有聚景園，孝宗所築。先是高宗居大內，時時屬意湖山，孝宗乃建名園奉上皇游幸。其後累朝臨幸，理宗已後，日漸荒落。」②層綠峨峨　層綠，指梅萼，萼在花瓣外部，片狀輪生，色綠，故曰層綠。峨峨，俊美貌。③纖瓊　細玉也，指白梅花。④倒壓波痕清淺　林逋山園小梅詩：「疏影橫斜水清淺，暗香浮動月黃昏。」⑤荏苒二句　荏苒，謂梅花柔美盎盛貌。荊州記：吳陸凱與范曄善，自江南寄梅花詣長安予曄，並贈詩曰：「折梅逢驛使，寄與隴頭人；江南無所有，聊贈一枝春。」⑥鉛淚　謂淚珠如鉛鎔之下墜也。張雨黃蜀葵詩：「金銅仙人雨中立，鉛淚恰如辭漢時。」

天香　龍涎香①

孤嶠蟠烟②，層濤蛻月，驪宮夜採鉛水③。訊遠槎風④，夢深薇露⑤，化作斷魂心字⑥。紅磁候火，還乍識、冰環玉指⑦。一縷縈簾翠影，依稀海天雲氣。

幾回殢嬌半醉⑧。剪春燈、夜寒花碎。更好故溪飛雪，小窗深閉。荀令如今頓老⑨，總忘却、尊前舊風味。謾惜餘薰，空篝素被⑩。

【注釋】

①龍涎香　嶺南雜記：「龍枕石而睡，涎沫浮水，積而能堅，鮫人採之，以爲至寶；新者色白，久者色紫，甚久則黑，形如浮石而輕，膩理光澤，入香焚之，則翠煙浮空，結而不散。」按：鄭騫先生謂

龍涎香，實卽抹香鯨腸內分泌物，今尚以爲貴重香料。見詞選。②嶠　山銳而高者。③驪宮　謂驪龍所居宮；此借用探驪得珠事，見莊子列禦寇篇。馬之純黑色者曰驪，驪龍，黑龍也。④汛　同汎，水盛貌。汛一作「汎」。槎，謂水中浮木。⑤薔露　謂薔薇露；香後譜：「周顯德五年，昆明國獻薔薇露，云得自西域，以灑衣，衣弊香不滅。」⑥心字　謂心字香。范成大驂鸞錄：「番禺人作心字香，用素茉莉未開者，著淨器，薄劈沈香，層層相間封，日一易，不待花蔫，花過香成」。楊慎詞品：「所謂心字香者，以香末縈篆成心字也。」⑦冰環玉指　謂香之形狀如環如指也。⑧殢音涕，困極也。⑨荀令　漢荀彧字文若，爲侍中，守尚書令；曹操每與籌軍國大事，稱之爲荀令君。習鑿齒襄陽記：「荀令君至人家，坐幙三日香氣不歇。」⑩謾惜二句　蓋襲周邦彥詞花犯：「更可惜、雪中高樹，香篝薰素被」而來。篝，籠也，盛衣以香薰者。周詞見本書二〇七頁。

【評箋】

周爾墉云：密栗，是極用力之作。（周評絕妙好詞）

瑣窗寒　春思

趁酒梨花，催詩柳絮，一窗春怨。疏疏過雨，洗盡滿階芳片。數東風、二十四番①，幾番誤了西園宴②。認小簾朱戶，不如飛去，舊巢雙燕。　曾見，雙蛾淺③。自別後，多應黛痕不展。撲蝶花陰，怕看題詩團扇④。試憑他、流水寄情，溯紅不到春更遠。但無聊、病酒懨懨⑤，夜月荼蘼院⑥。

【注釋】

①東風二十四番　東風，謂花信風；卽春天花季所吹之風也，亦稱花風。荆楚歲時記：「江南自初春至初夏，五日一番風雨，謂之花信風。梅花風最先，楝花風最後，凡二十四番，以爲寒絕。」按二十四番花信風，最先爲梅花，依次爲：山茶、水仙、瑞香、蘭花、山礬、迎春、櫻桃、望春、菜花、杏花、李花、桃花、棣堂、薔薇、海棠、梨花、木蘭、桐花、麥花、柳花、牡丹、酴醾、楝花最後；起自小寒，至穀雨而止，凡五日一番，八氣得二十四番是也。②西園　三國時魏鄴都有西園，曹操所建，爲游賞勝地；曹丕每於月夜邀文士宴集於此。曹植公讌詩：「清夜遊西園，飛蓋相追逐。」③雙蛾　謂雙眉。④題詩團扇　團扇，謂圓形之扇，古時宮中多用之。漢成帝班婕妤失寵，求供養太后於長信宮，乃作怨詩自傷，託辭於團扇，有「裁成合歡扇，團團似明月」之句，故又稱團扇歌。⑤慨慨　煩愁貌。⑥荼蘼　落葉灌木，榦高四、五尺，由根叢生，新枝葉柄皆多刺，葉面微皺，夏初開白色重瓣花，色似酴醾酒；亦作酴醿。輦下歲時記：「長安每歲清明，賜宰臣以下酴醿酒，卽重釀酒。」

【評箋】

譚獻云：「東風」二句，幽咽如訴，換頭處見章法。「流水」二句，宕逸得未曾有，碧山勝處獨擅。

（譚評詞辨）

眉嫵 新月

漸新痕懸柳，澹彩穿花，依約破初暝①。便有團圓意，深深拜②，相逢誰在香徑？畫眉未穩③，料素娥猶帶離恨。最堪愛、一曲銀鉤小④，寶簾掛秋冷。　千古盈虧休問！歎慢磨玉斧，難補金鏡⑤。太液池猶在⑥，淒涼處、何人重賦清景？故山夜永，試待他窺戶端正⑦。看雲外山河，還老桂花舊影⑧。

【注釋】

①初暝　猶言初夜。　②深深拜　李端新月詩：「開簾見新月，卽便下階拜；細語人不聞，北風吹裙帶。」　③畫眉未穩　言新月細微一彎，猶婦女畫眉未妥也。　④銀鉤　喻新月。　⑤歎慢磨二句　用玉斧修月故事，見段成式酉陽雜俎。辛棄疾滿江紅：「誰做冰壺涼世界，最憐玉斧修時節。」金鏡，喻月之圓明也。　⑥太液池　漢唐宮中池名，此借指南宋宮苑。宋盧多遜詠月詩：「太液池頭月上時，晚風吹動萬年枝；何人玉匣開清鏡，露出清光些子兒。」　⑦端正　卽端正月，謂中秋月也。韓愈詩：「三秋端正月，今夜出東溟。」　⑧桂花影　謂月影；古人相傳月中有桂樹，故云。

【評箋】

陳廷焯云：「千古句」忽將上半闋意一筆撇去，有龍跳虎臥之奇，結更高簡。（白雨齋詞話）

譚獻云：「便有」四句，寓意自深，音辭高亮。歐、晏如蘭亭真本，此僅一翻。後半闋蹊徑顯然。（譚評詞辨）

張惠言云：碧山詠物諸篇，並有君國之憂，此喜君有恢復之志，而惜無賢臣也。（詞選）

無悶　雪意

陰積龍荒①，寒度雁門②，西北高樓獨倚。悵短景無多，亂山如此！欲喚飛瓊起舞③，怕攪碎、紛紛銀河水。凍雲一片，藏花護玉，未教輕墜。　清致，悄無似。有照水一枝④，已攙春意⑤。誤幾度憑欄，莫愁凝睇⑥。應是梨花夢好，未肯放、東風來人世。待翠管吹破蒼茫，看取玉壺天地。

【注釋】

①龍荒　即龍沙。漢時本指西域之白龍堆沙漠；後世泛指塞外之地，以其荒寒不毛，故曰龍荒。②雁門　即雁門關，位在今山西代縣雁門山中。　③飛瓊起舞　飛瓊，即許飛瓊，爲王母侍下仙女。見漢武帝內傳。　④一枝　又作南枝，謂梅花。　⑤攙　挽著也。　⑥莫愁　見二二〇頁周邦彥西河詞注。

【評箋】

周濟云：何嘗不峭拔，然略粗，此其所以爲碧山之清剛也。白石好處，無半點粗氣矣。（宋四家詞選）

高陽臺　和周草窗寄越中諸友韻①

殘雪庭陰，輕寒簾影，霏霏玉管春葭②。小帖金泥③，不知春在誰家？相思一夜窗前夢，奈箇人、水隔天遮。但淒然、滿樹幽香，滿地橫斜。　江南自是離愁苦，況游驄古道，歸雁平沙。怎得銀箋④，殷勤說與年華。如今處處生芳草，縱憑高、不見天涯。更消他、幾度東風，幾度飛花。

【注釋】

①周密號草窗，事跡及原詞俱見前。　②玉管春葭　杜甫小至詩：「吹葭六琯動飛灰。」仇兆鰲注：「以葭莩灰實律管，候至則灰飛管通。葭，蘆也；琯以玉爲之。」按：葭莩卽蘆葦筩內之白色薄膜；律管卽十二律呂之管。　③小帖金泥　唐制，進士及第，以泥金書帖附家中，報登科之喜。見盧氏雜記。　④銀箋　有光澤之銀粉箋紙也。蔣捷女冠子詞：「吳箋銀粉砑。」原詞及注見本書四四二頁。

【評箋】

陳廷焯云：上半闋是敍其遠遊未還，懸揣之詞；下半闋是言其他日歸後情事，逆料之詞。（白雨齋詞話）

張惠言云：此傷君臣晏安，不思國恥，天下將亡也。（詞選）

況周頤云：結筆低徊掩抑，盪氣廻腸。（蕙風詞話）

譚獻云：「相思」句點逗清醒，換頭又是一層鉤勒；詩品云返虛入渾，「如今」二句是也。（譚評詞辨）

王闓運云：此等傷心語，詞家各自出新，實則一意，比較自知文法。（湘綺樓詞選）

齊天樂　蟬

一襟餘恨宮魂斷①，年年翠陰庭樹。乍咽涼柯②，還移暗葉，重把離愁深訴。西窗過雨，怪瑤珮流空，玉箏調柱③。鏡暗妝殘，為誰嬌鬢尚如許④？　銅仙鉛淚似洗，歎移盤去遠，難貯零露⑤。病翼驚秋，枯形閱世⑥，消得斜陽幾度？餘音更苦！甚獨抱清商，頓成凄楚。謾想薰風⑦，柳絲千萬縷。

【注釋】

①一襟餘恨宮魂斷　用齊女化蟬故事。太平寰宇記：「齊女怨王而死，變爲蟬，王悔之，名曰齊女。」

②涼柯　秋天之樹枝。　③瑤珮二句　以玉佩之聲與彈箏之聲比喻蟬鳴。　④鏡暗二句　崔豹古今注：「魏文帝宮人莫瓊樹，始製爲蟬鬢，望之縹緲，如蟬翼然。」　⑤銅仙三句　用魏明帝移漢武承露盤事。李賀金銅仙人辭漢歌序：「魏明帝青龍元年八月，詔宮官牽車，西取漢孝武捧露盤仙人，欲置前殿；宮官既拆盤，仙人臨載，乃潸然淚下。」鉛淚、狀淚水之多如鉛融化下垂也。相傳蟬飲露而生，故云。　⑥枯形閱世　謂秋後蟬已枯蛻，徒留骸殼閱歷世間滄桑也。　⑦薰風　謂溫和之南風。史記引五子之歌：「南風之薰兮，可以解吾民之慍兮。」

【評箋】

陳廷焯云：字字凄斷，却渾雅不激烈。（白雨齋詞話）

周濟云：此閔家國之恨。（宋四家詞選）

譚獻云：此是學唐人句法、章法，「庾郎先自吟愁賦，」遜其蔚跂。「西窗」句亦排宕法。「銅仙」三句，極力排盪。「病翼」三句，玩其絃指收裹處，有變徵之音。結筆掉尾，不肯直瀉，然未自在。（譚評詞辨）

水龍吟 落葉

曉霜初著青林，望中故國淒涼早。蕭蕭漸積，紛紛猶墜，門荒徑悄。渭水風生①，洞庭波起②，幾番秋杪③。想重厓半沒④，千峯盡出，山中路，無人到。　前度題紅杳杳⑤，遡宮溝、暗流空繞。啼螿未歇⑥，飛鴻欲過，此時懷抱。亂影翻窗，碎聲敲砌，愁人多少？望吾廬甚處，只應今夜⑦，滿庭誰掃？

【注釋】

①渭水風生　賈島憶江上吳處士詩：「西風吹渭水，落葉滿長安。」　②洞庭波起　屈原九歌：「嫋嫋兮秋風，洞庭波兮木葉下。」　③秋杪　卽杪秋，深秋也。　④重厓　厓同崖。　⑤題紅杳杳　用唐僖宗宮女韓氏題詩紅葉，自御溝流出，爲于祐所得，終成良媒事。以喻故國淪亡，雖欲借紅葉題詩問訊故國亦不可得，故曰杳杳。　⑥啼螿　卽寒蟬。秋蟬鳴聲幽抑悲切。柳永雨霖鈴詞：「寒蟬淒切。」　⑦只應　猶言只是。

【評箋】

況周頤云：此較近蒼淡之作。（蕙風詞話）

張炎

【傳略】

張炎（一二四八——一三二〇）字叔夏，西秦人，故每自稱「西秦玉田生」也。宋室南渡，其先人隨之南來，遂居臨安（今浙江杭州）。南宋名將循王俊五世孫也。號玉田，又號樂笑翁。工音律，有詞源二卷，爲論詞要籍。山中白雲八卷，鄭思肖序之云：「吾識張循王孫玉田先輩，喜其三十年汗漫南北數千里，一片空狂懷抱，日日化雨爲醉。自仰扳姜堯章、史邦卿、盧蒲江、吳夢窗諸名勝，互相鼓吹春聲于繁華世界，飄飄徵情，節節弄拍，嘲明月以謔樂，賣落花而陪笑，能令後三十年西湖錦繡山水，猶生清響。」又舒岳祥序云：「玉田張君，自社稷變置，凌煙廢墮，落魄縱飲。北游燕、薊，上公車，登承明有日矣。一日，思江南菰米蓴絲，慨然襆被而歸，不入古杭，扁舟浙水東西，爲漫浪游。散囊中百金裝，吳江楚岸，楓丹葦白，一奚童負錦囊自隨。詩有姜堯章深婉之風，詞有周清真雅麗之思，畫有趙子固瀟灑之意，未脫承平公子故態，笑語歌哭，騷姿雅骨，不以夷險變遷也。」於此可略見其生平志趣。傳世山中白雲，有錢塘龔翔麟本、王氏四印齋雙白詞本、許氏榆園叢刻本，朱氏彊邨叢書江昱疏證本。

【集評】

仇遠云：山中白雲詞，意度超玄，律呂協洽，方之古人，當與白石老仙相鼓吹。（山中白雲序）

鄧牧云：美成、白石，逮今膾炙人口。知者謂麗莫如周，賦情或近俚；騷莫若姜，放意或近率。今玉田張君，無二家所短而兼所長。（伯牙琴張叔夏詞序）

凌廷堪云：美成如杜，白石兼王、孟、韋、柳之長，與白石並有中原者，後起之玉田也。白石老仙去後，祇有玉田與之並立。探春慢二詞，工力悉敵，試掩姓氏觀之，不辨孰爲堯章？孰爲叔夏？（詞潔）

樓敬思云：南宋詞人，姜白石外，唯張玉田能以翻筆、側筆取勝，其章法、句法俱超，清虛騷雅，可謂脫盡蹊徑，自成一家。迄今讀集中諸詞，一氣卷舒，不可方物，信乎其爲山中白雲也。（詞林紀事引）

周濟云：玉田，近人所最尊奉。才情詣力，亦不後諸人，終覺積穀作米，把纜放船，無開闊手段；然其清絕處，自不易到。　又：玉田詞佳者，匹敵聖與，往往有似是而非處，不可不知。　又：叔夏所以不及前人處，只在字句上著功夫，不肯換意。若其用意佳者，卽字字珠輝玉映，不可指摘。近人喜學玉田，亦爲修飾字句易，換意難。（介存齋論詞雜著）

劉熙載云：張玉田詞，清遠蘊藉，悽愴纏綿，大段瓣香白石，亦未嘗不轉益多師。卽探芳信之次韻草窗，瑣窗寒之悼碧山，西子妝之悼夢窗可見。　又：評玉田詞者，謂當與白石老仙相鼓吹。玉田作瑣窗寒悼王碧山，序謂：「碧山，其詞閒雅，有姜白石意。」今觀張、王兩家，情韻極爲相似，如玉田高陽臺之「接葉巢鶯，」與碧山高陽臺之「殘萼梅酸，」尤同鼻息。　又：玉田論詞曰：「蓮子

熟時花自落。」予更益以太白詩二句，曰：「清水出芙蓉，天然去雕飾。」（藝概詞概）

四庫全書提要：張炎於宋邦淪覆，年已三十有三，猶及見臨安全盛之日，故所作，往往蒼涼激楚，即景抒情，備寫其身世盛衰之感，非徒以翦紅刻翠爲工。（山中白雲提要）

王國維云：玉田之詞，余得取其詞中一語以評之曰：「玉老田荒」。（人間詞話）

江昱云：詞自白石後，玉田不愧大宗，而用意之密，適肖題分，尤稱極詣。（山中白雲詞疏證）

清平樂

候蛩凄斷①，人語西風岸。月落沙平江似練，望盡蘆花無雁。　暗教愁損蘭成②，可憐夜夜關情。只有一枝梧葉，不知多少秋聲！

【注釋】

①候蛩　蟋蟀也。入秋而鳴聲凄切，亦名蛩秋、寒蛩。李郢宿虛白堂詩：「秋月斜明虛白堂，寒蛩唧唧樹蒼蒼。」郝經秋風賦：「草根蛩吟，喚愁啼血。」　②愁損蘭成　庾信字子山，小字蘭成。小名錄：「庾信幼而俊邁，聰敏絕倫。有天竺僧呼信爲蘭成，因以爲小字。」按：子山有哀江南賦，爲思念鄉關之作。又謂其本集有愁賦一篇，今已失傳。說見本書三四八頁姜白石詠蟋蟀齊天樂一闋注。

【評箋】

許蒿廬云：「只有一枝梧葉」二句，淡語能腴，常語有致，惟玉田爲然。（詞綜偶評）

清平樂

采芳人杳，頓覺游情少。客裏看春多草草①，總被詩愁分了。　去年燕子天涯，今年燕子誰家？三月休聽夜雨，如今不是催花②。

【注釋】

①草草　急遽而疏略也。鄭谷詩：「悠悠干祿利，草草廢漁樵。」　②三月二句　謂暮春三月之夜雨，但摧殘百花，使之凋零，已非初春微雨，可催使花開，故以不聽爲是也。

阮郎歸　有懷北游

鈿車驕馬錦相連①，香塵逐管絃。瞥然飛過水秋千②，清明寒食天③。　花貼貼，柳懸懸，鶯房幾醉眠④？醉中不信有啼鵑，江南二十年。

【注釋】

①鈿車　塗金飾彩之車也。杜牧詩：「繡鞅瓏璁走鈿車。」　②水秋千　蓋指水邊之鞦韆也。　③寒食　荆楚歲時記：「冬至後一百五日謂之寒食，禁火三日。」　④鶯房　謂妓館。

梅子黃時雨　病後別羅江諸友①

流水孤村，愛塵事頓消，來訪深隱。向醉裏誰扶？滿身花影。鷗鷺相看如瘦，近來不是傷春病。嗟流景②，竹外野橋，猶繫煙艇。　誰引，斜川歸興③？便啼鵑縱少，無奈時聽！待棹擊空明④，魚波千頃。彈到琵琶留不住⑤，最愁人是黃昏近。江風緊，一行柳陰吹暝。

【注釋】

①羅江　即今浙江瑞安縣。赤城志：晉太康四年，以羅江屬晉安郡。羅江即羅陽，今溫之瑞安。

②流景　猶言流光。張先天仙子詞：「臨晚鏡，傷流景，往事後期空記省。」李白詩：「逝川與流光，飄忽不相待。」　③斜川歸興　斜川今屬江西星子縣。陶潛遊斜川詩序：「辛丑歲（晉安帝隆安五年）正月五日，天氣澄和，風物閒美，與二三鄰曲，同遊斜川，有愛嘉名，欣對不足，率而賦詩。」

④棹擊空明　空明，謂水中之月光也。蘇軾赤壁賦：「桂棹兮蘭槳，擊空明兮泝流光。」　⑤琵琶留不住　白居易琵琶行：「忽聞水上琵琶聲，主人忘歸客不發。」

【評箋】

吳衡照云：此詞警句：「江風緊，一行柳陰吹暝。」（蓮子居詞話）

西子妝慢

吳夢窗自製此曲，余喜其聲調妍雅，久欲述之而未能。甲午春寓羅江①，與羅景良野游江上②，綠陰芳草，景況離離③，因填此解。惜舊譜零落，不能倚聲而歌也。

白浪搖天，青陰漲地，一片野懷幽意。楊花點點是春心④，替風前、萬花吹淚。遙岑寸碧⑤，有誰識、朝來清氣？自沈吟，甚流光輕擲，繁華如此。　斜陽外，隱約孤村，隔塢閒門閉⑥。漁舟何似莫歸來，想桃源、路通人世⑦。危橋靜倚，千年事、都消一醉。謾依依，愁落鵑聲萬里。

【注釋】

①甲午　即元世祖至元三十一年，時宋亡已十五年矣。羅江，見前梅子黃時雨注。②羅景良　事蹟不詳。③離離　茂盛貌。左思蜀都賦：「布綠葉之萋萋，結朱實之離離。」④楊花點點　蘇軾水龍吟：「細看來不是、楊花點點，是離人淚。」⑤遙岑寸碧　山小而高曰岑；遙岑，猶言遠山。韓愈詩：「遙岑出寸碧。」⑥塢　同隖；堡障之小者，如梅隖，花隖。⑦漁舟以下二句　用晉陶淵明桃花源記文意。

【評箋】

許蒿廬云：「楊花點點是春心，替風前、萬花吹淚。」較坡公「點點是離人淚」，更覺纖新。（詞綜偶評）

陳廷焯云：玉田工於造句，每令人拍案叫絕。如「楊花點點是春心，替風前萬花吹淚。」結云「謾依依，愁落鵑聲萬里。」精警無匹。（白雨齋詞話）

長亭怨慢　舊居有感

望花外、小橋流水，門巷愔愔①，玉簫聲絕②。鶴去臺空，佩環何處弄明月③？十年前事，愁千折、心情頓別。露粉風香誰為主？都成消歇。　淒咽！曉窗分袂處④，同把帶鴛親結。江空歲晚，便忘了、尊前曾說。恨西風、不庇寒蟬，便掃盡、一林殘葉。謝楊柳多情，還有綠陰時節。

【注釋】

①愔愔　深靜貌。柳惲長門怨：「玉壺夜愔愔，應門重且深。」　②玉簫　用向秀事。晉書向秀傳：「秀經山陽舊廬，鄰人有吹笛者，發聲寥亮，秀乃作思舊賦。」　③佩環句　佩環，即佩環玉。婦女之飾物。晏子問黨：「出則有鸞和，動則有佩環。」杜甫詠懷古蹟：「畫圖省識春風面，環佩空歸月夜魂。」　④分袂　袂音昧，衣袖也；分袂，猶言分手，分離也。白居易詩：「分袂二年勞夢寐，並牀三宿話平生。」

【評箋】

鄧廷楨云：西泠詞客，石帚而外首數玉田，論者以爲堪與白石老仙相鼓吹。要其登堂拔幟，又自壁壘一新。蓋白石硬語盤空，時露鋒芒；玉田則返虛入渾，不啻嚼蕊吹香。如長亭怨慢云：「恨西風不庇寒蟬，便掃盡一林黃葉」云云，遺聲赴節，好句如仙。（雙硯齋詞話）

八聲甘州

辛卯歲，沈堯道同余北歸①，各處杭、越。踰歲，堯道來問寂寞，語笑數日，又復別去。賦此曲，並寄趙學舟②。

記玉關、踏雪事清游③，寒氣脆貂裘。傍枯林古道，長河飲馬，此意悠悠。短夢依然江表，老淚灑西州④。一字無題處，落葉都愁。

載取白雲歸去⑤，問誰留楚佩，弄影中洲⑥？折蘆花贈遠，零落一身秋。向尋常、野橋流水，待招來、不是舊沙鷗⑦。空懷感，有斜陽處，卻怕登樓。

【注釋】

①辛卯歲　即元世祖至元二十八年，玉田四十四歲。沈堯道，名欽，字秋江。②趙學舟　名與仁，字元父，宋之宗室。③玉關　即玉門關，在今甘肅省西境。玉田本西秦人，故及此。④淚灑西州　西州，故址在今南京城西。清一統志：「西州城，在上元縣西，晉揚州刺史治所。太元十年，謝安還都，輿病入西州門；安薨後，所知羊曇，行不由西州路；嘗大醉不覺至州門，因慟哭而去。」按：羊曇爲安之甥。⑤載取白雲歸去　陶宏景詩：「山中何所有，嶺上多白雲，只可自怡悅，不堪持贈君。」玉田詞集以山中白雲爲名，蓋取此意。⑥問誰二句　楚辭九歌湘君：「君不行兮夷猶，蹇誰留兮中洲。」、「捐余玦兮江中，遺余佩兮澧浦。」中洲，即水中之洲也。⑦沙鷗　古之隱士，濶跡江湖，如與沙鷗爲友，故每用鷗夢，鷗盟以喻隱居生活。

【評箋】

譚獻云：一氣旋折，作壯詞須識此法。嘤求稼軒，脫胎耆卿，此中消息，願與知音人參之。「一字無題處」二句恢詭，結有不著屠沽之妙。（譚評詞辨）

瑤臺聚八仙　杭友寄聲，以詞答應。

秋月娟娟①，人正遠、魚雁待拂吟箋②。也知遊事，多在第二橋邊③。花底鴛鴦深處影，柳陰淡隔裏湖船④。路緜緜，夢吹舊曲，如此山川！　平生幾兩謝屐⑤，便放歌自得⑥

，直上風煙。峭壁誰家，長嘯竟落松前。十年孤劍萬里，又何似、畦分抱甕泉⑦？中山酒⑧，且醉餐石髓⑨，白眼青天。

【注釋】

①娟娟　美好貌。杜甫詩：「石瀨月娟娟。」　②魚雁　古謂魚雁可以傳書。宋无春別詩：「波流雲散碧天空，魚雁沈沈信不通。」　③第二橋　武林舊事載湖山勝概，西湖蘇堤路，第二橋通赤山麥嶺路，名鎖瀾。　④裏湖　孤山路自斷橋至西泠橋，劃西湖爲二，白堤南曰外湖，北曰裏湖。　⑤幾兩謝屐　幾兩，猶言幾雙也。謝屐，謝靈運游山陟嶺，嘗著木屐，上山則去其前齒，下山則去其後齒，世稱謝公屐。李白詩：「脚著謝公屐，身登青雲端。」　⑥放歌　縱聲而歌也。杜甫詩：「白日放歌須縱酒，青春結伴好還鄉。」　⑦抱甕　莊子天地篇：「子貢南游於楚，反於晉，過漢陰，見一丈人，方將爲園畦，鑿隧而入井，抱甕而出灌，搰搰然用力甚多而見功寡。」蓋喻隱者安於拙陋之行爲。⑧中山酒　仙酒名，產於中山，又名千日酒。搜神記：「狄希，中山人，能造中山酒，飲之千日醉。」⑨石髓　卽石鐘乳。本草集解引陳藏器曰：「石髓生臨海華蓋山石窟，土人采取，澄淘如泥，作丸如彈子，有白有黃。」仙經云：「神山五百年一開，石髓出，服之長生。」

高陽臺　西湖春感

接葉巢鶯①，平波卷絮，斷橋斜日歸船②。能幾番游？看花又是明年。東風且伴薔薇住，到薔薇、春已堪憐。更淒然，萬綠西泠③，一抹荒煙。　當年燕子知何處？但苔深韋曲，草暗斜川④。見說新愁，如今也到鷗邊。無心再續笙歌夢，掩重門、淺醉閒眠。莫開簾！怕見飛花，怕聽啼鵑。

【注釋】

①接葉巢鶯　謂枝葉濃密遮蔽鶯巢也。杜甫詩：「卑枝低結子，接葉暗巢鶯。」　②斷橋　在西湖北岸。方輿勝覽：「西湖在州西，周廻三十里，山川秀發，四時畫舫遨游，歌鼓之聲不絕；好事者嘗命十題，有曰：平湖秋月，蘇隄春晚、斷橋殘雪、……。」　③西泠　橋名，在西湖北岸孤山下，爲裏湖、外湖分界處。　④苔深二句　韋曲在長安城南，唐韋氏世居此，與杜曲同爲都城名勝。斜川在江西星子縣南湖渚中，陶潛有遊斜川詩，見前四二七頁注。

【評箋】

陳廷焯云：玉田「高陽台」，淒涼幽怨，鬱之至，厚之至。與碧山如出一手，樂笑翁集中亦不多覯。（白雨齋詞話）

麥孺博云：亡國之音哀以思。（藝蘅館詞選）

譚獻云：「能幾番」二句，運棹虛渾。「東風」二句，是措注，惟玉田能之，爲他家所無。換頭見章法，玉田云：「最是過變不可斷了曲意」是也。（譚評詞辨）

沈祥龍云：詞貴愈轉愈深。稼軒云：「是他春帶愁來，春歸何處，却不解帶將愁去。」玉田云：「東風且伴薔薇住，到薔薇、春已堪憐。」下句卽從上句轉出，而意更深遠。（論詞隨筆）

水龍吟 白蓮①

仙人掌上芙蓉，涓涓猶滴金盤露②。輕妝照水，纖裳玉立，飄飄似舞。幾度消凝，滿湖煙月，一汀鷗鷺。記小舟夜悄，波明香杳，渾不見、花開處。　應是浣紗人妒③！褪紅裳、被誰輕誤？閒情淡雅，冶姿清潤，憑嬌待語。隔浦相逢，偶然傾蓋④，似傳心素⑤。怕湘皐佩解⑥，綠雲十里，卷西風去⑦。

【注釋】

①白蓮　輿地紀勝東林紀：「謝靈運鑿二池，植紅白蓬花，光華特殊，其白花四方有之，實由茲始。」　②仙人二句　史記武帝本紀：「作柏梁、銅柱、仙人掌之屬。」注云：「仙人以手掌擎盤，承甘露也。」王建詩：「金殿當頭紫閣重，仙人掌上玉芙蓉。」　③浣紗人　浣紗溪在浙江青田長壽峯，相傳謝康樂入此溪，見二女浣紗，嘲曰：「我是謝康樂，一箭射雙鶴；試問浣紗女，箭從何處落。」二女答曰：「我是溪中鯽，暫出溪頭食；食罷又還潭，雲蹤何處覓。」遂不見。見輿地志。又西施嘗浣紗於苧蘿村若耶溪。　④傾蓋　鄒陽獄中上梁王書引諺曰：「有白頭如新，傾蓋如故。」猶言二人若得投緣，雖於交蓋駐車之間，亦一見如同故交也。　⑤心素　心中之情愫也。李白寄遠詩：「空留錦字表心素。」孟郊史意詩：「芙蓉無染汙，將以表心素。」　⑥湘皐佩解　水邊地曰皐。佩解，列仙傳言鄭交甫至漢皐臺下，見二女佩兩珠，交甫與言，願得子之佩，二女解與之。此借喻蓮花凋零。

⑦綠雲二句　綠雲指蓮葉，言秋風一起，十里蓮葉將為吹枯捲落也。

【評箋】

許蒿廬云：「仙人掌上玉芙蓉」，王建宮詞。又「記小舟夜悄，波明香杳，渾不見，花開處」，何減魯望「月曉清風」之句。（詞綜偶評）

月下笛　孤游萬竹山中①，閒門落葉，愁思黯然，因動「黍離」之感②。時寓甬東積翠山舍③。

萬里孤雲，清游漸遠，故人何處？寒窗夢裏，猶記經行舊時路。連昌約略無多柳④，第一是難聽夜雨。謾驚回淒悄，相看燭影，擁衾誰語？　張緒⑤，歸何暮？半零落依依，斷橋鷗鷺。天涯倦旅，此時心事良苦。只愁重灑西州淚⑥，問杜曲人家在否⑦？恐翠袖、正天寒⑧，猶倚梅花那樹。

【注釋】

①萬竹山　在今浙江臨海縣。九峯廻環，道極險隘，嶺上叢薄敷秀，平曠幽窈，自成一村。見赤城志。

②黍離　詩王風篇名，乃周大夫閔周室顛覆、故都宮室盡爲禾黍而作。　③甬東　句章（今浙江慈谿縣）東海口外州也。越王勾踐嘗放吳王夫差於此。見史記吳世家。　④連昌　宮名，唐高宗時置，在今河南宜陽縣西。元稹連昌宮詞：「連昌宮中滿宮竹，歲久無人森似束。」　⑤張緒　南齊吳郡人，字思曼，少有文才，風姿清雅。武帝置蜀柳於靈和殿前，曰：「此柳風流可愛，似張緒當年。」見南史。　⑥灑西州淚　見四二九頁八聲甘州詞注。　⑦杜曲　在今長安城南，爲唐時士女郊遊勝地。杜氏世居於此，故名。　⑧翠袖句　杜甫佳人詩：「天寒翠袖薄，日暮倚修竹。」蘇軾芍藥詩：「倚竹

佳人翠袖長，天寒猶著薄羅裳。」

綺羅香　紅葉

萬里飛霜，千山落木，寒艷不招春妒。楓冷吳江①，獨客又吟愁句。正船艤②、流水孤村③，似花繞、斜陽芳樹。甚荒溝、一片凄涼，載情不去載愁去④。　長安誰問倦旅？羞見衰顏借酒⑤，飄零如許！漫倚新妝，不入洛陽花譜⑥。為迴風⑦、起舞樽前，盡化作、斷霞千縷⑧。記陰陰，綠遍江南，夜窗聽暗雨。

【注釋】

①楓冷吳江　崔明信詩：「楓落吳江冷。」吳江，今江蘇吳淞江也。②艤　船靠岸也。③流水孤村　皇甫松大隱賦：「夢去而雲遮絕洞，樵歸而水遶孤村。」④甚荒溝二句　暗用紅葉題情事。說見二〇〇頁周邦彥六醜詞注。⑤衰顏借酒　辛德源詩：「衰顏借酒紅。」喻垂老顏衰也。⑥洛陽花譜　洛陽牡丹記一卷，宋歐陽修撰。洛陽花木記一卷，宋周敍撰。⑦迴風　旋風也。楚辭九章：「悲迴風之搖蕙兮。」⑧斷霞　梁簡文帝舞賦：「似斷霞之照彩，若飛鸞之相及。」范成大詩：「海氣烘雲入斷霞，半空雲影界山斜。」

【評箋】

許蒿廬云：「甚荒溝、一片凄涼」二句，用事無迹。後段彈丸脫手，不足喻其圓美也。「羞見衰顏借酒」二句，比擬最切。「謾倚新妝」二句，香山詩：「醉貌如紅葉，雖紅不是春。」（詞綜偶評）

南浦　春水

波暖綠粼粼，燕飛來、好是蘇堤纔曉①。魚沒浪痕圓，流紅去、翻笑東風難掃。荒橋斷浦，柳陰撐出扁舟小。回首池塘青欲徧，絕似夢中芳草②。　和雲流出空山，甚年年淨洗，花香不了。新淥乍生時，孤村路、猶憶那回曾到。餘情渺渺，茂林觴詠如今悄③。前度劉郎歸去後④，溪上碧桃多少？

【注釋】

①蘇堤　宋元祐間，蘇軾請浚西湖，以所積葑草築爲長堤，起南屏山，北接岳王墳前，橫亘數里，號蘇公堤。夾道種柳，煙水空濛，風景絕勝，故「蘇堤春曉」爲西湖十景之一。堤有橋六，所謂六橋是也。②回首池塘二句　南朝謝靈運，嘗夢見其族弟惠連而得「池塘生春草」句，大以爲工，玉田蓋化用之也。③茂林觴詠　用晉王羲之蘭亭修禊觴詠事。蘭亭集序：「此地有崇山峻嶺，茂林修竹。」④前度劉郎　用劉晨、阮肇入天台遇仙事。見三九二頁注①。唐劉禹錫詩：「種桃道士歸何處，前度劉郎今又來。」

【評箋】

鄧牧云：玉田春水一詞，絕唱千古，人以「張春水」目之。（伯牙琴）

周密云：張炎詞如「荒橋斷浦，柳陰撐出扁舟小。」賦春水入畫。（評絕妙好詞選）

陳廷焯云：此詞深情綿邈，意餘於言，自是佳作。（白雨齋詞話）

解連環 孤雁

楚江空晚，悵離羣萬里，怳然驚散。自顧影、欲下寒塘，正沙淨草枯，水平天遠。寫不成書，只寄得相思一點。料因循誤了，殘氈擁雪①，故人心眼。　誰憐旅愁荏苒？謾長門夜悄②，錦箏彈怨。想伴侶、猶宿蘆花，也曾念春前，去程應轉。暮雨相呼③，怕驀地、玉關重見④。未羞他、雙燕歸來，畫簾半卷。

【注釋】

①殘氈擁雪　用蘇武使匈奴事。漢書蘇武傳：「幽武，置大窖中，絕不飲食。天雨雪，武臥，齧雪與氈毛並咽之，數日不死。」　②長門　漢武帝陳皇后失寵，退居長門宮，愁悶悲思；乃奉黃金百斤，得司馬相如爲作長門賦，以悟主上，因復得幸。事見漢書司馬相如傳。杜牧早雁詩：「仙掌月明孤影過，長門燈暗數聲來。」　③暮雨相呼　崔塗孤雁詩：「暮雨相呼失，寒塘欲下遲。」　④玉關　即玉門關，在今甘肅省敦煌縣西，陽關在其東南。二者並爲古時通西域之要道。後漢書班超傳：「臣不敢望到酒泉郡，但願生入玉門關。」

【評箋】

繼昌云：「寫不成書，只寄得相思一點。」沈崑詞：「奈一繩雁影，斜飛點點，又成心字。」周星譽詞：「無賴是秋鴻，但寫人人，不寫人何處」。四詞詠雁字，名目巧思，皆不落恒蹊。（左庵詞話）

周密云：白石詠孤雁云：「自顧影欲下寒塘，正沙淨草枯，水平天遠，寫不成書，只寄相思一點。」

如此等詞，雖丹青難畫矣。（草窗絕妙好詞選）

譚獻云：起是側入，而氣傷於僄；「寫不成書」二句，若檇李之有指痕；「想伴侶」二句，清空如話；「暮雨」二句，若浪花之圓蹴，頗近自然。（譚評詞辨）

孔行素云：錢唐張叔夏，嘗賦孤雁詞，有「寫不成書，只寄得相思一點」，人皆稱之曰「張孤雁」。（江昱疏證本引至正直記）

蔣捷

【傳略】

蔣捷，字勝欲，陽羨（今江蘇宜興）人。宋恭帝德祐年間（一云度宗咸淳十年，一二七四）進士。宋亡，隱居竹山，學者稱竹山先生，以詞名世。元成宗大德中，有屢薦於當路，終不肯出。捷生卒年不詳，若以登進士推之，約當生於宋理宗淳祐初，卒於元成宗大德以後，年六十餘。有竹山詞一卷行世，見汲古閣宋六十名家詞本，吳氏雙照樓景宋元明詞本，朱氏彊村叢書本，朱本晚出較佳。

【集評】

毛晉云：竹山詞，語語纖巧，字字妍倩。（竹山詞跋）

沈雄云：其詞章之刻入纖豔，非游戲餘力爲之者，乃有時故作狡獪耳。（古今詞話）

劉熙載云：蔣竹山詞，未極流動自然，然洗鍊縝密，語多創獲，其志視梅溪較貞，其思視夢窗較清。

劉文房爲五言長城，竹山其亦長短句之長城歟？（藝概詞概）

四庫總目提要：捷詞鍊字精深，調音諧暢，爲倚聲家之榘矱。（竹山詞提要）

周濟云：竹山薄有才情，未窺雅操。（介存齋論詞雜著） 又云：竹山有俗骨，然思力沈透處可以起儒。（宋四家詞選序論）

霜天曉角

人影窗紗，是誰來折花？折則從他折去，知折去，向誰家？　檐牙枝最佳①，折時高折些！說與折花人道：須插向，鬢邊斜②。

【注釋】

①檐牙枝　檐同簷；謂屋簷邊之花枝也。　②鬢邊　耳邊髮角下垂處。白居易早春詩：「春銷不得處，唯有鬢邊霜。」

虞美人

少年聽雨歌樓上，紅燭昏羅帳。壯年聽雨客舟中，江闊雲低斷雁叫西風①。　而今聽雨僧廬下，鬢已星星也②。悲歡離合總無情③，一任階前點滴到天明。

【注釋】

①斷雁　失羣孤雁。薛道衡出塞曲：「寒夜哀笳曲，霜天斷雁聲。」　②星星　喻細而白也。謝靈運詩：「戚戚感物嘆，星星白髮垂。」　③無情　王闓運湘綺樓詞選：「情亦作憑，憑較勝。」

一翦梅　舟過吳江①

一片春愁待酒澆，江上舟搖，樓上帘招。秋娘渡與泰娘橋②，風又飄飄，雨又蕭蕭。

何日歸家洗客袍？銀字笙調③，心字香燒④。流光容易把人拋，紅了櫻桃，綠了芭蕉。

【注釋】

①吳江　今江蘇吳江縣，在蘇州之南，太湖東岸。　②秋娘渡泰娘橋　有作「秋娘容與泰娘嬌」，或作「秋娘度與泰娘嬌」者，疑誤。按：吳江有秋娘渡、泰娘橋二地。竹山詞行香子：「過窈娘隄、秋娘渡、泰娘橋。」可證也。　③銀字笙　唐書禮樂志：倍四本屬清樂，形類雅音，有銀字之名；中管之格，皆前代應律之器也。按古今詞話云：「銀字製笙，以銀作字，飾其音節。銀字笙調，蔣捷句也；銀字吹笙，毛滂句也。」據此，則昔所謂銀字管，銀字觱栗等，蓋用此義也。　④心字香　范成大驂鸞錄：「番禺人作心字香，用素茉莉未開者，著淨器，薄劈沈香，層層相間封，日一易，不待花蔫，花過香成。」楊慎詞品則云：「所謂心字香者，以香末縈篆成心字也。」

聲聲慢　秋聲

黃花深巷，紅葉低窗，淒涼一片秋聲。豆雨聲來①，中間夾帶風聲。疎疎二十五點，麗譙門②、不鎖更聲。故人遠，問誰搖玉珮，簷底鈴聲。

彩角聲吹月墮，漸連營馬動，四起笳聲③。閃爍鄰燈，燈前尚有砧聲④。知他訴愁到曉，碎噥噥、多少蛩聲⑤。訴未了，把一半分與雁聲。

【注釋】

①豆雨　謂雨點急下大如灑豆也。　②譙門　城門上有樓可眺望者。　③笳　古軍中樂器，胡人或捲蘆葉爲之。　④砧　擣衣石。　⑤噥噥　多言而聲細貌。蛩，蟋蟀，爲秋鳴之蟲。詩經豳風七月：「七月在野，八月在宇，九月在戶，十月，蟋蟀入我床下。」

永遇樂　綠陰

清逼池亭，潤侵山閣，雲氣凝聚。未有蟬前，已無蝶後，花事隨流水。西園支徑①，今朝重到，半凝醉笻吟袂②。除非是、鶯身瘦小，暗中引雛穿去③。　梅簷滴溜，風來吹斷，放得斜陽一縷。玉子敲棋④，香綃落剪，聲度深幾許？層層離恨，淒迷如此，點破漫煩輕絮。應難認、爭春舊館，倚紅杏處⑤。

【注釋】

①西園　三國魏鄴都有西園，爲游樂勝地。曹丕每於月夜在此會集文士。曹植公讌詩：「清夜遊西園，飛蓋相追隨。」　②笻　竹名，可作杖，故杖亦稱笻。　③雛　凡鳥子生而能自啄食者之謂。說文：雛，雞子也。段注：引申之爲凡鳥子細小之稱。　④敲棋　卽著棋。司馬光詩：「閒敲棋子落燈花。」　⑤爭春二句　揚州事蹟：「揚州太守圃中有杏花數十畷，每至爛開，張大宴，一株令一倡倚其傍，立館曰爭春。」黃庭堅次韻答馬中玉詩：「爭春梅柳無三月，對雪樽罍屬二天。」

女冠子　元夕

蕙花香也，雪晴池館如畫。春風飛到，寶釵樓上①，一片笙簫，琉璃光射②。而今燈謾挂，不是暗塵明月，那時元夜。況年來、心嬾意怯，羞與蛾兒爭耍③。　江城人悄初更打，問繁華誰解，再向天公借。剔殘紅灺④，但夢裏隱隱，鈿車羅帕⑤。吳箋銀粉砑⑥，待把舊家風景，寫成閒話。笑綠鬟鄰女，綺窗猶唱，夕陽西下⑦。

【注釋】

①寶釵樓　泛指歌樓舞榭。②琉璃　卽琉璃燈也；以五色琉璃製成。③蛾兒　一作鬧蛾。薑齋文集：「以烏金紙翦爲蛺蝶，朱粉點染，以小銅絲纏綴針上，旁施柏葉迎春，元日遊冶者插之巾帽。宋柳永詞所謂鬧蛾兒也，亦謂之鬧嚷嚷。」④灺　音舵，同炧，燒殘之燭灰也。⑤鈿車　以金花爲飾之車。杜牧詩：「繡鞅瓏璁走鈿車。」⑥吳箋銀粉砑　吳箋，吳地名產箋紙也，亦稱蘇箋。銀粉砑，卽有光澤之銀粉紙。砑，光潔貌。⑦夕陽西下　南渡初，康與之寶鼎現詞詠元夕風物，起云：「夕陽西下，暮靄紅隘，香風羅綺。」此闋當時傳唱，故云。

【評箋】

陳廷焯云：極力渲染。「而今」二字忽然一轉，有水逝雲卷，風馳電掣之妙。（白雨齋詞話）

賀新郎　吳江

浪湧孤亭起①，是當年、蓬萊頂上②，海風飄墜。帝遣江神長守護，八柱蛟龍纏尾③，鬥吐出、寒煙寒雨。昨夜鯨翻坤軸動④，捲雕翬⑤、擲向虛空裏。但留得，絳虹住。五湖有客扁舟艤⑥，怕羣仙、重游到此，翠旌難駐⑦。手拍闌干呼白鷺，為我殷勤寄語。奈鷺也、驚飛沙渚。星月一天雲萬壑，覽茫茫、宇宙知何處？鼓雙檝，浩歌去！

【注釋】

①孤亭　指垂虹亭。亭在吳江縣東垂虹橋上，橋亭皆北宋時所建。　②蓬萊　即蓬萊山，相傳爲古海上三神山之一，見史記封禪書。　③八柱蛟龍纏尾　謂八根亭柱之上鏤畫之蛟龍纏繞也。　④鯨　謂鯨波，巨浪也。坤軸，即地軸。　⑤雕翬　言鏤畫之飛簷也。按：翬，本雉鳥五彩之名，借以喻簷阿之勢如翬之奮飛也。詩經斯干：「如翬斯飛。」　⑥艤　船靠岸也。　⑦翠旌　以翠羽爲旌旗之飾也，本爲帝王之旗號，此借指羣仙。

賀新郎　懷舊

夢冷黃金屋，歎秦箏、斜鴻陣裏①，素絃塵撲！化作嬌鸞飛歸去，猶認紗窗舊綠。正過雨、荊桃如菽②。此恨難平君知否？似瓊臺、湧起彈棋局③。消瘦影，嫌明燭。　鴛樓碎瀉東西玉④。問芳蹤、何時再展？翠釵難卜。待把宮眉橫雲樣，描上生綃畫幅。怕不是、新來妝束。綵扇紅牙今都在⑤，恨無人、解聽開元曲⑥！空掩袖，倚寒竹⑦。

【注釋】

①秦箏　箏爲十三絃樂器，本秦產。風俗通：「箏，秦聲也，形如瑟。」斜鴻陣，謂箏上雁柱斜列如

雁陣也。 ②荊桃　卽櫻桃，見爾雅。 ③彈棋局　彈棋，古之博戲。後漢書梁冀傳引藝經：「彈棋，兩人對局，白黑棋子各六枚，先列棋相當，更先彈也；其局以石爲之。」按：彈棋，漢武帝時已有之；唐之彈棋，另有其制，今併失傳。 ④東西玉　黃庭堅詩：「佳人斗南北，美酒玉東西。」自注云：酒器也。 ⑤綵扇紅牙　謂綵繡之扇，紅色牙板也。爲歌舞所用。 ⑥開元曲　謂盛唐歌曲。

⑦倚寒竹　杜甫佳人詩：「天寒翠袖薄，日暮倚修竹。」

【評箋】

陳廷焯云：處處飛舞，如奇峯怪石，非平常蹊徑也。（白雨齋詞話）

譚復堂云：瑰麗處，鮮妍自在，然詞藻太密。（譚評詞辨）

附錄一・萬樹詞律發凡

嘯餘譜分類爲題，意欲別於草堂諸刻，然題字參差，有難取義者，強爲分列，多至乖違。如踏莎行、御街行、望遠行，此行步之行，豈可入歌行之內？而長相思尤爲不倫，醉公子、七娘子等是人物，豈可與他子字爲類？通用題與三字題，有何分別？惜分飛、紗窗恨，又不入人事。思憶之數天香，入聲色，不入二字題。白苧入二字，不入聲色題。柳梢青入三字，而小桃紅又入聲色。玉連環不入珍寶，若此甚多，分列俱不確當，故列調自應從舊，以字少居前，字多居後，既有曩規，亦便檢閱。

自草堂有小令、中調、長調之目，後人因之，但亦約略云爾。詞綜所云，以臆見分之，後遂相沿，殊屬牽率者也。錢唐毛氏云：「五十八字以內爲小令，五十九字至九十字爲中調，九十一字以外爲長調：古人定例也。」愚謂此亦就草堂所分而拘執之；所謂定例，有何所據？若少一字爲短，多一字爲長，必無是理。如七娘子有五十八字者有六十字者，將名之曰小令乎？抑中調乎？如雪獅兒有八十九字者，有九十二字者，將名之曰中調乎？抑長調乎？故本譜但敍字數，不分小令中長之名。

舊譜之最無義理者，是第一體第二體等排次，既不論作者之先後，又不拘字數之多寡，強作雁行，若不可踰越者，而所分之體，乖謬殊甚，尤不足取。因向來詞無善譜，俱以之爲高曾典型，學者每作一調，卽自注其下云：第幾體，夫某調則某調矣，何必表其爲第幾？自唐及五代、十國、宋、金、元，時遠人多，誰爲之考其等第而確不可移乎？更有繼嘯餘而作者，逸其全刻，撮其注語，尤爲糊突。若近日圖譜，如歸自謠，止有第二，而無第一。山花子、鶴沖天，有一無二。賀聖朝，有一三，無二。女冠子，有一二四五，而無三。臨江仙，有一四五六七，而無二三。至如酒泉子，以五列六後，又八體四十四字，九、十、十一、十二體，皆四十三字，故以八居十二之後。夫既以八體之字較多，則當改正爲十二，而以九升爲八，十升爲九矣。乃因舊定次序，不敢超越，故論字則以弟先兄，論行則少不踰長，得毋兩相背謬乎？此俱遵嘯餘而忘其爲無理者也。本譜但以調之字少者居前，後亦以字數列書又一體。又一體作者擇用何體，但名某調，又何行輩之注耶？但圖譜止敍字數，故同是一調，散分嵌列於諸調之間，殊覺割裂，今照舊彙之，以便簡尋。至沈天羽駁嘯餘云：一調分爲數體，體緣何殊？花間諸詞未有定體，何以派入譜中？愚謂此語謬矣！同是一調，字有多少，則調有短長，卽爲分體，若不分，何以爲譜。觀沈所刻或注前段多幾字，少幾字，或注後段多幾字，少幾字，是本知此體與他體異矣。又或云據譜應作幾字，則知調體不同矣。何又以爲體不宜分耶？花間詞雖語句參差，亦各有所據，豈無規格而亂塡者，何云不可派入體中耶？字之平仄尚不可相混，況於通篇大段體裁耶？未有定體一語，爲淆亂詞格之本，大謬無理甚矣。故第一第二必不可次序，而體則不可不分。

詞有調同名異者，如木蘭花與玉樓春之類，唐人卽有此異名。至宋則多取詞中字名篇，如賀新郎名乳燕飛水龍吟名小樓連苑之類。張宗瑞綺澤新語，一帙皆然。然其題下自注，寓本調之名也。後人厭常喜新，更換轉多，至龐雜朦混，不可體認。所貴作譜者合而酌之，標其正名，削其巧飾，乃可遵守。而今傳譜，有二失焉：嘯餘則不知而誤複收；如望江南外又收夢江南，蝶戀花外又收一籮金，金人捧露盤外又收上西平之類，不可枚舉。甚至有一調收至四五者。更如大江東之誤作大江乘，燕春臺燕臺春顚倒一字而兩體，共載一詞，訛謬極矣。圖譜旣襲舊傳之誤，而又狥時尙之偏，遂有明知是某調而故改新名者。如擣練子改深院月，卜算子改百尺樓，生查子改美少年之類，尤多不可枚舉。至若臨江仙，不依舊列第三體，而改作庭院深深，復注云：「卽臨江仙三體，」是明知而故改也。又如喜遷鶯，因韋莊詞語又名鶴沖天，而後人並長調之喜遷鶯亦曰鶴沖天矣。中興樂因牛希濟詞語又名溼羅衣，而後人並字少之中興樂亦名溼羅衣，圖例且倒作羅衣溼矣。總因好尙新奇，矜多炫博，遇一殊名，亟收入帙。如升菴以念奴嬌爲賽天香，六醜爲箇儂，圖譜皆複收之，而卽以楊詞爲式。蓋其序所云「宋調不可得，則取之唐及元明」是也。夫唐宋旣不可得，是古無此調，則亦已矣，何必欲載之耶？且念奴嬌極爲眼前熟調，而讀賽天香竟不辨耶？箇儂卽用六醜美成原韻，而兩調連刻，亦竟未辨耶？有志古學者，切不可貪署新呼，故鐫舊號，徒貽大方之誚也。至於自昔傳訛，若高陽臺卽慶春澤，望梅卽解連環之類，相沿已久，莫爲釐正。有大段相同，而一二字稍異者。如探芳新於探春，過秦樓于惜餘春之類。又如紅情、綠意，其名甚佳，而再四玩味，卽暗香、疏影也。此等皆舊所未辨者。或曰：「石帚賦湘月詞，自注：『卽念奴嬌隔指聲，』則體同名異，或亦各有其故，子何槩欲比而同之？」余曰：「于今宮調失傳，作者但依腔填句，卽如湘月有石帚之注，今亦不必另收。蓋人欲填湘月，卽仍是填念奴嬌，無庸立此名也。又如晁無咎消息一調，注云：『自過腔，卽越調永遇樂』是雖換宮調，卽可換名，而今人不知其理耳。況其他異名，皆作者巧立，或後人摘字，又與湘月、消息不同。聲音之道必不終湮，有知音者出，能考定宮調而曹分部署之，方可明辨其理於天下後世，此則余生平所憾於周柳諸公，無詳示之遺書，而時時望天下之生子期公瑾也。」

詞有調異名同者，其辨有二：一則如長相思西江月之類，篇之長短迴異，而名則相同。故卽以相比載于一處。他若甘州後之附甘州子、甘州徧，木蘭花後之附減字偷聲，亦俱以類相從，蓋彙爲一區，可以披卷瞭然，而無重名誤認，前後翻檢之勞也。一則如相見歡、錦堂春，俱別名烏夜啼，浪淘沙、謝池春，俱別名賣花聲之類，則皆各仍正名而刪去雷同者，俾歸畫一。又如新雁過妝樓別名八寶妝；而另有八寶妝正調；菩薩蠻別名子夜歌，而另有子夜歌正調；一絡索別名上林春，而別有上林春正調；眉嫵別名百宜嬌，而另有百宜嬌正調；繡帶子別名好女兒，而另有好女兒正調之類，則另列其正調。于前調兼名者，注明此，不在前項附載「又一體」之例。蓋又一體者（長相思等），其體雖殊，而無他名可別，故令之兼名者，（新雁過妝樓等）其本調自可名，不得占彼調之名，故判之。

又如憶故人之化爲燭影搖紅，雖先後懸殊，而源流有本，故必相從列於一處，然不得以燭影新名而廢其原題也。又如江月晃重山、江城梅花引之類二調合成者，則以附於前半所用西江月、江城子之後。至於四犯翦梅花。則犯者四調，而所犯第一調之解連環，便與本調不合，頗爲可疑，故另列於九十四字之次，而不隨各調。以上數項，皆另爲一例。

分調之誤，舊譜頗多；其最異者，如醜奴兒近一調，稼軒本是全詞，後因失去半闋，乃以集中相聯之洞仙歌全闋誤補其後，遂謂另有此醜奴兒長調。注云一百四十六字九韻，反云辛詞是換韻，極爲可笑。圖譜等書皆仍其謬，今爲駁正。圖譜又載揉碎花箋一調，注云六十三字七韻，乃本是祝英臺而落去後起三句十四字耳。其他參差處，不可枚舉，皆於各調後注明。

分段之誤不全因作譜之人，蓋自抄刻傳訛，久而相襲；但既欲作譜，宜加裁定耳。如虞山毛氏刻諸家詞，詞綜稱其有功於詞家，固已；但未及精訂，如片玉詞有方千里可證，而不取一校對，間有附識，亦皆弗確。然毛氏非以作譜，不可深加非議；若圖譜照舊抄謄，實多草率，則責備有所難辭矣。各家惟柳詞最爲舛錯，而分段處往往以換頭句贅屬前尾。茲俱考證辨晰，總以斷歸於理爲主，如笛家以後起二字句連合前段，致前尾失去一叶韻字，且連上作八字讀，而作者遂分爲兩四字句矣，豈不誤哉！長亭怨慢亦然。今俱裁正，若詞隱三臺一調，從來分作兩段，愚獨斷爲三疊，如此類則大改舊觀，於體製不無微益，識者自有明鑑。

分句之誤，更僕難宣；既未審本文之理路語氣，又不校本調之前後長短，又不取他家對證，隨讀隨分，任意斷句；更或因字訛而不覺；或因脫落而不疑，不惟律調全乖，兼致文理大謬。坡公水龍吟：「細看來不是，楊花點點，是離人淚；」原於「是」字「點」字作句，昧昧者讀一七、兩三，因疑兩體；且有照此塡之者，極爲可笑。升菴謂淮海「念多情，但有當時皓月，照人依舊；」以詞調拍眼言，當以「但有當時」作一拍，「皓月照」作一拍，「人依舊」作一拍，蓋欲強同於前尾之三字二句也；其說乖謬，若竟未讀他篇者，正詞綜所云：「升菴強作解事，與樂章未諳」者也。沈天羽謂「太拘拘，此是誤處；」豈得謂之拘拘而已！乃今時詞流，尙有守楊說者；吾不知詞調、拍眼，今已無傳，升菴何從考定乎？時流又謂：「斷句皆有定數，詞人語意所到，時有參差；如瑞鶴仙第四句『冰輪桂花滿溢』爲句。」此論更奇。「滿」字是叶韻，自有此調，此句皆五字，豈伯可作六字乎？如此讀詞論詞，眞爲怪絕！今遇此等，俱加駁正，雖深獲罪於前譜，實欲辨示於將來，不知顧避之嫌，甘蹈穿鑿之謗。

詞中惟五言七言句最易淆亂。七言有上四下三，如唐詩一句者，若鷓鴣天「小窗秋黛、淡愁山，」玉樓春「棹沈雲去、情千里」之類，有上三下四句者，若唐多令「燕辭歸、客尚淹留」，爪茉莉「金風動、冷清清地」之類，易於誤認。諸家所選明詞，往往失調，故今於上四下三者不注，其上三下四者皆注豆字於第三字旁，使人易曉無誤。整句爲句，半句爲讀——讀音豆，故借書豆字。其外有六字語氣折下者，亦用豆字注之。五言有上二下三如詩句者，若一絡索「暑氣昏池館」，錦堂春「腸斷欲棲鴉」之類。有一字領句而下則四字者，如桂華明「遇廣寒宮女」，燕歸梁「記一笑千金」之類，尤易誤塡，而字旁又不便注豆，此則多辨於注中，作者須依類推之。蓋嘗見時賢，有於齊天樂尾，用「遇廣寒宮女」句法者，因總是五字句，不留心而率塡之，不惟上一下四不合，而廣字仄，宮字平，遂誤同好事近尾矣。又四字句，有中二字相連者，如水龍吟尾句之類與上下各二者不同；此亦表於注中，向因圖譜槩注幾字句，無所分辨，作者不覺，因而致誤。至沈選天仙子，後起用上四下三，解語花後尾用上二下三等，將以爲人模範而可載此失調之句乎？然沈氏全與此事茫然；觀其自作，多打油語。至如賀新郎前結，用「星逢五」之平平仄，後結用「夜未午」之三仄，真足絕倒。而他人之是非，又烏能辨察耶？

自沈吳興分四聲以來，凡用韻樂府，無不調平仄者。至唐律以後，浸淫而爲詞，尤以諧聲爲主。倘平仄失調，則不可入調，周柳万俟等之製腔造譜，皆按宮調，故協於歌喉，播諸絃管，以迄白石夢窗輩，各有所刱，未有不悉音理，而可造格律者。今雖音理失傳，而詞格具在，學者但宜依仿舊作，字字恪遵，庶不失其中矩矱。舊譜不知此理，將古詞逐字臆斷，平謂可仄，仄謂可平，夫一調之中，豈無數字可以互用？然必無通篇皆隨意通融之理。譜見略有拗處，卽改順適，五七言句必成詩語，並於萬萬不可移動者，亦一例注改，如摸魚兒、賀新郎、綺羅香，尾三字欲改作平平仄；蘭陵王尾六字，欲改入平聲之類，無調不加妄注，有一首而改其半者，有一句而全改者，於其原詞，判然相反，尙得爲本調乎？學者不肯將古詞對塡，而但將譜字爲據，信譜而不信詞，猶之信傳而不信經也。今所注可平可仄，皆取此調之他作較證，有通用者，然後注之，或無他作，而本調前後段相合者，則亦注之，否則不敢以私意擅爲議改。或曰：改拗爲順，取其諧耳順口，君何必如此拘執？余曰：苟取順便，則何必用譜？何必用舊名乎？故不作詞則已，旣欲作詞，必無杜撰之理。如美成造腔，其拗處乃其順處，所用平仄，豈慢然爲之耶？倘是慢然爲之者，何其第二首亦復如前，豈亦皆慢然爲之至再至三耶？方千里係美成同時，所和四聲無一字異者，豈方亦慢然爲之耶？後復有吳夢窗所作，亦無一字異者，豈吳亦慢然爲之耶？更歷觀諸名家，莫不繩尺森然者，其一二有所改變，或係另體，或係傳訛，或係敗筆，亦當取而折衷，歸於至當，烏可每首俱爲竄易乎？本譜因遵古之意甚嚴，救弊之心頗切，故於時行之譜，痛加糾駁，言則不無過直，義則竊謂至公，幸覽者平心以酌之。其或見聞未廣，褒彈有錯，則望加以批削，垂爲模範。總之，前賢著譜之心，與今日訂譜之心，皆欲紹述古音，啓示來學，同此至公大雅之一道，非有所私而創爲曲說，以忞譏詠也。諒之！諒之！

平仄固有定律矣；然平止一途，仄兼上去入三種，不可遇仄而以三聲概填。蓋調之中可概者十之六七，不可概者十之三四，須斟酌而後下字，方得無疵；此其故，當於口中熟吟，自得其理。夫一調有一調之風度聲響，若上去互易，則調不振起，便成落腔。尾句尤爲吃緊，如永遇樂之「尙能飯否，」瑞鶴仙之「又成瘦損，」「尙」「又」必仄，「能」「成」必平，「飯」「瘦」必去，「否」「損」必上；如此然後發調，末二字用平上，或平去，或去去，上上，上去，皆爲不合。元人周德清論曲，有煞句定格；夢窗論詞，亦云某調有何音煞；雖其言未詳，而其理可悟。余嘗見有作南曲者，於千秋歲第十二句五字語，用去聲住句，使歌者激起，打不下三板。因知上去之分，判若黑白，其不可假借處，關係一調，不得草草。古名詞之妙，全在於此。若總置不顧，而任便填之，則作詞有何難處，而必推知音者哉！且照古詞填，亦非甚苦難；但熟吟之，久則口吻間自有此調聲響。其拗字必格格不相入，而意中亦不想及此不入調之字矣。譬之南曲，極熟爛如黃鶯兒中兩四字句，用平平仄平，作者口中意中，必無仄仄平平矣；安用費心耶?所謂上去亦然。蓋上聲舒徐和軟，其腔低；去聲激厲勁遠，其腔高；配用之，方能抑揚有致。大抵兩上兩去，在所當避，而篇中所載古人用字之法，務宜仿而從之，則自能應節；即起周郎聽之，亦當蒙許可也。更有一要訣，曰：「名詞轉折跌蕩處，多用去聲，」何也？三聲之中，上入二者可以作平，去則獨異。故余嘗竊謂論聲雖以一平對三仄，論歌則當以去對平上入也。當用去者，非去則激不起，用入且不可，斷斷勿用平上也。

或曰：「入聲派入三聲，吾聞之中原韻務頭矣，上之作平，何居？」余曰：「中州韻不有『者』『也』作平乎？上之為音，輕柔而退遜，故近於平。今言詞則難信，姑以曲喻之。北曲清江引末一字，可平亦可上，如西廂之『下場頭，那答兒發付我？』『我』字上聲；香美娘『處分破花木瓜』，『瓜』字平聲；天下樂『汎浮查到日月邊』『邊』字平聲；『安排着憔悴死，』『死』字上聲；如此等甚多用上皆可代平，却用不得去聲字，但試於口吻間諷誦，自覺上聲之和協，而去聲之突兀也。今旁注平之可仄者，因不便瑣細，止注可仄，高明之家，自能審酌用之。至有本宜平聲而古詞偶用上者，似近於拗，此乃借以代平，無害於腔，故注中多為疏明。如何籀宴清都前結，用『那更天遠、山遠、水遠、人遠；』書舟亦效之，用四『好』字；蓋『遠』『好』皆上聲，故可代平。其句字本宜如美成所作『庾信愁多，江淹恨極須賦』，『多』字『淹』字宜用平聲，此以二『遠』字代之，塡入去聲不得。圖譜讀作上六下四，認『遠』字仄聲，總注可仄，是使人上去隨用，差極矣。此類尤夥，不能徧引，閱者著眼。」

入之派入三聲，爲曲言之也。然詞曲一理。今詞中之作平者，比比而是，比上作平者更多，難以條舉，者不可因其用入是仄聲而塡作上去也。且有以入叶上者，不可用去；以入叶去者，不可用上，亦須知之。以上三項，皆確然可據，故諄復言之，不厭婆舌，勿云穿鑿可也。

舊譜於可平可仄，俱逐字分注，分句處亦然。詞章既遭割裂之病，覽觀亦有斷續之嫌。近日圖譜踵張世文之法。平用白圈，仄用黑圈，可通者則變其下半，一望茫茫，引人入暗。且有讐校不精細處，應白而黑，應黑而白者，信譜者守之，尤易迷惑。又有平用□，仄用|，可平可仄用[|]。選聲謂其淆亂，止於可平可仄用□於字旁，而韻、句、叶，仍注行中。愚謂亦晦而未明，何如明白書之爲快也。蓋往者多取簡便，不知欲以此曉示於人；何妨多列幾字。圖譜云：「方界文旁者，總求簡約。以省刻資耳；」此雖譏誚，亦或有然。然論其模糊，圈之與竪，亦猶魯衞。本譜則以小字明注於旁，在右者爲韻，爲叶，爲換，爲疊，爲句，爲豆；在左者，爲可平，爲可仄，爲作平，爲某聲。（有字音誤讀者，故爲注之，如旋字凝字之類。）句不破碎，聲可照塡，開卷朗然，不致龐雜。其又一體句法，與本體同者槪不複注其平仄。有句法長短者，則單注明此句，而他句不注。吳江沈氏曲譜，例用|卜ム入乍，今則全字書之，惟讀字借用豆。又以曲譜字字皆注，未免太繁。反爲眩目，愚謂可通用者當注，不可通者原不必注，且專標則字朗，不致徒費眼光。

更韻之體，唐詞爲多，有換至五六者，舊譜雖注更韻，而模糊不明。如酒泉子，顧敻詞：「黛怨紅羞，掩映畫堂春欲暮，殘花微雨隔青樓，思悠悠。芳菲時節看將度，寂寞共人還欲語，畫羅襦香粉汙，不勝愁。」是樓、悠、愁叶首句羞字，度、語、汙叶次句暮字，自當於暮字下注更韻。而後注叶平叶仄矣。乃將首次兩句俱注韻字，其下俱注叶字，豈不模糊。今本譜於首韻注韻字，更韻則注或換平、或換仄，第三更則注三換平、或三換仄，四五皆然，其後叶韻句，若通篇是平仄兩韻，則注叶平叶仄，有交錯者，則注叶首平，或注首仄，叶二平、或叶二仄，三四五亦然。若平韻起，而更韻亦平者，下注叶首平二平。正韻與更韻皆仄者，下注叶首仄二仄。其有平仄通用，如西江月等，則注換仄叶。哨偏等，則注換平叶，如此庶一覽可悉，無模糊之病矣。

凡調用平仄通叶者頗多，如西江月、換巢鸞鳳、少年心，俱顯而易見，人多知之。其外如洪皓江城梅花引，以蕊里叶誰飛。夢窗醜奴兒慢，以清明叶影。友古亦以華家叶畫亞。山谷鼓笛令，以婆囉叶我過，撼庭竹以你叶梅飛。金谷蜨戀花，以期伊叶計意；又惜奴嬌以家叶霸價。壽域漁家傲，以遠怨叶天娟；又兩同心以遞計叶依飛。耆卿宣清以噤枕叶森；又曲玉管以秋洲叶久偶；又戚氏以限絆叶天軒。東坡亦以漢淺叶山仙。逃禪二郎神以都叶雨堵。玉田渡江雲，以處叶初鉏。美成千里亦以下叶沙家。君衡絳都春，以嬾遠叶寒閒。竹山畫錦堂，以上叶陽傷。美成亦以厭叶檐尖。竹山大聖樂，以歌和叶破伯可，亦以多波叶過。美成四園竹，以裏紙叶扉知。千里和詞亦同。東坡哨徧，以扉飛叶累是。稼軒亦以之知叶水裏。友古飛雪滿羣山，以裏字叶時衣。宋裴穆護砂，以枯腴叶苦雨。如此等調，向來譜家皆未究心，致多失注，使本調缺韻，今俱細訂詳注。

詞上承於詩，下沿爲曲，雖源流相紹，而界域判然。如菩薩蠻、憶秦娥、憶江南、長相思等，本是唐人之詩，而風氣一開，遂有長短句之別。故以此數闋爲詞之鼻祖，不必言已。若清平調、小秦王、竹枝、柳枝等，竟無異於七言絕句，與菩薩蠻等不同。如專論詞體，自當捨而弗錄；故諸家詞集，不載此等調，而花菴艸堂等選，亦不收也。蓋等而上之，如樂府諸作，爲長短句者頗多，何可勝收乎？後人則以此等調爲詞嚆矢，遂取入譜，今已盛傳，不便裁去。又唐人送白樂天，席上指物爲賦，一字起至七字止，後人名爲一七令，用以入詞，殊屬牽強，故不錄。若夫曲譜，更不可援以入詞，本譜因詞而設。不敢旁及也。或曰：「子以元人而置之，則八犯玉交枝、穆護砂等，亦間收金元矣；以曲調而置之，則擣練子等亦已通於詞曲矣；以爲三聲並叶而置之，則西江月等亦多矣，何又於此致嚴耶？」余曰：「西江月等，宋詞也；玉交枝等，元詞也；擣練子等，曲因乎詞者也；均非曲也。若元人之後庭花、乾荷葉、小桃紅（卽平湖樂）、天淨沙、醉高歌等。俱爲曲調，與詞聲響不侔。倘欲采取，則元人小令最多，收之無盡矣。況北曲自有譜在，豈可闌入詞譜，以相混乎？若詞綜所云：『仿升菴萬選例，故采之；』蓋選句不妨廣擷，訂譜則未便旁羅耳。」

能深明詞理，方可製腔。若明人則於律呂無所授受，其所自度，竊恐未能協律。故如王太倉之怨朱絃、小諾皋，揚新都之落燈風、疑殘紅、悞佳期等，今俱不收。至近日顧梁汾所犯踏莎美人，非不諧婉，亦不敢收，蓋意在尊古輟新焉耳。又如湯臨川之添字昭君怨，古無其體，時譜亟收之。愚謂昔日千金小姐之語，止可在傳奇用，豈可列諸詞中？又如徐山陰之鵲踏花翻，亦無可考，皆在所刪，勿訝其不備也。情史載東都柳富別王幼玉作詞，名醉高春，詞云：「人間最苦，最苦是分離。伊愛我，我憐伊。青草岸頭人獨立，畫船歸去櫓聲遲。楚天低。回望處、兩依依。後會也知俱有願，未知何日是佳期。心下事，亂如絲。好天良夜還虛過，辜負我，兩心知。願伊家，衷腸在，一雙飛。」詞係雙調，但情史不載柳富何代人，毛氏云：其詞有盛宋風味，然不確，不敢收入，此類亦正不少耳。至於搜羅博極，近日詞綜一書可云詳矣，而錫鬯猶以漏萬爲慮，茲更限於見聞，未能廣考，其遺漏訛錯，尤爲萬萬，尚期從容續訂，惟冀高雅，惠教德音，幸甚！幸甚！

詞之用韻，較寬於詩，而「真」「侵」互施，「先」「鹽」並叶，雖古有然，終屬不妥，沈氏去矜所輯，可爲當行，近日俱遵用之，無煩更變。今將嗣此有三韻合編之刻，故茲不具論云。

附錄二・詞牌平仄譜舉例 共五十譜（凡平聲作一，仄聲作丨，平可仄作丅，仄可平作丄）

憶江南・白居易

一丅丨 丄丨丨一一 丄丨丅一一丨丨 丅一丄丨丨一一 丄丨丨一一
江南好句風景舊曾諳韻日出山花紅勝火句春來江水綠如藍叶能不憶江南叶

憶王孫・李甲

丅一丄丨丨一一 丄丨一一丄丨一 丄丨一一丄丨一 丨一一 丄丨一一丄丨一
萋萋芳草憶王孫韻柳外樓高空斷魂叶杜宇聲聲不忍聞叶欲黃昏叶雨打梨花深閉門叶

調笑令・韋應物

一丨 一丨 丨丄丅一丄丨 丅一丄丨丅一 丄丨丅丨丨一 一丨 一丨 丄丨丅一丄丨
胡馬韻胡馬疊句遠放燕支山下叶跑沙跑雪獨嘶換平東望西望路迷叶平迷路三換仄迷路疊句邊草無窮日暮叶三仄

如夢令・李存勖

丅丨丄一丅丨 丅丨丄一丅丨 丄丨丨一一 丅丨丄一丅丨 丅丨 丅丨 丅丨丄一丅丨
曾宴桃源深洞韻一曲舞鸞歌鳳叶長記別伊時句和淚出門相送叶如夢叶如夢疊句殘月落花煙重叶

長相思・白居易

⊥⊥— ⊥⊥— ⊥|——⊥|— ⊤—⊥|—
汴水流韻泗水流疊韻流到瓜州古渡頭叶吳山點點愁叶
⊥⊥— ⊥⊥— ⊥|——⊥|—
思悠悠叶恨悠悠疊韻恨到歸時方始休叶
⊤—⊥|—
月明人倚樓叶

相見歡・李煜

⊤—⊥|—— |—— ⊥| ⊤—⊥||——
林花謝了春紅韻太匆匆叶無奈豆朝來寒雨晚來風叶
⊤⊤| ⊤⊤| |—— ⊥|
胭脂淚換仄相留醉叶仄幾時重叶平自是豆
⊤——||——
人生長恨水長東叶平（本調三、七兩句，亦可在第四或第六字處作豆。）

昭君怨・万俟詠

⊥|⊤—⊥| ⊥|⊤—⊥| ⊥||—— |——
春到南樓雪盡韻驚動燈期花信叶小雨一番寒換平倚闌干叶平
⊥|⊤—⊥| ⊥|⊤—⊥
莫把闌干頻倚三換仄一望幾重煙
| ⊥||—— |——
水叶三仄何處是京華四換平暮雲遮叶四平

生查子・牛希濟

⊤——|— ⊤|——| ⊤||—— ⊥|——|
春山煙欲收句天淡稀星小韻殘月臉邊明句別淚臨清曉叶
|⊥— ——⊥| ⊥|——| ⊥|
語已多句情未了叶回首猶重道叶記得
|—— ⊥|——|
綠羅裙句處處憐芳草叶

點絳唇・李清照

┴|—— ┬—┴|——| ┬——| ┴|——|
寂寞深閨句柔腸一寸愁千縷韻惜春春去叶幾點催花雨叶
——| ┴|——|
天衰草叶望斷歸來路叶

┴|┬— ┴|——| ——| ┬
倚遍闌干句祇是無情緒叶人何處叶連

浣溪紗・晏殊

┴|┬—┴|— ┬—┴||—— ┬—┴||——
一曲新詞酒一杯韻去年天氣舊池臺叶夕陽西下幾時回叶
┬—┴||——
小園香徑獨徘徊叶

┴|┬——|| ┬—┴||——
無可奈何花落去句似曾相識燕歸來叶

菩薩蠻・李白

┬—┴||—| ┬—┴|——| ┴||—— ┬—┬|—
平林漠漠煙如織韻寒山一帶傷心碧叶暝色入高樓換平有人樓上愁叶平
┬—| ┴||—— ┬—┴|—
歸飛急叶三仄何處是歸程四換平長亭連短亭叶四平

┬——|| ┴|
玉階空佇立三換仄宿鳥

采桑子・歐陽修

┬—┴|——| ┴|—— ┴|—— ┴|——┴|—
羣芳過後西湖好句狼藉春紅韻飛絮濛濛叶垂柳闌干盡日風叶
|—— ┴|——┴|—
下簾櫳叶雙燕歸來細雨中叶

┬—┴|——| ┴|—— ┴
笙歌散後遊人去句始覺春空叶垂

卜算子・蘇軾

⊥||—— ⊥|——| ⊥|——||— ⊥|——|
缺月挂疎桐句漏斷人初靜韻時見幽人獨往來句縹緲孤鴻影叶
⊥||—— ⊥|——| ⊥|
驚起却回頭句有恨無人省叶揀盡
——||— ⊥|——|
寒枝不肯棲句寂寞沙洲冷叶

訴衷情・歐陽修

T—⊥||—— ⊥||—— T—⊥|—| T|| |——
清晨簾幕卷輕霜韻呵手試梅粧叶都緣自有離恨句故畫作豆遠山長叶
—|| |—— |——
思往事句惜流光叶易成傷
|——| ||—— ⊥|——
叶未歌先斂句欲笑還顰句最斷人腸叶

謁金門・馮延巳

—⊥| ⊥|T—⊥| ⊥|T——|| T——||
風乍起韻吹皺一池春水叶閑引鴛鴦芳徑裏叶手挼紅杏蕊叶
⊥|T—⊥| ⊥|T—⊥| ⊥
鬥鴨闌干獨倚叶碧玉搔頭斜墜叶終
|T——|| T——||
日望君君不至叶舉頭聞鵲喜叶

好事近・朱敦儒

⊥||—— ⊥|T—⊥| ⊥|T——| |T—⊥|
搖首出紅塵句醒醉更無時節韻生計綠蓑青笠句慣披霜衝雪叶
T—⊥||—— ⊥|T—|
晚來風定釣絲閒句上下是新月叶
⊥|T—⊥| |T—⊥|
千里水天一色句看孤鴻明滅叶

憶秦娥・李白

一丅｜　丅一丄｜一一｜　一一｜　丅一丄｜　｜一一｜
簫聲咽韻秦娥夢斷秦樓月叶秦樓月疊三字年年柳色句灞陵傷別叶
丅一丄｜一一｜　丅一丄｜
樂遊原上清秋節叶咸陽古道
一一｜　一一｜　丅一丄｜　｜一一｜
音塵絕叶音塵絕疊三字西風殘照句漢家陵闕叶

更漏子・溫庭筠

｜一一　一｜｜　丄｜丅一丄｜　一｜｜　｜一一　丅一丄｜一
玉爐香句紅蠟淚韻偏照畫堂秋思叶眉翠薄句鬢雲殘換平夜長衾枕寒叶平
一丅｜　丅一｜
梧桐樹三換仄三更雨
丄｜丅一丄｜　丄｜｜　｜一一　丅一丄｜一
叶三仄不道離愁正苦叶三仄一葉葉句一聲聲四換平空階滴到明叶四平

清平樂・黃庭堅

丅一丄｜　丄｜丅一｜　丄｜丅一一｜｜　丄｜丅一丅｜
春歸何處韻寂寞無行路叶若有人知春去處叶喚取歸來同住叶
丅一丄｜丅一　丅一丄｜丅一
春無蹤跡誰知換平除非問取黃鸝
丄｜丅一丄｜　丅一丄｜丅一
叶平百囀無人能解句因風飛過薔薇叶平

阮郎歸・晏幾道

丅一丄｜｜一一　丅一丄｜一　丅一丄｜｜一一　丅一丄｜一
天邊金掌露成霜韻雲隨雁字長叶綠杯紅袖趁重陽叶人情似故鄉叶
一｜｜　｜一一　丅一丄｜
蘭佩紫句菊簪黃叶殷勤理舊
一　丅一丄｜｜一一　丅一丄｜一
狂叶欲將沈醉換悲涼叶清歌莫斷腸叶

攤破浣溪沙・李璟

⊥|T—⊥|— T—⊥||—— ⊥|T—|⊥| |——
菡萏香銷翠葉殘韻西風愁起綠波間叶還與容光共憔悴句不堪看叶
|—— ⊥|T—⊥|| |——
玉笙寒叶多少淚珠何限恨句倚闌干叶

⊥|T——|| T—⊥|
細雨夢回雞塞遠句小樓吹徹

武陵春・李清照

⊥|T——|| ⊥||—— ⊥|T—⊥|— ⊥||——
風住塵香花已盡句日晚倦梳頭韻物是人非事事休叶欲語淚先流叶
— ⊥|T—⊥|— T⊥| |——
舟叶只恐雙溪舴艋舟叶載不動豆許多愁叶

⊥|T——|| ⊥||—
聞說雙溪春尙好句也擬泛輕

荷葉杯・韋莊

⊥|T——| —| ⊥||—— T——||—— ⊥||——
絕代佳人難得韻傾國叶花下見無期換平一雙愁黛遠山眉叶平不忍更思惟叶平
—| ⊥||—— T——||—— T||—
換仄殘夢叶三仄羅幙畫堂空四換平碧天無路信難通叶四平惆悵舊房櫳叶四平

⊥|T——|
閒掩翠屏金鳳三

西江月・辛棄疾

⊥|T—⊥| T—⊥|—— T—⊥||—— ⊥|T—⊥|
萬事雲烟忽過句百年蒲柳先衰韻而今何事最相宜叶宜醉宜遊宜睡換仄叶
⊥|T— T—⊥||—— ⊥|T—⊥|
出入收支叶平乃翁依舊管些兒叶平管竹管山管水換仄叶（本調同部平仄互叶）

⊥|T—⊥| T—
早趁催科了納句更量

醉花陰・李清照

⊥|⊤——|| ⊥|⊤—| ⊥||—— ⊥|⊤— ⊥|⊤—| ⊤—⊥|⊤—| |
薄霧濃雲愁永晝韻瑞腦銷金獸叶佳節又重陽句寶枕紗幮豆昨夜涼初透叶 東籬把酒黃昏後叶有

|——| ⊥||—— ⊥|⊤— ⊥|⊤—|
暗香盈袖叶莫道不消魂句簾卷西風豆人比黃花瘦叶

浪淘沙・李煜

⊥||—— ⊥|—— ⊤—⊥||—— ⊥|⊤——|| ⊥|—— ⊥||—— ⊥|
簾外雨潺潺韻春意闌珊叶羅衾不耐五更寒叶夢裏不知身是客句一晌貪歡叶 獨自莫凭欄叶無限

—— ⊤—⊥||—— ⊥|⊤——|| ⊥|——
江山叶別時容易見時難叶流水落花春去也句天上人間叶

鷓鴣天・晏幾道

⊥|⊤—⊥|— ⊤—⊥||—— ⊤—⊥|⊤—| ⊥|⊤—⊥|— —|| |——
彩袖殷勤捧玉鍾韻當年拚卻醉顏紅叶舞低楊柳樓心月句歌盡桃花扇底風叶 從別後句憶相逢叶

⊤—⊥||—— ⊤—⊥|——| ⊥|⊤—⊥|—
幾回魂夢與君同叶今宵賸把銀釭照句猶恐相逢是夢中叶

虞美人・李煜

⊤—⊥|——| ⊥|——| ⊤—⊥||—— ⊥|⊤—⊥||—— ⊤—⊥|——|
春花秋月何時了韻往事知多少叶小樓昨夜又東風換平故國不堪回首月明中叶平雕欄玉砌應猶在三

⊥|——| ⊤—⊥||—— ⊥|⊤—⊥||——
換仄只是朱顏改叶三仄問君能有幾多愁四換平恰似一江春水向東流叶四平

玉樓春・宋祁

⊤一⊥｜一一｜ ⊥｜⊤一一｜｜ ⊤一⊥｜｜一一 ⊥｜⊤一一｜｜　⊤一⊥｜一一｜
東城漸覺風光好韻縠皺波紋迎客棹叶綠楊煙外曉寒輕句紅杏枝頭春意鬧叶　浮生長恨歡娛少叶
⊥｜⊤一一｜｜ ⊤一⊥｜｜一一 ⊥｜⊤一一｜｜
肯愛千金輕一笑叶爲君持酒勸斜陽句且向花間留晚照叶

踏莎行・晏殊

⊥｜⊤一 ⊤一⊥｜ ⊤一⊥｜一一｜ ⊤一⊥｜｜一一 ⊤一⊥｜一一｜　⊥｜⊤一 ⊤
小徑紅稀句芳郊綠遍韻高臺樹色陰陰見叶春風不解禁楊花句濛濛亂撲行人面叶　翠葉藏鶯句珠
一⊥｜ ⊤一⊥｜一一｜ ⊤一⊥｜｜一一 ⊤一⊥｜一一｜
簾隔燕叶鑪香靜逐遊絲轉叶一場愁夢酒醒時句斜陽卻照深深院叶（末第二句醒字作平）

蝶戀花・馮延巳

⊥｜⊤一一｜｜ ⊥｜一一 ⊥｜一一｜ ⊥｜⊤一一｜｜ ⊤一⊥｜一一｜　⊥｜⊤一一
誰道閒情拋棄久韻每到春來句惆悵還依舊叶日日花前常病酒叶不辭鏡裏朱顏瘦叶　河畔青蕪堤
｜｜ ⊥｜一一 ⊥｜一一｜ ⊥｜⊤一一｜｜ ⊤一⊥｜一一｜
上柳叶爲問新愁句何事年年有叶獨立小橋風滿袖叶平林新月人歸後叶

臨江仙・晏幾道

⊥｜⊤一一｜ ⊤一⊥｜一一 ⊤一⊥｜｜一一 ⊤一一｜｜ ⊥｜｜一一　⊥｜｜一一｜
夢後樓臺高鎖句酒醒簾幕低垂韻去年春恨卻來時叶落花人獨立句微雨燕雙飛叶　記得小蘋初見
⊤一⊥｜一一 ⊤一⊥｜｜一一 ⊤一一｜｜ ⊥｜｜一一
句兩重心字羅衣叶琵琶絃上說相思叶當時明月在句曾照綵雲歸叶（第二句醒字作平）

一翦梅・蔣捷

⊥|T一⊥|一 ⊥|一一 ⊥|一一 T一⊥||一一 ⊥|一一 ⊥|一一 ⊥|T一

一片春愁待酒澆韻江上舟搖叶樓上帘招叶秋娘渡與泰娘橋叶風又飄飄叶雨又蕭蕭叶何日歸家

⊥|一 ⊥|一一 ⊥|一一 T一⊥||一一 ⊥|一一 ⊥|一一

洗客袍叶銀字笙調叶心字香燒叶流光容易把人拋叶紅了櫻桃叶綠了芭蕉叶

蘇幕遮・范仲淹

|一一 一|| ⊥|一一 ⊥|一一| ⊥|T一一|| ⊥|一一 ⊥|一一| |一

碧雲天句黃葉地韻秋色連波句波上寒煙翠叶山映斜陽天接水叶芳草無情句更在斜陽外叶黯鄉

一 一|| ⊥|一一 ⊥|一一| ⊥|T一一|| ⊥|一一 ⊥|一一|

魂句追旅思叶夜夜除非句好夢留人睡叶明月樓高休獨倚叶酒入愁腸句化作相思淚叶

青玉案・賀鑄

T一⊥|一一| |⊥|一一| ⊥|T一一|| ⊥一一| ⊥一一| ⊥|一一|

凌波不過橫塘路韻但目送豆芳塵去叶錦瑟年華誰與度叶月橋花院句瑣窗朱戶叶惟有春知處叶

T一⊥|一一| ⊥|T一|一| ⊥|T一一|| ⊥一一| ⊥一一| ⊥|一一|

碧雲冉冉蘅皋暮叶綵筆空題斷腸句叶試問閒愁都幾許叶一川煙草句滿城風絮叶梅子黃時雨叶

天仙子・張先

⊥|T一一|| ⊥|T一一|| T一⊥||一一 一⊥| 一T| ⊥|T一一||

水調數聲持酒聽韻午醉醒來愁未醒叶送春春去幾時回句臨晚鏡叶傷流景叶往事後期空記省叶

⊥|T一一|| ⊥|T一一|| T一⊥||一一 一⊥| 一T| ⊥|T一一||

沙上並禽池上瞑叶雲破月來花弄影叶重重翠幕密遮燈句風不定叶人初靜叶明日落紅應滿徑叶

風入松・吳文英

聽風聽雨過清明韻愁草瘗花銘叶樓前綠暗分携路句一絲柳豆一寸柔情叶料峭春寒中酒句交加曉夢啼鶯叶　西園日日掃林亭叶依舊賞新晴叶黃蜂頻撲秋千索句有當時豆纖手香凝叶惆悵雙鴛不到句幽階一夜苔生叶

祝英臺近・辛棄疾

寶釵分句桃葉渡韻烟柳暗南浦叶怕上層樓句十日九風雨叶斷腸片片飛紅句都無人管句倩誰喚豆流鶯聲住叶　鬢邊覷叶試把花卜歸期句纔簪又重數叶羅帳燈昏句哽咽夢中語叶是他春帶愁來句春歸何處叶却不解豆帶將愁去叶（試把花卜四字，忌四仄連用。春歸何處句可不叶。）

御街行・范仲淹

紛紛墮葉飄香砌韻夜寂靜豆寒聲碎叶真珠簾捲玉樓空句天淡銀河垂地叶年年今夜句月華如練句長是人千里叶　愁腸已斷無由醉叶酒未到豆先成淚叶殘燈明滅枕頭欹句諳盡孤眠滋味叶都來此事句眉間心上句無計相迴避叶

洞仙歌・蘇軾

丅一丄丨　丄一一丄丨　丄丨丅一丨一丨　丨丅一　丄丨丅丨一一　一丄丨　丄丨丅一丄丨
冰肌玉骨句自清涼無汗韵水殿風來暗香滿叶繡簾開豆一點明月窺人句人未寢句欹枕釵橫鬢亂叶

丅一一丨丨　丄丨丅一　丄丨丅一丨一丨　丄丨丨一一　丄丨丅一　一丄丨　丅一丄丨　丨丄
起來攜素手句庭戶無聲句時見疏星渡河漢叶試問夜如何句夜已三更句金波淡豆玉繩低轉叶但屈

丨　丅一丨一一　丄丨丨　一一丅一丄丨
指豆西風幾時來句又不道句流年暗中偷換叶

滿江紅・周邦彥

丄丨丅一　丄丄丨　丅一丄丨　丄丄丨　丅一丄丨　丅一丄丨　丄丨丅一一丨丨　丅一丄丨一一
晝日移陰句攬衣起豆春帷睡足韻臨寶鑑豆綠雲撩亂句未忺妝束叶蝶粉蜂黃都退了句枕痕一線紅生

丨　丨丅一　丄丨丨一一　一一丨　一丄丨　一丄丨　丄丄丨　一一丨　丨丄一一丨　丅一
玉叶背畫欄豆脈脈悄無言句尋棋局叶重會面句猶未卜叶無限事句縈心曲叶想秦箏依舊句尚鳴

一丨　丄丨丅一一丨丨　丅一丄丨一一丨　丨丅一　丄丨丨一一　一一丨
金屋叶芳草連天迷遠望句寶香熏被成孤宿叶最苦是豆胡蝶滿園飛句無心撲叶

水調歌頭・蘇軾

丄丨丨一丨　丄丨丨一一　丅一丄丨一丨　丄丨丨一一　丄丨丅一丅丨　丄丨丅一丄丨　丄丨丨
明月幾時有句把酒問青天韻不知天上宮闕句今夕是何年叶我欲乘風歸去句又恐瓊樓玉宇句高處不

一一　丄丨丅一丨　丄丨丨一一　丨丄丄　丅丅丨　丨一一　丄一丄丨　丅丨丄丨丨一一
勝寒叶起舞弄清影句何似在人間叶轉朱閣句低綺戶句照無眠叶不應有恨句何事常向別時圓叶

丄丨丅一丅丨　丄丨丅一丄丨　丄丨丨一一　丄丨丅一丨　丄丨丨一一
人有悲歡離合句月有陰晴圓缺句此事古難全叶但願人長久句千里共嬋娟叶

滿庭芳・秦觀

┴｜┬—　┬—┬｜　┬┴┬｜——　┬—┴｜　┴｜｜——　┴｜┬—┴｜　┬┬｜　┴｜—
山抹微雲句天粘衰草句畫角聲斷譙門韻暫停征棹句聊共飲離尊叶多少蓬萊舊事句空回首豆煙靄紛

—　—┬｜　┬—┴｜　┴｜｜——　——　—｜｜　┬—┴｜　┴｜——　｜┬｜┴—
紛叶斜陽外句寒鴉數點句流水繞孤村叶　銷魂叶當此際句香囊暗解句羅帶輕分叶謾贏得青樓句

┴｜——　┴｜┬—┴｜　┬┬｜　┴｜——　——｜　——｜｜　┴｜｜——
薄倖名存叶此去何時見也句襟袖上豆空惹啼痕叶傷情處句高城望斷句燈火已黃昏叶

八聲甘州・柳永

｜——┴｜｜——　┴—｜——　｜┬—┴｜　┬—┴｜　┴｜——　┴｜┬—┴｜　┴｜｜—
對瀟瀟暮雨灑江天句一番洗清秋韻漸霜風淒緊句關河冷落句殘照當樓叶是處紅衰翠減句苒苒物華

—　┴｜┬—｜　┴｜——　┴｜┬—┴｜　｜┬—┴｜　┴｜——　｜┬—┴｜　┴｜｜
休叶惟有長江水句無語東流叶　不忍登高臨遠句望故鄉渺邈句歸思難收叶嘆年來蹤跡句何事苦

——　｜┬—　┬—┴｜　｜┬—　┴｜｜——　—┴｜　┬—┴｜　┴｜——
淹留叶想佳人豆妝樓顒望句誤幾回豆天際識歸舟叶爭知我豆倚闌干處句正恁凝愁叶

念奴嬌・辛棄疾

┴—┬｜　┴—┬　┴｜———｜　┴｜———｜｜　┴｜┬——｜　┴｜——　┬—┴｜　┴
野塘花落句又匆匆豆過了清明時節韻剗地東風欺客夢句一枕雲屏寒怯叶曲岸持觴句垂楊繫馬句此

｜——｜　┬—┬｜　｜——｜—｜　—｜｜｜——　——┬｜　—｜——｜　┴｜———
地曾輕別叶樓空人去句舊遊飛燕能說叶　聞道綺陌東頭句行人曾見句簾低纖纖月叶舊恨春江流

｜｜　┬｜———｜　┴｜——　┬—┬｜　┴｜——｜　┴——｜　｜——｜—｜
不盡句新恨雲山千疊叶料得明朝句尊前重見句鏡裏花難折叶也應驚問句近來多少華髮叶

高陽臺・張炎

接葉巢鶯句平波卷絮句斷橋斜日歸船韻能幾番游句看花又是明年叶東風且伴薔薇住句到薔薇豆春已堪憐叶更淒然句萬綠西泠句一抹荒煙叶　當年燕子知何處句但苔深韋曲句草暗斜川叶見說新愁句如今也到鷗邊叶無心再續笙歌夢句掩重門豆淺醉閒眠叶莫開簾句怕見飛花句怕聽啼鵑叶

齊天樂・姜夔

庾郎先自吟愁賦韵淒淒更聞私語叶露濕銅鋪句苔侵石井句都是曾聽伊處叶哀音似訴叶正思婦無眠句起尋機杼叶曲曲屏山豆夜深獨自甚情緒叶　西窗又吹暗雨叶爲誰頻斷續句相和砧杵叶候館吟秋句離宮弔月句別有傷心無數叶豳詩漫與叶笑籬落呼燈句世間兒女叶寫入琴絲豆一聲聲更苦叶

（上片末句獨字，可入可平，不宜用上去。）

沁園春・陸游

孤鶴歸來句再過遼天句換盡舊人韵念纍纍枯塚句茫茫夢境句王侯螻蟻句畢竟成塵叶載酒園林句尋花巷陌句當日何曾輕負春叶流年改句嘆圍腰帶剩句點鬢霜新叶　交親叶散落如雲叶又豈料而今餘此身叶幸眼明身健句茶甘飯軟句非惟我老句更有人貧叶躲盡危機句消殘壯志句短艇湖中閒采蓴

——｜　｜┬—⊥｜　⊥｜┬—
叶吾何恨句有漁翁共醉句溪友爲鄰叶

摸魚兒・晁補之

｜┬—　┬—⊥｜　┬—⊥｜—｜　┬—⊥｜┬—｜　⊥｜┬—⊥｜　—⊥｜　⊥｜｜　┬—⊥
買陂塘豆旋栽楊柳句依稀淮岸湘浦韻東皋嘉雨新痕漲句沙嘴鷺來鷗聚叶堪愛處叶最好是豆一川夜
⊥｜—｜　┬—⊥｜　⊥｜｜——　┬—⊥｜　⊥｜｜—｜　——｜　⊥｜┬—⊥｜　┬—
月光流渚叶無人獨舞叶任翠幄張天句柔茵藉地句酒盡未能去叶　青綾被句休憶金閨故步叶儒冠
⊥｜—｜　┬—⊥｜┬—｜　⊥｜┬—⊥｜　—⊥｜　┬⊥｜　┬—⊥｜┬—｜　┬—⊥｜　⊥
曾把身誤叶弓刀千騎成何事句荒了邵平瓜圃叶君試覷叶滿青鏡豆星星鬢影今如許叶功名浪語叶便
｜｜——　┬—⊥｜　⊥｜｜—｜
似得班超句封侯萬里句歸計恐遲暮叶

賀新涼・蘇軾

⊥｜┬—｜　｜┬—　┬—⊥｜　┬—⊥｜　⊥｜┬——⊥｜　⊥｜┬—⊥｜　⊥｜｜　┬—⊥
乳燕飛華屋韻悄無人豆槐陰轉午句晚涼新浴叶手弄生綃白團扇句扇手一時似玉叶漸困倚豆孤眠清
｜　⊥｜┬——⊥｜　｜┬—　⊥｜┬—｜　⊥｜｜　┬—｜　┬—⊥｜┬—｜　｜——｜
熟叶簾外誰來推繡戶句枉教人豆夢斷瑤臺曲叶又卻是句風敲竹叶　石榴半吐紅巾蹙叶待浮花浪
｜—｜　┬—⊥｜　⊥｜┬—｜⊥｜　⊥｜┬—⊥｜　⊥｜｜　┬—⊥｜　⊥｜┬——⊥｜　—
蕊都盡句伴君幽獨叶穠艷一枝細看取句芳意千重似束叶又恐被豆秋風驚綠叶若待得君來向此句花
—｜｜—｜｜　⊥｜｜　┬—｜
前對酒不忍觸叶共粉淚句兩簌簌叶（第四句白字作平，末句上簌字亦作平。下片第二句亦可作｜⊥—┬—⊥｜。）

附錄三・戈載「詞林正韻」常用字節錄

第一部

平聲：一東、二冬、三鍾通用

【東】東通蝀恫同童僮侗瞳銅峒桐筒烔衕籠櫳聾嚨朧瓏龐蓬篷蒙幪濛朦矇懵怱聰葱驄叢洪蚣紅鴻虹訌烘空倥控公工功攻釭翁嗡豐風楓瘋馮瞢嵩崧充終戎絨崇中衷忠忡盅蟲沖隆癃窿融肜雄熊弓躬宮穹芎窮

【冬】冬彤鼕農儂膿鬆宗棕琮淙鬃

【鍾】鍾鐘松舂衝憧慵茸鏦縱蹤松從丰蜂鋒烽峯封逢縫傭重龍醲濃穠容庸鎔鏞榕蓉溶墉跫恭龔供共匈胷凶詾洶邕雝雍禺喁蛩邛筇

上聲：一董、二腫通用

【董】董懂侗桶恫動峒籠攏俸懵總偬孔汞蓊

【腫】腫種踵冗竦悚慫聳捧冢寵隴壠甬勇踊蛹湧洶詾恐拱珙鞏擁拱壅

去聲：一送、二宋、三用通用

【送】送糉偬凍洞峒慟恫弄哄閧控空貢贛甕夢幪曹諷鳳眾中仲棟痛

【宋】宋綜統譼嗵湩

【用】用俸縫縱頌誦從種踵重恐供共雍灉壅拱

第二部

平聲：四江、十陽、十一唐通用

【江】江扛釭腔梆降缸邦龐尨雙窗鏦淙樁幢撞瀧洚

【陽】陽暘煬揚徉佯洋颺楊羊芳妨方坊肪枋房魴防亡忘望襄緗驤相廂箱湘鑲鏘將槍蹌嗆將漿蔣蟄詳祥庠翔牆檣戕嬙薔商觴湯昌倡閶猖章彰璋樟漳麞常裳嘗徜償穰攘霜孀創瘡愴莊妝裝牀張漲倀瞠長腸場良量糧粱梁涼凉娘香薌鄉羌薑韁姜僵韁強央鞅鴦泱秧怏王惶徨匡筐眶狂

【唐】唐堂塘棠螳當璫鐺湯鏜郎廊踉浪琅榔狼囊幫彭滂雱磅旁傍芒茫甿邙桑喪倉蒼滄臧牂贓藏穅康慷岡剛鋼綱亢昂航杭行桁吭頏汪荒慌肓光黃皇遑徨惶璜簧篁煌隍潢凰蝗鶓

上聲：三講、三十六養、三十七蕩通用

【講】講港項棒蚌

【養】養癢象像橡獎蔣槳兩怏強仰搶愴想掌爽敞廠響嚮享饗襁丈杖仗昶壤攘賞仿紡罔網惘倣枉往怳謊長上

【蕩】蕩盪黨讜帑儻倘惝朗曩榜莽蟒顙嗓蒼髒吭慷盎晃幌愰慌恍廣

去聲：四絳、四十一漾、四十二宕通用

【絳】絳洚降巷戇幢撞

【漾】漾樣恙養颺訪放妄忘望相醬將匠餉向曏唱障嶂瘴尙上讓壯裝創愴狀帳脹漲悵暢仗長杖諒亮喨量兩釀鄉旺王況貺誑

【宕】宕碭儻盪蕩當擋浪謗傍喪葬藏臟吭行桁亢抗伉炕盎曠壙桄

第三部

平聲：五支、六脂、七之、八微、十二齊、十五灰通用

【支】支枝肢巵只氏吱施弛吹炊差嵯衰匙垂陲兒斯廝雌貲訾髭疵隨知摛痴馳池離鸝麗褵罹籬醨璃驪羸披帔陂皮疲糜醿蘼卑俾陴埤彌瀰移蛇迤祇岐歧伎墮窺規羈奇畸犧羲曦攲崎奇騎漪猗椅

宜儀涯崖爲麾撝虧隗逶委萎危碑

【脂】脂祗砥隹錐尸鳲蓍師篩獅衰榱鴟推誰蕤綏私綏雖咨資齎姿粢茨瓷胝追絺郗墀坻遲椎槌鎚棃

犁櫐尼怩呢夷姨彝惟維唯遺帷伊咿飢肌机龜耆鰭祁葵馗夔丕悲比琵眉嵋湄楣黴糜郿

【之】之芝菑緇詩蚩媸嗤時莳而思絲司茲孜孳仔滋嵫耔詞辭祠慈磁茲癡笞治持釐氂貍飴頤怡貽僖

嬉嘻禧熙欺姬基箕其醫疑期棊旗琪綦蘄淇祺麒輜

【微】微薇霏菲妃非扉誹飛肥機幾譏饑璣磯歸希欷晞暉輝揮徽翬衣依威葳巍祈旂畿韋違幃闈圍稀

【齊】齊臍西棲撕嘶犀妻萋淒悽齎躋擠梯低題嗁提隄蹄泥黎瓈雞稽乩笄谿兮奚蹊猊霓蜺圭閨奎攜

畦篦批鼙迷

【灰】灰恢詼魁盔隈煨偎傀瑰回徊洄槐桅嵬追搥堆鎚推頹雷儡罍挼崔催胚坯杯醅徘培陪枚梅莓媒

玫煤

◎入聲作平聲用

室實石碧射殖植食蝕溼十什拾入悉膝昔惜席蓆夕汐錫晳析淅息熄習襲隰疾嫉積脊迹籍藉

繼寂卽緝葺輯集弼佛逼幅複愎窒帙秩姪隻擲躑職織陟直値吉戟激擊極亟棘急給級及笈赫

嚇格覈核黑獲畫或惑的適嫡鏑滴逖敵狄廸覿滌笛荻賊

上聲：四紙、五旨、六止、七尾、十一薺、十四賄通用

【紙】紙砥只咫弛豕侈是舐爾邇邐屣釃揣捶錘惢徙璽此紫髓嘴旎企跂綺掎剞技妓倚旖蟻委萎毀燬詭跪俾髀庀婢弭敉彼被埤靡蘼桅

【旨】旨恉指矢視水死姊兕雉履壘累耒唯癸揆几机軌晷宄鄙否痞圮美眯匕比妣秕

【止】止趾址沚芷祉齒始市恃耳滓史使駛士仕俟涘子仔耔梓似巳祀枱徵恥峙痔里俚娌裏李鯉以已矣喜嬉起己紀擬儗你

【尾】尾娓悱菲誹匪豈幾螘緯偉煒葦瑋虺卉鬼

【薺】薺洗擠米瀰陛邸底柢詆抵砥體弟悌遞禮醴泥昵啓棨睨

【賄】賄悔傀塊漼猥痿浼每痗璀罪腿磊蕾儡餒

◎入聲作上聲用

質窒隻摭炙職織陟執汁失室釋適識飾式拭濕叱尺赤斥飭悉膝昔惜錫析息熄七漆戚緝葺輯戟積脊迹績卽鯽必畢辟璧碧壁逼匹僻癖劈筆北乞泣吉吃劇屐擊亟棘急給級汲一乙瑟迄隙却吸的適嫡鏑滴踢惕剔測惻德得忒慝塞則黑克剋刻國晳浙詰訖激摘

去聲：五寘、六至、七志、八未、十二霽、十三祭、十四太（半）、十八隊、二十廢通用

【寘】寘翅啻施鼓吹瑞睡屣賜刺積漬眥智詈離縋錘累易施企跂縊恚戲寄騎倚義議誼爲委僞譬臂孌避比詖陂帔賁被

【至】至摯贄織嗜視示二出帥率四肆泗駟次恣自邃粹崇翠醉遂燧隧穗萃悴瘁地致質躓緻稚治遲雉
利莅膩墜懟類淚肄棄遺悸季器冀覬驥洎暨懿劓位喟愧餽匱櫃簣饋畀庇鼻痹祕費轡備媚魅輊

【志】志誌識幟試熾侍蒔餌珥駛使廁事笥思伺寺嗣飼字孳置值植吏異食亟記忌意

【未】未味費髴沸餼愾氣既溉衣毅胃謂緯渭彙諱卉貴尉慰畏蔚瑋魏

【薺】霽濟擠細壻些切砌妻劑齊媲睥閉謎帝諦蒂締替剃涕屜弟第悌睇遞麗隸儷戾荔唳泥系係殢契
鍥計繼髻殪詣睨霓慧惠蕙桂罣繫

【祭】祭際歲脆世勢掣制製晰誓噬筮逝稅說帨贅憩揭偈衛滯彘例厲勵礪綴曳裔洩睿銳藝囈蔽敝幣
斃弊袂

【貝】貝狽蛻兌霈沛旆沫昧最會繪儈膾檜薈外

【隊】隊逮對敦退內背輩配妃佩背悖焙妹瑁碎誶倅淬潰誨悔晦塊憒

【廢】廢肺吠乂刈穢喙

◎入聲作去聲用

日入蜜謐密覓栗慄歷靂礫瀝力立粒笠逸佚軼溢一乙逆繹掖腋亦奕懌射譯埸液易役疫溺匿
弋翼億憶臆抑域揖邑浥悒劇屐勒肋墨默冒驛

第四部

平聲：九魚、十虞、十一模通用

【魚】魚漁於淤虛歔墟祛居裾車渠胥疽蛆沮苴且徐蔬梳疏書舒初諸鋤蜍如豬除儲躇閭盧櫚驢佘予歟譽妤輿餘嘘琚璵

【虞】虞愚娛隅喁迂竽汙吁紆區嶇驅軀拘俱駒劬躍衢敷孚俘膚夫扶符夫無毋蕪巫誣廡須鬚需趨輸樞芻朱珠硃殊銖殳雛俞儒濡襦孺株誅姝踰廚婁鏤逾渝愉覦瑜榆臾腴揄諛于

【模】模摹謨膜餔酺蒲匍蘇酥麤租徂殂阼都徒途塗鍍荼圖屠盧壚顱轤蘆奴孥帑駑胡乎壺瓠葫餬糊弧湖狐孤辜姑沽觚菰呱鴣枯蛄刳呼吾吳齬梧烏洿杇嗚浮

◎入聲作平聲用

斛鵠僕曝瀑匐勃蔟鏃族蹙牘讀黷犢匵獨篤督毒突伏服復佛怫孰熟塾淑蜀屬贖術述秫逐柚軸舳育鬱蔚續俗局倔掘玉聿兀杌核

上聲：八語、九噳、十姥通用

【語】語齬圄禦許滸去舉巨拒距鉅詎炬稰糈苴敘序緒嶼咀沮所阻詛俎楚齟暑鼠黍渚杵處墅紓抒汝貯著佇杼呂膂旅侶女與予

【噳】噳傴嫗詡煦栩齲踽矩窶羽禹雨宇撫拊甫府俯腑脯斧父輔釜腐武舞侮嫵廡取聚主炷豎樹乳拄柱縷褸僂簍庾愈瘉窳

【姥】姥莽牡普溥浦補譜圃簿部祖組覩賭堵土吐杜肚魯虜鹵櫓怒弩努砮虎苦古鼓股賈蠱罟估戶怙
祜扈雇隝五伍仵午缶否母某畝

◎入聲作上聲用

屋沃兀哭酷窟穀谷告梏骨滑卜撲速蔌蔟簇禿福腹複幅輻復馥拂鬅弗肅夙宿甓叔縮束祝粥
竹築燭屬囑矗畜觸蓄勗曲屈掬踘鞠菊郁澳隩燠鬱蔚篤督粟衂恤戍促足卒

去聲：九御、十遇、十一暮通用

【御】御馭語菸淤去據倨踞鋸遽絮疏助俎恕庶處署茹著箸除宁慮女豫預譽與沮翥曙
【遇】遇寓嫗煦酗姁屨句瞿懼具芋雨裕諭籲覦赴訃仆付傅賦附坿賻駙務霧鶩鶩娶趣足聚戍輸注註
炷鑄蛀樹澍孺數駐住屢
【暮】暮慕募墓怖鋪布佈步捕哺餔素訴溯塑措厝錯作祚妬蠹兔吐度渡鍍路輅賂璐露鷺怒護瓠互沍
涸謼庫袴顧雇詁故固錮酤痼汙惡誤悟寤晤迕忤婦負阜副富醋

◎入聲去作聲用

木沐鶩目睦牧穆沒歿祿麓醁肉辱褥溽入六陸蓼戮錄綠碌淥律率育鬻毓昱煜郁澳燠欲慾浴
玉獄蔚聿勿物訥縟

第五部

平聲：十三佳（半）、十四皆、十六咍通用

【佳】佳街鞵鞋厓崖涯睚捱牌釵差柴

【皆】皆偕階楷喈揩挨諧骸乖懷槐淮齋儕排俳埋霾

【咍】咍開該賅垓咳孩哀唉埃皚獃胎台鮐臺駘擡苔來徠萊鰓顋猜哉栽裁纔才材財災

◎入聲作平聲用

白帛舶宅澤擇襗翟獲畫劃蚱舴塞

上聲：十二蟹、十三駭、十五海通用

【蟹】蟹解矮拐擺罷買灑廌嬭攝

【駭】駭鍇楷挨騃

【海】海醢愷凱嘅改亥閡欸倍采採綵彩宰載在待迨殆駘怠紿乃鼐

◎入聲作上聲用

率帥蟀櫛蚱舴咋責嘖幘簀摘謫拍魄劈百伯迫柏擘拆策冊柵測惻客克剋刻格骼隔革槅幗摑索

愬仄昃色嗇穡嬙側

去聲：十四太（半）、十五卦（半）、十六怪、十七夬、十九代通用

【太】太泰汰帶大賴賚瀨籟柰奈蔡害蓋丐藹靄艾外

【卦】懈廨邂隘派稗賣曬瘥債

【怪】怪蕢簣喟塊壞聵戒誡介界屆芥械薤瀣拜湃憊殺祭

【夬】夬獪澮快敗邁寨啐蠆

【代】代岱黛袋逮玳貸態戴徠睞賚耐鼐塞再載菜在慨愾嘅溉概愛靉曖礙閡

◎入聲作去聲用

陌貊驀麥脈墨額厄阨軛搹

第六部

平聲：十七眞、十八諄、十九臻、二十文、二十一欣、二十三魂、二十四痕通用

【真】真畛振申身娠伸呻紳瞋嗔辰晨宸臣神人仁辛新薪莘親津秦繽賓檳濱頻顰蘋民份彬貧閩緡珍陳塵鄰嶙粼磷轔燐紉因姻氤裀茵湮寅巾銀誾垠

【諄】諄春純蒓蓴醇鶉脣荀恂詢洵逡遵旬巡循馴屯窀椿倫綸掄淪侖輪勻鈞均筠菌麕迍

【臻】臻榛莘詵駪

【文】文紋汶聞蚊雯芬雰紛棻分棼賁焚墳頒氛雲云芸耘紜員熅氳熏醺薰曛勳葷君軍羣裙
【欣】欣昕殷斤筋勤芹齗听
【魂】魂渾昆溫瘟薀昏婚閽坤奔賁噴盆門捫孫猻飧村尊罇敦墩暾燉屯沌鈍豚臀囤論崙存蹲
【痕】痕根跟恩吞

上聲：十六軫、十七準、十八吻、十九隱、二十一混、二十二很通用

【軫】軫診疹賑縝稹畛矧哂腎蜃忍儘盡牝臏泯黽閔憫敏緊引蚓隕殞窘菌
【準】準蠢盾吮楯筍隼尹允狁
【吻】吻抆刎忿粉憤蘊搵
【隱】隱檃謹巹槿近聽
【混】混渾焜棍閫捆袞滾鯀穩本畚笨濍損忖鱒囤盾沌遯
【很】很懇墾齦

去聲：二十一震、二十二稕、二十三問、二十四焮、二十六慁、二十七恨通用

【震】震賑振慎蜃刃認軔鬢殯擯信訊迅晉進燼櫬襯鎮瑱疢趁陣吝躪印釁覲仞僅饉
【稕】稕諄舜瞬順閏潤峻浚俊駿殉徇

【問】問聞紊抆忿糞奮分運暈韻訓薰郡窘慍緼熅薀

【焮】焮靳近隱

【圂】圂困噴奔悶遜寸頓敦鈍遁論嫩褪

【恨】恨艮硍饐

第七部

平聲：二十二元、二十五寒、二十六桓、二十七刪、二十八山、一先、二仙通用

【元】元原源袁爰援媛園垣猿暄喧萱鴛蜿冤怨言軒掀翻幡番反藩蕃煩繁燔蘩圈樊

【寒】寒韓汗翰頇鼾看干乾肝竿杆安鞍跚珊姍餐殘單殫鄲丹簞灘攤嘆壇檀彈闌欄蘭瀾難

【桓】桓完丸紈皖讙寬官倌冠觀棺剜般槃盤般蹣胖瘢磐蟠瞞漫蹣曼饅酸攢耑端湍團摶鸞鑾巒變歡

【刪】刪潸關彎灣還環寰鬟圜姦菅顏班斑頒般攀蠻

【山】山訕潺孱閑嫺閒間艱殷鰥綸頑

【先】先千阡箋濺前邊編胼眠顛巔滇天田填鈿年蓮憐零堅肩牽賢弦絃舷烟燕咽湮妍研蜎狷涓鴿鵑懸淵

【仙】仙鮮遷韆煎涎錢羶扇煽饘旃氈禪嬋蟬然邅纏廛連聯漣鏈嫣延筵焉愆褰騫搴乾虔鞭篇偏扁翩

便平緜棉緡宣詮拴筌荃旋還漩全泉穿川專船椽傳沿鉛捐鳶緣儇娟員圓卷權惓拳銓

上聲：二十阮、二十三旱、二十四緩、二十五潸、二十六產、二十七銑、二十八獮通用

【阮】阮宛婉苑蜿遠綣捲偃堰反返飯晚挽娩

【旱】旱罕侃散傘坦但袒誕嬾

【緩】緩澣盌款管盥逭滿伴拌算篹纂纘短斷緞卵暖

【潸】潸撰赧皖綰版板阪

【產】產汕剗鏟羼琖棧限簡柬揀眼

【銑】銑洗跣扁匾辮眄典腆靦蜓顯繭犬畎泫鉉

【獮】獮鮮燹蘚淺翦踐餞選雋闡顫善膳墠舛喘軟譔愐緬辨辯免娩勉展輾輦轉篆臠孌繾演衍兗蹇搴鍵件讞卷捲

去聲：二十五願、二十八翰、二十九換、三十諫、三十一襉、三十二霰、三十三線通用

【願】願愿遠媛券勸圈怨獻憲建健鍵堰販飯萬輓曼蔓

【翰】翰悍汗瀚扞漢看幹榦按案岸喭散粲璨燦贊讚旦炭歎憚但彈爛斕難

【換】逭換喚奐煥渙貫冠觀館灌盥惋腕婉玩半絆判泮畔叛伴縵幔漫墁攢算竄攛爨鑽鍛斷彖段斷緞

亂罐

【諫】諫晏鴈贋慣患宦豢慢嫚謾訕汕鏟棧綰篡

【襇】襇間澗幻扮盼瓣辦袒羼

【霰】霰先茜倩薦荐殿唸電畋奠甸佃鈿澱靛塡練鍊揀見現宴咽燕硯縣眩炫衒泫絢偏片麪瞑眄綻

【線】線箭濺煎餞羨賤選旋扇煽戰顫繕禪膳嬗擅釧穿饌撰纏輾碾囀轉傳戀衍延涎譴絹狷彥唁諺援
媛院眷倦便面變卞汴弁串

第八部

平聲：三蕭、四宵、五爻、六豪通用

【蕭】蕭簫貂雕刁彫凋挑條迢跳恌髫調絛蜩聊瞭嘹僚寮寥遼撩料廖鐐繚潦驍梟澆蹺幺堯嬈

【宵】宵消霄逍綃銷硝焦蕉椒憔飆剽標漂嫖飄鑣苗描貓燒昭招韶軺饒蕘超朝潮遙窯姚搖謠陶瑤要
腰邀翹鴞妖夭囂枵驕嬌矯喬僑嶠橋瓢

【爻】爻肴姣交教咬膠郊蛟敲磽窅坳凹包胞苞拋泡炮咆跑匏茅梢捎鞘筲鈔抓巢啁嘲呶撓庖

【豪】豪毫號嗥濠壕蒿栲高皋羔膏餻篙敖遨熬褒袍毛髦旄騷搔繅臊艘操糟遭曹嘈槽刀舠叨韜滔陶
淘濤掏逃咷萄桃綯勞嘮牢醪撈癆猱

◎入聲作平聲用

學剝駁爆雹博搏泊薄箔亳樸朴撲粕濁濯擢鐲嚼杓芍著噱鐸度踱昨鑿柞鶴貉涸穫鑊

上聲：二十九篠、三十小、三十一巧、三十二皓通用

【篠】篠鳥窕挑掉了繚瞭蓼嫋嬈杳窅窈曉皎皦恔僥

【小】小悄剿勦少沼紹擾繞遶趙肇夭兆矯眇渺淼藐秒杪表殍

【巧】巧絞狡攪姣佼咬拗飽卯稍炒爪抓獠

【皓】皓昊顥皓浩好考拷杲縞藁槁媼燠襖懊寶鴇堡保褓嫂燥埽草早澡棗藻皂造倒擣討套道稻老潦
腦惱瑙抱

◎入聲作上聲用

覺角搉較珏脚殼確攫卻喔握約葯剝駮爆朔數槊削齪捉斲琢卓啄灼勺酌斫著鵲爵雀爍綽謔
託柝拓魄博搏索錯作鑿各閣惡廓擴郭

去聲：三十四嘯、三十五笑、三十六效、三十七號通用

【嘯】嘯弔釣眺頫調掉跳嘹竅鐐廖尿叫徼噭料

【笑】笑肖鞘峭悄哨俏醮誚少燒照詔劭饒繞召燎療鷂耀要嶠轎剽漂驃票妙裱廟

【效】效校孝教覺校較窖絞樂豹爆炮礮泡貌稍鈔抓罩踔櫂橈淖鬧

【號】号號耗好犒靠誥告膏奧隩燠懊傲報暴帽冒耄噪燥譟操造糙竈躁漕到倒韜套導纛盜蹈勞潦悼

◎入聲作去聲用

嶽岳樂藥躍瀹鑰約犖洛酪落絡烙末沫抹秣莫幕漠膜摸寞弱若箬略掠謔虐諾惡噩愕鍔鶚鱷

第九部

平聲：七歌、八戈通用

【歌】歌哥柯軻訶呵阿娿痾河荷苛莪哦娥峨鵝俄蛾娑些蹉搓磋嵯多他拖駝馱沱陀跎羅蘿籮邏鑼那哪挪

【戈】戈過鍋科窠蝌髁倭渦窩和禾訛波番頗坡陂婆皤摩磨麼魔蓑莎梭唆垜騾螺挼伽茄迦

◎入聲作平聲用

學濁躅濯擢鐲佛縛勃誖渤曷褐鶴合盒盍闔嗑活越豁括穫跋拔博泊薄箔礴杓鐸度昨酢鑿作

上聲：三十三哿、三十四果通用

【哿】哿舸可軻坷荷婀我左嚲爹舵邏娜那娑

【果】果裹顆火禍夥跛播簸頗叵麼鎖瑣坐朶垛妥惰墮裸卵蓏

◎入聲作上聲用

璞朴扑粕數齪捉琢卓啄曷遏惡喝渴葛割各閣閤合抹活括聒栝郭豁涸霍濶斡撥跋鉢膊搏撮
錯作掇咄脫索廓擴

去聲：三十八箇、三十九過通用

【箇】箇個呵呼坷賀餓些磋蹉左佐作馱大邏那

【過】過裹貨和臥播簸破頗磨摩挫座坐剉唾蜕惰懦縛

◎入聲作去聲用

末袜沫抹秣莫幕漠膜摸寞洛酪落絡樂烙弱若箬諾惡噩愕鱷

第十部

平聲：十三佳（半）、九麻通用

【佳】佳涯娃哇媧蛙蝸

【麻】麻葩巴笆疤爬杷琶些嗟邪斜奢賖車遮蛇沙砂鯊叉杈差渣爹茶耶琊揶椰遐霞瑕呀嘉加蝦家珈

枷笳葭鴉椏丫啞牙芽枒衙華划譁花誇夸瓜抓窪汙呱靴紗

◎入聲作平聲用

掘月穴揭竭傑桀伐罰閥筏乏達沓踏蹋滑猾拔凸跌迭垤牒諜喋疊堞蝶擷頁蹩癟別絕踅舌折
涉哲徹撤轍輒雜閘插喋睫捷協叶裌挾脅俠狹洽峽匣押狎

上聲：三十五馬

【馬】馬把笆寫瀉且姐捨舍舌者社惹若灑鮓槎炧冶下夏廈賈假啞雅寡剮瓦打耍那野

◎入聲作上聲用

闕闋缺厥蹶決抉訣譎歇血嚇揭謁髮發法薩撒闥達塔榻塌夾甲札扎八殺紮煞霎察鍤插瞎呷
刮刷屑薛褻媟契洩躞切竊妾節接楫鐵帖貼挈契客篋怯結桔潔鍥孑頰鋏刼瞥雪設攝葉掣轍
徹撤澈晰折哲摺啜拙茁說別答搭笈恰掐輟撻

去聲：十五卦（半）、四十禡通用

【卦】卦挂罣畫

【禡】禡罵怕霸壩靶杷卸瀉借謝榭罷藉舍赦蔗炙射麝詐乍咤詫夜偌暇下夏罅駕架價假嫁稼亞啞訝
迓華話化跨胯窊衩柘

◎入聲作去聲用

月刖越鉞曰粵悅辣拉臘蠟末袜沫抹秣軋比押壓鴨茁刷納衲涅捻齧臬隉蜆孽躡滅熱若吶列烈冽裂獵躐劣葉饁業鄴

第十一部

平聲：十二庚、十三耕、十四清、十五青、十六蒸、十七登通用

【庚】庚賡更羹坑亨行衡蘅橫黌觥硼烹澎彭棚膨盲撐瞠兵平評坪明盟鳴生甥笙牲槍傖京驚卿擎鯨迎英榮嶸瑩兄荊

【耕】耕鏗硜罌嚶鸚鶯櫻莖宏閎泓訇轟琤爭箏丁橙獰繃怦姘砰萌甿氓錚瞪

【清】清精晶菁鯖睛旌情晴并名聲征正鉦怔成城誠盛晟禎貞呈程酲令盈楹嬴輕嬰纓攖營塋傾瓊煢惸縈滎

【青】青星惺醒腥瓶屏萍冥銘溟丁釘仃聽廳汀庭廷亭停婷霆蜓靈零伶聆鈴玲齡囹苓羚翎蛉嚀經馨形刑型陘熒螢扃坰

【蒸】蒸承丞繩乘升昇陞勝稱仍冰凭憑凴馮繒徵癥陵凌綾菱蠅膺應鷹凝興磳兢矜澄懲

【登】登燈騰謄藤棱楞能崩朋鵬瞢僧增曾憎矰層恒薨肱

上聲：三十八梗、三十九耿、四十靜、四十一迥、四十二拯、四十三等通用

【梗】梗哽鯁綆埂杏礦猛艋蜢炳浜冷丙秉皿省影景境儆警永憬冏

【耿】耿幸倖悻黽

【靜】靜靖靚省惺請井整逞騁領嶺頸郢潁穎頃餅併屏

【迥】迥炯脛剄竝茗酩溟冥醒頂酊鼎鋌挺艇梃濘

【拯】拯洗

【等】等肯

去聲：四十三映、四十四諍、四十五勁、四十六徑、四十七證、四十八隥通用

【映】映敬竟鏡更硬行横孟蜢倀偵幀柄炳病命慶競儆檠迎詠泳

【諍】迸倂

【勁】勁輕敻摒併聘娉性姓凊倩淨靚請聖正政証盛偵鄭令

【徑】徑經逕陘罄磬脛瑩暝釘訂定聽庭定錠甯寗佞濘

【證】證勝稱乘賸甸凭瞪淩孕興應凝

【隥】隥嶝磴鐙凳鄧蹬蹭贈亘

第十二部

平聲：十八尤、十九侯、二十幽通用

【尤】尤疣郵休咻貅邱惆鳩觓求裘仇球牛優憂耰呦由揄遊猶猷悠攸油蝣抽儔躊紬綢疇稠籌留劉瘤旒琉硫榴流瀏騮脩羞秋鰍愀啾囚泅酋遒收周州洲舟讎酬柔揉蹂搜蒐叟颼陬愁不浮桴蜉謀眸侔矛牟楸

【侯】侯猴喉篌謳嘔歐漚甌鷗摳鉤勾溝篝瓿掊裒諏兜偷頭投婁樓塿僂髏褸摟簍螻

【幽】幽髟彪糾虯繆

◎入聲作平聲用

叔倏祝粥孰熟塾淑蜀贖逐妯柚軸舳

上聲：四十四有、四十五厚、四十六黝通用

【有】有右友朽九久韭臼舅咎酉牖誘莠缶否婦負阜酒愀首手守帚醜受授綬壽蹂揉肘丑紂柳瀏紐忸鈕扭

【厚】厚后後吼口叩扣釦耇詬垢苟狗枸歐嘔偶耦藕掊剖部培瓿母拇畝某牡莽叟嗾擻藪趣走斗抖陡蚪塿嘍簍

【黝】黝糾䵬蟉赳

◎入聲作上聲用

宿莜叔倏縮束柷粥竹竺筑燭

去聲：四十九宥、五十候、五十一幼通用

【宥】宥又右佑祐侑囿齅救究疚灸廄舊柩柚副覆仆富復秀繡宿岫袖就狩守獸首臭嗅咒授綬壽售肉瘦縐皺驟晝畜胄宙溜糅狃

【候】候堠逅後后厚詬吼蔻寇扣釦構遘覯購句彀漚戊茂貿漱嗽湊輳鏃蔟奏走鬭透豆逗竇荳讀漏陋鏤耨

【幼】幼柚謬繆

◎入聲作去聲用

肉辱褥縟溽六陸戮勠僇畜

第十三部

平聲：二十一侵獨用

【侵】浸心尋潯深斟鍼箴忱湛壬任妊森參滲摻簪岑砧沈林臨琳霖淋淫愔音陰吟歆欽嶔衾今金衿襟禁琴擒黔禽侵

上聲：四十七寑

【寑】寑浸審諗沈嬸枕甚飪稔恁衽荏稟品朕廩懍凜錦噤飲怎

去聲：五十二沁

【沁】沁浸枕甚妊任衽恁滲讖譖鴆臨賃禁噤蔭醅飲深吟蕈森

第十四部

平聲：二十二覃、二十三談、二十四鹽、二十五沾、二十六咸、二十七銜、二十八嚴、二十九凡通用

【覃】覃譚潭曇壜貪探耽酖湛棽嵐南男楠參驂簪蠶龕堪戡含函頷涵諳庵菴

【談】談痰錟聃擔藍籃襤三慚憨甘蚶柑苷酣笘

【鹽】鹽檐厭饜纖殲籤簽僉尖漸潛詹襜瞻占沾蟾髯柟霑覘廉帘匳鐮簾黏炎淹閹箝鉗鍼黔砭

【沾】沾添甜恬拈謙兼縑蒹嫌

【嚴】嚴忺醃腌

【咸】咸鹹函椷緘喦讒纔喃

【銜】銜監嵌巖衫杉芟巉攙

【凡】凡帆

上聲：四十八感、四十九敢、五十琰、五十一忝、五十二儼、五十三豏、五十四檻、五十五范通用

【感】感坎頷撼菡闇糝慘憯眈紞醰萏

【敢】敢喊嵌槧膽毯啖澹颭淡覽攬欖灠

【琰】琰啖魘厭塹漸閃冉染苒柟諂斂瀲險檢撿臉儉奄掩閹崦貶

【忝】忝點玷簟嗛歉慊

【儼】儼嬐

【豏】豏減黯摻斬巉湛

【檻】檻艦闞

【范】范範犯

去聲：五十三勘、五十四闞、五十五豔、五十六㮇、五十七驗、五十八陷、五十九覽、六十梵通用

【勘】勘憾琀贛暗闇參鴆探醰

【闞】闞瞰嵌憨三暫擔啗淡澹濫纜

【豔】豔焰焱鹽灩厭饜㤿俺塹槧漸閃占贍髯覘

【㮇】㮇忝店坫點墊唸玷念僭

【驗】釅驗窆砭歛殮瀲脅欠劍

【陷】陷站賺

【覽】覽鑑監懺鑱

【梵】梵帆泛汎氾

第十五部

入聲：一屋、二沃、三燭通用

【屋】屋哭穀轂谷縠斛卜樸撲扑僕暴瀑匐木沐鶩速簌鏃族禿牘讀黷犢櫝獨祿漉碌簏麓角轆鹿福腹複幅輻復蝠覆伏服馥目睦繆牧穆肅夙宿蹙蹴菽叔倏祝粥孰熟淑塾肉縮矗竹竺筑築蓄畜逐

妯柚軸六陸蓼勠戮育毓煜鬻畜麴菊掬鞠郁澳國朴蔟燠

【沃】沃鵠嗃酷告梏雹篤督毒比

【燭】燭屬囑矚束觸蜀鐲贖辱褥縟溽粟促趣數足續俗豕亍躅錄綠淥欲慾浴旭勗曲臼局跼傴玉獄

第十六部

入聲：四覺、十八藥、十九鐸通用

【覺】覺角榷較確學渥喔握幄齷嶽剝駁爆璞樸雹暴邈貌眊藐朔數槊娖齪捉斲琢卓啄濁躅濯擢鐲搦犖

【藥】藥躍瀹爚鑰縛削鵲爵雀嚼鑠爍灼勺酌斫綽杓弱嫋若箬著躇略掠謔卻腳噱約葯虐瘧攫攫

【鐸】鐸度踱託柝拓托魄籜洛酪落絡珞樂烙諾博搏爆膊粕泊薄簿箔礴莫幕漠膜摸寞索作昨酢鑿怍鶴涸恪各閣格惡噩諤萼鱷霍廓陌錯擴郭

第十七部

入聲：五質、六術、七櫛、二十陌、二十一麥、二十二昔、二十三錫、二十四職、二十五

德、二十六緝通用

【質】質鑕桎蹪失室叱實日率帥蟀悉膝七漆喞疾嫉必畢四蜜謐筆弼密窒秩紩帙姪栗慄溧暱昵尼逸
佚溢鎰詰吉壹乙汨耋垤

【術】術述出衈恤戌卒啐捽茁黜詘怵朮律率壘聿遹橘

【櫛】櫛瀄瑟蝨

【陌】陌貊驀拍魄霸珀百伯迫柏白帛舶坼拆宅澤擇搦赫嚇客格假骼額碧索窄蚱舴隙郤戟劇屐逆

【麥】麥脈擘愬策冊柵責嘖幘簀摘謫覈翮核隔革槅厄阨扼軛畫劃獲幗摑

【昔】昔惜刺磧積脊迹席蓆夕汐籍藉瘠釋適尺赤斥隻摭蹠跖炙石碩射擲益繹掖腋亦奕懌譯驛場液
易蜴役疫辟璧僻癖闢

【錫】錫裼皙晰析淅戚績寂壁霹劈覓冪的弔適嫡鏑滴逖踢惕剔狄敵廸覿滌笛荻歷靂礫瀝溺檄喫激
擊鷁霓

【職】職織識飾式軾拭寔植食蝕側仄昃色嗇穡測惻息熄卽稷陟敕飭直値力匿弋翼翊翌殛亟棘億憶
臆抑極域副逼幅愎

【德】德得忒慝特勒肋北匐踣墨默塞則賊劾黑克剋刻或惑國冒

【緝】緝葺輯習襲隰集濕執汁十什拾入[illegible]蟄立粒笠揖挹熠煜吸翕泣急給級汲及笈邑浥悒厭岌圾

第十八部

入聲：八勿、九迄、十月、十一沒、十二曷、十三末、十四黠、十五舝、十六屑、十七薛、二十九葉、三十帖通用

【勿】勿物拂髴弗不黻沸佛怫屈厥倔掘鬱蔚

【迄】肸迄乞契訖吃屹

【月】月刖越曰粵闕厥蹶蕨歇蠍訐揭竭謁髮發伐罰閥筏

【沒】沒歿勃悖渤脖猝卒倅捽咄突訥吶鶻忽惚笏窟汨骨兀杌

【曷】曷褐喝渴葛割蓋遏蘗薩怛闥撻達剌捺

【末】末沫抹活豁闊銛括聒斡鉢潑跋撮掇脫奪撥秣

【黠】黠戞軋揠滑猾八叭拔殺察札紮扎茁

【舝】舝轄瞎刮刹

【屑】屑切竊節截鐵耋凸跌迭垤涅揑擷頁絜挈契鍥結潔噎咽齧臬隉蜺穴血闋決訣譎駃抉撇瞥鷩蹩⿰山蔑

【薛】薛紲褻媟渫洩楔雪絕設掣折舌熱說啜拙梲爇刷晢徹撤轍澈列烈冽裂輟劣孑悅閱缺偈傑桀孽蘗滅別

【葉】葉厭靨笈妾接楫睫婕捷攝懾歙霎摺涉拾輒獵躐邋躡

【帖】帖貼喋牒諜疊堞渫蝶協叶挾俠頰鋏篋愜燮慊屧躞

第十九部

入聲：二十七合、二十八盍、三十業、三十二洽、三十三狎、三十四乏通用

【合】合盒閤合鴿雜答搭沓踏遝拉納衲妠

【盍】盍磕闔蓋嗑閘榻塌遢塔臘蠟蹋邋

【業】業脅怯袷刦笈浥裛

【洽】洽袷峽狹恰夾歃鍤插眨劄

【狎】狎匣柙甲胛押鴨壓呷霎喋霅

【乏】乏法猵

國家圖書館出版品預行編目資料

唐宋詞選注

張夢機、張子良選注. – 初版. – 臺北市：臺灣學生，2016.03
面；公分：

ISBN 978-957-15-1698-1 (平裝)

833.4　　105002913

唐宋詞選注

選注者：張夢機・張子良
出版者：臺灣學生書局有限公司
發行人：楊雲龍
發行所：臺灣學生書局有限公司
臺北市和平東路一段七五巷一一號
郵政劃撥戶：〇〇〇二四六六八號
電話：（〇二）二三九二八一八五
傳真：（〇二）二三九二八一〇五
E-mail: student.book@msa.hinet.net
http://www.studentbooks.com.tw

本書局登記證字號：行政院新聞局局版北市業字第玖捌壹號

印刷所：長欣印刷企業社
中和市永和路三六三巷四二號
電話：（〇二）二二二六八八五三

定價：新臺幣四〇〇元

二〇一六年三月初版

83306

ISBN 978-957-15-1698-1 (平裝)